A Carmen,

¡Baila tu vida con
gran pasión!

Cariñosamente,

Bailando con un Amor Impotente

by

Ileana Isern

authorHOUSE™

1663 LIBERTY DRIVE, SUITE 200
BLOOMINGTON, INDIANA 47403
(800) 839-8640
WWW.AUTHORHOUSE.COM

Publicado por primera vez por AuthorHouse 10/17/05

ISBN: 1-4208-9257-6 (sc)

Biblioteca del Congreso Número Reguladora: 2005909139

Impreso en los Estados Unidos De América
Bloomington, IN

Este libro se imprimida en papel libre de ácidos.

Ileana Isern nació en la ciudad de Caguas, situada en un pequeño valle en el centro de Puerto Rico. Se graduó con un grado en Química de la Universidad de Puerto Rico, y posteriormente obtuvo el grado de doctorado en Química Analítica en Purdue University. Mientras se desempeñaba como científica en varias empresas privadas en los Estados Unidos, y donde también ocupó puestos gerenciales, Ileana Isern fue autora de más de 25 artículos en revistas técnicas. En octubre del 2004, decidió desbordar todas sus energías en hacer realidad un sueño que guardaba en su mente por años, el convertirse en novelista, y comenzó a escribir en su idioma natal, el español, su primera obra literaria *Bailando con un Amor Impotente*. Como los sueños no cuestan nada, Ileana Isern anhela que esta novela le abra las puertas a su nueva carrera como escritora.

Mensaje de la autora

Bailando con un Amor Impotente capta los torbellinos en la vida de una pareja de enamorados que enfrentan una crisis que limita su vida íntima. Es imposible guardar esta historia de amor en silencio al haberme enterado que somos muchos los que por distintas razones hemos vivido en carne propia el triunfo, o la resignación ante el dolor causado por los distanciamientos íntimos que ocurren entre las parejas. En esta novela derramo con lujo de detalles una serie de acontecimientos, y los sentimientos más profundos del alma que los acompañan, cuando dos seres humanos se enfrentan ante un amor impotente en los diversos sentidos de esta palabra.

A Mami y a Papi, de quienes aprendí lo inmenso que puede ser el amor entre un hombre y una mujer, simplemente al verlos bailar.

Índice

Soy

Un contacto

Un beso

Una mano

Un deseo

Una mirada

Un rostro

Una sonrisa

Un baile

Un momento que me lleva al pasado . . .

Al pasado del amor de mi mamá y mi papá

Completándome

En ese momento

Soy hija

Soy mujer

Soy

Nancy Tellez Marin; 3/14/05
Traducción: Ileana Isern

Soy (Versión Original)

A touch

A kiss

A hand

A wish

A look

A face

A smile

A dance

A moment that takes me back. . .

Back to the love of mi mama and mi papa.

Completándome

En ese momento

Soy hija

Soy mujer

Prólogo

Ha pasado más de un mes desde que mi amiga Yelena sufrió su ataque cardiaco cuando apenas había cumplido 48 años de edad, y se mantiene en estado catatónico. El dolor me agobia porque "las sesiones de terapia" han parado, y también hecho de menos los chistes, oraciones y hasta fotos que intercambiábamos a través del correo electrónico. Gracias a Dios que hemos tenido la oportunidad de compartir nuestros más íntimos secretos en vida, y hasta de tramar parte de nuestro futuro a través de nuestras rutinarias llamadas telefónicas. Irónicamente hablamos de escribir y publicar nuestras memorias, algo que no pasaba de palabrería. Pero ese último tumbo que le ha dado la vida a mi tocaya Yelena, me ha animado a escribir la ardiente historia de un amor impotente, la historia de ese gran amor el cual la llevó a sumideros de depresión, despedazándole el corazón física y emocionalmente.

Por una de esas raras casualidades de la vida, no solo tengo grabado en mi mente lo que conozco de su alma, la vida de torbellinos y de sorpresas que ha vivido mi querida Yelena, sino que también mantengo mi calendario.

"Si antes que me muera aún no he publicado mis memorias, quiero que lo hagas por mí", me dijo Yelena cuando comenzamos nuestro pacto en enero del 2003.

1

Desde aquel entonces las dos empezamos a anotar en un calendario las novedades de la vida de la otra, sin poder adivinar para que iban a servir esos apuntes en el futuro.

He oído decir muchas veces a mi amiga Yelena, "los encuentros personales, y lo que nos sucede en nuestras vidas y catalogamos como raras casualidades, están predestinados".

Los recientes sucesos en su vida, los cuales me han motivado a escribir esta historia, eran parte de nuestro destino. Realmente la otra Yelena y yo tenemos mucho en común en nuestros valores, en la manera de pensar, y a ambas nos han sucedido muchas cosas que fácilmente identificamos como parte del Plan Supremo. No fue casualidad el que ambas nos llamáramos Yelena, un nombre eslavo no común en nuestro terruño en medio del Mar Caribe, ni el que nos conociéramos a más de mil millas de distancia de esa isla primorosa donde ambas nacimos.

Sólo la otra Yelena y yo hemos compartido sin miedo las raras casualidades que a menudo nos sorprenden, disfrutándolas como presagios, como regalos del Plan Supremo que tiene cada persona en la tierra. El relatarnos los muy evidentes y a veces extraños presagios que han ocurrido en nuestras vidas, ha creado un vínculo especial, el cual ha crecido con los años y que solo la muerte podrá romper.

En nuestra amistad nos ha unido el poder aceptar sin dificultad esos frecuentes giros que encontramos en la vida, donde tantas veces hay que cambiar repentinamente el sentimiento predominante en nuestro corazón, donde en un momento reina la risa, y en sólo un instante todo gira a una circunstancia que nos ocasiona un ataque de lágrimas. A veces por no llorar, es que hemos reído a carcajadas al pensar que además de la muerte, en la vida tenemos asegurados muchos golpes, los que nos obligan a sacudir el espíritu como un péndulo que para en un extremo, el lado alegre, y el que rápidamente y sin poder controlarlo gira al otro extremo, el lado triste. Ambas tenemos en común un inmenso amor por la música y el baile, un gran deseo de disfrutar la vida con toda plenitud, y una extraordinaria fe en Dios con agradecimiento a todo acontecimiento. También a menudo nos maravillamos al compartir como de momento ha aparecido alguien en nuestro destino, y con quien inmediatamente interaccionamos profundamente como si hubiésemos conocido a la persona toda la vida, mientras que solo logramos conocer superficialmente a algunas personas con quienes hemos compartido numerosas veces y por años.

2

Ha sido interesante y novedoso que nos conocimos trece años atrás, pero que solamente hemos vivido físicamente cerca una de la otra durante los primeros cuatro años de esos largos y muy apreciados años de amistad. Fuera de ese corto periodo inicial de nuestra amistad, en los años seguideros solamente nos hemos visto en cuatro ocasiones, la última vez cinco años atrás, y donde compartimos juntas por solo dos o tres días. Pero a pesar de la distancia física, nuestra amistad nunca ha flaqueado, sino que se ha mantenido, y hasta ha crecido con los años. Y esto se ha debido a nuestras rituales llamadas telefónicas, las que han ocurrido sin falta cada cinco o siete días, las que hemos utilizado para "reportarnos" o para "chequear notas".

Ha sido a través de las llamadas telefónicas donde nuestra amistad ha seguido creciendo, al compartir los alegres y tristes acontecimientos entre llamada y llamada, y al compartir los secretos más íntimos del alma. En esas ocasiones en las cuales una de las dos estábamos pasando por una crisis personal, aquella que se sentía agobiada hablaba sin parar hasta que completaba de desparramar su alma, mientras que la otra escuchaba atentamente. Como explica el Dr. Gray en su libro *Los Hombres son de Marte y las Mujeres de Venus*, a nosotras las mujeres nos gusta desahogarnos contando nuestras penas. Yelena reconocía esos momentos donde ella se disparaba como una grabadora contando el último reto en su vida personal, y cuando nos despedíamos se disculpaba diciendo, "perdona que haya sido tan egoísta y haya seguido hablando sin darte la oportunidad de que tú también te expresaras".

Aunque la otra Yelena ha sido más propensa que yo a usar nuestras llamadas telefónicas como su sesión de terapia, realmente nunca me he molestado cuando ella se ha desahogado hablando sin parar, y yo simplemente he escuchado. Por el contrario, siempre me he sentido útil cuando he podido escucharla para que compartiera sus hazañas, sus alegrías, lágrimas, o uno de los evidentes sucesos predestinados en su vida. Mas que nada, recuerdo como al comenzar a despedirnos al final de las llamadas telefónicas, nos hemos reído a carcajadas al referirnos a esta manera de compartir como "una sesión de terapia" psicológica o espiritual.

"Ay caramba, Yelenita . . . sé que has estado entre la vida y la muerte, y quizás hasta cerquita de mí mirándome desde arriba como cuentan aquellos que han estado en ese estado crítico, viéndome empezar a escribir esta historia de tu vida, la que me lanzará a escribir la mía más tarde. Éste es sólo el comienzo. Esta historia la redacto en español, nuestro

3

idioma natal. Sí, en español, pues es como ambas podemos expresar los sentimientos más profundos del corazón, de donde realmente salen las palabras, los cuentos y los recuerdos.

Este proyectito que me convierte en escritora a los 50 años de edad asustará a otros, pero a mí me esta rejuveneciendo. Y esto no es una casualidad, sino que era parte del destino el que hoy empezara a contar los secretos íntimos del alma de una mujer y de un hombre. Pero antes de empezar a relatar esa intrigante historia de un amor impotente, voy a compartir un mensaje que ambas recibimos recientemente a través del correo electrónico al igual que una red de nuestras amistades, y el cual precisamente relata con exactitud palabras arraigadas en el alma de nosotras, las dos Yelenas. . . *"Dios tiene un plan divino para cada uno de nosotros. Yo permito que Él lo lleve a cabo según ya lo tiene planificado".*

Capítulo 1
Introducción a la vida de la otra Yelena

Era parte de nuestro destino el habernos conocido unos 13 años atrás en febrero del 1993, en un almuerzo para damas hispanas en Dallas, donde ambas vivíamos en aquella época. Allí mismo nos reclutaron algunos miembros de la parroquia San Andrés para que presentáramos los bailes típicos de nuestra isla en un festival internacional. Tal y como si nos hubiésemos conocido toda la vida, en un par de minutos intercambiamos nuestros teléfonos y planeamos las prácticas para nuestro primer espectáculo.

Las prácticas empezaron una semana más tarde, pues teníamos justamente cinco semanas para conseguir el vestuario, montar nuestra coreografía y establecer un repertorio para nuestra primera presentación oficial en el festival de la Iglesia San Andrés. Nos rotábamos de casa en casa para las prácticas, pero por lo general eran en casa de Yelena, quien en aquel entonces era la más ocupada de las cuatro integrantes de nuestro grupito de baile. Yelena trataba de balancear con mucho sacrificio su papel de madre, cuando sus hijos Daniel e Irina eran todavía pequeñitos, y tenía un trabajo con bastantes responsabilidades. Cuando conocí a Yelena era gerente de un laboratorio de análisis de materiales y componentes en una empresa internacional que desarrollaba y manufacturaba productos electrónicos. Debido a su ajetreada vida, la mayoría de las prácticas fueron en su casa, y las cuales acomodamos cuando Yelena acababa de acostar a sus niños a dormir cerca de las nueve de la noche.

Al terminar de practicar nuestros bailes, cerca de las once de la noche, comenzábamos a contarnos todas nuestras alegrías y nuestras tristezas. A veces Yelena y yo terminábamos cantando, mientras Ana y Carmen nos escuchaban tan melancólicas como nos sentíamos Yelena y yo. Cantábamos a capela, y la mayoría eran canciones románticas de la época de nuestros padres o hasta de nuestros abuelos, y otras eran alabanzas a nuestra tierra, como *Verde Luz*. Nos divertíamos tanto en esas prácticas y las tertulias que las seguían, que a veces nos daban la una de la mañana sin darnos cuenta. Si el esposo de Yelena todavía no se había acostado, venía a averiguar por qué nos reíamos tanto, y a veces nos pedía que bajáramos la voz para no despertar a Daniel o a Irina. A esa hora, Ana y yo tomábamos la autopista hasta llegar a nuestras casas, unas 25 millas al sur de donde vivían Yelena y Carmen.

Yelena conoció a Carmen, su vecina, unos meses después de haberse mudado a la última casa que tuvo en los 15 años que vivió en Dallas, y unos meses antes de formar nuestro grupo de bailes. Por pura casualidad, o mas bien como parte del plan de Dios, esas dos paisanas se conocieron en su vecindario en Dallas, una casa entre medio de las de ellas las separaba, y en un vecindario donde escasamente vivían un puñado de hispanos. Nos contó Carmen, quien es muy vivaracha y expresiva, que unos días después de que Yelena se mudara a su casa, su otra vecina y ella estaban hablando en la acera cuando Yelena llegó del trabajo y se paró a saludarlas. Yelena les preguntó a ambas si eran originalmente de Texas, y cuando Carmen comentó donde había nacido, Yelena dio un grito diciendo que también había nacido y crecido en Puerto Rico. Entonces rápidamente se abrazaron y se besaron mientras celebraban como loquitas como había sido Dios quien les había otorgado ese sorpresivo regalo, llenas de alegría y emoción.

Casualmente terminamos formando un grupito de baile cuatro treintonas puertorriqueñas a las que se nos movían los pies solitos cada vez que oíamos música. En realidad nos sentíamos como puras adolescentes cuando nos inspirábamos bailando. Las noches que pasamos Ana, Carmen, Yelena y yo practicando para la actividad de la iglesia San Andrés, no eran solo noches de baile, sino de tertulia y risas. Así fue como empezó nuestra gran amistad, y como también empezaron nuestras "sesiones terapéuticas". Fue durante esas prácticas que comenzamos a contarnos nuestras alegrías y desdichas.

Se nos hizo bastante fácil conseguir el vestuario. Yelena y Carmen se fueron de compras y encontraron en una de las tiendas por departamentos unas faldas blancas de la India, largas, anchas, fruncidas y con entredós que se veían finas y elegantes. En la misma tienda encontraron unas blusas blancas de algodón sin mangas, y con unos volantes de unas cuatro pulgadas de largo pero sin fruncir. El volante tenía flores bordadas en distintos colores, y yo hice unas pañoletas y cinturones para cada una de nosotras utilizando los mismos colores de las flores de la blusa. El cinturón consistía de unos seis pies de tela de algodón como de 5 pulgadas de ancho, el que doblábamos por la mitad, y amarrábamos alrededor de nuestra cintura, terminado atrás con un lazo grande y bonito. El cinturón y el pañuelo de Yelena eran rojos, color que siempre le ha gustado a ella.

Mi cinturón y pañoleta eran amarillos, lo que contrastaba bien con mi piel morena, mis grandes ojos negros y pelo negro que muy bien representaban una mezcla entre la raza española y la indígena. Yelena era la más joven, la más baja del grupo y también la más pequeña en estructura, y yo le seguía con una pulgada más de altura, pero con una estructura ósea mediana. Sorprendentemente entre las cuatro integrantes de nuestro grupito de baile componíamos una buena representación de las razas representadas en la mujer de nuestra tierra. Ana era una bella mujer de la raza negra, de ojos y pelo oscuro, de cuerpo monumental, bastante alta, y muy elegante. Carmen quien medía unos cinco pies y seis pulgadas, era una típica representante del mestizo, con su piel levemente bronceada, el pelo totalmente rizado, inmensos ojos marrones y facciones finas.

La presentación en la Iglesia San Andrés fue todo un éxito, donde bailamos cinco piezas musicales. En realidad acompañamos a un grupo musical de aficionados donde los integrantes también eran oriundos de nuestra isla de Boriquén, y quienes tocaban y cantaban música folklórica que incluía danzas, plenas, bombas y seis chorreaos. De esa actividad sin fines lucrativos surgieron otras en las que participamos durante un periodo de unos tres años. Siempre nos poníamos a practicar unas semanas antes de la presentación, y siempre terminábamos utilizándolas como nuestras "sesiones de terapia".

Nuestros esposos e hijos nos seguían en nuestros espectáculos, y hasta el esposo de Ana, quien era europeo, la acompañó bailando una danza en un par de presentaciones. Una amiga de Yelena le prestó un traje a Irina que se parecía al nuestro, pero el cual tenía prendida en las enaguas la bandera nacional de nuestra isla. Sentábamos a Irina en el escenario en una esquina, y en la última pieza musical la traíamos con nosotras al medio del escenario para que bailara un poquito de acuerdo a como la edad se lo permitía. Cuando ya se estaba acabando esa pieza de baile, le dábamos una señal a Irina, y ella se alzaba la falda y mostraba la bandera, lo que causaba una gran conmoción entre el público. Las hijas de Ana y Carmen, que en aquel entonces ya se acercaban a la adolescencia, también nos acompañaban bailando la última pieza musical, en la cual muchas veces se nos unía el público lleno de algarabía y emoción.

Nuestra estrecha amistad no se debió solo a las actividades del grupito de baile. Poco después de nuestro primer espectáculo comenzamos a compartir socialmente, reuniéndonos en cenas y fiestas familiares, actividades culturales, o simplemente encontrándonos en restaurantes nosotras solitas o acompañadas de nuestra familia, lo que ocurría la mayor parte del tiempo. Durante los tres años y medios que Yelena y yo compartimos como amigas mientras ella todavía vivía en Dallas, siempre recibíamos el Año Nuevo en su casa, donde había una gran fiesta con lechón asado a la varita y muchos otros platos típicos de nuestra tierra. El grupo musical al que acompañábamos con nuestros bailes, participaba en esta actividad, deleitándonos con alegres cantos típicos navideños y tanto nosotras como muchos de los invitados se unían cantando y bailando. Mi papá siempre venía de visita a Dallas para la época navideña, y participaba de la fiesta en casa de Yelena, donde nos deleitaba con unas piezas musicales con su violín, o con unas dos o tres de las muchas poesías que solía declamar, dentro de las cuales nunca faltaba el *Brindis al Bohemio*.

Yelena era delgada y de estructura pequeña, medía cerca de cinco pies y tres pulgadas, con tez blanca, y ojos y pelos castaños. Tenía muy bonitas piernas, una pequeñísima cintura, unas anchas caderas típicas de su herencia, y se veía bien proporcionada dentro de su estructura física. Sus facciones faciales no eran típicas de la mujer hispana, pues sus ojos eran pequeños y un poco almendrados, y tenía la barbilla protuberante al estilo de Jacqueline Kennedy Onassis, lo que algunas personas encontraban feo y otros como algo exótico y especial en Yelena. Por su color de piel y esos rasgos faciales no comunes, muchas veces cuando asistía a actividades sociales hispanas le hablaban en inglés y le preguntaban de donde era. A menudo también añadían comentarios con los cuales indicaban que creían

8

que era europea y que no parecía hispana. Eso le ocasionaba risa a Yelena, pues terminaba preguntándose como debería verse la típica hispana cuando había tanta mezcla de razas en su sangre.

Yelena era la mayor de dos hijos que tuvieron doña Irina y don Javier Oliver, y viéndolos a ellos bailar a menudo fue que Yelena desarrolló ese gran amor por el baile. Aunque el matrimonio de sus padres duró solo 19 años, Javier e Irina se trataban siempre como novios, y no era raro ver a Javier ayudando a Irina a lavar los platos después de cenar, y en medio de esa tarea le agarraba la mano y comenzaba a cantarle un bolero al oído mientras bailaban románticamente en medio de la cocina. De pequeña, Yelena veía este bonito espectáculo y se les metía en el medio. Entonces Javier cambiaba de pareja, y empezaba a bailar los merengues, plenas y otras piezas movidas con su adorada hija.

Después de haber perdido a su primogénito durante el último trimestre del embarazo, Irina y Javier no perdían la esperanza de lograr tener un hijo, y con su fe en Dios fue que llegó a sus brazos Yelena Irina. El nombre no común de Yelena en la isla, surgió de las muchas veces que Irina y Javier oyeron a una de sus vecinas llamar a su hijita de unos cuatro años de edad cuando estaba corriendo en su triciclo y se alejaba de su casa más de lo que sus padres le permitían. Yelena trajo una inmensa alegría a su hogar, y aunque Irina y Javier tuvieron dos pérdidas de embarazo después de la llegada de Yelena, tres años más tarde lograron tener un varoncito, a quien le dieron el nombre de Javier José.

Yelena era callada e inteligente, y mimada por todos los que la rodeaban. Recibía atenciones de todos, desde la niñera que tuvo durante los primeros años de su vida, Berta, de su tía Gracia, quien también vivía con Irina y Javier, y de su abuela materna, Paola. A los cuatro años de edad, Yelena escribía y leía, y un año después comenzó a disfrutar muchísimo de la educación que recibía en el colegio católico donde acudió hasta el décimo grado.

Como a eso de los cinco años de edad, Yelena aprendió a utilizar feroces rabietas para salirse con las suyas con los adultos. Mientras se sonreía y a la vez hacía muecas que mostraban bochorno, nos contó que sus gritos y sollozos se oían en todas las casa cercanas, incluyendo las que quedaban al cruzar la calle. Las rabietas eran de tal magnitud que se ponía roja como un tomate, y hasta sentía faltarle la respiración. Sus padres y otros miembros de la familia ignoraban los ataques de coraje, y con el pasar de tiempo, y cerca de los doce años de edad, éstos desaparecieron. Yelena se convirtió en una adolescente dócil, tímida y callada, interesada en leer, tocar piano y en todo lo relacionado con las ciencias naturales.

A Yelena le fascinaba cualquier clase de música, desde la clásica, rock, ranchera, folklórica, cánticos gregoriano, y la lista sigue, pues no creo que pueda excluir ningún género que no le gustara. La música la cantaba, la bailaba, y si los pulmones y el resto del cuerpo se lo permitían, cantaba y bailaba a la vez. Fue por este amor a la música y al baile que se hizo tan fácil reclutar a Yelena para ser parte de nuestro "grupito de bailes folklóricos".

En varias ocasiones oí a mi querida amiga Yelena contarme como la muerte de su madre había sido una de aquellos presagios de la vida, la cual ella misma vio en un sueño años antes de que se realizara. Lo más peculiar del sueño fue ver el vestuario que su madre usaba en el féretro, pieza de ropa que no existía en el guardarropa de ella. Mas unos meses antes de la Navidad del 1971, doña Irina regresó de compras con aquél vestuario o al menos uno bien parecido. En el mismo sueño, el cual no compartió con nadie hasta muchos años después, cuando comenzamos a contarnos nuestros secretos y las raras casualidades, Yelena también claramente vio una gran procesión fúnebre en honor a su madre. Ésta era de tal magnitud que no habían suficientes carros fúnebres en la ciudad donde vivía para poder cargar la gran cantidad de arreglos florales que habían enviado familiares, amigos y hasta funcionarios del gobierno. Como parte del destino y muy tristemente, unos dos años después del horrendo e inolvidable sueño de Yelena, así mismo fue el entierro de su querida madre Irina.

Unos meses antes de la muerte de doña Irina, ella y don Javier cambiaron a Yelena a una escuela secundaria preparatoria, también católica, y la cual se consideraba una de las mejores en toda el área del Caribe. Días antes que comenzaran las clases fue allí donde Yelena conoció a uno de sus compañeros de estudios, Enrique del Arco. Desde el momento en que Enrique puso sus inmensos y saltones ojos castaños en Yelena, y comenzó a hablarle en la fila en la que compraban los libros que necesitaban para sus cursos, la conquistó. Apenas era una chiquilla de dieciséis años cuando ya Enrique le había robado su corazón. Pero el noviazgo de niños creció a otro nivel, y pocos meses después de ambos haber cumplido diecinueve años, se comprometieron. Un par de años más tarde, días después de haber obtenido su grado universitario, en mayo de 1978, se efectuó su matrimonio, e inmediatamente se mudaron a Dallas, Texas, donde ambos comenzaron su carrera profesional.

Unos años más tarde Yelena y Enrique ingresaron nuevamente a la universidad donde cursaron estudios de postgrado acá en los Estados Unidos pero en otro estado, y una vez terminaron, regresaron a Dallas. Durante los últimos dos años en los que cursaban sus estudios de doctorado trataron de comenzar una familia, y al no lograrlo unánimemente y sin ningún titubeo decidieron adoptar su primogénito.

Después de 10 años de casados, Yelena y Enrique adoptaron a Daniel Javier recién nacido. Daniel fue un bebé saludable y guapote del Perú, quien inexplicablemente compartió el día de cumpleaños con su abuelo paterno, don Erasmo. Casualmente, y aunque no compartían sangre alguna, Daniel tenía un parecido mucho mayor con su abuelo Erasmo, que con cualquier otro miembro de su familia adoptiva. Daniel y don Erasmo tenían rasgos indígenas, como el pelo lacio negro, la piel oscura, y un carácter que a primera impresión parecía serio, pero el cual era todo lo contrario. Aunque desafortunadamente don Erasmo murió dos años y medios después de que Daniel fuera adoptado, pudo compartir bastantes ratos felices con el menor de sus nietos. Don Erasmo le tomó mucho cariño a Daniel, a quien él y su esposa doña Micaela visitaron con mucha frecuencia acá en Dallas.

Daniel fue recibido con bombas y platillos por todos los miembros de la familia de Enrique y Yelena, y por las muchas amistades que ellos tenían en Texas, en Puerto Rico y en muchos otros lugares del mundo. Las celebraciones duraron meses, incluyendo *el baby shower*, y un viaje a Puerto Rico a las siete semanas de nacido y tan solo una semana después de haber llegado a Dallas desde Perú, donde no faltaron fiestas en su honor. Llegaron regalos para Daniel hasta del Japón, y otros lugares distantes, de amistades con extranjeros que desarrollaron Yelena y Enrique cuando cursaban sus estudios universitarios post-grado en Estados Unidos. También hubo una gran celebración para el bautismo de Daniel, al cual asistieron todos sus abuelos, bastantes tíos y primos de sus padres, y la tía Gracia, a quién Yelena quería como si fuera su madre.

Sorpresivamente, año y medio después de la llegada de Daniel, a quien Yelena y Enrique adoraban, Yelena quedó encinta y lograron tener una hijita. Todos sabían que Yelena esperaba una niña, pues como consecuencia de su arriesgado embarazo, las pruebas de ultrasonido comenzaron desde el primer mes de preñez, y la frecuencia varió desde una vez al mes durante los primeros cinco meses del embarazo, hasta semanalmente durante el último trimestre. Desde que estaba en el vientre la llamaron Irina Micaela, combinando el nombre de su fallecida abuelita materna seguido del de su abuelita paterna.

La llegada de Irina Micaela no solo fue una gran sorpresa, sino un milagro de Dios, pues Yelena tenía un útero septado. Ese fue el primer embarazo de Yelena, y las estadísticas y estudios médicos indicaban que en el noventa por ciento de esos casos el útero septado presentaba limitaciones a medida que el feto iba creciendo, de manera que no lograba mantenerlo y el aborto natural era casi siempre certero. Yelena estuvo en cama durante casi todo el embarazo, y entre pequeñas hemorragias uterinas y preclamsia, la llevaron cerca de siete veces al hospital. Durante el embarazo la pobre a apenas dormía pensando en las estadísticas en su contra, y cuando pasaban horas en la que no sentía a la niña moverse dentro de su vientre, se moría del miedo y tristeza. El pobre Daniel también sufrió las consecuencias, pues Yelena no podía cargarlo al hombro o en la falda, lo que era algo difícil emocionalmente para ambos. Tan delicado fue el embarazo, que contrario a todos los agasajos en honor a Daniel, ninguna de las amistades de Yelena y Enrique se atrevieron a hacerle un baby shower a Yelena, y contrario a Daniel, Irina Micaela tampoco tuvo un cuarto preparado cuando nació.

Una enfermera hispana, María, ayudó a Yelena durante su delicado embarazo. Llegaba a casa de Yelena y Enrique cerca del mediodía y supervisaba a Yelena en lo que ella se bañaba con mucha dificultad sentada en una silla plástica dentro de la bañera. María también le preparaba el almuerzo a Yelena, y se encargaba de los quehaceres del hogar. Luego preparaba cena para que cuando Enrique llegara de su trabajo acompañado de Daniel, a quien recogía en el hogar infantil, todos pudieran comer. Entonces María regresaba a su casa, y repetía la misma rutina durante los días de la semana, hasta que Irina Micaela nació. Fue María quien tomó el moisés que su hijo usó como recién nacido, y quien tenía cuatro años de edad cuando Yelena estaba encinta, y se lo prestó a Yelena para que la niña tuviera donde dormir cuando naciera. María lavó el ajuar para el moisés, y le cambió los lacitos azules que adornaban todo el tul con lacitos rosados y apropiados para una niña.

Cuando apenas tenía trece años de edad fue fácil notar que Irina Micaela era una fotocopia de su mamá en el cuerpo, aunque se quedó un poco más baja que Yelena. En el rostro se parece a su abuela Micaela, con su cara alargada, finas facciones e inmensos y saltones ojos castaños, pero con el pelo castaño muy lacio como el de su otra abuela, Irina. A don Erasmo le hubiese encantado poder mimar a su nieta Irina Micaela, pero él ya estaba muy enfermo con cáncer cuando la niña nació en Dallas. En realidad, cuando nació Irina Micaela, la salud de Don Erasmo giraba entre un estado conciente y uno inconsciente. Durante el mes y medio después del nacimiento de Irina Micaela, y antes de don Erasmo fallecer, ambos estaban en condiciones de salud delicadas, y nunca pudieron compartir el calor humano uno con el otro. Por otro lado, Irina Micaela no solo nació prematura a los ocho meses de embarazo, sino que a las cuatro semanas de nacida creó intolerancia a la leche, lo que le causó una deshidratación, y hubo que recluirla en el hospital por una semana.

Sin embargo aseguraban que don Erasmo tuvo noción del nacimiento de Irina Micaela. Pues contaban doña Micaela y el hermano de Enrique, Pascual, que el día que la niña nació ellos le mencionaron a don Erasmo que le había nacido una nieta, y él abrió los ojos y sonrió levemente, para luego caer otra vez en estado inconsciente. También cuentan que don Erasmo no volvió a abrir sus ojos después de ese día excepto en otras dos ocasiones especiales. La primera vez fue unos cinco días después de haber nacido Irina Micaela. Al recibir una foto de la niña que le envío Enrique, doña Micaela y Pascual se la pusieron frente al rostro de don Erasmo mientras le contaban lo que podía ver, y abrió sus grandes ojos negros con lentitud, ojeó la foto, sonrió y volvió a cerrarlos. La segunda y última ocasión en la que don Erasmo abrió sus ojos durante sus días de gravedad, fue minutos antes de morir. Como Dios lo había planificado, después de haber estado en coma por cerca de un mes, abrió los ojos, miró a doña Micaela detenidamente, e intercambió la mirada entre el techo y el rostro de su adorada esposa, como indicando que se iba al cielo. Esto lo repitió tres veces, hasta que suspiró por última vez.

೮)೧೩

Para la primavera del 1997 Yelena consiguió un ascenso con la misma empresa para la cual trabajaba en Dallas, y la transfirieron a Florida. Para esa época, su matrimonio con Enrique de casi veinte años se había deteriorado, y poco después de un año de haberse mudado a Florida, para mayo del 1998, terminó en un divorcio. Pero no fue su divorcio de Enrique, ni la subsiguiente separación de Harry, el amigo de largos años con quien entabló una relación amorosa, los que causaron estragos en el alma de Yelena, aun cuando las rupturas trajeron grandes cambios a su vida. Fue Martin, un hombre nacido en África del Sur, y criado en Inglaterra, con quien Yelena creó un vínculo amoroso que duró poco más de un año, pero el cual causó un gran impacto en su vida. Fue a Martin al que quiso de manera subliminal y total, así como se ve en las películas de amor. Es la historia de Yelena y de Martin, la que le mueve el espíritu a cualquiera que la escuche.

Capítulo 2
Martin llega a la vida de Yelena

Año y medio atrás, el 24 de diciembre del 2003, cerca de las tres de la tarde Yelena fue a visitar a su suegra en el hogar de ancianos, o mejor dicho a su ex-suegra, a quien siempre ha querido mucho. Doña Micaela estaba en la sala, sentada en una silla cabizbaja y sin presentar atención al programa de televisión que la media docena de otros ancianos observaban. Debido a su condición de salud, doña Micaela permanecía en el hogar de ancianos junto a otros residentes que no tenían familiares que compartieran con ellos en ese día especial en el que a todos nos gusta estar con los seres más queridos y allegados en nuestra vida. Si Enrique no hubiese estado de viaje en esos días con Irina y Daniel, doña Micaela no hubiese pasado ese día solita. Yelena se encontraba triste cuando llegó al hogar de ancianos, pero en el momento en que tocó a doña Micaela en la mano y ella le respondió con una gran sonrisa y un fuerte abrazo, pudo olvidarse de su propia tristeza por un par de horas.

Doña Micaela y Yelena pasaron juntas al comedor, Yelena se acomodó frente al viejo piano de cola, y empezó a tocar y cantar canciones viejas de su tierra. Aunque doña Micaela sufría de la enfermedad de *Alzheimer*, las canciones no se le olvidaban. A doña Micaela siempre le gustó cantar, mas sin embargo nunca fue buena en esto pues perdía el tono y "le salían gallos". Yelena se reía por fuera y por dentro y se acordaba de cuando su ex-

15

suegro estaba vivo y bromeaba con doña Micaela al oírla cantar totalmente desentonada. . .

Bueno, allí estuvieron ambas un buen rato, cantando con el alma los temas románticos que le recordaban a ambas sus previos esposos, los temas de su añorada tierra, como *En mi Viejo San Juan*, y hasta pocas vergüenzas como *El Hijo que Tiene Asunción*. Yelena se sintió avergonzada cuando doña Micaela cambió la frase de "*el hijo que tiene Asunción va a ser marinero*" con la que más bien se mantiene en la imaginación cuando se canta en público, "*el hijo que tiene Asunción va a ser maricón*". Yelena se preocupó al pensar que otros miembros del hogar de ancianos se podían molestar con la otra versión de la canción, y que les llamaran la atención. Mas sin embargo, al ver a doña Micaela reírse mientras cantaba, Yelena decidió tomarse el riesgo y dejarla gozar hasta el punto que quisiera.

Después de una hora de cantos y risas se despidió de doña Micaela con un beso y un muy fuerte abrazo, y fue a misa. Allí se encontró con una señora irlandesa, Mary, que vivía a solo unas casas de Yelena, y quien la invitó a una fiesta tradicional, *Boxing Day Party* la cual se iba a efectuar unos días más tardes, el 26 de diciembre. De la iglesia, Yelena pasó a una fiesta en casa de una amiga, Esther, la cual al igual que Yelena, era divorciada. Esther era unos años mayor que Yelena, y vivía con su hija adolescente, la cual cursaba el primer año de secundaria en la misma escuela superior a la que asistía Daniel.

୫୦ ୯୧

Yelena conoció a Mary en febrero del 2003, en la iglesia católica donde asistía a misa casi todos los domingos. Fue en un festival internacional auspiciado por la parroquia, en el cual improvisadamente Yelena cantó en español representado a su isla.

De manera inexplicable Yelena notó a Mary dentro del público, pues le dio una profunda sensación de familiaridad, como si la hubiese conocido por muchos años, o más bien como me dijo por teléfono, "sentí que nuestro encuentro estaba planeado".

Cuando Yelena terminó de cantar, Mary se le acercó muy emocionada, pues había aprendido a hablar español en Irlanda, su país natal, y lo hablaba con fluidez pero con un acento típico de España. Un mes más tarde, Mary invitó a Yelena a una fiesta de San Patricio en su casa. Yelena no pudo asistir porque estaba enferma, pero a menudo se encontraba con Mary después de la misa y en otras actividades de la iglesia, donde siempre platicaban y compartían con alegría.

Mary tenía cerca de 77 años de edad, y por la diferencia en edad entre ellas, prácticamente podía ser una madre para Yelena. Era un poco más delgada y menuda que Yelena, de piel muy blanca, pelirroja, con los ojos verdes y la piel arrugada por los años. Conoció a su esposo, Michael, norteamericano y oriundo de New York, en Inglaterra a finales de la Segunda Guerra Mundial. En aquel entonces ella tenía 28 años de edad y él 26, y ese amor a primera vista terminó en matrimonio unos meses después. Ya habían cumplido 49 años de casados, y contaban con tres hijas, dos de un primer matrimonio de Mary y una entre ambos, más varios nietos. Mary era muy alegre, aunque no alborotosa, con muy buenos modales, y le gustaba hablar, cantar y tomar su cerveza, lo que es muy común entre los irlandeses y los ingleses. Era devota a su religión católica, aunque más bien era liberal al practicarla.

ഇ)രു

Ya había pasado casi un año desde que se conocieron, y en el día de Navidad se saludaron después de la misa, y Mary invitó a Yelena a otra fiesta en su casa que iba a celebrar al día siguiente, *Boxing Day*. Según me explicó Yelena en una de nuestras conversaciones telefónicas, la celebración de *Boxing Day* surgió en Inglaterra siglos atrás, donde la servidumbre y funcionarios públicos se presentaban con cajas para recoger propinas y bonos. Pero hoy en día, esta fiesta tradicional es más bien una excusa para que la gente siga celebrando en grande la Navidad con otro día feriado.

El 26 de diciembre Yelena se levantó temprano y fue al aeropuerto a recoger a Daniel Javier e Irina Micaela, quienes regresaban de Texas donde habían estado de vacaciones por una semana con Enrique. Yelena había pasado el día de Navidad sin ellos, el motivo de su tristeza ese día, pues desde su divorcio sus hijos se alternaban cada año donde pasaban la Navidad o el Año Nuevo, una celebración con su padre y otra con su madre. Después de una celebración informal con Irina y Daniel, y ya entrada la tarde, Yelena pensó en la fiesta que iba a celebrar Mary. Vaciló en asistir porque quería pasar la noche con sus hijos. Sin embargo ya estaban grandes y los vio muy entretenidos con los nuevos juegos de video que ella les había regalado para la Navidad, y los que estaban estrenando ese día. También se acordó del no haber podido asistir a la fiesta de San Patricio en casa de Mary nueve meses atrás, y se sintió avergonzada de pensar que era la segunda vez que Mary la invitaba a su casa a una fiesta y que no iba a asistir, lo que la hizo cambiar de parecer. Decidió ir vestida informalmente, con los mismos *blue jeans* y el suéter color azul cielo que tenía puestos. Se lavó la cara y se maquilló. Pero ya cuando estaba a punto de salir de su casa, pensó en las amistades de Mary de la iglesia y como vestían, y a última hora decidió cambiarse de ropa.

Mientras se ponía un suéter rojo y un *jumper* en terciopelo negro que le llegaba unas pulgadas sobre la rodilla, se rió sola pensando que parecía buena idea que se vistiera mejor, ya que podía ser una actividad donde podía conocer a un buen hombre, ¡quizás a su próximo marido!. También decidió cambiarse los aretes por unos rojos que le combinaban con su suéter, y se aplicó un poco de su perfume favorito en spray, de la particular manera con la que siempre lo hacía. Lo roció en el aire cerca de su cabeza para que le cayera sobre la cara, el pelo y hasta en la ropa.

Yelena caminó hasta la casa de Mary, la cual quedaba justo a la vuelta de la esquina de la de ella. Cuando llegó a la fiesta se sintió contenta por haberse cambiado de ropa, pues todo el mundo estaba bien vestido, y aunque su vestuario no era formal, se sentía elegante y muy juvenil con él. Observó a los invitados y notó que con excepción de un par de personas, prácticamente todos podían ser sus padres o madres. Mas no le tomó mucho rato en acoplarse a los invitados ingleses e irlandeses que estaban en la fiesta, porque todos estaban muy animados y se mostraron muy amigables con Yelena desde el momento en que llegó.

Realmente le recordaban las fiestas navideñas que pasábamos juntas cuando ella vivía acá en Texas, cuando cantábamos entre amigos hasta el amanecer, y bebíamos y comíamos sin parar. Yelena se volvió a acordar de lo que le pasó por la mente cuando decidió cambiarse de ropa a última hora, con respecto a poder conocer un buen hombre. Mientras se le escapaba una sonrisa no dudó que allí hubiera muchos, pues la mayoría llevaba más de 35 años de casados con sus esposas, pero en la fiesta no había nadie soltero de una edad cercana a la de Yelena.

Yelena se sirvió un plato surtido de comida, de entre las muchas cosas que había para escoger. Cuando terminó de comer se sirvió una copa de vino tinto, su favorito, el cual tomaba con mucha moderación, y se sentó a escuchar al grupo de invitados entonar canciones folklóricas inglesas e irlandesas, acompañados con guitarra, banjo y palmadas. No pasaron unos minutos, cuando tuvo el presentimiento y hasta sintió que alguien la miraba fijamente. Notó que habían llegado otros cuatro invitados, los que aún se mantenían cerca de la entrada de la casa. Entre éstos había una pareja que aparentaba tener unos cincuenta años de edad, un hombre más joven que podía tener entre unos cuarenta o cuarenta y cinco años, y un hombre que parecía hispano y aparentaba tener unos sesenta años de edad. El hombre joven era el que estaba mirando fijamente a Yelena. Tan pronto cesó brevemente el canto y la música, los invitados recién llegados se movieron cerca de la cocina, donde estaba la bebida y la comida. Los cuatro se sirvieron algo de tomar y comer, y con excepción al hombre joven, los otros tres se movieron al fondo de la sala informal, desde donde podían ver a los músicos y sentarse a saborear lo que se habían servido.

El hombre joven, quien aún no le quitaba los ojos de encima a Yelena, permaneció parado en la cocina hasta que terminó de comer. Llenó el medio vaso que le quedaba de cerveza, y entonces se reubicó, quedándole Yelena sentada frente a él, separándolos unos diez pies de distancia y los músicos. El hombre joven fácilmente pasaba de los seis pies de estatura, corpulento, pero no grueso. Tenía la piel muy blanca, y sus ojos eran rasgados y claros. Con la distancia que había entre Yelena y él, le era difícil el distinguir si sus ojos eran azules o verdes. Su nariz era muy espigada y bastante grande, y su cabello era abundante, ondulado, y castaño claro donde abundaban las canas. También notó que tenía más arrugas que ella misma, así que supuso que podía ser mayor que ella, o hasta de su misma edad, pero no descartó el que fuera más joven que ella, y por tener la tez tan blanca, se le había arrugado antes que la de ella. A Yelena aún no le salían arrugas, lo que la hacía pasar por unos cinco o hasta diez años menos de los que realmente tenía. El hombre joven vestía una camisa de manga larga con rallas verticales en varios colores brillantes, unos pantalones negros de vestir, y unas botas en cuero negro sin diseño alguno. Sus miradas hacia Yelena eran tan frecuentes y profundas, que aunque hacía rato que Yelena había acabado de comer y de tomar su vino y sentía mucha sed, prefirió no moverse de su asiento por evitar estar cerca de él, quien precisamente estaba parado cerca de donde estaba toda la bebida, incluyendo el agua.

Los invitados seguían unidos en canto, acompañando a la guitarrista, Helen, una señora inglesa de unos 65 años de edad, y a John, un hombre irlandés de unos 55 años de edad y quien tocaba el banjo. Después de dos canciones, el hombre joven deleitó a los invitados con par de chistes, los cuales fueron muy bien recibidos. Mientras lo escuchaba con atención, Yelena se recordó de su hermano Javier José, a quien le gustaba tomar cerveza y hacer chistes en fiestas, y quién también tenía los ojos pequeños y rasgados y una nariz protuberante. Cuando acabó de hacer los chistes, el hombre joven salió a la terraza a fumar un cigarrillo, una situación que Yelena aprovechó para ir a servirse un vaso de agua. Mas tan pronto se volteó para salir de la cocina, se encontró al hombre joven parado frente a ella, quien acababa de regresar.

"Hola, soy Martin Ryan. ¿Y tú, cómo te llamas?".

"Mucho gusto Martin. Soy Yelena Oliver", dijo mientras le extendía su mano para saludarlo.

"Ah, te llamas Yelena. Debes ser de Checoslovaquia o algún otro país de Europa oriental".

"Pues el nombre es pura casualidad, ya que es poco común en mi tierra natal de Puerto Rico y otros países de habla española, y ni siquiera tengo antepasados que vienen de esa parte del mundo", exclamó Yelena.

Martin añadió que había nacido en África del Sur, pero que se había criado en Inglaterra. También le preguntó a Yelena quien la había invitado a la fiesta, y Yelena le comentó que había conocido a Mary en la iglesia, y que sorpresivamente luego se dieron cuenta de que eran prácticamente vecinas.

"Vivo a la vuelta de la esquina, con mis dos hijos, un varón de 15 años y una niña de 13 años".

Los ojos de color azul claro, el encantador acento británico, y la gran estatura de Martin dejaron a Yelena prácticamente paralizada. Sintiéndose nerviosa, cuando empezaron a tocar una nueva pieza musical Yelena aprovechó la ocasión, se despidió de Martin, y se apresuró a sentarse en el mismo banco donde había estado originalmente. Siguió sentada frente a Martin, donde mantuvieron un intercambio de miradas por el resto de la noche.

Después de un par de canciones y seguido por un par de chistes más de Martin, Mary le pidió a Yelena que cantara algo en español. Yelena no se ponía nerviosa al cantar en público, pero en esa ocasión le sudaron las manos y sintió el estómago descomponérsele. Puso varias excusas que no resultaron en nada y finalmente los deleitó con *Cielito Lindo*, la cual Helen sabía, y pudo acompañarla con la guitarra. Cuando Yelena dejó de cantar con su fina voz de soprano, los invitados aplaudieron con mucho ánimo, y le pidieron que cantara de nuevo. Entonces le cantó a capela *En mi Viejo San Juan*, donde pudieron palpar la sensibilidad de Yelena, al verla cerrar sus ojos y mover sus brazos con sutil emoción.

Cuando terminó de cantar, Yelena se acercó a los invitados que habían llegado con Martin. Ya que habían llegado después que había surgido el apogeo de los cantos, eran los únicos con quienes no había tenido la oportunidad de hablar. El hombre mayor que parecía hispano era Gabriel Canales, un ingeniero y empresario nacido y criado en Chile. Gabriel medía cerca de seis pies de estatura, de estructura mediana y con unas cuantas libras de sobrepeso que se le notaban en el estómago. Tenía los ojos grandes y muy oscuros, acentuados por lentes, y el pelo canoso y un poco escaso, pero sin ser calvo. Sus facciones eran un poco rústicas, donde resaltaba su nariz bastante grande y un gran bigote donde predominaba el cabello negro en vez de canoso.

Justo cuando se despedía de Gabriel para tratar de llegar hasta la otra pareja, notó que ellos habían salido a fumar a la terraza. Cuando regresaron se presentaron como Thomas y Theresa, pero rápidamente comenzó la música, y por el alto ruido, Yelena terminó regresando a su silla. Desde la distancia notó que Thomas era de mediana estatura, y Theresa, quien era un par de pulgadas más baja, medía unos 5 pies y seis pulgadas de estatura. Thomas era calvo, con la piel bronceada, ligeramente obeso y de ojos castaños. Theresa tenía el pelo lacio y negro con un corte estilo paje. Sus grandes y bonitos ojos color turquesa sobresaltaban con el contraste que creaba el negro color de su pelo y la ropa que llevaba puesta y con su blanca tez donde se le notaban arrugas de dulzura alrededor de la boca y los ojos. En una ocasión Martin se acercó a Theresa y a Thomas, y se paró junto a Theresa abrazándola por los hombros por unos dos minutos. Debido a ese gesto y al observar los finos rasgos y color claro de ojos de ambos, Yelena pensó que a lo mejor era la madre de Martin. Pero por la aparente diferencia en edad entre ambos, cerca de unos quince años, Theresa podría ser la hermana mayor de Martin, o quizás simplemente una amiga cercana.

Las canciones y chistes continuaron hasta cerca de las once de la noche y entonces los invitados empezaron a desfilar. Se despidieron con besos y abrazos, incluyendo a Yelena como si la hubieran conocido por años. Yelena tuvo una vez más la oportunidad de platicar con ellos mientras se despedía. Entre las personas que más le llamaron la atención esa noche figuraron Helen y su esposo, pues Helen interrogaba a todo el mundo con mucho detalle y hasta atrevimiento, y era obvio que tenía un carácter fuerte, y que su esposo parecía un soldado que la obedecía como si ella fuera un oficial de alto rango.

Yelena notó que una vez que se despidió de Helen, Martin se le acercó y mientras hablaban le señalaba en dirección a ella. Entonces Helen se acercó de nuevo a Yelena y le pidió su número de teléfono, explicándole que le gustaría tenerlo para añadirla a la lista de invitados de su grupo para cualquier fiesta que organizaran en el futuro. Con una sensación de que entre ellos existía algo trascendental y muy profundo, Yelena estaba evadiendo acercarse a Martin para despedirse, aunque no podía negar que lo encontró guapo e interesante y que le encantaría conocerlo. Por eso mismo le flaqueaban las rodillas. Mas sus buenos modales y calidez humana nunca faltaban, aun en ocasiones difíciles, y continuó despidiéndose del resto de los invitados, lo que la dejó precisamente al final frente a Martin.

Éste no fue nada de tímido, y le dijo, "Yelena, me alegra haberte conocido. No solo eres una mujer bella, sino que también cantas muy bonito. Espero tener la oportunidad de volver a verte".

Aunque le encantó lo que oyó, Yelena se puso tan nerviosa que se volteó rápidamente, y le contestó mientras le iba dando la espalda.

"Mucho gusto en conocerte, Martin. Sí, posiblemente nos volvamos a encontrar".

Yelena regresó a su casa con una sonrisa eterna en su rostro, y con la imagen de Martin grabada en su pensamiento. Esa noche Yelena se acostó con la esperanza de volver a oír de él, ya que sospechaba que Helen le pidió el número de su teléfono como una petición de Martin. Se volvió a reír sola, pensando en como a última hora decidió cambiarse de ropa porque podía conocer a un buen hombre. . . el hombre de su vida. Entonces se dio cuenta de que también el nombre Martin traía otra atadura a su vida porque la madre biológica de Daniel lo inscribió al nacer con el nombre de un santo, San Martín de Porres, patrón de Lima, donde nació el niño. Y mientras se le cerraban los ojos rendida por el cansancio, una vez más apareció en su mente la idea de que lo que nos ocurría en la vida no eran casualidades sino eventos planeados por ese Ser Divino.

Varios días después de la fiesta en casa de Mary, Yelena todavía seguía pensando en Martin. La impresión que él le causó fue tal, que Yelena compartió los detalles de su encuentro con Martin con varias de sus amigas cercanas, incluyéndome a mí por supuesto, y hasta con su tía Gracia. Habían pasado varios días más y Yelena había perdido las esperanzas de que Martin la llamara. Se sentía triste y muy desilusionada. Llegó el 31 de diciembre y Yelena junto con sus hijos iba a recibir el Año Nuevo en su casa. Yelena decidió cocinar algo sencillo y que le gustaba mucho a los niños, alitas de pollo al horno. Las condimentaba con mucho esmero y siempre le quedaban como para chuparse los dedos, según decían todas las personas que las habían probado. Las iba a acompañar con arroz blanco y frijoles. Eran cerca de las siete de la noche, y mientras Yelena volteaba en el molde las alitas a medio cocinar, sonó el teléfono.

"Yelena, soy yo Helen, tu nueva amiga inglesa", dijo en español, pero con un fuerte acento extranjero.

Le preguntó si se acordaba de ella, y luego le preguntó a Yelena que planes tenía para recibir el Año Nuevo. Yelena le explicó que pensaba pasarlo tranquilamente en su casa con sus hijos, y que fuera de ir a la iglesia al día siguiente, no tenía otros planes.

"¿Y tú no sales a divertirte con amistades, o quizás con algún pretendiente?", preguntó Helen con picardía.

Yelena le explicó que desde que se divorció se había acostumbrado a salir con las amistades que conoció a través de sus hijos, y que en esos momentos no había ningún pretendiente en su vida.

"En realidad estoy empezando a echar de menos el tener amistades adultas con quien compartir. Mis hijos están en una edad en la que tienen sus propias actividades, y muy a menudo termino quedándome sola aquí en mi casa", añadió Yelena.

Entonces Helen le preguntó si se acordaba de Martin, lo que no sorprendió a Yelena, pues presentía cual había sido el verdadero propósito de la llamada de Helen.

"¿Pues qué te pareció Martin?", le dijo Helen.

Yelena no fue tímida y le dijo que disfrutó de sus chistes, y que le pareció muy atractivo.

Helen entonces comentó, "pues te traigo buenas noticias. Martin me pidió aquella noche al final de la fiesta que te preguntara tu número de teléfono, y que luego te llamara para preguntarte si estarías interesada en hablar con él por teléfono, y posiblemente hasta salir a algún sitio juntos para conocerse".

Aunque era precisamente lo que Yelena quería escuchar y hasta ansiaba el poder volver a ver a Martin, titubeó en contestar tal y como lo hubiese hecho una adolescente.

"Helen, realmente soy muy conservadora, y me da hasta miedo salir con un hombre a quién no conozco. Mas le confesaré que me atrajo mucho".

Se quedó en silencio pensando que lo que en realidad le daba miedo era que podía volver a enamorarse y volver a pasar por otro desengaño amoroso. Al Helen notar el silencio, le preguntó a Yelena, si aún estaba en la línea.

"Helen, realmente me gustaría conocer a Martin, pero nunca he estado en esta situación antes. Solamente he salido con dos hombres en mi vida, y a ambos los conocía bien cuando nuestra relación creció y empezamos a salir juntos. No sé que pensar. Necesito saber más de Martin antes de hablar con él por teléfono".

Helen le dijo a Yelena que conocía a Martin hacía unos dos años, que era un hombre muy conservador, y que no había tenido suerte en su vida romántica. Martin era dueño de su propia empresa, la cual se dedicaba a hacer inversiones en la bolsa de valores y a proveerle fondos también como inversionista a algunas nuevas empresas privadas. Contaba con una buena posición económica, y a los 36 o 37 años de edad, aún seguía soltero.

"¿A esa edad todavía sigue soltero? Eso me parece raro. ¿Está usted segura que es conservador?", exclamó Yelena con mucho énfasis.

Helen le repitió a Yelena que Martin había tenido mala suerte en su vida romántica, y que tenía hasta miedo de volver a enamorarse.

"Chica, anímate, pues no tienes nada que perder con llamarlo y conocer más de él. Si te agrada pueden seguir hablando por teléfono y empezar a salir juntos".

Yelena, quien mantenía el teléfono inalámbrico sobre su hombro aguantándolo con su barbilla, estaba regresando al horno el molde con el pollo que acababa de voltear mientras las manos le temblaban, y terminó quemándose la mano derecha en un área de más o menos media pulgada de ancho por una pulgada de largo. Pensó que se estaba volviendo loca porque la quemadura le pareció tener forma de "M". Se enjuagó la mano y entonces se agachó en el piso sobre la alfombra de área que tenía frente a la estufa, pensando que hacer con respecto a la llamada de Martin. Después de otro largo silencio, le contestó a Helen que le diera el número de teléfono de Martin y que lo más seguro lo iba a llamar esa noche.

Yelena se puso un medicamento sobre su quemadura en forma de "M", y poco después preparó la mesa. Se sentó con sus dos hijos a comer, y entre las escasas palabras que intercambiaron, se le perdía la mente pensando en su vida personal. En los últimos 5 años de su vida habían sido muy pocas las personas que la visitaban, y añoraba las fiestas que celebraba en su casa en Dallas, donde venían sus muchas amistades de largos años. Echaba de menos la vida matrimonial, pues realmente había tenido un compañero en su vida desde los 16 años de edad, y sentía el vació que había dejado el no tener ese amigo especial con quien compartir su vida.

Terminando de cenar, Daniel e Irina regresaron a entretenerse con sus juegos de video, y Yelena decidió llamar a su tía Gracia a Puerto Rico. Para aquel entonces la tía Gracia tenía 89 años de edad, y aunque Yelena ya empezaba a filtrarle los relatos que pudiesen preocuparla, no titubeó en contarle los detalles de la llamada de Helen. Unos días atrás le había dado todos los detalles de la fiesta donde conoció a Martin, incluyendo todo lo que a él se refería, desde su descripción física, sus chistes, cuanto le recordaba a su propio hermano, su corta conversación cuando por primera vez hablaron en la cocina en casa de Mary, y hasta sobre la muy breve pero cálida despedida.

෧෬

En realidad, la tía Gracia y Yelena eran las mejores amigas del mundo. Desde pequeña Yelena confiaba mucho en ella, quien la mimaba como una madre, y después que doña Irina falleció, el apego creció. Yelena desarrolló el hábito de llamarla todos los días una vez que la salud de la tía Gracia empezó a decaer con la edad, lo que había pasado unos tres o cuatro años atrás. La tía Gracia vivía solita, y aunque el océano y una gran distancia física las separaba, oía más de Yelena que de cualquier otro miembro de su familia o amigos.

La tía Gracia había pasado la vida soltera. Había sufrido un fuerte desengaño de joven, el cual nunca pudo superar, manteniéndola alejada de los pretendientes que se le presentaron a través de los años. Sorpresivamente, durante los últimos años, y desde que Yelena se divorció de Enrique, la tía Gracia le comentaba con frecuencia que era mejor vivir con un compañero, algo que no logró entender hasta hace unos años atrás.

"Yelena, a uno le llegan los achaques de la vejez, y se empieza a limitar en las actividades que tiene, y es ahí cuando en verdad se echa de menos el tener un compañero que viva con uno".

෧෬

Yelena acabó de relatar los detalles de la llamada de Helen, y agradeció el consejo de su tía.

"Ay mija, te debes dar la oportunidad de conocer a Martin, porque la soledad es triste, y aún estás joven".

La diferencia en edad entre Martin y Yelena era otra preocupación para ella y se lo comentó a la tía Gracia. Aunque le dijo que entendía como se debería sentir, pues 10 años era una diferencia en edad grande, también le indicó que eso no impedía el darse la oportunidad de poder conocer a un buen hombre y al menos crear una buena amistad. La tía Gracia, le recordó a Yelena que ambas conocían unas cuantas parejas que llevaban bastantes años felices de casados, y donde la esposa le llevaba bastantes

25

años al marido, incluyendo dos parejas en su familia inmediata donde las mujeres eran ocho años mayores que sus maridos.

Yelena no se conformó con el consejo de su tía Gracia, y entonces me llamó a mí. Como era el 31 de diciembre, aprovechó la llamada que ya tenía planeada para felicitarme. Le conté como por primera vez en mi vida iba a pasar la Navidad sin mi papá. Su salud, y también la de mi hijo Andrés, estaban delicadas. Afortunadamente, tenía una amiga que me vino a visitar desde Puerto Rico, lo cual nos había traído gran alegría a todos ya que hacían ocho años que no nos veíamos. Luego Yelena me contó los detalles de la llamada de Helen. Ya que había oído los eventos de la fiesta en casa de Mary durante nuestra acostumbrada y mas reciente llamada semanal, me consultó seriamente si debería llamar a Martin, que hacer si entonces la invitaba a salir, y que tipo de invitación debería aceptar y cual no. Al igual que la tía Gracia, le dije que no tenía nada que perder con hablar con él por teléfono, y que si le agradaba lo que oía, y él la invitaba a salir que entonces aprovechara la ocasión para conocerlo mejor.

"Yelena, todavía estás joven, y tu espíritu y estado físico juvenil son más importantes que tu edad cronológica".

Hasta le tiré un chiste de una actriz famosa, la cual para esa época ya llevaba un tiempito saliendo con otro actor el cual era 14 años más joven que ella, y hasta se oían noticias de planes de boda entre ellos.

Yelena se rió, y añadió, "sé que me veo más joven de lo que soy, pero es por los buenos genes, y no a costa de cirugía plástica. Fíjate, que hasta el día de hoy, ni el pelo me he teñido. Y no es solo porque no me ha salido ni una cana, sino por la falta de interés. Pero déjame también decirte que con los tumbos que he dado en esta vida, y aunque mi alma está un poco fundida, me siento feliz siendo yo, como me veo, como actuó, y agradezco a Dios la buena salud con la que cuento".

Eran entonces las 9:35 p.m., y Yelena se retiró a su dormitorio y cerró la puerta. Se acostó pensativa unos minutos, y de repente alcanzó el teléfono que tenía al lado de su cama, y marcó el número de Martin. Al cabo de cuatro timbrazos, sonó la maquina grabadora. Yelena se decepcionó que no fuera Martin el que contestara, pero ya se había preparado para esa posibilidad. Las manos le temblaban, y también con voz temblorosa dejó un mensaje grabado.

"Hola Martin, es Yelena, la que conociste en casa de Mary. Helen me llamó, y decidí aceptar tu invitación de platicar y poder conocernos. Cuando tengas la oportunidad llámame al 343-5323. Feliz Año Nuevo".

Yelena se quedó acostada en su cama jugando con un remolino de pensamientos. Recordó los muchos momentos felices que había pasado en su vida, y también en las tristes huellas en su corazón, pero las que la habían hecho crecer personal y espiritualmente. Pensó en las sorpresas que muchas veces el destino le había traído, en el plan de Dios, y en lo generoso que Éste había sido con ella toda su vida. Soñó con que el Año Nuevo que iba a entrar le iba a traer nuevas oportunidades y muchas alegrías. De repente se dio cuenta de que solo faltaban siete minutos para la medianoche. Salió y se reunió con sus dos hijos frente al televisor, donde contaron los últimos minutos del año 2003 que despedían, y les deseó un Año Nuevo lleno de muchas bendiciones, alegría, paz y salud.

Un poco más tarde, después de ver un par de programas de televisión, Yelena se acostó, y mientras trataba de quedarse dormida, pensó en Martin. Esta vez hasta sintió en lo más profundo de su ser, que el conocerlo había sido parte del destino. Trataba de adivinar el futuro, haciéndose miles de preguntas. ¿Qué pasará con Martin? ¿La volvería a llamar? ¿Podría éste finalmente ser el hombre que ella estaba esperando en esta etapa de su vida? No se quería ilusionar pero ya el mal estaba hecho. Yelena finalmente quedó rendida soñando con que el Año Nuevo estuviera lleno de gratas sorpresas.

El 1ero. de enero del 2004, Yelena se levantó cerca de las diez de la mañana al oír el ruido creado por sus hijos jugando videojuegos en la sala informal, la cual quedaba contigua a su habitación. Hizo sus oraciones de costumbre, incluyendo la oración diaria en el devocionario al cual estaba suscrita por más de 25 años. Luego le dio su acostumbrada llamadita diaria a su tía Gracia y pasó a preparar un desayuno liviano para todos. Los niños regresaron a sus videojuegos, y ella volvió a la cama, donde se recostó a leer el periódico.

Eran justo las doce del mediodía cuando me llamó para felicitarme y contarme los detalles de la conversación que acababa de tener con Martin. Según Yelena, Martin y ella prácticamente se entrevistaron por teléfono como por media hora.

"Al principio estaba tan nerviosa que sentí mariposas en el estómago. A tal punto que pensé que iba a tener que salir corriendo para el baño en medio de la conversación. Pero la conversación se desarrolló con mucha facilidad y me fui calmando", me comentó Yelena.

Yelena le dijo a Martin que era divorciada y que vivía sola con sus dos hijos. Le contó que era doctora en física, de su trabajo por años en la industria electrónica, y del más reciente pero más apreciado empleo que había tenido. En esos momentos se desempeñaba como directora de una de las agencias del gobierno estatal, donde su equipo de científicos e ingenieros era de los mejores en su campo en el mundo entero en el área de calidad ambiental. Le contó como se cansó de tanta burocracia que encontró trabajando para dos grandes empresas internacionales, donde se desempeñó en varios cargos desde científica hasta gerente. Y añadió que los continuos cortes de empleos, y otras inestabilidades en el sector privado también la motivaron a buscar empleo en el gobierno.

"Es mejor tener un empleo que aunque pague menos, provea más seguridad y más satisfacción", dijo Yelena.

Por otra parte Martin le explicó a Yelena que era químico y que había estudiado en Inglaterra. Tan pronto se graduó con una maestría se unió a la industria petrolera, donde participó en varias exploraciones en África. Dos años más tarde, la misma empresa para la que trabajó en África lo asignó a un proyecto que requería que estuviera un año en los Estados Unidos de América, y cuando se terminó el proyecto, decidió quedarse. Consiguió empleo en un laboratorio analítico de una empresa de productos químicos, donde ascendió rápidamente hasta llegar a ocupar un cargo a nivel de director. Luego aceptó una posición como vicepresidente de mercadeo para otra gran empresa. Tuvo la suerte de haber recibido opciones de compra para acciones poco antes de que la compañía se hiciera pública en la bolsa de valores. Esto le generó ganancias muy altas, las que utilizó para establecer su propia empresa como inversionista.

Yelena le preguntó a Martin por su edad, y si alguna vez había estado casado o había vivido con alguna compañera. Él le comentó que dentro de dos meses iba a cumplir 37 años de edad, y que nunca había vivido con ninguna mujer.

"Me siento incómoda porque acabo de cumplir 47 años. Soy diez años mayor que tú, y eso es bastante", le dijo Yelena.

Martin le aseguró que eso no le molestaba en lo absoluto.

"Soy muy conservador, y me gusta hablar con gente madura, y ya establecida en la vida. No sé si te acuerdas, pero llegué a la fiesta en casa de Mary acompañado de tres de mis mejores amigos, los cuales todos me llevan por lo menos 15 años en edad. Lo más importante es como te sientes tú y como actúas. Además estoy seguro que tú sabes que te ves mucho más joven de lo que eres".

El intercambio breve de sus antecedentes continuó. Compartieron datos de donde habían nacido, el tipo de escuelas a las que habían asistido, datos sobre sus padres y hermanos, sus pasatiempos favoritos y hasta algunos de sus hábitos diarios. Yelena siguió indagando en la vida personal, y Martin no titubeo en contarle que había tenido solo tres novias en su vida, y que con ninguna había tenido suerte. Según Martin, todas terminaban dejándolo, y que la última, Oksana con quien duró casi 5 años y quien era de Rusia, le dejó el corazón destrozado. Martin le confesó que desde que lo dejó Oksana cuatro años atrás, no había salido con ninguna otra mujer, y que no se había interesado en invitar a salir a nadie hasta que la conoció a ella. Luego discutieron la posibilidad de salir juntos a tomarse un café, o de salir a cenar. Él terminó sugiriendo ir a cenar el sábado 10 de enero. Después de Yelena asegurarle que era flexible con el ambiente y el tipo de comida, Martin sugirió un restaurante persa. Él la iba a llamar el miércoles 7 de enero para acordar los detalles.

Al terminar esa llamada, y aunque no le fue fácil, Yelena volvió a poner sus pies en la tierra. Estaba segura de que los nueve días que transcurrirían antes de su próximo encuentro con Martin iban a parecerle una eternidad.

Capítulo 3
La primera premonición

Durante los nueve días que transcurrieron desde el día en que Yelena recibió la llamada de Martin y el famoso día de su primera cita, Yelena me llamó cuatro veces. Estaba muerta del miedo con el simple hecho de que iba a salir con alguien que no conocía. Intenté calmarla recordándole que llevaba años trabajando en empresas dominadas por hombres en las cuales ella era una doble minoría, hispana y mujer. También le recordé que estaba acostumbrada a viajar en compañía de hombres que conocía en el plano profesional, algo que había hecho sin ningún temor. Yelena se rió, y me comentó que era cierto, pero que eso era distinto.

"Sí, pero mis compañeros de trabajo no tratarían de sobrepasarse conmigo pues te aseguro que les da temor el pensar que podrían perder su empleo. Con Martin la cosa es distinta porque tiene cerca de 37 años de edad y nunca se ha casado, lo que posiblemente significa que es un casanova".

Cuando Yelena me indicó que además de haberse mantenido soltero era un inversionista, y que aparentemente estaba en muy buena posición económica, pensé que sí podría ser un casanova. Aun así, con toda honestidad le comenté, "la vida da muchas sorpresas, y quien sabe si el pobre se muere de timidez".

හ**ශ**

Los días pasaron, y con el nerviosismo, Yelena apenas dormía y comía, y había perdido unas libras de peso. Más grave aun, hasta estaba perdiendo el cabello. Mientras se preparaba para su primera cita con Martin, prestó mucha atención al como vestirse para esa ocasión especial. A través de amistades, el *Internet* y hasta llamando al propio restaurante, indagó sobre el ambiente a donde Martin la iba a llevar a cenar. Al enterarse que habían mesas y sillas corrientes, pero que algunas personas se sentaban en cojines en el piso, decidió ponerse una falda suelta a media pierna que le facilitara sentarse sin ningún inconveniente, acompañado de un elegante suéter de manga larga que aunque se ceñía a su esbelta figura, era muy recatado. El color negro de la falda y del suéter le daba un toque aun más serio.

හ**ශ**

El miércoles antes de la acordada cena, Martin llamó a Yelena y le indicó que había decidido ir a un restaurante donde el ambiente era más elegante y formal que el anterior. Acordaron los últimos detalles de su cita y el tono de la conversación le sirvió como un leve tranquilizante.

Por fin llegó el sábado 10 de enero, y Yelena estaba tan nerviosa que no solo se le había descompuesto el estómago, sino que sudaba en exceso. Encima de eso, me contó que tuvo algunos inconvenientes. Primeramente, a la aspiradora de polvo se le quemó el motor dos horas antes de que Martin llegara a recogerla a su casa, y a pesar de los esfuerzos de Yelena en usar un deodorizador en toda la casa, la casa entera olía a goma quemada. Ese fin de semana Irina y Daniel estaban con ella, y aunque ambos tenían planes de pasar la noche en casa de sus amigos más cercanos, Daniel cambió los planes a última hora. Yelena tendría que recogerlo a las once de la noche, lo que la obligaría a que su cita con Martin no durara mucho más de las 10:30 p.m..

Como a las 6:30 de la tarde, después de haber repartido a sus hijos, Yelena se apresuró a bañarse y vestirse con el ajuar que con tanto esmero escogió. Se arregló su cabello en un conservador moño, él cual la hacía ver elegante, pero mayor y muy seria. Se puso unos tacones altos, lo que le recordó la impresionante estatura de Martin, y alistó un abrigo de invierno formal, corto.

Martin llegó justo a las siete de la noche como habían acordado. Al abrir la puerta, se saludaron estrechándose la mano. Yelena encontró a Martin aun más guapo que el día en que lo conoció. Realzando su imponente figura llevaba puesto un traje gris oscuro y bien entallado. Yelena quiso tirarle una pequeña broma a Martin, y antes de salir agarró a su gato, Ambición, y le dijo a Martin, "estamos listos". Él la miró medio sorprendido, y Yelena le dijo sonreída, "es solo una broma". Martin se sonrió. Yelena caminó paralela a Martin, quien le abrió la puerta para que entrara a un seductivo *Mercedes-Benz* deportivo con exterior negro. Aunque no tenía ningún interés en automóviles pudo reconocer el modelo *SL600 Roadster*, igual al que manejaba el ex-marido de una de sus vecinas. Mientras esperaba a que Martin se acomodara en su asiento pensó, "posiblemente usa su automóvil como una artimaña para impresionar a las mujeres". Aunque en verdad Yelena no era persona de impresionarse por los bienes materiales, estaba tan nerviosa que ni por cortesía le mencionó algo a Martin sobre su impresionante automóvil.

Martin le preguntó a Yelena cual era la ruta más fácil para salir de su vecindario, y siguió sus instrucciones, manejando diligentemente hacia una de las áreas más exclusivas de la ciudad por unos diez minutos. Hablaron poco durante ese trecho, pero Yelena le hizo saber que sí estaba nerviosa, ya que era la primera vez que salía con alguien que acababa de conocer. Sin darse cuenta llegaron cerca del restaurante, y después de dar dos vueltas tratando de encontrar un lugar donde estacionar, encontraron un espacio a unas cuadras del restaurante. Martin le abrió la puerta del automóvil a Yelena, y caminaron hasta que se acercaron a una calle que estaba poco alumbrada. Entonces le tomó la mano a Yelena para ayudarla a cruzar, quien prácticamente se la arrancó de la de él tan pronto llegaron al otro lado de la calle.

Martin escogió uno de los mejores restaurantes de todo Palm Beach. Tan pronto se sentaron y antes que llegara el mozo, Martin le preguntó a Yelena que si le gustaría tomar algún vino.

"Aunque solo me tomo una copa en toda la noche, me gustan los vinos tintos", contestó Yelena.

Martin ordenó una muestra de tres vinos para ambos, *Merlot* para Yelena, y para él, *Savignon*. Yelena no aceptó un aperitivo, y le confesó que su diminuta figura no aguantaba mucho de comer. Mientras Yelena comió unos pedacitos de pan, Martin saboreó ostiones. Como plato principal Yelena ordenó un delicioso pescado con salsa de camarones, Martin ordenó un corte de chuleta de oveja asado, y ambos platos incluían papas horneadas y espárragos.

Durante la cena hablaron de sus carreras, de política, de la situación económica del país, y hasta de sus pasadas relaciones amorosas. Yelena no solo quedó impresionada por los buenos modales de Martin, sino por sus variados temas de conversación y con la facilidad con la que los dominaba. Aunque era muy sofisticado, había compartido datos personales que mostraban sencillez, confesándole a Yelena que había vivido en condiciones de mucha escasez económica durante su niñez y adolescencia. Contó Martin que sus padres se habían separado cuando él apenas tenía cuatro años de edad, y que su madre, Catherine, en una ocasión llegó a tener hasta tres trabajos a la vez para poder proveerles lo más esencial a él y a su hermana menor, Tatiana. Ambos rieron sorprendidos al darse cuenta que los nombres Yelena y Tatiana tenían su origen en los países del nordeste de Europa en los cuales ninguno tenía antepasados. Lo que más le agradó a Yelena de Martin esa noche, fue el oírlo decir que con mucho esfuerzo se costeó sus estudios universitarios y decidió tener una carrera exitosa para que en el futuro ni él ni ningún miembro de su familia inmediata tuvieran carencias en la vida. Este comentario le recordó a Yelena a su padre Javier, a quien siempre había admirado mucho. Don Javier perdió a su padre cuando tenía 6 años de edad, y su madre trabajó duro para proveerles a sus seis hijos lo mínimo necesario para sobrevivir. La historia del papá de Yelena y la de Martin eran paralelas en cuanto a lo que los motivó a estudiar y superarse en la vida, lo que Yelena muy alegre y emocionada compartió con Martin.

Desde el momento en que se sentaron en la mesa del restaurante Yelena había mantenido en su mente gran curiosidad por un anillo que Martin llevaba puesto. Realmente, no quería pasar el resto de la noche agobiada por el significado.

Cuando estaban terminando de comer, le dijo a Martin, "noté el anillo con el corazón, unas manos y una corona que usas en el dedo donde normalmente se usa el anillo de matrimonio. ¿Qué significado tiene?".

Martin le contestó con mucho ánimo y sonriente, "mi madre me lo regaló hace años, y es una tradición irlandesa, parte de sus raíces y las de mi padre. Dependiendo de como te pongas el anillo *Claddagh* en el dedo, la dirección del corazón indica si eres casado o no. Yo lo uso siempre, y como mucha gente no sabe la diferencia, me evito que algunas mujeres se me acerquen porque creen que estoy casado".

33

Luego le explicó a Yelena que las manos eran símbolo de amistad, el corazón de amor, y la corona de lealtad.

Una vez terminaron de comer estuvieron de acuerdo en que la cena había estado deliciosa. Entonces Martin invitó a Yelena hasta la barra del restaurante para él fumarse un cigarrillo, pero Yelena se rehusó a acompañarlo, indicándole que era alérgica al humo del cigarrillo. Las grandes cantidades de humo del cigarrillo le ocasionaban bronquitis si estaba en un lugar donde había poca circulación de aire. Aunque el restaurante tenía techos muy altos y un sistema de filtración de aire en el área de la barra, por su nerviosismo Yelena lo pasó por desapercibido, apresurándose al contestarle a Martin que no lo iba a acompañar hasta la barra. Aparentemente, a Martin no le agradó la contestación de Yelena, quien se retiró solo hasta la barra y se tomó su tiempo fumándose el cigarrillo mientras Yelena acababa su vino y lo observaba desde la mesa. Desde los veinte pies de distancia que los separaban, Yelena notó una vez más lo alto y guapo que era Martin. Aunque sintió mucho el no haberlo acompañado hasta la barra, decidió que no fue mala idea quedarse sentada en la mesa, ya que pudo observarlo con detenimiento de arriba abajo. Yelena también aprovechó la ocasión para chequear la hora, asegurándose de que le sobraba suficiente tiempo para ir a recoger a Daniel. Eran solo las 8:50 p.m.

Cuando Martin regresó a sentarse, el mesero se les acercó para ofrecerles postre, café o algún licor especial. Martin le pidió al mesero que los dejara unos minutos solos para ellos decidir que querían hacer. Una vez el mesero se alejó, Martin le sugirió a Yelena ir al famoso hotel *The Breakers*, el cual quedaba a corta distancia del restaurante, y el cual era uno de los lugares más famosos en Palm Beach para comer postres especiales. Yelena aceptó la invitación, Martin pagó la cuenta, y caminaron hasta *The Breakers*.

Al observar los vestuarios sensuales y elegantes de las damas que estaban en el hotel, Yelena se sintió incómoda por haber seleccionado la ropa tan conservadora que llevaba puesta. Pero pensó que si Martin seguía interesado en ella, no era porque lo había tratado de conquistar con un vestido que resaltara sus atributos físicos. Lo pasaron bien saboreando una selección mixta de postres que escogieron y compartieron desde el mismo plato. Yelena tomó solo una copa de agua, y Martin un café. Cuando ya habían terminado con el postre, Yelena le preguntó a Martin por la hora, y al indicarle que eran las 10:35 p.m., Yelena le comentó que tenía que recoger a Daniel a las once de la noche. Así que Martin pagó la cuenta, y caminaron hasta donde estaba el *Mercedes*.

Una vez se montaron en el automóvil, Martin hizo varios comentarios, y aunque Yelena le contestaba, estaba más bien silenciosa, cosa que Martin notó, y hasta le mencionó que estaba callada. La verdad era que Yelena estaba desilusionada en haber tenido que acortar su cita con Martin, y también preocupada pues no quería recoger a Daniel más tarde de las once de la noche por consideración a los padres del amigo de Daniel, y compartió sus pensamientos con Martin. También estaba nerviosa queriendo adivinar como se despediría Martin de ella. ¿Sería con un saludo de mano, un leve abrazo o beso en la mejilla? ¿Se atrevería a besarla en los labios?, lo cual consideraba prematuro.

Al llegar a la casa de Yelena, Martin mantuvo el auto prendido, le abrió la puerta, y ambos se abrazaron pero sin que sus cuerpos se pegaran.

"Gracias por todo, Martin. Lo he pasado muy bien", dijo Yelena.

"Hacía mucho tiempo que no salía a una actividad especial. Yo también lo he pasado bien, y quizás podamos vernos de nuevo".

Yelena le comentó, "me agradaría mucho volverte a ver".

"Muy bien Yelena, te llamaré a mitad de semana para hablar".

Yelena corrió como una chiquilla hasta su automóvil, más bien por el nerviosismo que por la necesidad de llegar a tiempo a recoger a Daniel.

Esa noche Yelena se quedó flotando en una nube. Lo pasó muy bien con Martin, a quien encontró inteligente, culto, con buenos modales, conservador y guapo. Con mucha dificultad finalmente logró dormirse. Horas más tarde Yelena se despertó gritando, llorando, y hasta con dificultad de respirar.

"Martin, no, no. . . Ese hombre borracho lo mató. ¡Noo, noooo, noooo!".

Miró el reloj despertador y notó que eran las dos de la mañana y había soñado que Martin y ella estaban caminando por su vecindario con motivo de hacer un poco de ejercicio. En el sueño veía a Martin con un conjunto de sudadera color azul cielo, y mientras caminaban en el área de una curva, un automóvil se acercó y atropelló a Martin empujándolo hasta un árbol, donde quedó muerto inmediatamente. Por haber estado en el lado interior de la carretera, Yelena no fue atropellada, pero pudo ver con detalle el accidente, y en medio de los llantos, gritos y su desesperación, acabó el sueño.

Al despertar, se le hizo difícil tranquilizarse, porque aunque no soñaba con frecuencia, la mayoría de sus sueños se convertían en realidad, o terminaban teniendo un significado especial en su vida. También se le hizo muy difícil poder recuperar el sueño, algo que logró cerca de una hora más tarde, mientras repetidamente oraba y le pedía a Dios que su sueño no se hiciera realidad.

Al día siguiente de Yelena haber salido con Martin, fue a misa por la mañana con sus hijos, y después del almuerzo me llamó para contarme los detalles de su primera cita. La alegría que emanaba de su voz era tal que me la podía imaginar frente a mí, tal y como se regocijaba cuando bailábamos juntas en nuestro grupito de bailes folklóricos, muerta de la risa, y con sus ojos brillantes por la emoción.

Yelena le quiso dar las gracias una vez más a Martin, o más bien quiso buscar un pretexto para hablar con él de nuevo. Así que en la tarde lo llamó, y al no contestarle, le dejó un mensaje.

"Martin, es Yelena y te llamaba para darte las gracias por la invitación. Lo pasé de maravilla y me alegraría saber de ti nuevamente".

Ese domingo Yelena también pensó llamar a Helen, pues también era apropiado darle las gracias a ella, quien hizo posible el que Martin y ella se volvieran a comunicar. Además, cuando Helen llamó a Yelena para relatarle el deseo de Martin en volver a hablar con Yelena, Helen le pidió a Yelena que la llamara para que le dijera si iba a salir con Martin, y que si salía, para que le contara como lo había pasado. Pero Yelena prefirió mantener su privacidad. Más bien quería evitar tener que decirle la verdad a Helen, que le había encantado salir con Martin, y que la había dejado flotando sobre una nube. Aun peor, se moría de pena al pensar que Helen posiblemente le iba a pasar toda la información al propio Martin. Así que decidió no llamarla.

Pasó toda una semana, y contrario a lo que Martin le dijo a Yelena al despedirse el día de su cita, no la llamó. Pasó otra semana más y tampoco oyó de él. Yelena estaba desilusionada y sumamente triste porque no solo se sentía muy atraída físicamente hacia Martin, sino que desde que habló con él por teléfono la primera vez, le dio la impresión de que tenían muchísimo en común. Al igual que a Yelena, a Martin le encantaba toda clase de música, especialmente la música del ayer, incluyendo la música americana *country*. Ambos eran científicos, ambos habían asumido altos puestos en grandes empresas, y la situación económica de ambos era evidentemente cómoda. Yelena le comentó a sus amistades, "Martin es el hombre del cual me siento orgullosa en su compañía en cualquier lugar y haciendo cualquier actividad".

Al haber pasado dos semanas sin oír de Martin, y al seguir soñando con él, Yelena estaba pensando llamar a Helen. Era un sábado en la mañana cuando me llamó a mí para consultarme si eso estaría bien, y llegamos a la conclusión de que ya que tanto Helen como el propio Martin le habían comentado que él era conservador y tímido con las mujeres, que posiblemente estaba esperando oír a través de Helen que impresión se había llevado Yelena después de su primera cita. Aunque Yelena le había dado las gracias al despedirse y luego por teléfono, y en ambas ocasiones le indicó que le gustaría oír nuevamente de él, aun era posible que se limitara a no llamarla con miedo a un rechazo.

Yelena llamó a Helen, quien no hizo más que oír su voz y le preguntó si había salido con Martin y como lo había pasado. Yelena le contó con detalle lo bien que lo pasó. Tal vez el alma era la que hablaba en ese momento porque le contó hasta las cosas tontas que hizo esa noche, incluyendo el arrancarle su mano de la de Martin cuando él se la agarró para cruzar la calle, el no haberlo acompañado a la barra a fumar, y el no indicarle con anticipación que tenía que estar de regreso en su casa cerca de las once de la noche. Helen le dijo que realmente era algo rudo de parte de Martin no haberla llamado, y compartió una frase en inglés que Yelena nunca había escuchado, y la cual Helen tuvo que explicar su significado. Traducido literalmente del inglés, se refirió a Martin como "un caballo sombrío", refiriéndose a un incógnita, a persona llena de secretos.

Helen le prometió a Yelena que iba a hablar con Martin, y averiguar que había pasado. Unos días más tarde, un jueves en la tarde mientras Yelena estaba en su oficina, Helen dejó un mensaje grabado donde le decía que había hablado con Martin.

"Martin me dijo que no había podido llamarte porque había estado en varios viajes de negocio, pero que tenía planes de llamarte y de volverse a reunir contigo".

Helen también le dejó mensaje a Yelena, invitándola esa noche a una obra musical con un grupo típico de Inglaterra que estaba de gira en Florida.

También había otro mensaje grabado que llegó unos minutos después del de Helen, donde Martin dijo, *"Yelena, durante las últimas dos semanas*

*he estado de viajes en dos ocasiones y justamente acabo de regresar. Estoy
de prisa porque voy a asistir a una exposición de una obra de arte original
la cual comisioné un año atrás, pero te llamo dentro de unos días".*

Yelena encontró tonta la excusa de que no la había llamado por estar
de viajes, pues Martin había regresado a la ciudad durante el fin de semana
anterior. Y además, quien hoy en día, y en especial un hombre de negocios,
no tiene un teléfono celular.

Pasó otra semana más, y al no oír de Martin, Yelena ya había perdido
todas las esperanzas de volverlo a ver. Era un domingo, 1ro. de febrero,
cerca del mediodía. Yelena había asistido a misa y había hecho planes para
encontrarse a almorzar en un restaurante con Marta, su amiga y antigua
compañera de trabajo. No era la primera vez que Yelena y Marta se reunían
en uno de los restaurantes de esa área, el cual quedaba más o menos en
un punto medio entre donde ambas vivían. Pero ese día Marta se retrasó
en llegar. Yelena la esperó por unos 30 minutos en el estacionamiento del
restaurante, y hasta la llamó a su teléfono celular, pero no le contestó. Pensó
que posiblemente confundió el restaurante en el cual se iban a encontrar, o
hasta la hora, y dio un par de vueltas a aquellos restaurantes del área donde
en otras ocasiones se habían reunido, pero no la encontró.

Cuando ya había pasado casi una hora de la hora acordada, Yelena
compró algo de comer en el restaurante donde iba a encontrarse con Marta,
pero lo ordenó para llevárselo a su casa. Cuando regresó a su auto, se
dio cuenta de que necesitaba echarle gasolina a su *minivan*, y paró en
una estación de gasolina que quedaba frente al restaurante. No fue una
casualidad, sino parte del Plan Supremo, que mientras se estacionaba
frente a la bomba de gasolina, vio salir a Martin de la tienda de comestibles
que pertenecía a la estación de gasolina. En esa ocasión Martin vestía con
ropa casual, una camiseta negra con el nombre de un bar de Seattle y unos
pantalones de algodón.

Yelena no podía creer lo que veía y dudó si en verdad era Martin o
alguien que se parecía mucho a él. El hombre cruzó la calle, y Yelena lo
siguió la corta distancia en su *minivan*, y gritó, "Martin".

Él se volteó y al verla se sonrió, agrandó sus ojos y dijo, "Yelena, que
sorpresa tan agradable. Yo vivo a la vuelta de la esquina, y pasé a comprar
unos cigarrillos".

Con toda naturalidad abrió la puerta y se acomodó en el asiento del
pasajero de la *minivan* de Yelena, y entonces le pidió permiso para darle un
abrazo. Le contó a Yelena, que Theresa y Thomas, a quienes acompañó a la

fiesta de Mary, lo iban a recoger dentro de unos minutos para salir juntos. Yelena le preguntó si iban a una fiesta para ver el partido del *Super Bowl*, el cual se celebraba esa noche, pero le dijo que iban a ayudar a una amiga de ellos a mover unos muebles, ya que ella se había fracturado un tobillo y necesitaba ayuda.

"Tuve intenciones de llamarte, porque me gustaría salir contigo de nuevo. Pero vendí mi automóvil y no lo he reemplazado, y no me atreví a llamarte si no tengo manera para moverme".

Añadió, que había vendido su auto antes que expirara la garantía, y aprovechando una buena oferta que le hizo un amigo.

"Ahora estoy en espera para comprar un auto de edición especial que no es fácil de conseguir".

En esa ocasión la timidez se le olvidó a Yelena, quien le dijo a Martin, "si no te molesta y quieres salir a algún sitio conmigo, podemos ir en mi *minivan*".

Martin se sonrió y volvió a pedirle otro abrazo a Yelena.

"Te prometo que te llamaré a mitad de semana para acordar un sitio donde ir juntos el próximo sábado".

Y una vez más Yelena se olvidó de su timidez, y le dijo, "sabes que me dejaste intrigada con el restaurante persa al cual originalmente pensaste llevarme, y me gustaría cenar allí".

Martin le dio un tercer abrazo y ambos se dieron un beso en la mejilla.

Mientras se bajaba del automóvil Martin le dijo con gran entusiasmo, "te llamo a mitad de semana para discutir los detalles del sábado".

Esa tarde mientras manejaba hasta su casa, Yelena pensó como tan inesperadamente se encontró a Martin precisamente en esa estación de gasolina, y a la vuelta de la esquina de donde Martin vivía. Era sorprendente el que ella había estado en esa área muchísimas veces y que sin embargo no había visto a Martin anteriormente. A una cuadra de donde vivía Martin, estaba la oficina de su dentista, su oftalmólogo, su ginecólogo, el ortodoncista de sus hijos, una imprenta que había utilizado varias veces para un proyecto de Daniel, un parque en el cual Daniel había hecho trabajo de voluntario sembrando árboles, y varios restaurantes a los cuales había asistido muchas veces con sus hijos y algunas de sus amigas. A veces también paraba en los dos supermercados que quedaban a muy corta distancia de donde vivía Martin. Y a pesar de todo, en los cinco años que había visitado todos esos sitios nunca se habían topado con él, hasta ese día en el cual con tanto afán lo llamaba con el pensamiento.

Mientras manejaba a su casa se dio cuenta que al encontrarse con Martin no se sintió nerviosa, quizás por lo sorpresivo que fue el encuentro. También se acordó del bonito color azul de sus ojos, los cuales pudo apreciar por primera vez en plena luz del día. Aun más, cuando Martin abrazó y besó a Yelena le transfirió a sus mejillas el perfume que él llevaba puesto, y ella todavía podía olerlo. Pero en realidad, lo que más la cautivó fue el acento británico de Martin, el cual le trajo bellos recuerdos de su niñez y de su juventud.

☜☞

A Yelena siempre le ha gustado vivir de los buenos recuerdos, y en muchas ocasiones la escuché decir, que es mejor enterrar las experiencias tristes y alimentar al espíritu recordando los momentos felices. Y en relación a esto me comentó que Martin le traía recuerdos del último de los viajes de vacaciones de verano que dio con sus padres el año antes de que su madre muriera. Ese viaje fue uno muy especial, pues fue en honor a sus quince años, y la llevaron a Europa, incluyendo Inglaterra. Los refinados modales de Martin y su acento británico le recordaron los lugares que visitó en compañía de sus padres y hermano. Ese acento británico también le trajo buenos recuerdos de cuando cursaba sus estudios de doctorado en física, pues su director de tesis había nacido en África del Sur y había cursado estudios de doctorado tanto en África del Sur como en Inglaterra. Martin y su acento le recordaron dos épocas felices y especiales en su vida.

☜☞

Esta vez Martin fue fiel a su palabra y sí llamó a Yelena el miércoles en la mañana para acordar salir el sábado al restaurante persa. Acordaron encontrarse frente a la estación de gasolina donde impensadamente se habían visto la semana anterior. Martin le comentó a Yelena que iba a hacer reservaciones en el restaurante para las siete de la noche, y ya que el restaurante no tenía licencia para vender bebidas alcohólicas, se encontrarían a las seis y media para comprar una botella de vino. También hablaron de cómo habían pasado lo que iba de la semana, y al final acordaron que el sábado Martin esperaría la llamada de Yelena antes de que ella saliera de su casa para recogerlo. Al despedirse Yelena le dio el número de teléfono de su celular, y se enteró que en verdad Martin no tenía teléfono celular, ya

40

que un año atrás descontinuó el servicio para tener más privacidad. Medio excéntrico, pensó Yelena, pero genial de su parte.

Al día siguiente Martin volvió a llamar a Yelena para decirle que solo había conseguido reservaciones para las nueve de la noche. Le comentó que si no era inconveniente para ella, iba a pensar en algún sitio donde podían parar a hablar por un rato antes de ir a cenar, y así no cambiaban la hora para encontrarse. Le preguntó a Yelena si tenía alguna sugerencia, pero ella le comentó con tono jocoso que solo estaba familiarizada con los sitios que frecuentaba con sus hijos y los amigos de ellos, como boleras, salones de patinaje, y salones de juegos electrónicos.

"¿Te gustaría ir a alguno de esos lugares?", le preguntó Yelena riéndose. Martin también se rió, y Yelena añadió, "escoge tú el sitio que sea conveniente. Yo me acoplo fácilmente".

Martin, le dijo que pensaría en algún lugar y se despidió. Yelena se sintió feliz al notar el interés de parte de Martin con preparativos para su segunda cita. Cualquier sitio hubiese sido del agrado de Yelena, porque era verdad que se adaptaba fácilmente en distintos lugares y ambientes, y era fácil de complacer.

A pesar de su edad, Yelena era una novicia en salir con un hombre al que en realidad no conocía, lo que aún la mantenía nerviosa. Pero cuando pensaba en todas las casualidades raras que habían ocurrido desde el día que conoció a Martin, se tranquilizaba,. . . presentía que eran parte del Plan Supremo. Una de esos inexplicables eventos fue el enterarse ese mismo día que tenía un compañero de trabajo, Steve, quien era muy amigo de uno de los altos ejecutivos de una de las empresas donde Martin había trabajado. Como era de su confianza, Yelena le habló a Steve de Martin, y él le comentó que iba a hablarle a su amigo sobre Martin a ver que averiguaba. Una hora más tarde Steve le contó a Yelena que según su amigo, Martin había trabajado en la empresa como por seis años, donde ascendió rápidamente a través de los rangos hasta obtener posiciones gerenciales altas, y que eventualmente se había ido a trabajar como inversionista independiente.

Poco a poco Yelena iba sintiéndose más tranquila con la idea de volver a salir con Martin. Tenía prueba de que en realidad era un hombre conservador y respetuoso, muy exitoso en su carrera, no tenía teléfono celular, y de que era ella la que había llegado a conclusiones prematuras y erróneas sobre Martin. A la misma vez que aumentaba su tranquilidad al pensar estar en su compañía, las raras casualidades que ocurrieron desde que Yelena conoció a Martin también iban aumentando. . .

41

Capítulo 4
Conociéndonos

Justamente cuatro semanas después de la primera cita entre Martin y Yelena, un sábado 7 de febrero se reunieron para salir a cenar por segunda vez. Irina y Daniel estaban pasando el fin de semana con Enrique, lo que le brindaba más tranquilidad y flexibilidad a Yelena. Durante el día se las ingenió como pudo para entretenerse, evitando pensar mucho en Martin para no ponerse nerviosa, y a la una de la tarde, después de comerse un almuerzo liviano, Yelena se fue a una práctica de bailes en la academia donde llevaba cerca de un mes tomando lecciones de bailes de salón. El mover los pies al ritmo de la música no era solo algo que disfrutaba, sino que reconocía que era una terapia física y emocional.

Una vez terminada la práctica de baile, Yelena salió de compras, algo que realmente hacía solo cuando la necesidad la obligaba. Pero en esa ocasión aprovechó y decidió ella comprarse un vestido con un dinero que le había mandado su padre el mes anterior como regalo de cumpleaños. Escogió varios vestidos en una tienda para damas, todos rojos por supuesto, y se fue al probador. Ya que solamente faltaba una semana para el día de los enamorados, habían bastantes trajes rojos en los estandartes de ropa, y aprovechó la situación para comprarse un vestido de su color favorito.

Precisamente cuando se estaba probando por segunda vez el vestido que más le había gustado, sonó su teléfono celular.

"Yelena, soy yo Martin. ¿Cómo estás?".

"Estoy muy bien, Martin. Ando de compras".

"Bueno Yelena, quería saber si no es muy tarde para hacer un pequeño cambio de planes. Resulta que Theresa y Thomas están en el centro de la ciudad, y me llamaron para ver que estaba haciendo. Les conté que íbamos a salir a cenar esta noche, y sugirieron que nos reuniéramos con ellos a las seis de la tarde en una taberna a tomar y hablar un rato".

"Conmigo no hay ningún problema. Aunque voy a ajorarme un poco, sí voy a poder encontrarme contigo media hora antes. Te veo a las seis", le contestó Yelena.

Tan pronto terminó de hablar con Martin, corrió a pagar por el vestido que había escogido, y se apresuró para llegar a su casa. Tenía solamente 45 minutos para bañarse, lavarse y secarse el cabello, maquillarse y vestirse, antes de ir a encontrarse con Martin. Esta vez Yelena se sintió suficientemente cómoda como para vestirse como realmente le gustaba. Se puso una falda negra que acentuaba sus anchas caderas y muy diminuta cintura, y la que le quedaba unas dos o tres pulgadas sobre la rodilla, mostrando las bonitas piernas y realzándolas aun más con unos tacones altos y con trabillas. La blusa de seda roja sin mangas pero sin escote que escogió, se ceñía a su cuerpo por medio de numerosos y pequeños elásticos que eran invisibles a la vista y que creaban un delicado diseño a lo largo de ésta. Usó maquillaje con discreción como siempre acostumbraba, lo que la hacía ver más juvenil y a la misma vez elegante.

Yelena manejó en su *minivan* y llamó a Martin con su teléfono celular cuando tuvo que detenerse frente a un semáforo con luz roja, a unas dos cuadras antes de su apartamento. Así que ambos llegaron al mismo tiempo al estacionamiento donde estuvieron hablando la semana anterior. Yelena se bajó de su vehículo y se saludaron con un abrazo. Martin tenía pantalones de vestir color oliva, una camisa de vestir verde oliva claro y una corbata con diseños en color amarillo y verde oscuro. La ropa parecía quedarle un poco grande, pero aun así se veía muy elegante e interesante. Yelena se sentía rara por salir con un hombre y ser ella la que manejara, pero al ver que Martin le abrió su puerta, y se mostraba como si nada le molestara, se tranquilizó.

Siguiendo las instrucciones que Martin le iba dando a Yelena, llegaron hasta el centro de la ciudad. El lugar donde se reunieron con Theresa y Thomas era un restaurante y taberna típica irlandesa, *O'Riley's*, donde servían una gran variedad de cervezas extranjera y locales. Theresa y Thomas estaban sentados en una mesa en la cual había un banco contra la pared que acomodaba dos personas, y dos sillas al extremo opuesto. Ambos se pararon al ver a Yelena y Martin entrar, y abrazaron a Yelena como lo hicieron al despedirse el día que la conocieron en casa de Mary. Ambos le dijeron a Yelena que se veía muy bonita, y Martin le comentó a Theresa que el corte de cabello que se había dado le quedaba muy bien. A Yelena le agradó mucho el elogio de Martin a Theresa, el cual le pareció sincero, especialmente cuando físicamente era muy obvio que Theresa era cerca de unos 15 años mayor que Martin. Theresa le explicó a Yelena que acababa de regresar de la peluquería, la que quedaba cerca de la taberna y lo que la motivó a ella y a Thomas a invitar a Martin a reunirse con ellos después de su cita en la peluquería.

Theresa regresó a sentarse en el banco y Thomas en la silla que ella tenía al frente. Así que Yelena se sentó al lado de Theresa, y Martin agarró la otra silla. Thomas les preguntó que querían de tomar, y Martin miró a Yelena y le preguntó si quería cerveza o vino. Yelena era muy recatada con la bebida, ya que tenía una resistencia increíblemente baja para el alcohol, y no acostumbraba a tomar riesgos con la bebida. En verdad, había probado cerveza en su vida solo en una ocasión, cuando sus padres le dieron a probar durante una cena familiar. La encontró tan amarga, que nunca más le llamó la atención el volver a probarla. Así que le pidió a Martin que le ordenara una copa de vino tinto.

La conversación mantuvo un tono muy armonioso, y fue evidente que la intención de Thomas y Theresa era romper el hielo y hacer sentir a Yelena bienvenida, y tranquila en la compañía de Martin. Le preguntaron a Martin por su madre, y les dijo que estaba bien al igual que su hermana Tatiana y dos sobrinos. También mencionó que no entendía a su madre porque el auto que le había comprado raras veces lo usaba, al igual que la tarjeta de crédito que le tenía a su nombre para que cubriera sus gastos.

"Es bueno tener un hijo como tú", dijo Theresa.

Martin le contestó que era lo que menos podía hacer por ella, tomando en consideración los muchos sacrificios que hizo para criarlo a él y a su hermana con sus limitados ingresos, a veces con varios trabajos a la vez.

Theresa entonces le preguntó a Yelena por sus hijos, las edades y sus actividades, y por la familia de Yelena y su empleo. Después de darle detalles, Yelena tomó control de la conversación para oír más de Thomas y Theresa. Theresa era irlandesa y había conocido a Thomas cuando la empresa norteamericana para la que él trabajaba lo envió a Irlanda en una misión especial de un año. Theresa era la asistente ejecutiva del grupo en el que Thomas trabajaba, y desde el momento en que se vieron, se enamoraron. Se casaron seis meses más tarde, justamente antes de que Thomas regresara a los Estados Unidos. Llevaban 29 años de casados y tenían dos hijos adultos, los cuales tenían exitosas carreras, y vivían en otro estado.

Luego Theresa le preguntó a Martin, "¿cómo va la búsqueda de tu nuevo auto?".

Yelena notó que cuando mencionaron el auto que Martin vendió, no hablaban del auto en el cual la había recogido el día de su primera cita, sino de un *Porsche* modelo *Carrera* que él había comprado directo de la fábrica y el cual mantuvo por unos cuatro años. Quiso venderlo antes que se le venciera la garantía, algo que uno de sus amigos oyó decir, y quien le dio una buena oferta que Martin no pudo rechazar. Yelena se sorprendió y le mencionó que el auto en el cual la recogió la primera vez que salieron era muy bonito y elegante, pero que estaba tan nerviosa ese día, que apenas le salían las palabras. Entonces Martin añadió que ese auto pertenecía a Gabriel, el señor chileno que había asistido a la fiesta de Mary, y quien era uno de sus mejores amigos. Martin mencionó que lo conoció poco después de llegar a Estados Unidos, trece años atrás.

"Gabriel no es solo un excelente amigo, es un exitoso hombre de negocios, a quien trato de emular. Respeto y confió en los muchos consejos que me da sobre negocios y sobre la vida en general".

Entonces Martin explicó que el vendedor de autos que lo estaba representando no había localizado un automóvil como el que él quería, y que posiblemente iba a tener que ordenarlo directamente a la fábrica. Esto iba a resultar en más demoras, porque el *Mercedes-Benz* que quería se construía con poca frecuencia, ya que representaba un cambio costoso en la línea de manufactura, el cual era parcialmente sufragado por el alto volumen de ventas de los modelos menos costosos.

Todos se tomaron dos cervezas, con excepción a Yelena, quien solo se tomó una copa de vino. Poco más de una hora después de haber llegado a *O'Riley's*, Martin comentó que eran cerca de las 7:30 p.m., y sugirió ir juntos hasta otra taberna, *Trafalgar*, donde acostumbraban a reunirse ellos y otros buenos amigos, incluyendo a Gabriel. A Yelena le agradó la idea y aceptó la sugerencia.

Trafalgar tenía una estructura *Tudor* que parecía haber sido transportada de un país europeo. Era como una casa grande que daba la apariencia de haber sido construida bastantes años atrás. El exterior era una combinación de ladrillos color marrón claro, estuco blanco, y extenso uso de cuartones de madera pintados en un color marrón oscuro, utilizados alrededor de

45

grandes ventanales también con bordes de madera del mismo color. Sobre las dos anchas y masivas puertas de madera sólida oscura de la entrada principal, había un escudo de armas que se notaba a gran distancia. Al entrar había una pequeña área totalmente vacía, seguida de otro par de puertas casi idénticas a las de la entrada principal. La decoración interior seguía el mismo estilo rústico del edificio, donde prácticamente todas las paredes y el techo estaban cubiertas por madera oscura.

No había nada más que entrar y se notaba la barra también en madera sólida oscura, la cual era muy amplia, y se extendía prácticamente de pared a pared a lo largo de la taberna. Al fondo de la barra había un inmenso espejo que también se extendía prácticamente de pared a pared. La barra estaba construida en sólida madera oscura protegida con laca, y la rodeaban varios altos taburetes. En el área de la barra, del techo colgaban vasos con los emblemas de la gran variedad de cervezas que se vendían en la taberna. A lo largo de toda la barra había más de 24 dispensadores de distintas cervezas, la gran mayoría siendo marcas extranjeras.

En el resto de la taberna habían unas 20 mesas de distintos tamaños y formas, cuadradas, rectangulares y redondas, con sillas o bancos alrededor, y todos construidos en sólida madera y pintados tal y como la barra. En los topes de las mesas había nombres y mensajes que habían sido tallados en la madera por los clientes, algunas más cubiertas que otras, dando la impresión que habían sido reemplazadas a través de los años, pero no todas a la misma vez. En una esquina y cerca de la entrada al baño de las damas habían dos tableros de dardos, donde un grupo de jóvenes se entretenían jugando mientras fumaban y tomaban cerveza.

Al entrar, Martin le presentó a Yelena a Charles Cox, un profesor de matemáticas que era inglés. Charles tendría poco más de sesenta años de edad, y medía poco menos de seis pies de estatura, y aunque era de tez blanca, se notaba un color rojizo en su piel. Tenía el pelo gris y los ojos verdes, una dentadura muy cuidada para su edad, y vestía elegantemente con camisa de manga larga, corbata y pantalones de vestir. Charles le hizo muchos halagos a Yelena, pues Martin le había contado detalles de su carrera y educación, y además la encontró atractiva. Unos minutos más tarde, llegó Gabriel, quien Yelena había conocido en la fiesta en casa de Mary. La saludó como si la hubiese conocido por mucho tiempo, y hablaron un poco en español sobre los planes del día con Martin. Yelena también conoció a Lloyd, uno de los cantineros de la taberna, y con quien Martin compartía una estrecha amistad. Lloyd medía cerca de seis pies de estatura, con ojos y pelo castaños, piel blanca, más bien contemporáneo a Yelena en edad, y usaba lentes. Yelena tuvo una gran acogida por los amigos de Martin. Hasta Lloyd y Charles le comentaron que habían estado deseosos por conocerla, porque desde que Martin hizo planes para salir con ella la primera vez, se veía muy feliz.

Después de pasar más o menos una hora oyendo cuentos, chistes, e intercambiando datos con sus amigos, Martin le dijo a Yelena que era hora de ir a cenar. Se despidieron de todos y camino al restaurante, Martin le preguntó si quería recoger una botella de vino, pero Yelena le dijo que no quería tomar más porque la copa de vino que tomó temprano en la noche era suficiente.

"Yo me tomé varias cervezas en *O'Riley's* y unas cuantas más en *Trafalgar*. También ha sido suficiente para mí", dijo Martin.

El restaurante persa era pequeño y sumamente rústico, pero tenía un ambiente exótico y a la misma vez familiar. Las mesas eran todas distintas, en un área habían mesas muy bajas rodeadas por cojines, y con excepción a par de cuadros, las paredes estaban adornadas con alfombras de variados tamaños y diseños. Aunque tenían reservaciones, tuvieron que esperar diez minutos para que los ubicaran en una mesa con sillas corrientes. Tanto Yelena como Martin disfrutaron de la cena, mientras hablaban y observaban a la *belly dancer*, quien deleitaba al público visitando las distintas mesas mientras bailaba. Una vez terminada la cena, Martin se dirigió al jardín a fumar un cigarrillo, y Yelena lo acompañó. Platicaron solo por unos minutos porque la temperatura había bajado bastante, y ninguno de los dos estaba suficientemente abrigado para aguantar el frío.

Ya eran más de las once de la noche, y Martin le comentó a Yelena, "después de haber comido tanto y tan tarde en la noche, me siento cansado. ¿Por qué no regresamos?".

Yelena se sintió afligida porque pensó que posiblemente Martin no estaba disfrutando de su compañía, y a la vez le hubiese gustado pasar unas horas más con él. Yelena manejó hasta el estacionamiento donde recogió a Martin en la tarde, y se despidieron con un abrazo y un pequeño beso en la mejilla. Ambos comentaron que lo habían pasado bien, y Martin le dijo a Yelena que pensaba llamarla en más o menos una semana.

Esa noche Yelena sintió que había actuado como realmente era, y aunque sí había estado nerviosa, especialmente en compañía de las muchas amistades de Martin, los nervios no la controlaron. Me reí mucho cuando Yelena me comentó que esa noche durmió como un angelito, flotando en una nube, y estaba convencida de que Martin la volvería a llamar.

Dos días después de su segunda cita, Yelena llamó a Martin para darle las gracias por la cena, y platicaron unos quince minutos sobre distintas cosas, incluyendo el volver a admitir que ambos lo habían pasado muy bien y que querían volver a salir juntos. Al despedirse Martin le comentó a Yelena que la llamaría durante el fin de semana.

Era el sábado 14 de febrero y cerca de las 9:30 de la mañana. Yelena llevaba cerca de media hora despierta y mientras daba vueltas en la cama, pensando y añorando que Martin la volviera a llamar como le había dicho unos días atrás, entró la llamada de Martin.

Platicaron un poco, y con tono más bajo y hasta tímido le dijo a Yelena, "no tengo ningunos planes para esta noche. ¿Y tú, estás disponible?".

Yelena le explicó que no tenía planes, especialmente cuando muy sorpresivamente había caído escarcha en esa área de Florida unas horas antes. Martin le mencionó que le gustaría llevarla a algún lugar esa noche, pero que todavía no tenía su nuevo auto. Yelena le preguntó que planes tenía en mente, y él le indicó que pensaba llevarla a un bar pequeño y familiar donde la gente escuchaba música y algunos clientes bailaban.

"Si el sitio queda cerca de donde tú vives, yo no tengo ningún problema en recogerte y compartir unas horas contigo", dijo Yelena.

No sólo fue con palabras, sino con el muy expresivo tono de voz de Martin, que Yelena pudo notar que los planes de encontrarse esa noche lo habían puesto muy contento.

Se reunieron a las 8:30 p.m. según decidió Yelena, ya que quería cocinar y cenar con sus hijos antes de salir con Martin. Yelena llevaba puesto un pantalón negro, camisa de seda color dorado y un chaleco entallado con un diseño de flores bordadas también en color dorado. Cuando Yelena se encontró con Martin, la recibió con un abrazo, un beso en la mejilla, y un ramo de flores surtidas. Yelena se sorprendió, abriendo sus ojos exageradamente, mientras que con una mano se tocaba el pecho y con la otra se tapaba la boca.

"Martin, que sorpresa tan agradable, no sabes cuanto te agradezco las flores".

"Yelena, hoy es el día de los enamorados, y no podía permitir que te quedaras sin recibir flores".

Le contó a Yelena que se le ocurrió la idea cerca de las cuatro de la tarde mientras escuchaba las noticias en la televisión y se dio cuenta de la fecha especial, y que caminó hasta una floristería, en la cual la selección de flores que quedaba era muy limitada. Así que caminó hasta el supermercado y se encontró con la misma situación, pero le gustaron más las flores de la floristería.

"Entonces volví a la floristería y escogí este ramo".

"Ay Martin, gracias por tu esfuerzo y por las flores tan bonitas".

Martin dirigió a Yelena hasta llegar a un lugar pequeñito, y con un ambiente amigable y familiar, donde aunque limpio, todo se veía viejo. Las sillas, tapizadas con plástico, y las mesas tenían la estructura en hierro cromado. Aunque era febrero, el lugar estaba adornado con motivos de Navidad. Martin le dijo a Yelena que esa era la decoración del lugar durante el año entero y que escogió el sitio por la variada música, y porque ella le había dicho anteriormente que le gustaba tomar margaritas, y él sabía que las de ese lugar eran bajas en alcohol pero buenas. Pasaron unas dos horas y medias muy agradables en el lugar, escuchando música, observando a algunas parejas bailar, y hablando como si fueran amigos de muchos años. Martin le acarició la mano a Yelena en varias ocasiones y le repitió que estaba contento que pudieron verse esa noche. Le mencionó a Yelena que tenía muchos deseos de verla, pero que se sentía avergonzado por no tener su automóvil, por lo que debatió mucho si debería llamarla.

"Pero me alegro que me atreví a llamarte, aun sabiendo que si aceptabas mi invitación, probablemente ibas a ser tú la que ibas a venir a buscarme a mí en vez de ir yo a buscarte en taxi".

Yelena estaba disfrutando mucho de la compañía de Martin, especialmente cuando se dio cuenta de lo mucho que a él le gustaba la música. Martin se sabía el nombre de cada canción, el autor, el cantante o grupo que la estaba interpretando y hasta el año en que había sido escrita, aun cuando la mayoría de las canciones eran más viejas que hasta la misma Yelena. Fue ese amor a la música una de las cosas que más atrajo a Yelena a Martin.

Ya eran más de las once de la noche, y aunque ambos estaban pasándola de maravillas Martin sugirió pasar un rato en *Trafalgar*. Cuando llegaron a la taberna, todavía quedaban algunas de las personas que Martin conocía, incluyendo a Lloyd, quienes recibieron a Yelena como si fuera una amiga cercana. Se sentaron en una esquina donde había una pequeña mesa, y Martin ordenó la copa de vino tinto que Yelena escogió para tomar, y una cerveza para él.

Aunque Yelena se había tomado lentamente una margarita en toda la noche, y aunque habían pasado por lo menos una hora desde que la terminó, solo se había tomado media copa del vino y se sintió mareada. Normalmente podía tolerar esa cantidad de bebida si la consumía lentamente sobre unas tres horas, pero esa noche, posiblemente porque cenó temprano y estaba nerviosa y cansada, el efecto no fue el mismo.

Yelena notó que el poco vino que acababa de tomar le iba a impedir manejar sin peligro hasta su casa, y dijo con tenue voz, "Martin, no sabes lo avergonzada que estoy, y no entiendo ni por qué, pero el poco vino que me acabo de tomar, me ha mareado, y no estoy en condiciones de manejar hasta mi casa hasta que me reponga. Te agradeceré mucho que me traigas un vaso de agua".

Durante un periodo de más de una hora Martin muy pacientemente y hasta sonriente tuvo que dar cuatro viajes a la barra para buscarle a Yelena vasos llenos de unas ocho onzas de agua. Yelena seguía muy avergonzada, pero al notar con la calma con la que Martin le hablaba, y con la ternura con la que le acariciaba la mano, se tranquilizó. Cuando Yelena se sintió totalmente sobria, decidió regresar a su casa, y Martin le dijo que iba a caminar hasta su apartamento el cual quedaba a la vuelta de la esquina de *Trafalgar*. Tal y como le prometió a Martin, tan pronto llegó a su casa Yelena lo llamó para que supiera que había llegado bien.

"Martin, una vez más quiero darte las gracias por las flores y por lo bien que lo pasé esta noche".

"Yo también lo pasé muy bien, Yelena, y te voy a llamar de nuevo durante la semana".

Una vez más Yelena se acostó soñando con Martin, y esta vez también sintió que se estaba enamorando rápida y profundamente de él.

Capítulo 5
El primer baile

Días después del día de enamorados, un miércoles al mediodía, Martin llamó a Yelena a su oficina para invitarla a que se uniera a él y a sus otras amistades en *Trafalgar*. Como Daniel e Irina iban a estar con Enrique por cuatro horas esa noche, Yelena no tuvo el más mínimo inconveniente en aceptar la invitación. Martin le comentó a Yelena que si quería, podían encontrarse allí y luego pasar a otro lugar que ella escogiera. Yelena aceptó la sugerencia y le mencionó que ya que a ambos le gustaba mucho la música, que iba a escoger un sitio donde pudieran escuchar *jazz o blues*. Poco antes de despedirse, Yelena aprovechó la ocasión e invitó a Martin a una fiesta de cumpleaños de una de sus mejores amigas, Sandra. La fiesta iba a ser el viernes en la noche en casa de Sandra, y Martin aceptó acompañar a Yelena.

Tan pronto terminó su llamada telefónica, Yelena empezó a consultar a algunos compañeros de trabajo buscando sugerencias de donde ir con Martin a escuchar música. Le llamó la atención un restaurante y bar que también tenía sala de baile y el cual quedaba bastante cerca de donde ambos vivían. No había que pagar por entrar y esa noche iba a tocar una orquesta que era bastante reconocida en la ciudad. Supuestamente, el lugar era elegante y servían gran variedad de aperitivos y bebidas alcohólicas.

Cuando llegó del trabajo, Yelena se apresuró a prepararse para encontrarse con Martin. Se puso un vestido veraniego negro con un diseño de flores rojas que le quedaba bastante entallado al cuerpo, sin caer en la exageración. Tan pronto entró a *Trafalgar* todo el mundo le prestó atención, y tanto Martin como Gabriel, Charles, Theresa y Thomas, le comentaron que se veía muy bonita, y que el traje le quedaba muy bien. Allí estuvieron hablando unos treinta minutos, hasta que Martin apartó a Yelena del resto del grupo para comentarle que quería que se quedaran en *Trafalgar*. Yelena lo miró con mucho asombro y estaba muy desilusionada. Le comentó que había invertido mucho tiempo en escoger un sitio a donde ir a escuchar música, y que realmente estaba defraudada. Su rostro no podía esconder su tristeza, pero no tardó mucho rato en recuperarse. Todos bebieron bastante, especialmente Martin, quién parecía haberse pasado del límite. A pesar de todo, esa noche Yelena disfrutó mucho de la compañía de Martin y del resto de sus amigos.

Cerca de las diez de la noche, Yelena empezó a despedirse del grupo. Una vez más Martin la separó a una corta distancia, y esta vez con mucha ternura la agarró por los hombros y mientras la miraba fijamente a los ojos, le pidió disculpa por haber cambiado los planes y haber decidido quedarse en *Trafalgar*. Entonces le recordó que salía de viajes a New York dentro de unas semanas y le dijo que cuando estuviera allí, le iba a enviar algo muy especial. Martin sacó una tarjeta de presentación de su billetera, y se la entregó a Yelena, pidiéndole que le escribiera su dirección en la parte posterior. Le dio un par de besos en la mejilla y la frente, y le mencionó otra vez que lo que le iba a enviar desde New York iba a ser algo muy especial, para reparar el haberle cambiado a última hora los planes de la noche. También le dijo que aunque la acompañaría el viernes en la noche a la fiesta de cumpleaños de Sandra, le gustaría que ella se uniera a él y a sus amigos en *Trafalgar* el sábado en la noche.

El viernes, cerca de las siete de la noche, Yelena recogió a Martin y se digirieron a casa de Sandra. Yelena llegó casi media hora más tarde de lo que había acordado con él, pues tuvo que detenerse a comprar un regalo para Sandra. Martin se veía tranquilo, y aunque Yelena le había dicho que la fiesta era informal, se puso pantalones de vestir, camisa de manga larga y corbata. Sin planearlo, Yelena también se había vestido más formal de lo que Sandra le sugirió, y estaba a la par con Martin. Además, Martín se acababa de cortar el cabello al estilo militar. Le mencionó a Yelena que le cortaron el cabello más corto de la cuenta, y le preguntó que opinaba.

Yelena le dijo que se veía más joven con el poco pelo que le quedó, y hasta le frotó la cabeza rápidamente en son de broma, como hacía uno de los personajes de una comedia que se presentaba diariamente en la televisión cuando era pequeña.

Martin fue recibido calurosamente por Sandra, quien no tardó en alejar a Yelena un poco de Martin para mencionarle que era guapo. Martin agarró una cerveza, y saboreó bastantes de los aperitivos que Sandra había servido. Le mencionó a Yelena que no había comido nada hacía dos días. Yelena le preguntó si había estado enfermo, y le respondió que simplemente no había tenido apetito.

"Realmente no es necesario comer todos los días, sino cuando a uno le dé hambre", añadió Martin.

Yelena se sorprendió, porque sabía que Martin había estado en *Trafalgar* la noche anterior, y no tenía sentido el haber tomado bebidas alcohólicas sin haber ingerido alimentos.

Sandra y Yelena habían sido compañeras de trabajo, y aunque Sandra era unos 15 años menor que Yelena, tenían mucho en común y se llevaban de maravillas. Sandra era una ingeniera muy inteligente, y al igual que Yelena contaba con una inmensa fe en Dios. Era unas pulgadas más alta que Yelena, de estructura ósea grande, con el pelo castaño rizado que le pasaba de los hombros, y tenía unos inmensos ojos negros que emanaban inmensa alegría.

En la fiesta de Sandra conocieron algunos de sus vecinos y compañeros de trabajo. Martin se acopló muy bien al grupo, y se entretuvo hablando con algunos de los invitados, y en especial con el esposo de Sandra.

Sandra le comentó a Yelena que encontraba a Martin un hombre muy apaciguado, y añadió, "me gusta mucho ese hombre para ti".

También le mencionó que no se notaba la diferencia en edad que existía entre ellos. Después de cantar cumpleaños y servir el pastel, la mayoría de los invitados se sentaron juntos a compartir chistes. Martin también participó de esta actividad y compartió dos chistes que fueron muy bien recibidos.

Al llegar el momento de despedirse, algunas de las amigas de Sandra le mencionaron a Yelena que su esposo y ella hacían muy bonita pareja, y que se veía muy pendiente a ella. Yelena se rió y les confesó que solo habían pasado dos meses desde que Martin y ella se habían conocido, y que era solo la quinta vez que Martin y ella habían salido juntos. Yelena se alegró de haber invitado a Martin a que la acompañara a la fiesta, y reconoció que en verdad se sentía orgullosa de su presencia. También se dio cuenta de que a pesar de que tanto Sandra como sus amistades eran hispanas y en muchas ocasiones estaban hablando español, Martin se mantuvo muy tranquilo y bien integrado al grupo. Evidentemente, a Martin le agradaba la cultura latina, lo que tuvo gran importancia para Yelena. La fiesta se acabó cerca de la medianoche, y fuera de un pequeño percance en poder encontrar la ruta de regreso con facilidad, ambos comentaron que lo pasaron muy bien.

El sábado en la noche, cerca de las ocho de la noche, Yelena se encontró en *Trafalgar* con Martin, y con sus amigos Gabriel, Charles, Theresa y Thomas, y Lloyd. Todos la recibieron con un beso y abrazo, lo que le recordó a su grupo de amistades hispanas de Dallas, y a su cultura. Cuando Yelena llegó, todos estaban hablando de encontrarse en un partido de polo que se llevaría a cabo al día siguiente, y Martin le preguntó a Yelena si le gustaría asistir. Yelena le confesó que conocía muy poco del polo, pero que le encantaría ver un partido. Martin le sugirió que podían encontrarse en el parque, pues Gabriel le había ofrecido recogerlo y llevarlo con él o si deseaba podían encontrarse en el estacionamiento frente a su apartamento, y viajar juntos en la *minivan* de ella. Theresa y Thomas también se ofrecieron a recoger a Yelena y luego a Martin, pero Yelena prefirió ir ella a recoger a Martin y manejar hasta el parque ellos dos solos. Era obvio que Martin estaba contento de estar acompañado de Yelena en *Trafalgar*, porque en el poco tiempo que había estado allí, ya la había abrazado fuertemente varias veces y le había dado tres besos inocentes en la mejilla.

Los temas de conversación de Charles y Gabriel siempre la parecían interesantes a Yelena, y especialmente disfrutaba oírlos hablar de sus ideas liberales. Pero además, el compartir con aquellos dos hombres cultos y quienes contaban sus variadas experiencias en la vida, le traía el recuerdo de su padre, y hasta cierto punto esa era la impresión que le daban. Yelena pensaba que posiblemente por esa misma razón, Martin los consideraba como sus dos mejores amigos, aun cuando por la diferencia en edad podían ser su padre.

Esa noche Yelena tenía puesto un suéter rojo y unos pantalones azul marino, ambos ceñidos al cuerpo, lo que revelaba su bonita figura. Gabriel y Charles le mencionaron que se veía muy guapa, y éste último le preguntó que como hacía para mantenerse en tan buena forma. Yelena se rió, y contestó que eran los buenos genes, añadiendo que su figura se parecía más a la de su familia materna, donde todos eran delgados. También añadió que sus genes eran fuertes y que por eso los miembros de su familia duraban muchos años.

"Mi abuela paterna murió a los cien años, y tengo una tía materna que va a cumplir noventa años y nunca ha estado hospitalizada".

Mas no escondió que hacía ejercicios calisténicos por quince minutos unas cuatro veces a la semana, que caminaba en su vecindario en compañía de una amiga unas cuatro millas varias veces a la semana, y que los suplementos vitamínicos eran parte de su diario ritual.

Pasaron unas horas, y Gabriel y el profesor se despidieron, y Martin y Yelena quedaron sentados solos en la barra. Yelena aprovechó la ocasión para ir al baño, hasta donde la siguieron con los ojos muchos de los hombres que se encontraban en *Trafalgar* esa noche. Se había percatado que uno de los hombres la había estado mirando con interés desde hacía rato, y poco después de regresar del baño, se acercó y saludó a Martin y se quedó hablando con él. Martin se lo presentó a Yelena como Jason. Poco a poco la conversación se tornó hacia Yelena, y fue claro que Martin se sintió amenazado por Jason, pues agarró a Yelena por los hombros, e impulsivamente le dio un leve beso en la frente y otro en los labios. Unos minutos más tarde fue obvio que Jason se dio cuenta de que había algo más que una amistad entra Martin y Yelena y éste se retiró. El incidente le causó gracia a Yelena, y me lo contó con mucha emoción y detalladamente por teléfono.

"Le debo un gran favor a Jason, porque si no es por él, a lo mejor Martin se hubiese tardado sabrá Dios hasta cuando para atreverse a darme un beso en los labios".

Esa noche Yelena conoció a una joven belga, Hilka, la administradora de *Trafalgar*, quien también era muy buena amiga de Martin. Recibió a Yelena con mucho entusiasmo y le mencionó que desde que Martin la conoció se veía muy animado y feliz. Yelena se sorprendió oír de Hilka que Martin le había contado de las veces que habían salido juntos y de como semanas después de su primera cita se habían encontrado inesperadamente en la estación de gasolina. Le contó a Yelena que Martin estaba tan avergonzado por no tener un automóvil propio que si no hubiese sido por ese encuentro, no se hubiese atrevido a invitarla a salir de nuevo.

Le dijo Hilka, "Martin temía que su automóvil nuevo se retrasara demasiado y que tú pensaras que no tenía interés en ti. Yo quiero mucho a Martin, porque ha sido muy bueno conmigo. La mayoría de los domingos me toca cerrar la taberna a las dos de la mañana, siendo yo la única empleada que queda a esa hora. Pero Martin siempre se queda conmigo, me ayuda a limpiar las mesas y las sillas y me acompaña hasta que cierro a *Trafalgar* y me ve marcharme en un taxi rumbo a mi casa donde me recibe mi novio con quien vivo por más de seis años".

Martin se había tomado por lo menos 6 cervezas en las tres horas que Yelena llevaba en *Trafalgar* y notó que según pasaban las horas, Martin se iba poniendo más zalamero con ella. Los besos en los labios y hasta en el cuello continuaron, al igual que las caricias en las manos, los brazos, y hasta en los muslos. Para aquel entonces Theresa y Thomas estaban sentados al lado de Yelena y Martin, y aparentemente notaron que Yelena estaba un poco avergonzada. Theresa le comentó a Martin frente a ella que se estaba pasando de la raya en público y que Yelena se notaba incómoda. Después del comentario de Theresa, Martin se mantuvo controlado.

Yelena también conoció esa noche una chica joven de unos 25 años de edad, y otra de unos cuarenta, las que le dieron la impresión de que gustaban de Martin. La más joven y muy bonita, se llamaba Gretchen, y medía cerca de seis pies de estatura, era de piel blanca, rubia, de ojos azules, y aunque muy delgada, tenía las caderas anchas y poco busto. La otra, Sharon, era de pelo y ojos castaños, y no tenía nada que la afeara, pero tampoco era una mujer que llamara la atención. Ambas eran sofisticadas, fumaban bastante y también era obvio que habían bebido en exceso. Martin no demostró en ningún momento interés por ninguna de ellas, aunque Gretchen le coqueteó bastante y se le acercaba mucho para hablarle de su novio anterior, el cual evidentemente Martin había conocido.

Yelena y Martin hablaron solos por un rato de distintos temas, concentrándose en su interés y gran pasión por la música. Yelena aprovechó la ocasión y se atrevió a invitarlo a que la acompañara a ver *El Fantasma de la Opera*.

Martin se sonrió y aceptó la invitación, "encantado de poder acompañarte. Fíjate que hasta tengo el *CD* de la obra musical, pero no había tenido la oportunidad de verla".

Martin le dijo a Yelena que podía ir a la obra cualquier día durante la semana o durante el fin de semana entrante.

Mientras continuaron hablando, Martin se tomó por lo menos tres cervezas más en un periodo de una hora. Para aquel entonces ya eran cerca de las doce y media de la noche, y Yelena decidió regresar a su casa. Martin la acompañó hasta su auto, le recordó el partido de polo que se iba a llevar a cabo al día siguiente, y quedó en llamarla cerca del mediodía para finalizar los detalles para encontrarse. Esta vez se despidieron con un buen abrazo y un leve beso en los labios. Como siempre, Yelena quedó en las nubes, pensando en su "Conde Inglés", como lo bautizó Mireya, una de sus amigas cercanas de muchos años, y quién vivía en Dallas cerca de mí.

El domingo amaneció muy lluvioso, y Martin llamó a Yelena cerca de del mediodía para indicarle que el partido de polo había sido cancelado.

"Pero la invitación sigue en pie para el próximo partido, el cual se llevará a cabo dentro de dos semanas, el sábado en la tarde".

Yelena quedó desilusionada, pues añoraba volver a ver a Martin. Pero estaba segura de que no había manera de que el partido pudiera efectuarse con lo mucho que había llovido, y por estar pronosticado que continuaría lloviendo fuertemente por los próximos dos días.

Llegó el martes en la noche y Yelena recogió a Martin en el lugar de siempre para ir a ver *El Fantasma de La Opera*. Yelena se bajó del automóvil, y Martin la recibió con el ya ritual abrazo y beso en los labios. Martin ojeó de arriba abajo a Yelena, pero no le comentó nada. Yelena se veía radiante con un vestido de terciopelo negro sin mangas que le quedaba muy entallado a su cuerpo, y que le llegaba dos pulgadas sobre la rodilla, complementándolo con un conjunto de un pendiente y aretes con diamantes. Martin también estaba muy elegante, quien llevaba puesto el mismo traje gris oscuro que utilizó el día de su primera cita con Yelena. Antes de entrar al automóvil, Martin aceptó sin ningún titubeo o asombro la propuesta de que él manejara esta vez.

Tanto antes de la obra como durante el intermedio Yelena y Martin compartieron sus pasadas experiencias con obras de teatro, obras musicales y conciertos de música. Yelena también usó la ocasión para lucirle a Martin, pues realmente la vestimenta acentuaba su bonita figura, la cual muchas personas que le pasaban cerca notaban.

Cuando acabó la obra y mientras regresaban al automóvil hablaron de lo mucho que les había gustado la música y se dieron cuenta de que a ambos le gustaba todo tipo de música.

Martin le dijo, "el próximo fin de semana te voy a llevar a escuchar música *country* en vivo en un lugar pequeño que lleva muchos años de establecido, y donde comenzaron su carrera artistas que hoy en día son muy famosos. Sé que te va a encantar".

Yelena también se enteró esa noche de que Martin iba a cumplir años dentro de una semana, y sin pensarlo, lo invitó a comer a su casa para celebrarlo. Martin aceptó la invitación rápidamente sin titubear. Yelena le explicó que para esa ocasión, de alguna manera tenía que llegar hasta su casa. También le explicó que el miércoles en la noche, el día antes del cumpleaños de Martin, era el más apropiado ya que Irina y Daniel iban a pasar esa noche con Enrique.

Al despedirse en el estacionamiento frente a su apartamento, Martin dijo, "Yelena, muchísimas gracias por haberme invitado a la ópera. Hacía mucho tiempo que no asistía a algo distinto fuera de las actividades con mis amigos".

Yelena le comentó que iba a mantenerlo informado de actividades similares, por si quería asistir. Martin le recordó a Yelena su invitación de ir el sábado en la noche a escuchar música *country*, y acordaron encontrarse en *Trafalgar* a las siete de la noche. Una vez se despidieron, Martin corrió bajo la lluvia hasta su apartamento, mientras Yelena manejó feliz hasta su casa. Mas esa noche Yelena por primera vez sintió ansias por un beso apasionado de parte de Martin.

Llegó el sábado en la noche, y Yelena se unió a Martin y a sus amigos en *Trafalgar*, donde por primera vez se tomó una cerveza en vez de su acostumbrada copa de vino. Como había ocurrido en todas la ocasiones anteriores, disfrutó de las interesantes conversaciones, los chistes, y el hacerla sentir parte del muy íntimo y fiel círculo de amigos de Martin.

Cerca de las diez de la noche, Yelena y Martin partieron hacia *el Old Country Barn*, el cual llevaba más de 50 años de establecido. El lugar era una vieja casa a la cual le habían removido las paredes del medio para convertirla en una pequeña taberna, y a lo sumo acomodaba unas sesenta personas. La clientela variaba desde gente elegante y bien vestida, hasta aquellos que aparentemente provenían de las más humildes clases sociales de la ciudad. El ambiente era muy amigable, alegre y tranquilo, donde abundaba la luz, el humo del cigarrillo, y había poca ventilación. La banda que tocaba esa noche tenía un repertorio variado de música *country* y sonaba muy bien. Algunas personas bailaban frente a la banda en un espacio bastante reducido, pero lo suficiente como para acomodar unas seis parejas durante una pieza movida, y unas diez si era música romántica y serena.

Yelena le preguntó a Martin si le gustaba bailar y él le contestó que le gustaba mucho y que aprendió a bailar desde pequeño con su mamá. Yelena le contó que ella también aprendió a bailar desde niña con sus padres.

"Me encanta bailar, y hasta estoy tomando clases de baile para aprender a bailar la música *country* y de salón de aquí, la cual había escuchado antes y me encanta, pero no sabía como bailarla".

Martin le dijo que cuando tuvieran la oportunidad practicarían en privado, y que cuando se sintieran acoplados podían ir a bailar a lugares públicos como donde estaban esa noche. El intercambio de sonrisas no paró, mientras abrazados disfrutaban de la música. Cerca de la medianoche Yelena decidió regresar a su casa, donde Daniel e Irina la esperaban. Martin le pidió que lo dejara en *Trafalgar*, donde se despidieron, y acordaron verse nuevamente el miércoles en la noche en casa de Yelena para celebrar su cumpleaños.

Para el cumpleaños de Martin, Yelena escogió un menú típico puertorriqueño, el cual consistía en ensalada de lechuga y tomate con aderezo de vinagreta, pierna de cerdo asada al horno, arroz con gandules, y flan como postre. De aperitivo había planeado freír plátanos verdes en forma de una tacita, y rellenarlos con salmorejo de camarones. Aunque Yelena no se arrepintió de celebrarle el cumpleaños a Martin, si resintió el haberse atrevido a invitarlo a su casa. No temía estar sola con él siempre y cuando pudiera asegurarse que había bebido con moderación, ya que aparentemente cuando tomaba en exceso desaparecía su timidez. Uno de los vecinos de Martin, y quien de vez en cuando iba a *Trafalgar*, lo llevó a casa de Yelena a las siete de la noche tal y como habían acordado.

Martin tenía puesta la misma camisa que usó el día que Yelena lo conoció en casa de Mary. Yelena decidió vestirse de manera que no se viera ni muy conservadora ni muy sensual. Se puso una falda negra que le llegaba a mitad de pierna, y un *polo shirt* sin mangas y sin cuello con un diseño abstracto en color verde profundo y negro que se ceñía a su pequeño torso. Se saludaron con un abrazo y un beso en la mejilla. Yelena estaba muy nerviosa, pero los distintos platos que estaba preparando la mantenían tan ocupada, que sin darse cuenta se relajó. Martin se encargó de la música, y sorpresivamente escogió un *CD* de canciones rancheras mejicanas el cual era uno de los favoritos de Yelena.

A Martin le gustó mucho la cena típica que Yelena preparó, elogiando el cerdo asado el cual casualmente tenía el sabor y textura del que preparaba su madre allá en Inglaterra. Además le confesó que no le gustaba el flan, pero el de ella sí le había gustado porque no estaba muy dulce, y hasta se comió un segundo pedazo. Terminada la cena, Yelena y Martin se sentaron en el sofá en la sala informal, donde ella se apresuró a traer dos regalos. Primero le dio una caja envuelta en papel de regalos la cual Martin movió varias veces mientras trataba de adivinar el contenido. Después de varios fracasos intentando adivinar el contenido del paquete, y los que les causaron bastante risa a ambos, Martin desenvolvió la caja y encontró una serie de artículos para personas de edad, como solución para teñirse el pelo, píldoras para el estreñimiento, y limpiador para dentadura postiza. Todo esto era una broma, pues Martin cumplía solo 37 años de edad. Martin se rió mucho con la broma que Yelena le había gastado, y la abrazó calurosamente y le dio un beso en la mejilla mientras aún se reía.

Entonces abrió el segundo regalo, una billetera, y Yelena le dijo, "creo que te hacía mucha falta, pues las veces que te vi sacar tu billetera para pagar, noté que tenía unos huecos".

Martin nuevamente se sonrió, y delante de Yelena cambió unas cuantas tarjetas de crédito, su dinero y la licencia de conducir a la nueva billetera.

Cuando Martin terminó de abrir sus regalos, le preguntó a Yelena si le podía dar un beso y abrazo. Yelena se acercó a él y sin ningún miedo le tiró los brazos alrededor del cuello, donde Martin le correspondió con un fuerte abrazo y un beso en la mejilla. Ahí Yelena aprovechó y lo invitó al comedor formal, donde se encontraba el piano. Yelena lo deleitó con par de piezas clásicas, unas sonatinas, seguidas de música popular en español. Estas últimas eran canciones románticas del ayer, boleros que se hicieron famosos en los tiempos de nuestros abuelos. Yelena acabó su repertorio tocando y cantando *De Colores*, y como última pieza, *Amor*. Martin había aplaudido a Yelena entre piezas, y al final le comentó que estaba bien impresionado, dándole otro abrazo y beso en la mejilla.

De regreso a la sala, Martin volvió a poner el disco de canciones rancheras, e invitó a Yelena a bailar su canción favorita, *Solo tú*. Era la primera vez que bailaban juntos. Con su gran altura Martin la envolvió con su cuerpo y Yelena se sintió perdida en una nube como se ve en las películas de amor. Le agarró la mano derecha a Yelena y se la mantuvo apretada sobre su pecho cubriéndola con su mano izquierda, mientras la aprisionaba por la cintura con su brazo derecho. Mantenía su cabeza inclinada hacia la de Yelena, quien había recostado la de ella sobre el pecho de Martin. Yelena parecía una muñequita de porcelana arropada sutilmente por su adorado Conde Inglés. Así perdida en los brazos de Martin bailaron cuatro piezas, hasta que Yelena le dijo que ya era tarde. Yelena llevó a Martin hasta su apartamento, donde después de un abrazo y leve beso en los labios, Martin le agradeció repetidas veces la cena y los regalos.

Mientras se bajaba del automóvil le mencionó, "mañana le mostraré los regalos a todos mis amigos en *Trafalgar*".

La noche siguiente, el verdadero día del cumpleaños de Martin, Yelena decidió darse una fugadita a *Trafalgar* para felicitarlo personalmente. Tal y como había dicho, Martin andaba con sus regalos mostrándoselos a todo el mundo. Al ver entrar a Yelena, Martin la agarró por la cintura y la alzó en el aire, dándole varios giros mientras la besaba en los labios. Yelena se enteró de que todos sus amigos habían oído los detalles de la comida, del repertorio de música con el cual lo deleitó en el piano, de sus canciones y hasta de que bailaron juntos. Todos se habían reído mucho con los regalos de broma que le había hecho, y también oyeron de la billetera. Martin se había puesto en el bolsillo de su camisa la parte de la tarjeta de cumpleaños que Yelena le había dado, un pequeño rótulo el cual decía, *Hoy es mi cumpleaños.... Obséquiame con una cerveza.* Martin le comentó a Yelena que hasta la tarjeta había causado sensación.

Yelena solo estuvo en *Trafalgar* unos 30 minutos, pues quería regresar a su casa para asegurarse que sus hijos habían terminado sus tareas. Martin la escoltó hasta su *minivan*, y al despedirse le repitió varias veces lo mucho que había significado la celebración de su cumpleaños, y aun más el que lo sorprendiera esa noche en *Trafalgar*. Yelena manejó de regreso a su casa riéndose sola, aún viendo en su mente la imagen de Martin tan emocionado, tal y como se ve un niño abriendo sus regalos el día de Navidad. Se sintió satisfecha y feliz de haberle podido brindar alegría a Martin en su cumpleaños.

Capítulo 6
Planeando lo impredecible

Era sábado y Martin y Yelena habían acordado encontrarse a las 2:30 p.m. para ir al partido de polo. Yelena se puso unos pantalones marrón y un suéter amarillo. Yelena recogió a Martin, quien rápidamente le dio un disco compacto de Louie Prima, un artista muy famoso de música popular norteamericana durante los años 1940's hasta los 70's. Yelena se sorprendió de que Martin, siendo más joven que ella, tuviera una pasión tan grande por la música, especialmente por aquella que era de los tiempos de sus padres o sus abuelos.

Yelena le comentó a Martin, "eres un espíritu viejo atrapado en el cuerpo de un hombre joven".

Cuando llegaron al campo de polo, Martin llevó a Yelena al club o salón de actos donde habían numerosos recortes de periódicos enmarcados colgados en las paredes. Le señaló unos cuantos artículos, y le pidió a Yelena que los leyera mientras él iba al baño. Los artículos, todos amarillentos por los quince a veinte años que tenían, hablaban de cómo Gabriel había donado los terrenos donde se encontraba uno de los campos de polo del área. También los artículos mencionaban que Gabriel había organizado numerosas actividades, incluyendo entrenamiento para aficionados y niños.

"Obviamente Gabriel ha sido un hombre muy generoso no solo con su dinero sino con su tiempo", comentó Yelena.

El partido ya estaba por empezar y se apresuraron a encontrarse con Gabriel, Theresa y Thomas para observarlo. Martin le iba explicando a Yelena las reglas principales del juego, quién observaba con detenimiento y sonreía sin parar mientras le hacía preguntas a Martin sobre el partido. Le contó a Yelena que él había jugado polo desde que era adolescente, pero que unos cuatro años atrás se había caído del caballo y se había fracturado la clavícula. Desde aquel momento dejó de jugar. Yelena disfrutó mucho de esa nueva e interesante experiencia, y al acabarse el partido aceptó la invitación que Theresa y Thomas le hicieron a través de Martin, para que ambos se unieran a ellos a tomar unas cervezas en otra taberna, *Royal House*.

Se despidieron de Gabriel, quien se encontraba rodeado de dos bellas chicas jóvenes, quienes obviamente podían ser sus hijas y le coqueteaban mientras observaban su impresionante Ferrari, insistiéndole que las llevara a pasear. Martin le comentó a Yelena que nunca fallaba el que cuando Gabriel andaba en su Ferrari, atrajera algunas mujeres que se le acercaban por puro interés.

Gabriel no solo impresionaba a las mujeres con su Ferrari, sino con sus piropos y sensualidad. Durante las pocas veces que Yelena había compartido con él en *Trafalgar*, había notado que muchas chicas jóvenes y bellas se le acercaban, intercambiando besos en las mejillas y fuertes abrazos, pero siempre con gran sensualidad.

Yelena se atrevió a mencionarle la noche anterior, "usted parece un don Juan".

Gabriel se rió, y le contestó, "no es que parezca un don Juan, si no que me encantan las mujeres, y disfruto mucho de su compañía. Esa es mi debilidad".

Yelena y Martin siguieron a Theresa y Thomas hasta *Royal House,* una taberna la cual principalmente atraía a jóvenes como clientela. Se sentaron afuera en la terraza de madera, donde se encontraba la gran mayoría de las mesas. Los grandes árboles de pino que rodeaban el lugar, y la terraza con vista al área costera los hacía olvidar que se encontraban prácticamente en medio de una gran ciudad y rodeados de grandes edificios.

Allí pasaron más o menos unas dos horas, durante las cuales todos tomaron unas cuatro o cinco cervezas, con excepción a Yelena, quien se tomó una sola copa de vino. Ya eran cerca de las ocho de la noche, y Theresa sugirió que fueran a comer a un pequeño restaurante irlandés, *Morgan's Table*, también en el área costera, donde servían pescado empanado frito acompañado de papitas fritas. Martin le preguntó a Yelena si estaba de acuerdo, y por supuesto, nada estaba mal para ella si estaba acompañada por su Conde Inglés, quien ya le había atrapado el corazón dos meses atrás.

La temperatura había bajado rápidamente, y unas dos horas más tarde después de disfrutar de la comida y compartir hablando, ya que Theresa y Yelena se estaban quejando de frío, decidieron marcharse. Martin y Yelena se despidieron calurosamente de Thomas y Theresa, y Martin manejó la *minivan* hasta su apartamento, donde se despidieron con un muy cálido abrazo y un beso en los labios. Aunque para esa época Yelena ya estaba sedienta por besarse apasionadamente con Martin, era conservadora y resentía el no haber triunfado en sus dos relaciones amorosas que había tenido como adulta. Ella creía en el amor eterno y la invadían sentimientos de frustración cada vez que recordaba su pérdida. Pero el compartir con Martin, quien también aparentaba ser conservador, la hacía sentir cómoda mientras poco a poco lo iba conociendo, sin apresurar el curso de su relación, y el llegar a la intimidad.

Al día siguiente Yelena recibió una llamada de Mary para invitarla a ella y a Martin a una fiesta de San Patricio que iba a ofrecer en su casa el fin de semana siguiente. A Yelena le pareció buena idea y llamó a Martin para ver si estaba de acuerdo, quien inmediatamente aceptó la invitación.

Llegó el sábado en la noche, y unos 20 minutos antes de que Yelena saliera de su casa para recoger a Martin para ir a la fiesta de Mary, él la llamó por teléfono. Le comentó que no tenía deseos de ir a una fiesta donde había un gran número de invitados, y que prefería ir a un lugar donde pudieran hablar y estar más tranquilos. Sugirió una taberna en el centro de la ciudad que era bastante popular, y la que anunciaban hasta en la televisión. Yelena le dijo que no había oído del sitio, probablemente porque como no acostumbraba a salir a tabernas o bares, no le prestaba atención a los anuncios.

Añadió, "yo acepto el cambio. Pero me da pena que le dije a Mary que íbamos a ir a su fiesta, y ahora no nos vamos a presentar. Mejor es que la llame y le diga que no vamos a ir, pues está lloviendo muy fuerte y se puede preocupar pensando que algo nos haya pasado".

Martin le dijo que no era el momento apropiado, y que sería mejor que se disculpara otro día, cuando Mary no estuviera tan ocupada. Yelena originalmente cuestionó su sugerencia, pero luego la aceptó.

La taberna *Piedra Verde* era un lugar rústico, con balcones y terrazas en madera de cedro donde se sentaban la gran mayoría de los clientes. Con la lluvia y ya que hacía un poco de frió, Martin sugirió que se sentaran adentro y subieron al segundo piso donde habían varias habitaciones con unas tres o cuatro mesas donde no había mucho ruido.

Martin le dijo a Yelena, "como te gusta tomar margaritas, escogí este sitio para que puedas disfrutar de tu bebida favorita".

Pasaron una agradable noche conversando, y hasta se unieron a otra pareja que Martin conocía por años. Yelena había echado de menos el compartir socialmente con otras parejas, y una vez más el estar en compañía de Martin y sus amigos le trajo buenos recuerdos y disfrutó mucho. Cerca de las 11:30 p.m. empezó a llover fuertemente y tuvieron que marcharse. Martin decidió ir a buscar la *minivan*, y recogerla frente a la taberna para que ella no se mojara y luego se fuera a resfriar.

Martin tenía planes de salir de viaje para la ciudad de New York el jueves en la noche con el propósito de visitar los únicos parientes que tenía en los Estados Unidos. A la misma vez se iba a encontrar con Gabriel en la ciudad, quien por casualidad llevaba una semana en New York en viaje de negocios, y donde iba a permanecer por una más. Así que de camino a su apartamento le comentó a Yelena que dudaba que tuviera la oportunidad de verla antes de salir de viaje ya que tenía muchos preparativos que hacer. Yelena se sintió afligida, y hasta le mencionó que le hubiese gustado despedirse de él más cerca de la fecha de su viaje. También le sugirió llevarlo al aeropuerto, pero ya que el vuelo de Martin salía a las siete de la mañana, iba a ser muy sacrificado el que Yelena lo llevara, y él rehusó su invitación. Llegaron frente al apartamento de Martin, y por primera vez en los dos meses que llevaban saliendo juntos, y mientras estaban sentados en el auto se abrazaron y se besaron apasionadamente y por largo rato, hasta que lograron separarse. Esa noche Yelena manejó hasta su casa como zombi, soñando despierta con su Conde Inglés.

El miércoles siguiente, 17 de marzo, cerca del mediodía, y el día antes de que Martin saliera de viaje, Yelena lo llamó desde su oficina para desearle un buen viaje. En realidad, era el día de San Patricio y no faltaban las celebraciones en las tabernas de la ciudad, especialmente aquellas que eran irlandesas o inglesas. Yelena le mencionó a Martin que había hecho reservaciones con mucha anticipación para asistir a un seminario sobre inversiones en la bolsa de valores. Martin le dijo iba a quedarse en su apartamento porque temía festejar demasiado y luego tener inconvenientes para salir temprano en la mañana hacia el aeropuerto, a más tardar a las 5:30 a.m. Así que hablaron unos minutos y Martin le dijo a Yelena que la iba a llamar desde New York.

Tan pronto Yelena salió del seminario esa noche, sonó el teléfono celular. Era Martin, llamándola desde *Trafalgar*. Le comentó que cambió de planes y que realmente tenía muchos deseos de verla antes de salir de viaje. Por casualidad Yelena había hecho un arreglo con Enrique para que Irina y Daniel pasaran esa noche con él pues se suponía que el seminario se acabara a las once de la noche. Por eso Yelena ni titubeó en aceptar la inesperada invitación de Martin. Aun más, Yelena se había comprado una semana antes un atractivo suéter color verde, y el cual llevaba puesto esa noche, muy apropiado para la celebración de San Patricio.

Cuando llegó a *Trafalgar* el gentío era enorme y habían sillas y mesas que habían traído los clientes hasta en el estacionamiento. Martin le había dicho por teléfono que estaba sentado con su grupo íntimo de amigos en una mesa dentro de la taberna, así que Yelena no tuvo que preocuparse en encontrarlo. Junto a Martin se encontraban Gretchen, Lloyd y Sandy, y Theresa y Thomas. Allí conoció otra pareja, Kate y Randy, ella era escocesa y él era irlandés. Todos halagaron el ajuar de Yelena y le mencionaron que Martin estaba añorando el poder verla esa noche. Pasaron varias horas intercambiando chistes, cuentos y cantando a coro.

Yelena se estaba divirtiendo tanto, y la compañía era tan agradable que se olvidó de la hora y de lo que le esperaba temprano en la mañana. Yelena iba a salir con sus hijos en un viaje de unas tres horas donde iba a manejar hasta Los Cayos con motivo de las vacaciones escolares de primavera. Precisamente fue Martin quien le sugirió el lugar a Yelena. No fue hasta que encendieron las luces más potentes del establecimiento indicando que iban a cerrar la taberna dentro de 15 minutos que Yelena se dio cuenta de lo tarde que era, la 1:45 de la mañana. Se preocupó al ver a Martin por primera vez en total estado de embriaguez, especialmente cuando tenía que salir para el aeropuerto dentro de unas tres horas. Se despidieron con besos y abrazos de todos, y Martin aceptó el que Yelena lo llevara en su vehículo a su apartamento, aun cuando quedaba a la vuelta de la esquina.

Caminaron hacia al estacionamiento y cuando llegaron frente al *minivan*, Martin se recostó de la puerta del vehículo, agarró a Yelena por la cintura, la atrajo sutilmente hacia su cuerpo, y empezó a besarla muy apasionadamente. Los besos variaban grandemente en intensidad desde totalmente sensuales hasta tiernos y sublimes. Saltaban a probar a besos sus cuellos, los que se tornaban en pura pasión y hasta sentir pequeños mordiscos, para luego regresar a quebrantar sus bocas en otro encuentro de besos sumamente briosos. No tardó mucho en que Martin empezara a acariciarle la espalda a Yelena, y luego sus manos se fueron deslizando hacia el derrierè, donde sutilmente se entretuvo por minutos sintiendo el trasero de Yelena.

El patrón de besos y caricias continuó por más de quince minutos para ser abruptamente interrumpido por el mismo Martin, "es tarde y ambos salimos de viaje mañana".

Yelena, quien deseaba que él continuara con sus besos y caricias hasta llevarla al éxtasis, sintió todo el peso del cuerpo bajarle a los pies cuando Martin le abrió la puerta de su *minivan*. Una vez él entró y se sentó junto a ella, recibió otra desilusión.

Con lágrimas en sus ojos, la miró fijamente y le dijo, "Yelena, tú eres bien afortunada, porque tú tienes a Irina y a Daniel en tu vida. Yo no tengo a nadie que me quiera, ni siquiera mi padre, quien me abandonó cuando apenas era un niño. También las únicas tres novias que he tenido en mi vida me han abandonado y tarde o temprano tú también terminarás abandonándome".

Las lágrimas también resbalaron por el rostro de Yelena, quien lo escuchaba seria y atenta. Martin también le habló como se sintió destrozado cuando Oksana lo dejó, y que no había logrado recuperarse.

"Hasta perdí las dos hijas de su primer matrimonio, a las que vi crecer desde que tenían cuatro y seis años, y quienes me escribían cartas y me hacían dibujos. Y ahora ninguna de las tres me quiere hablar. Es como si no existiera. No existo para nadie, y voy a dejar de existir para ti también".

Una vez Martin dejo de hablar, Yelena se mantuvo callada, hasta que finalmente dijo, "con lo triste que te veo y lo que oigo, no sé ni que decirte. Martin, cargas con muchas heridas y quizás rencores que solo te deprimen. Creo que el restablecer la comunicación con tu padre y Oksana, aunque sea por carta te podría ayudar".

"A ninguno le importo. Además yo no necesito tener ninguna comunicación con mi padre porque nunca me ha hecho falta. Me gradué de la universidad sin su ayuda, y he triunfado en mis negocios solo".

Una vez Martin quedó en silencio, y mientras Yelena manejaba hacia su apartamento le dijo, "creo que lo único que puedo hacer por ti, es orar".

Se despidieron con un tenue abrazo y beso, y Yelena le prometió a Martin que lo iba a llamar a las cinco de la mañana para asegurarse que iba a partir a tiempo para el aeropuerto. Mientras manejaba hacia su casa

Yelena pensó en lo que Martin le había dicho sin saber si lo que le había dicho era cierto, o era producto de su embriaguez. También se puso a dudar si los abrazos y besos que había compartido Martin con ella eran genuinos.

Unas horas más tarde, ya jueves en la mañana, sonó el reloj despertador, y Yelena hizo su llamada de despedida a Martin tal y como le había prometido. Martin contestó rápidamente el teléfono y le contó a Yelena que se había quedado el resto de la noche sentado en una silla viendo la televisión para evitar quedarse dormido. También le comentó que le había echado suficiente agua a las plantas carnívoras que tenía, cosa que Yelena no había oído antes y la hizo reír. Ya estaba listo esperando el taxi que lo iba a llevar al aeropuerto.

Yelena se despidió de Martin y le dijo, "te amo".

Martin se mantuvo en silencio y unos segundos después le dijo. "espero que pases unas buenas vacaciones con Irina y Daniel en Los Cayos".

Cerca de las nueve de la mañana, Yelena y sus hijos partieron hacia Los Cayos. Manejó por unas tres horas, y pararon a almorzar. Sonó el teléfono celular y Yelena se sorprendió mucho de oír la voz de Martin. Acababa de llegar a la casa de sus tíos en New York, y quería saludarla y ver como iba su viaje. Martin hasta le puso a su tía al teléfono, quien saludó a Yelena muy cortés y cariñosamente. Martin le pidió a Yelena que lo llamara tan pronto llegara al hotel, para asegurarse que había llegado bien y que no la había defraudado al haberle sugerido ir de vacaciones a Los Cayos y el hotel que le recomendó.

Una hora después Yelena y sus hijos llegaron al hotel donde iban a pasar la noche, quedando maravillados con la vista en el horizonte donde el azul del cielo y el océano habían creado un vínculo en silencio, donde solo reinaba la paz. El observar la naturaleza era tener la oportunidad de ver la creación de Dios sin ser alterada.

No fue difícil para Yelena pasarle ese mensaje a Martin, a quien llamó tan pronto se acomodaron en la habitación. Sin verlo, pudo sentir en el tono de su voz que Martin se sintió feliz y orgulloso de haber sido él quien le sugirió el lugar.

"Los muchachos, quienes se estaban quejando desde antes de salir de casa de que no querían ir a ningún sitio porque se iban a aburrir, hablaban sin pausar mientras escogían el orden de las actividades. Que si nadar con los delfines, buceo de superficie…"

Yelena hasta compartió con Martin el comentario que hizo Irina.

"Mami, la próxima vez que visitemos Puerto Rico, debemos invitar a Martin porque estoy segura, que si le gustan Los Cayos, las playas que hay allá y las montañas le van a encantar", repitió Yelena.

Yelena se despidió de Martin, nuevamente diciéndole "te amo", pero él no le devolvió el comentario. Sin embargo le pidió que lo llamara tan pronto regresara a su casa.

Yelena se recostó en la cama a descansar un poco antes de salir a cenar, y se mantuvo un buen rato pensativa tratando de descifrar que representaba ella en la vida de Martin después de estar saliendo con él por más de dos meses. Para ella ya no había duda alguna que se había enamorado de su Conde Inglés, pero tenía grandes dudas de lo que ella significaba para Martin.

Yelena regresó a su casa el domingo por la noche, y llamó a Martin a New York tan pronto llegó a su casa. Yelena habló con la tía de Martin, Margie, quien le dijo que él había salido con sus primos a una taberna. Por largo rato Margie le hizo preguntas a Yelena acerca de sus hijos, de donde era, en que trabajaba y si era católica, pues ella era muy devota. Luego compartió detalles con Yelena de sus hijos, cinco varones y la menor, mujer, quien tenía 37 años de edad y se había casado hacía dos años atrás. Margie también le comentó a Yelena que estaba preocupada porque veía a Martin delgado.

Le dijo a Yelena, "estaba sobrepeso la última vez que me visitó en ocasión a la boda de mi hija. ¿Será que no come bien?".

"No sé. Cuando lo conocí unos tres meses atrás estaba en su peso actual", dijo Yelena.

Margie añadió, "yo sé que le gusta cocinar. A mí me ha cocinado todos los días desde que llegó, ¡y platos elaborados!. Ayer me preparó pescado con una salsa de camarones al ajillo por encima, servido sobre setas y espinacas, acompañadas con papas al horno".

"Eso suena puramente gourmet", dijo Yelena.

"Realmente Martin disfruta mucho en su papel de chef, pues se ríe solo mientras cocina".

Entonces le preguntó a Yelena si alguna vez Martin le había cocinado a ella. Yelena le comentó que llevaban poco más de dos meses saliendo juntos, y que nunca había estado en el apartamento de Martin. También le mencionó que ella le había hecho una cena típica puertorriqueña para su cumpleaños y que le gustó mucho.

"Cuando Martin regrese a Florida, pídele que te prepare una cena", añadió Margie.

Yelena se rió, y le dijo que le daba pena pedirle eso, que no se iba a atrever. Margie le dijo que eso no tenía nada de malo, que ella estaba segura que a él le agradaría la idea.

Yelena se dio cuenta que ya era tarde en New York, por lo menos las diez de la noche y de que había estado hablando con Margie, quien tenía más de 80 años, por más de una hora. Se disculpó y se despidió, pero Margie le aseguró que no había sido ningún inconveniente.

"Martin se pone contento cuando te menciona y yo he disfrutado mucho hablar contigo", dijo Margie.

Al día siguiente, un lunes cerca del mediodía, Yelena recibió en su oficina una llamada de Martin.

Muy animado le dijo, "anoche me reuní en una taberna con Gabriel y otro viejo amigo que antes vivía en Florida. Estuvimos allí hasta casi las dos de la mañana".

Yelena le contó del buen y largo rato que pasó hablando con Margie la noche anterior y Martin le dijo que Margie le había comentado lo mismo.

"La tía Margie tiene un padecimiento del corazón y el jueves la voy a acompañar en autobús hasta el hospital, donde le van a hacer unas pruebas para asegurarse que todo marcha bien".

Una de las compañeras de trabajo de Yelena se presentó inesperadamente a su oficina, lo que la obligó a acortar la llamada. Quedaron en que Yelena lo llamaría el jueves en la noche. Al despedirse, Yelena no le dijo a Martin su acostumbrada frase, "te amo". Esto se le hizo difícil, porque Yelena era una persona cariñosa y expresiva en sus sentimientos, compartiendo siempre la frase "te quiero mucho" con todas sus amigas, familiares y hasta con sus amigos varones más cercanos, y quienes se la reciprocaban. Esa vez no quiso defraudarse en recibir una fría despedida o unos segundos de silencio.

El jueves en la noche Yelena llamó a Martin tal y como acordaron, pero Martin había salido con sus primos a un bar cerca de donde vivían sus tíos. Margie le dijo a Yelena que Martin pensaba llamarla al día siguiente. El viernes llegó, y Martin no llamó. Yelena se sintió frustrada pues no hablaba con él desde el martes.

La sonrisa volvió a su rostro cuando el sábado en la mañana recibió llamada de Martin. Le contó los detalles de lo mucho que había estado festejando con sus primos en distintos bares. Yelena le habló de su trabajo y de las actividades de sus hijos, desde las prácticas y juegos de *softball* de Irina hasta del campamento de niños exploradores de Daniel. Yelena le preguntó a Martin si ya sabía cuando regresaba, y le contestó que tenía planes de regresar el lunes o martes, dependiendo de los vuelos que tuvieran asientos disponibles para clientes que estuvieran viajando gratuitamente usando millaje acumulado, y de que la hora fuera conveniente para que alguno de sus primos lo pudiera llevar al aeropuerto. Entonces Yelena le preguntó a Martin si le gustaría que lo recogiera en el aeropuerto, y Martin le dijo que le agradecería lo recogiera, y que le gustaría verla.

Ya cuando estaba por despedirse de Martin, Yelena le dijo con tono jocoso, "por poco se me olvida darte las gracias por el regalo que me mandaste desde New York".

Hubo un silencio al otro lado del teléfono, y entonces Martin le dijo con voz muy cortante, "no me gusta que me acosen por algo que simplemente mencioné, y lo cual no era una promesa de nada. Esa es la diferencia entre mis amigos de *Trafalgar* y ustedes las mujeres. Ustedes esperan que todo sea definitivo, y nosotros estamos acostumbrados a cambiar de planes".

"No fue mi intención molestarte, sino que me dijiste varias veces que me ibas a enviar algo, y me he quedado pendiente y entusiasmada, como una chiquilla".

Martin se despidió, y le dijo que la llamaría tan pronto tuviera información de su vuelo.

Una vez colgó el teléfono, Yelena se sintió muy afligida y se recostó en su cama pensativa como solía hacerlo cuando le invadía la tristeza. Realmente, todos los días esperaba deseosa a que el cartero le trajera el "regalo" que Martin le había prometido, algo que repitió en tres ocasiones distintas. Pensó que con la broma iba a poder averiguar si él le había enviado algo o no, o en caso de que se le hubiese olvidado, todavía tendría la oportunidad de reparar su olvido. Entonces se recordó de las veces que Martin tenía cambios bruscos en su carácter, entre muy recatado con ella y luego muy extrovertido y apasionado, especialmente si había tomado muchas cervezas. También recordó los cambios en planes a última hora que comúnmente resultaban en quedarse en *Trafalgar*, y comentarios que él le había hecho con respecto a que comía cuando le daba hambre, y que a veces podía estar dos días sin comer sin tener ningún problema de salud. En otras ocasiones criticaba mucho algunas costumbres norteamericanas, comparándolas con las de su país, hasta tal punto que luego él mismo se disculpaba por lo que había dicho.

Entonces Martin decía como una grabadora, "no creas que le deseo mal a este país. Es que desafortunadamente le va a pasar como a todas las otras grandes potencias mundiales, las cuales no se dieron cuenta de sus debilidades y arrogancia, y a la larga decayeron. Aquí he hecho mi fortuna, aquí vivo, y no deseo que el país vaya en decadencia. Por el contrario, me gustaría que las cosas mejoraran en todos los aspectos, tanto políticos, sociales como económicos".

Capítulo 7
Una vida sin compromisos

El martes 30 de marzo, temprano en la noche y llena de emoción, Yelena reía y cantaba mientras escogía el vestuario que iba a usar para ir a recoger a su ser amado al aeropuerto. Lo había echado mucho de menos, y esperaba que él también estuviera deseoso de verla, y quería lucirle atractiva y sensual cuando lo recogiera. La alegría que sentía estaba a la par con la primavera que se iba asomando. Escogió un vestido veraniego rojo con lunares blancos que le llegaba unas pulgadas debajo de la rodilla, el cual se le entallaba muy bien hasta la cintura mientras que la falda tenía un ligero vuelo. Las sandalias blancas con altos tacones resaltaban sus bonitas piernas.

Aunque había acordado con Martin que él saldría hasta la acera donde se recogen los pasajeros, Yelena llegó unos diez minutos antes de la hora de llegada del vuelo, y decidió recibirlo en el terminal. Mientras caminaba, se dio cuenta que llamaba mucho la atención a los que le pasaban por el lado, siendo obvio que se veía atractiva. El guardia de seguridad que controlaba el acceso de pasajeros hacia las salas de salida, se le acercó a Yelena y le preguntó que a quien esperaba. Ella le contestó que a un buen amigo.

"Tu amigo tiene muy buena suerte", le dijo el guardia con tono sugestivo y muy sonriente mientras la miraba de arriba abajo repetidamente.

Yelena se sonrió, pero realmente se sintió incómoda. Rápidamente se movió y se paró detrás de una columna donde pudiera ver los pasajeros según iban saliendo, pero a la misma vez asegurándose de no estar muy visible a otras personas que estaban en el terminal.

Martin fue uno de los últimos pasajeros del vuelo en salir del terminal, y al encontrarse con Yelena le dio un leve abrazo y beso. Le preguntó por qué había entrado al terminal, y Yelena le contestó que había llegado un poco temprano y aprovechó para darle la sorpresa. Yelena pudo notar un aliento fuerte a alcohol en Martin, pero se veía sobrio. En ruta hacia el apartamento de Martin, Yelena le preguntó si podían parar en algún lugar a comer alguna tontería o a tomarse algo, y Martin le dijo que escogiera el sitio. Yelena sugirió el lugar donde habían ido el día de los enamorados, y Martin aceptó.

Pero cuando se iban acercando al área donde vivía Martin, le dijo, "Yelena, he echado mucho de menos a Gabriel y a Charles y prefiero ir a *Trafalgar*. ¿Estás de acuerdo?".

Yelena se sorprendió y se sintió muy herida con el comentario. Habían pasado casi dos semanas desde que Martin y ella no se veían, mientras que él había compartido en dos ocasiones con Gabriel en New York. Además, por la hora predecía que Charles estaría de camino a su casa dentro de unos minutos, si es que ya no se había marchado de *Trafalgar*. Mas Yelena rápidamente aceptó la sugerencia de Martin. Entonces él le pidió a Yelena que parara por unos minutos frente a su apartamento para dejar su equipaje y así lo hizo ella. Martin regresó al vehículo con un pequeña pieza plástica de unas 2x3 pulgadas montada sobre un imán para usar en la nevera. Tenía imágenes de rascacielos de New York, y tenía inscrito *Big Apple*. Al verlo Yelena pensó una vez más que ella era una persona insignificante para Martin. No solo prefería estar en *Trafalgar* con sus amigos que estar con ella, sino que faltó a su palabra de enviarle un regalo desde New York. Además era obvio que a última hora Martin compró una tontería para ella, lo más probable en el aeropuerto, pues sabía que se había mantenido en los suburbios de la ciudad con su familia y que no asistió a ningún área turística.

Al llegar al estacionamiento de *Trafalgar*, Yelena le mencionó a Martin que estaba desencantada, pues añoraba mucho su regreso y poder compartir con él.

Él se mostró frió y esquivo, y al notarlo, Yelena le dijo, "es mejor que yo regrese a mi casa y así podrás disfrutar más tranquilamente con tus amigos".

Entonces fue Martin el que se mostró desilusionado, y Yelena, quien ya lo había abrazado y dado un beso en la mejilla para despedirse, se dio cuenta del leve sentimiento que Martin dejó escapar y cambió de idea. Lo agarró de la mano y caminaron juntos hasta *Trafalgar*. Una hora más tarde Yelena decidió irse, y Martin la acompañó hasta su *minivan*, donde la despidió con un abrazo y un leve beso en los labios. Martin regresó a *Trafalgar* y Yelena manejó como zombi. Esa noche se sintió rechazada e insignificante en la vida de Martin, donde todos los preparativos e inmensos deseos de verlo pasaron desapercibidos. Esa noche casi no durmió preguntándose por qué Martin cambiaba bruscamente de idea y cual podría ser la razón por su falta de sensibilidad hacia lo que esos cambios podrían significar para ella.

Dos días después del regreso de Martin de New York vino de visita Eric, uno de sus amigos más íntimos. Eric nació en Irlanda, pero al igual que Martin, se crió en Inglaterra. Martin y él se conocieron cerca de 13 años atrás en la empresa donde Martin comenzó a trabajar cuando llegó a los Estados Unidos, y donde Eric trabajó hasta que se mudó a Seattle. Hacía cerca de un año que se había mudado, porque fue víctima de un despido masivo que hizo la empresa al transferir numerosos empleos a China e India. Eric trató de conseguir trabajo en Florida por más de seis meses, pero ya se le habían terminado los beneficios de desempleo, y no tuvo más remedio que buscar empleo fuera del estado. En esta ocasión, Eric había venido de visita a Palm Beach por cinco días, con motivo de asistir a la boda de una de sus antiguas compañeras de trabajo, y Martin iba a ser su invitado para la boda. Martin le llegó a comentar a Yelena que ella también podía ir con ellos, pero Yelena le dijo que si la invitación era para Eric y acompañante, que el llevar a una tercera persona no era correcto. Realmente, Yelena hubiese dado cualquier cosa por acompañar a Martin a la boda, pero prefirió no fallar en reglas de buenos modales.

Fue a través de Eric, poco después de llegar a los Estados Unidos, que Martin por primera vez visitó a *Trafalgar*, y desde entonces fue un cliente regular. Precisamente iba a ser en *Trafalgar* el primer sitio donde Eric iba a parar tan pronto aterrizara en Palm Beach, y Martin se había encargado semanas antes de su llegada de avisarle a todas sus amistades. Era jueves, y Martin le había dicho a Yelena que si tenía la oportunidad, que pasara por *Trafalgar* esa noche, donde muchos de sus amigos se iban a reunir allí para compartir con Eric.

Yelena estaba muy clara que sus necesidades como mujer venían después de sus obligaciones como madre y le comentó, "no sé si pueda asistir,. . .depende de las tareas escolares de mis hijos. Si tengo la oportunidad, pasaré un ratito tarde en la noche".

Después de la desilusión que tuvo el martes cuando recogió a Martin en el aeropuerto, dudó si valía la pena llegar hasta *Trafalgar* esa noche. Pero como siempre era el caso con Yelena, su humanidad era evidente. Su deseo de amar y ser amada le permitía crear excusas perfectas en su mente para sobrellevar y ver a su amado. Entonces se dejó llevar por su blando corazón y decidió sorprenderlos a todos.

Eran cerca de las diez de la noche cuando Yelena se apareció en *Trafalgar*. Se le hizo fácil ver en la distancia a Martin dándole la espalda, y a por lo menos diez de sus amigos sentados en una mesa redonda, bastante apiñados. Martin estaba sentado junto a Gretchen, con quien hablaba en el momento en que se acercó Yelena a la mesa. Yelena lo abrazó y le plantó un beso en la mejilla antes que él la viera. Martin se sorprendió mucho, y rápidamente se paró y se acercó sonriente a abrazarla y besarla. Luego buscó una silla para Yelena y la colocó entre la de él y la de Gretchen. Martin le presentó a Eric, un hombre bien parecido, de unos 40 años de edad y casi seis pies y medios de estatura. Eric recibió a Yelena con un beso y fuerte abrazo, mencionándole que había oído mucho de ella.

Eric también le comentó, "Martin ha tenido suerte en conocerte, pues todo lo que he oído de ti es bueno, y además eres bonita".

Aunque no era obeso, era de estructura grande, y tenía facciones masculinas elegantes y sensuales, resaltándole sus grandes ojos verdes y una frondosa cabellera marrón con tonos rojizos. Eric no era nada de tímido, y al igual que Gabriel, le gustaba alagar a las mujeres, quienes obviamente apreciaban mucho su compañía y sus elogios y expresiones de afecto.

Yelena participó de las risas, cantos y chistes del grupo, los que sobresalían sobre todo el ruido que había en *Trafalgar*, y donde el bullicio continuó hasta que empezaron a prender y apagar las luces indicando que eran cerca de las 2:00 a.m., hora en la cual cerraban a *Trafalgar*. Mientras se despedían unos de otros, entró como tema de conversación el estado de embriaguez de algunos de ellos. Y aunque algunos admitieron estar pasados de la raya, nadie mencionó sentirse en condiciones no aptas para manejar. Yelena se sintió tranquila sabiendo que Martin y Eric solo tendrían que caminar hasta el apartamento de Martin, a la vuelta de la esquina. Martin caminó con Yelena hasta su vehículo, donde se despidieron y acordaron que Martin la llamaría al día siguiente o el sábado para proveerle los detalles de donde se iban a encontrar para seguir festejando con Eric.

Yelena no oyó nada de Martin durante el viernes, lo cual la afligió profundamente, especialmente cuando él sabía que Daniel e Irina iban a estar con Enrique ese fin de semana, y que ella iba a estar sola. A las 10:45 a.m. del sábado mientras Yelena leía el periódico, recibió llamada de Martin. La invitó a que se encontrara con Eric y con él a desayunar a las once y media de la mañana. Yelena le mencionó a Martin que acababa de terminar su desayuno, y que todavía estaba en ropa de dormir.

Entonces Martin le dijo, "¿qué tal si cuando estés lista te reúnes con nosotros en *Old Blue Anchor* donde pensamos estar por varias horas?". Yelena acordó encontrarse con ellos poco después de las doce del mediodía.

Yelena, quien llevaba puestos unos *blue jeans* y un suéter rosado ambos entallados a su cuerpo, llamó la atención de los clientes cuando entró al *Old Blue Anchor* cerca del mediodía. Martin y Eric la recibieron cariñosamente e inmediatamente le ordenaron una margarita. Martin y Eric estaban tomando *Bloody Mary* y tan pronto terminaron con ese trago, pidieron cerveza. Allí pasaron varias horas compartiendo cuentos del pasado, más bien chascos, y algunos con estupideces que habían hecho en estado de embriaguez. Entre los distintos temas, Yelena se enteró que el día anterior se habían reunido desde temprano con un grupo de los amigos más íntimos de Eric en un restaurante mejicano, y que allí estuvieron bebiendo hasta tarde en la noche, hasta que el cuerpo no resistió más. Eric mencionó que Martin había estado grave, pero ninguno dio detalles de la situación.

Cerca de las tres de la tarde, Eric y Martin decidieron ir a *Trafalgar*, donde se iban a reunir con otras amistades que Eric no había visto desde que se mudó a Seattle. Martin le dijo a Yelena que iba a acompañarla en su *minivan*, pero que ella iba a tener que manejar, porque no se sentía en condiciones de hacerlo. Unos minutos más tarde llegaron a *Trafalgar*, justamente cuando acababan de abrir el lugar. En esos momentos habían unos seis hombres, todos amigos de Martin y Eric, esperándolos en la misma mesa donde se habían sentado con el otro grupo el jueves en la noche. Un par de ellos le comentaron a Yelena que se veía muy bien con sus *blue jeans*.

Como Yelena era la única mujer en el grupo en esos momentos, aprovechó para jugar a los dardos, mientras le daba tiempo a Martin y al resto de los hombres para que hablaran a solas.

Apenas había tirado su primer dardo, y mientras le daba la espalda, oyó a Martin gritarle, "¡oye Yelena, yo no sabía que tú tenías un trasero tan bonito!".

Yelena se volteó, lo miró sorprendida y siguió tirando dardos.

Martin añadió, "yo nunca te había visto en *blue jeans*, pero de verdad que te quedan muy bien. . . ¡Que pena que no te los haya visto antes!".

Uno de los hombres dijo, "bueno Martin, ya que tú lo estas diciendo públicamente, te secundo en el comentario. ¡De verdad que Yelena se ve muy bien en sus pantalones!", y otro de ellos silbó. Aunque se sintió orgullosa de su trasero, Yelena se sonrojó y se hizo la desentendida.

Entonces, Martin se paró detrás de Yelena donde no sobraba un centímetro de espacio entre ellos.

Mientras la aprisionaba por la cintura se pegó a sus caderas, la besó en la mejilla y luego en el cuello, mientras le susurró al oído, "voltéate de nuevo a jugar dardos, para yo poder disfrutar mirándote".

Martin siempre había sido sumamente conservador con Yelena, y sus gestos y comentarios la sorprendieron grandemente. Mas no era la primera vez que Yelena veía a Martin perder sus estribos con respecto a afectos y halagos físicos públicamente. Ya lo había hecho en varias ocasiones anteriores y siempre sucedía cuando se había sobrepasado bebiendo. Inicialmente, Yelena se sintió un poco avergonzada, pero ya conocía bastante bien a todos los amigos de Martin, y realmente disfrutó los halagos y las caricias sensuales.

Poco a poco empezaron a llegar otras amistades, la mayoría parejas, las cuales Yelena ya conocía. Sin planear, y sin comentarios, los hombres que originalmente habían estado con Martin y Eric, se movieron a la barra, mientras que el resto de las parejas se acomodaron en la mesa. La algarabía y la bebida continuaron sin parar. En varias ocasiones surgió la pregunta de como se sentía Martin después de la noche anterior, y él solo se sonreía. Cerca de las cinco de la tarde Yelena notó que Martin se le había recostado del hombro y se mantenía totalmente callado y con los ojos cerrados. Realmente estaba totalmente borracho. Yelena sintió mucha lástima, y le retiró del frente la cerveza que se había estado tomando.

Se levantó y le comentó a Eric privadamente, "estoy preocupada, pues Martin no se siente bien".

Eric se acercó a Martin, y logró que se parara y que lo acompañara hasta la barra, aunque iba tambaleándose. Allí mientras estaban parados hablaron por unos quince minutos, y cuando regresaron Martin se veía mucho mejor, y estaba hablando sensatamente.

Unos quince minutos más tarde, Eric ordenó otra tanda de cervezas y le puso otra frente a Martin. Éste comenzó a beber, y no habían pasado diez minutos, cuando nuevamente decayó, perdiendo el control de sus palabras, cabeceando y terminando recostado del hombro de Yelena. El pensamiento de Yelena vagó lejos de *Trafalgar*, y sus instintos le indicaron que dejar a Martin allí festejando con sus amigos no iba a ser de ningún provecho.

Así que con gran ímpetu Yelena se paró de su silla, y dijo en voz alta, "Martin está mal, y me lo voy a llevar a dar una vuelta".

Yelena agarró a Martin de una mano, la cual sintió helada, y él se paró sonreído como un chiquillo inocente, accediendo con su cabeza a seguirla cuando ella le mencionó con mucha dulzura que se lo iba a llevar de allí para que se recuperara. Yelena no tenía experiencia en como bregar con alguien tan embriagado, y mucho menos como reaccionar frente a un grupo donde todos los integrantes acostumbraban a beber en grandes cantidades. Pero se colmó de fuerza cuando decidió llevarse a Martin, y se sintió feliz cuando los miembros del grupo la apoyaron en su decisión.

Mientras salía de *Trafalgar* se cuestionaba como si fuera un rompecabezas el tipo de ayuda que Martin necesitaba en esos momentos. Pensó llevarlo en su *minivan* a pasear en las cercanías de *Trafalgar* hasta que él volviera en sí, o quizás llevarlo a su apartamento, pero solo sabía llegar hasta el complejo de edificios sin saber cual era el apartamento de Martin. También pensó en llevárselo a su casa y acostarlo en el cuarto de Daniel, ya que él estaba pasando ese fin de semana con Enrique.

Pero mientras caminaban hacia la *minivan*, Eric la alcanzó, y le dijo que ella no podía ir sola con Martin, "con el tamaño que tiene Martin en comparación al tuyo, peligra la vida de ambos. Si se cae no vas a poder ayudarlo, y a lo mejor termina cayendo sobre ti y haciéndote daño".

Eric sugirió llevarlo hasta el apartamento de Martin. Mientras se sonreía inocentemente, Yelena logró que Martin se sentara en el lado del pasajero de su *minivan*, y Eric se acomodó en el asiento trasero. Eric dirigió a Yelena hasta llegar frente al edificio de apartamentos donde vivía Martin. Se bajaron del vehículo y una vez más Martin le agarró la mano y la siguió hasta llegar cerca de su apartamento. Mas tan pronto se acercaron, Martin se paró y le habló a Eric al oído. Eric le dijo a Yelena que la iba a llevar a ella a su *minivan*. Yelena le dijo a Eric que no quería irse hasta que estuviera segura que Martin tenía acceso a algo de comer y tomar y que se iba a acostar en su cama. Entonces Martin se apartó un poco de Yelena y le comentó algo más privadamente a Eric. Eric se acercó a Yelena y le dijo que Martin prefería que ella no entrara a su apartamento en las condiciones en las que estaba. Mientras que Martin volvía a acercarse a Yelena, le mencionaba a Eric que por favor la llevara a su vehículo, pues él siempre la escoltaba para cerciorarse que no corría ningún peligro. Entonces Martin le dio un beso y abrazo a Yelena, y le dijo que la llamaría al día siguiente.

Yelena esperó en el pasillo a que Eric escoltara a Martin al apartamento, y luego vio salir a Eric, pero en dirección opuesta a donde Yelena se encontraba. Eric le hizo señas que esperara. Entonces lo vio regresar desde otro estacionamiento con dos botellas de licor. Eric entró al apartamento, donde evidentemente dejó las botellas, y al salir le dijo a Yelena, "le dejé una botella de whisky y otra de vodka en la mesa, para que se entretenga por si se levanta de la cama y no vaya a parar de nuevo en *Trafalgar*".

Yelena se sintió inútil y le dio rabia al ver que Eric continuaba proporcionándole alcohol a Martin, aun en las condiciones en las que se encontraba. Sin embargo, se tranquilizó cuando Eric le dijo que era solo un truco para asegurarse que Martin se iba a acostar, y que dudaba que se levantara antes del mediodía del día siguiente.

Durante el corto tramo desde el apartamento de Martin hasta *Trafalgar*, Eric le dijo a Yelena, "estamos aquí en esta vida para ayudarnos unos a los otros. Hoy tú le hiciste el favor a Martin, y otro día vas a ser tú la que necesites que Martin te ayude".

Yelena le dijo a Eric con un tono sarcástico, "eso es bien improbable porque yo no tomo". Inmediatamente añadió con pasión, "pero sabes algo…, me rompe el corazón el ver a Martin en esas condiciones".

Eric entonces dijo, "Martin nunca te ha llevado a su apartamento porque se siente avergonzado del lugar donde vive. Está viviendo en condiciones precarias sin tener ninguna necesidad económica".

Yelena le mencionó que le preocupaba el estado depresivo que muchas veces Martin mostraba. Eric le dijo que Martin había decaído mucho emocionalmente cuando Oksana lo dejó, pero que el ella haber llegado a su vida le había venido bien, y que se veía una mejoría en su estado de ánimo.

Eric añadió, "Martin es un buen hombre, y ha tenido muy mala suerte con las mujeres que han llegado a su vida. Si lo aceptas como es, Martin podrá recuperarse, y realmente es muy, muy buena persona".

Yelena salió de su concha y le dijo a Eric, "he desarrollado un gran amor por Martin en poco tiempo, y realmente quiero ayudarlo".

En ese mismo instante Yelena y Eric llegaron a *Trafalgar*, donde todos esperaban oír los detalles de que habían hecho con Martin. Yelena explicó que Martin se fue tranquilo sin ninguna resistencia, y que Eric lo dejó acostado en su cama. Hubo varios comentarios de que ella había hecho lo correcto, y luego se enteró que la noche anterior Martin se había embriagado a tal nivel, que cayó en el pavimento cuando salían del restaurante mejicano donde estaban. Se pegó fuertemente en la cabeza al caer, y hasta sangró cerca de la frente, en el cuero cabelludo. Algunos de sus amigos lo cargaron en brazos hacia una camioneta, donde lo acostaron en la parte trasera hasta llevarlo a su apartamento. Cuando Yelena trató de obtener más detalles del incidente, Theresa le dijo que debería ser Martin quien le contara los detalles, pues realmente no debieron ni siquiera mencionarle nada del asunto.

Yelena sintió rabia y pena a la vez al saber que Martin llevaba varios días tomando alcohol excesivamente, y que había descuidado su cuerpo a nivel de ponerlo en peligro. Trató de controlar sus emociones y no dejarle ver a los amigos de Martin como realmente se sentía, pero no pasó más de una hora antes que se despidiera del grupo. Eric la acompañó hasta la *minivan* y le prometió que al siguiente día Martin la llamaría tan pronto se levantara.

Una vez más Yelena manejó hasta su casa llorando preocupada por Martin, y hasta un poco incrédula frente a los recientes eventos que se desarrollaron frente a ella. Pero muy tristemente también había descubierto que Martin vivía en un mundo donde el beber alcohol era una norma y en el cual sería imposible el romper ese hábito vicioso. Aunque en ningún momento la habían tratado de esa manera, Yelena, quien escasamente tomaba, se sintió como la oveja negra del grupo.

Al día siguiente cerca de las once de la mañana, Martin llamó a Yelena y se disculpó por haber bebido en exceso y no poder haber pasado el resto de la noche con ella. Le comentó que Eric tenía una alta tolerancia hacia el alcohol, y que no lograba beber a la par con él sin embriagarse.

Entonces Martin dijo, "estoy avergonzado de que me hayas visto borracho".

Yelena le dijo que ella entendía que hacía mucho tiempo que no compartía con Eric, y que si eso no ocurría con frecuencia no había motivo para preocuparse. Aunque había sido muy triste verlo en aquel estado, se sintió feliz en que él confiara en ella al abundar el tema, y por haber aceptado que se lo llevara fuera de *Trafalgar*.

Entonces Martin le dijo a Yelena, "oye, yo no sé donde está Eric, pero parece que no durmió aquí anoche. Ya son casi las once y media de la mañana y tenemos que salir para la boda dentro de hora y media".

Yelena y Martin se despidieron para que él pudiera indagar donde estaba Eric.

Unos quince minutos más tarde Martin volvió a llamarla para explicarle que Eric y el resto del grupo terminaron en la casa de Randy y Kate. Según le contó Eric, continuaron hablando y bebiendo hasta las cinco de la mañana cuando todos terminaron rendidos y varios de ellos se quedaron dormidos tirados en la alfombra de la sala. Martin le aseguró a Yelena que todo estaba bien y que Kate, quien escasamente había tomado licor la noche anterior, iba a manejar hasta la boda. Martin se despidió de Yelena para continuar vistiéndose, y le dijo que la llamaría al día siguiente en la tarde, una vez Eric partiera de regreso a Seattle, para contarle los detalles de la boda y de sus últimas hazañas con Eric.

Martin no faltó a su palabra y al otro día en la tarde llamó a Yelena, donde le contó que lo habían pasado bien, y que no hubo ningún acontecimiento fuera de lo normal. Eric, Gabriel y él habían almorzado juntos y se habían dado unos tragos hasta que llegó la hora de partida para Eric, quien ya iba en vuelo hacia Seattle.

Martin se despidió de Yelena, recordándole que se iban a encontrar el sábado de Pascua en la noche para ir a un concierto de guitarra clásica. También se iban a encontrar el domingo para ir a misa, donde Martin iba a acompañar a Yelena y sus hijos, a quienes iba a conocer ese día. Luego pasarían a casa de unas amistades de Yelena para una cena de Pascua. Al despedirse, una vez más Martin le mencionó a Yelena que en cualquier momento que deseara, podía ir a *Trafalgar* en la noche para unirse a él y a sus amigos más íntimos.

"Siempre vas a ser bienvenida por mí y por el resto del grupo", le dijo Martin a Yelena.

Capítulo 8

Y vuelve a comenzar el baile del caracol

El martes en la tarde más o menos una hora después de Yelena haber llegado del trabajo y de Enrique haber recogido a Daniel e Irina para su acostumbrada visita semanal, Martin la llamó. La invitó a que fuera con él a un restaurante mejicano, *Manolo's*, que quedaba cerca de *Trafalgar* y de su apartamento. Yelena le mencionó que ya ella había comido y que iba para un seminario, pero que cuando terminara lo acompañaría y se tomaría una margarita con él.

Yelena entró a *Trafalgar* cerca de las nueve y cuarto de la noche, donde habían acordado encontrarse, y fácilmente localizó a Martin, quien con su gran altura siempre sobresalía sobre la mayoría de los clientes que se paraban en la barra. Quince minutos más tarde, cuando Martin terminó de tomar su cerveza, se dirigieron a *Manolo's*. Martin ordenó margaritas para ambos, y cuando el mesero regresó con los tragos les mencionó que iban a cerrar el restaurante en menos de 45 minutos. Yelena disfrutó de su margarita, la cual se apresuró a tomar en unos 30 minutos, cuando normalmente se tomaba muy lentamente un solo trago o una cerveza en toda una noche. Quizás por esa razón o porque el trago estaba mucho más fuerte que lo normal, cuando se preparaban para salir Yelena tuvo dificultad en mantenerse pie. Esta vez Yelena estaba embriagada, algo que le había pasado solo otra vez en su vida, y no tuvo más remedio que decirle a Martin que la ayudara a caminar y que no estaba en condiciones de manejar su *minivan*.

Martin manejó hasta el estacionamiento donde quedaba su apartamento, y caminó hacia la estación de gasolina que quedaba al cruzar la calle, donde le compró un refresco a Yelena. Le sugirió el enviarla en taxi hasta su casa y llevarle el vehículo en la mañana. Pero él mismo cambió de idea, porque no quería enviar a Yelena sola en un taxi a las once de la noche. Entonces le sugirió a Yelena guiar la *minivan* hasta su casa, y regresar él en un taxi. Yelena, insistió en tomarse el refresco y esperar hasta que se sintiera mejor. Pasó más de media hora sentada dentro del vehículo y se dio cuenta que no iba a recobrarse tan fácilmente como creía. Así que aceptó la segunda sugerencia de Martin.

Mientras Martin manejaba hasta la casa de Yelena, ella se sintió sumamente avergonzada por embriagarse de esa manera y hasta terminó llorando.

Se disculpó con Martin, y le dijo "yo no acostumbro a beber. . . Tú sabes que soy muy conservadora. No quiero que te lleves una mala impresión de mí".

Al llegar a la casa de Yelena, Martin la agarró de la mano y la escoltó hasta el balcón, el cual estaba totalmente oscuro. Con dificultad, Martin logró colocar la llave en la cerradura y abrió la puerta. Tan pronto entraron la abrazó y la besó varias veces en la frente.

Mientras la abrazaba susurró con mucha ternura, "nena, no ha pasado nada, yo sé que no te emborrachaste a propósito. Te amo, y todo va a estar bien. No te preocupes".

Entonces Martin llamó un taxi y esperó a que lo recogiera fuera de la casa. Una vez llegó el taxi se despidió de Yelena con otro beso y abrazo. Yelena caminó hasta su dormitorio tambaleándose, y se tiró en la cama con todo y ropa.

Esa noche Yelena durmió profundamente hasta que sonó el teléfono. Eran las siete de la mañana y era Martin. Quería asegurarse de que Yelena estaba bien, y que supiera que él todavía tenía la misma opinión de ella que antes, que nada había cambiado entre ellos.

"Sabía que ibas a salir a trabajar, y quería asegurarte que no tenías que preocuparte ni avergonzarte por lo que pasó. Te amo igual que antes".

Yelena le dio las gracias por todo lo que había hecho por ella la noche anterior y por haberse portado como un caballero. Esa experiencia con Martin acabó de arrebatarle el corazón de Yelena. Mas irónicamente recordó que solo unos días atrás cuando Eric le había dicho que algún día Martin le devolvería el favor que ella le había hecho en *Trafalgar* cuando él se embriagó, pensó que jamás eso le sucedería a ella, ya que no acostumbraba a tomar. Pero por una de esas raras eventualidades de la vida eso sí ocurrió, repentinamente y mucho antes de lo que jamás Yelena lo hubiese imaginado.

En la noche siguiente, un Jueves Santo, Martin llamó a Yelena para indicarle que iba a tener que cancelar todos los planes que tenía para el fin de semana.

"Los socios de mi negocio, los cuales viven en Miami, me acaban de llamar para notificarme que el sábado en la mañana van a estar temprano aquí en mi apartamento. Vamos a trabajar durante el fin de semana en la planilla de contribución sobre ingresos. Ya estamos tarde considerando que no hemos empezado. Le vamos a dedicar todo el sábado, y continuaremos trabajando el domingo hasta que logremos terminarla".

Yelena le preguntó si iban a trabajar en la noche y Martin le contestó que sí.

Martin añadió, "por esta razón no puedo acompañarte al concierto de guitarra el sábado en la noche, ni el domingo en la mañana a misa, ni a la cena de Pascua en casa de tus amistades. Realmente es improbable que te pueda ver durante este fin de semana. Así que te llamaré cuando me desocupe".

Yelena notó un tono evasivo en la voz de Martin, y dudó de su sinceridad. Se sintió muy desencantada y melancólica, especialmente en lo que esto realmente significaba. . . el seguir posponiendo el que Martin conociera a Daniel y a Irina. Parecía que estaba evadiendo ese momento. Pero Yelena se limitó a mencionarle a Martin que estaba triste al no poder compartir con él durante ese fin de semana, mas no sin antes preguntarle si el acompañarla el domingo a la iglesia estaba totalmente fuera de su alcance.

Martin entonces le dijo con un tono molesto, "parece que no entiendes lo complicados que son mis negocios y la mucha tensión que me ocasionan".

Sin embargo Yelena se mantuvo calmada y actuó con sus buenos sentimientos y profunda compasión. Hasta le ofreció a Martin prestarle el programa de computadora que compró para llenar su planilla de contribución sobre ingresos, el cual incluía formas para negocio propio. Martin aceptó con gran ánimo la sugerencia de Yelena, y acordaron que ella se lo llevaría en algún momento el viernes durante la tarde.

El Viernes Santo Yelena salió de su trabajo cerca del mediodía, y antes de ir a su casa decidió hacer unas diligencias. Entre ellas, iba a pasar por la agencia de seguros, la cual quedaba solo a unos cinco minutos del apartamento de Martin, y decidió pasar a dejarle el programa para llenar la planilla en su apartamento en ese momento, en vez de más tarde. Martin contestó la llamada de inmediato, pero le pidió que le diera una media hora para bañarse, afeitarse y vestirse. Yelena le preguntó si acababa de levantarse, porque sonaba soñoliento. Martin le contestó que se había levantado temprano y que se puso a trabajar en la computadora tal y como lo hacía a menudo, olvidándose del aseo y de comer.

"¿Acaso crees que no trabajo?", añadió Martin con tono altanero.

Yelena le contestó que simplemente le dio la impresión que acababa de levantarse. Entonces le preguntó a Yelena si podía acompañarlo a tomar una taza de café y hablar un rato. Yelena le dijo que no había problema, que así lo harían. Mientras le daba unos minutos a Martin para que se bañara y vistiera, aprovechó el tiempo para hacer otras de sus diligencias. Fue al supermercado, donde recogió una pizza de queso para Daniel e Irina, y mariscos que pensaba preparar para la cena y para el almuerzo al día siguiente.

Yelena se encontró con Martin frente a su apartamento, y después de saludarse caminaron hasta un pequeño cafetín que quedaba a la vuelta de la esquina. El día estaba bello y la cálida brisa besaba su cara como anhelaba que lo hiciera Martin. Cuando llegaron al cafetín Martin ordenó una taza de café y Yelena una de té. Se sentaron en la mesa, y Yelena rápidamente notó que Martin tenía los ojos muy rojos, un fuerte aliento a alcohol y las manos temblorosas. Tal parecía que la noche anterior había bebido en exceso, y que se había intoxicado con alcohol tal y como ocurrió durante la visita de Eric.

Mientras empezaba a tomarse su café, una vez más Martin abundó el tema de las altas demandas de su negocio como inversionista, lo que le traía mucha tensión, pues solo una mala transacción lo podía dejar en la calle. Yelena no había dudado en ningún momento de que esa era la situación de Martin, pero cuando le preguntó que le explicara más de su negocio, él se mostró muy molesto.

Dijo Martin de muy mala gana, "tal pareces que tú dudas lo que te digo, y como otros en *Trafalgar*, me cuestionan que hago durante las horas del día. Algunos hasta cuestionan si en verdad trabajo. ¡Pues claro que trabajo! ¿Qué se creen, que tengo padres ricos? Si no trabajo no tengo de que vivir, y a esto me dedico, a mover mi dinero en distintas inversiones. Este negocio es arriesgado y el dinero que invierto me lo gané con mi propio esfuerzo y ahorrando duramente. Oksana tampoco estaba satisfecha o convencida de cómo me ganaba mi dinero y siempre me cuestionaba lo mismo".

Con voz pasible Yelena le explicó que entendía que su trabajo era muy arriesgado, y que solamente quería entender mejor lo que hacía por curiosidad. Martin seguía hablando molesto, y Yelena llegó a la conclusión de que la pregunta que le hizo con respecto a acabar de levantarse la tomó como una mera insinuación de que llevaba una vida fácil durante el día, algo que evidentemente le tocaba muy profundamente. También se preguntó si el mal humor que Martin mostraba en esos momentos había sido causado por el exceso de alcohol que evidentemente había consumido la noche anterior, o si mentía con respecto al tiempo que le dedicaba a sus negocios. En verdad a pesar de lo culto que era y de sus presuntos buenos negocios, era raro que viviera en un complejo de apartamentos demacrado y el que no se apresurara a reemplazar su carro.

Al notar el tono defensivo en la voz de Martin, Yelena, quien por naturaleza era muy sensible, luchó por no llorar pero los ojos se le aguaron. Se puso sus lentes de sol para evitar que él notara su llanto, mas no valió de nada, porque las lágrimas se le escaparon y rápidamente corrieron sobre sus mejillas. Yelena entonces le mencionó a Martin que tenía que regresar pronto a su casa donde Irina y Daniel la esperaban hambrientos para almorzar. Además le dijo que habían pasado cuarenta minutos desde que salió del supermercado y no quería que los mariscos que llevaba en su auto se le echaran a perder con el calor. Yelena manejó nuevamente hasta el apartamento de Martin, donde él se despidió con frialdad y le dijo que la llamaría en la mañana para corroborar que todo seguía en pie con respecto a sus socios.

Mientras manejaba hasta su casa, Yelena llegó a la conclusión que Martin tenía un problema de abuso de alcohol, el cual le ocasionaba grandes fluctuaciones en su carácter. Aun más, sospechó que esa fue la causa principal de su rompimiento con Oksana, quien lo dejó después de unos cinco años de noviazgo, y lo que supuestamente lo había deprimido mucho. Todos los hechos estaban claros pero Yelena quería mentirse a sí misma. ¿Cómo podía Martin ser y no a la vez el hombre de su vida? Quería que la realidad fantasiosa donde Martin era perfecto fuera la verdadera. Pero la vida le estaba jugando una carta diferente. Esa tarde mientras rezaba con sus hijos durante el servicio religioso del Viernes Santo, Yelena oró por Martin. Oró para que sanaran las heridas que sufrió en su pasado, las de su infancia, las de sus desengaños amorosos y para que redujera el consumo de alcohol.

Ya que sus hijos no tenían interés en conciertos de guitarra clásica y por no asistir sola, Yelena se resignó a no asistir al concierto. Pero el sábado en la mañana sorpresivamente recibió una llamada telefónica de uno de los pocos amigos varones con quien contaba en el área, Harry.

෨෬

Yelena conoció a Harry a través de su hijo, Jeff, y de Daniel, quienes asistieron a la misma escuela católica desde que cursaban el primer grado en Dallas, y quienes también eran miembros de la misma tropa de cachorros. La esposa de Harry murió pocos meses después de que empezaran las clases, lo que promovió el que Yelena, Enrique, Harry y sus hijos compartieran juntos a menudo. Enrique, y muy especialmente Yelena quien sabía por experiencia propia lo que significaba la pérdida de una madre, le brindaban a Jeff gran confianza, atenciones y mimos. Jeff mostraba el mismo afecto hacia ellos, especialmente hacia Yelena, quien era sumamente cariñosa. De manera que Harry los inscribió a ambos en su testamento como custodios de Jeff, en caso de que se enfermara de gravedad o falleciera.

Solo dos días después de la separación de Yelena y Enrique, Harry le confesó que llevaba años enamorado de ella, y la relación evolucionó de amigo a enamorado. Harry se mudó a Florida, donde Yelena le correspondió a su amor. Pero existían grandes diferencias en sus gustos, pasatiempos, y sobre todo, los grandes retos que sus hijos les traían, lo que terminaba siempre siendo el punto de grandes conflictos. Harry y Yelena accedieron a seguir cada uno por un camino diferente, en búsqueda de paz en su hogar y para sus hijos. Después de más de tres años de relación, Yelena rompió con Harry, pero él continuó pretendiéndola hasta unos seis meses antes de Yelena conocer a Martin, cuando ella le dio un ultimátum pidiéndole que se alejara de su vida. Harry honró la petición de Yelena, y acordaron mantener una relación distante, pero amistosa.

ഇ∂രു

De vez en cuando Harry se comunicaba con Yelena para consultarla con los retos que su hijo Jeff le traía, y el propósito de la llamada de ese día era precisamente ese. Yelena le ofreció varios consejos a Harry para motivar a Jeff con sus estudios, y como si la hubiesen mandado del cielo la llamada de Harry le permitió desbordar la tristeza que le habían ocasionado los bruscos cambios de planes de Martin. Harry se ofreció acompañar a Yelena al concierto de guitarra, y aunque originalmente ella rechazó la idea, a insistencias de Harry y aún titubeando, aceptó la invitación.

Pero el Plan Supremo era otro, y el encontrarse ese día con Harry le iba a traer otros enlaces a la vida de Martin. El sábado en la tarde, mientras Harry manejaba hacia el concierto le contó a Yelena que se había unido al Grupo de Padres Solteros de la parroquia San Mateo. Yelena también había asistido a esa iglesia en un par de ocasiones poco después de mudarse a Florida, pero hacía años que se mantenía leal a su parroquia, San José.

Entonces Yelena le dijo a Harry, "que casualidad, porque Oksana, la ex-novia de Martin, va a esa misma iglesia y supuestamente participa bastante en las actividades de la parroquia".

Harry se sonrió, abrió sus grades ojos verdes, movió la cabeza de lado a lado, y comentó, "Yelena, no me vas a creer, pero precisamente alguien preguntó por esa misma persona en la reunión a la que asistí, y como el nombre no es común lo repetí varias veces en mi mente, y se me quedó grabado. Fíjate que hicieron varios comentarios sobre ella, y basándome en lo que escuché deduje que ella fue una de las fundadoras de la organización. Aparentemente, no recibe ayuda económica de su ex–exposo y padre de sus dos hijas, y tiene tres empleos a la vez para poder subsistir. ¡Sabrá Dios si hasta se referían a Martin cuando en algún momento hablaron de que *'todo se había roto sin reparación alguna'!*".

Harry le mencionó a Yelena que era raro que después de más de cuatro años de noviazgo, alguien que estuviera tan envuelta en la iglesia rompiera una relación amorosa con un buen hombre.

"Yelena, me preocupa que te hayas enamorado tan profundamente de Martin, y no me gustaría que tu amor hacia Martin continué creciendo y que estés perdiendo el tiempo con un hombre que solo te va a traer tristezas y malos ratos. Posiblemente es alguien con quien no vas a lograr establecer una relación permanente y amorosa como la que mereces. Si quieres, me pongo a preguntar sobre Martin y Oksana, o hasta hablo personalmente con ella".

Yelena ató varios comentarios que Martin había compartido con ella en el pasado, en especial el que Oksana ni siquiera quisiera volver a hablarle y pensó que Harry podía tener razón. Pero se rehusó a indagar en el pasado de Martin.

Le comentó con mucho énfasis a Harry, "¡cada relación envuelve personas distintas y prefiero no fundar mi relación con Martin en sus pasadas experiencias o las mías!".

Lo más asombroso de todo ese asunto fue la eventualidad de que Harry estuviera en esa iglesia, en la reunión de la semana anterior, y que precisamente en esa ocasión miembros del grupo preguntaran por Oksana, quien ya no participaba activamente de las actividades del grupo. El mismo Harry repitió varias veces que estaba muy sorprendido por la rara casualidad, especialmente cuando él no acostumbra a prestarle atención a conversaciones que tienen que ver con gente que él no conoce. Quizás fue una providencia que Dios le envió a Yelena para que buscara más información sobre Martin, pero ella prefirió tomarlo como pura casualidad, y darse la oportunidad de seguir creciendo como pareja. Esa noche Yelena se despidió de Harry agradeciéndole el haberla acompañado al concierto, y por su compañía en ese momento en el cual necesitó el apoyo de un ser humano.

Al amanecer del Domingo de Pascua, Yelena fue con sus hijos a misa y luego a la fiesta en casa de sus amigos. Trataba de quitarse a Martin de su mente, de quien no había vuelto a oír desde el viernes en la tarde, pero se le hacía imposible. Participó en sus actividades y aunque su cuerpo estaba presente, su mente y su alma vagaron muy distantemente. Se había quedado esperanzada con que a última hora la llamara y se uniera a ella y a sus hijos, pero las horas transcurrieron y eso no sucedió. Cuando regresó a su casa cerca de las 4:30 p.m., encontró un mensaje grabado.

"*Yelena, soy yo Martin. Ya mis socios partieron de regreso a Miami, y voy a estar en Trafalgar desde las 4:30 de la tarde. Si puedes, me agradaría que me acompañaras*".

Yelena rápidamente marcó el número telefónico de Martin, quien estaba saliendo en esos momentos para la taberna, y le mencionó que iba a pasar por allí cerca de las seis de la tarde, una vez terminara de hacer unas llamadas telefónicas a sus familiares.

Cuando Yelena llegó a *Trafalgar*, Martin la recibió con una gran sonrisa, un fuerte abrazo y un beso en los labios. Theresa, Thomas, Gabriel, y Charles estaban parados frente a la barra junto a Martin. Al verla todos hicieron comentarios halagando su ajuar, un elegante conjunto de dos piezas con falda azul marino y chaqueta blanca, adornada con un borde azul marino, el cual resaltaba su esbelta figura. Martin se mostraba orgulloso, y aunque no le mencionó nada a Yelena, fue obvio que también le gustó como se veía.

Era común el que Martin no halagara a Yelena cuando el resto de sus amigos y otras personas lo hacían y la notaban al llegar a un lugar. Yelena encontraba eso raro, especialmente cuando los otros dos hombres que habían existido en su vida casi nunca fallaban en eso. Se preguntaba si el silencio de Martin era a causa de orgullo, o si era que realmente no le atraía. Dudaba que fuera una diferencia cultural, porque sus paisanos si la halagaban, así que ese era uno de los enigmas en su relación con Martin.

Yelena estaba pasando un buen rato en *Trafalgar*, oyendo cuentos de lo que cada uno de los miembros del grupo había hecho durante el fin de semana, y en especial de como Martin había pasado el tiempo con sus socios.

Pero cerca de las ocho de la noche les dijo, "me voy a tener que ir. Irina y Daniel almorzaron tarde y en cantidades copiosas en la fiesta a la que asistimos y no quisieron comer antes de yo salir para acá. Pero ya tienen que estar hambrientos y me deben estar esperando para comer juntos como les prometí".

Mientras manejaba hacia su casa Yelena se puso a pensar en lo que había oído de Martin esa noche. Le explicó que sus socios y él habían adelantado mucho con la planilla de contribución, a pesar de que no pudieron utilizar el programa que ella le había prestado pues su computadora era vieja e incompatible con la nueva aplicación. Le dijo que sus socios trajeron unas formas impresas que utilizaron, y decidieron pedir una extensión al gobierno para someter la planilla unos meses más tarde, y poder terminar y revisar todas las formas con detalle. Pero como me contó durante la llamada telefónica que subsecuentemente me hizo esa noche, Yelena puso en duda los detalles del supuesto negocio que Martin tenía. No dudaba que él viviera de inversiones, pero le parecía raro que sus dos socios, un supuesto contable y un abogado, esperaran hasta la última hora para venir a Palm Beach a preparar la planilla de contribución durante el fin de semana de Pascua. Existía la opción, y era ya más bien la norma, el transmitirse documentos a través de la computadora o fax, y luego discutir los detalles por teléfono.

También le pareció raro el que Martin no pudiera explicarle a Yelena las razones por las cuales él y sus socios habían incorporado su compañía bajo la clasificación de *limited liability corporation*, en vez de utilizar otra opción la cual ofrecía más beneficios para compañías pequeñas. Aun más, Yelena pensaba que los supuestos socios de Martin más bien venían de visita social, a pasar buen rato bebiendo y festejando en la zona picaresca del centro de la ciudad, llena de restaurantes, bares y grandes hoteles. Sus sospechas tenían fundamento, porque el mismo Martin le contó a Yelena como el sábado en la noche se reunió a beber con sus socios.

Sin embargo Yelena guardó sus dudas en su mente, tal y como acostumbraba a hacer en ocasiones similares en su vida, aun aquellas en las cuales podrían tener consecuencias negativas en su vida a largo plazo. Realmente esa era la característica de Yelena que más la hundía en la vida. Acostumbraba a callar sus sentimientos e ignorar malas intenciones, y lo que le molestaba de sus seres queridos, amistades y compañeros de trabajo, hasta que eventualmente perdía el control frente a esas personas cuando sentía que se había convertido en su víctima. Ella misma reconocía que hacía como el caracol, el cual se escondía en su concha frente a cualquier situación de peligro. En esos casos, Yelena, quien se crió en un hogar donde sus padres nunca discutían, no lograba salir de su concha para expresar lo que le molestaba en sus interacciones con otros cuando esas situaciones se presentaban de imprevisto. Además de traer la intuición femenina en su sangre, su entrenamiento científico resolviendo problemas en el laboratorio, le había agudizado este sentido aun más. Yelena guardaba en silencio sus pensamientos cuando fácilmente captaba mentiras, sentía que la utilizaban o se sentía atacada verbalmente ya fuera porque le alzaran la voz, los comentarios fueran denigrantes o bromas de mal gusto.

Aun cuando había sido bastante exitosa en su carrera como gerente, el salir de su caparazón social continuaba siendo su mayor desafío personal, y sus interacciones con Martin no eran una excepción. Por el contrario, ya había fracasado en las dos relaciones románticas que había tenido en su vida, primero con Enrique y luego con Harry. Aunque su vida íntima con ambos había sido un fuego de pasión y placer, y donde a nivel de amante Yelena se sintió como una diosa, ese aspecto de su relación no fue suficiente como para mantenerla atada a ninguno de los dos. Los recuerdos de sus dos amores fracasados, las inconsistencias en su relación con Martin, y hasta las relativamente leves diferencias culturales, incluyendo las rutinarias rondas en bares, la agobiaban tanto que tal parecía que se escondía dentro de dos conchas a la vez, una dentro de la otra.

Capítulo 9
Bailando con la co-dependencia

Yelena no volvió a oír de Martin hasta el miércoles en la mañana cuando lo llamó por teléfono para saludarlo y corroborar que se iban a encontrar esa tarde a las 6:00 p.m. Habían acordado una semana atrás que Martin iba a acompañar a Yelena a cenar, y luego asistiría a una presentación introductoria a un seminario de crecimiento personal. Yelena había estado participando en estos seminarios hacía unos meses, los que le habían ayudado a aceptar mejor los retos de la vida, incluyendo su inestable relación con Martin. Pensaba que Martin, aun más que ella, podría beneficiarse de estos cursos, pues le había repetido en varias ocasiones que guardaba grandes tristezas en su corazón fundadas en su niñez y en sus pasadas relaciones amorosas, culminando en su relación con Oksana, la cual lo acabó de hundir en un mar de depresión sin deseos de luchar ni de trabajar, y bebiendo alcohol en exceso.

Martin le aseguraba a Yelena que estaba en pasos de recuperación gracias a ella, pero Yelena aún veía un hombre hundido en su pasado, y el grave dolor que había invadido su cuerpo, su alma y su mente era obvio. Yelena quería crear un milagro en la vida de Martin, y como amiga fiel y mujer enamorada decidió desbordarse con paciencia, afecto y creando actividades en la vida de Martin que rompieran su rutina depresiva. Tenía fe en que si Martin iba a los seminarios a los que ella acostumbraba a asistir, podía ayudarlo a recuperar la chispa que lo había inspirado en el pasado, y la cual lo había llevado a triunfar en los negocios a temprana edad.

ೋღ

A Yelena le gustaba ayudar a la gente que llegaba a su vida, y por supuesto se había propuesto lo mismo con Martin, a quien soñaba poder sacarlo de su abismo, de esa gran tristeza que lo mantenía en un círculo vicioso de depresión. Aunque Martin no le daba detalles de lo que hacía durante el día, e insistía que pasaba largas horas investigando sus inversiones, Yelena dedujo que su patrón de vida era triste, solitario y autodestructivo.

Martin iba religiosamente a *Trafalgar* prácticamente todos los días. Se quedaba allí casi siempre hasta que cerraban el lugar a las dos de la mañana, y donde bebía incontrolablemente en las cantidades que hundían su cuerpo y su alma. Como pasaba los días solo en su apartamento, el ir a *Trafalgar* era una necesidad biológica y emocional en la vida de Martin. Era su manera de socializar y de romper el patrón de soledad diurna en el cual se había mantenido durantes los últimos años. Martin le comentaba a menudo a Yelena que no dormía bien, y ella apostaba que comenzaba el día levantándose tarde, para luego hundirse largas horas viendo televisión y oyendo música mientras fumaba sus cigarrillos. Tampoco se alimentaba bien, y en ocasiones le decía a Yelena, "los humanos comen por costumbre, programados y viciados por rutina, más bien que por necesidad. El cuerpo humano puede mantenerse sin comida por días sin ningún problema. Así que debemos comer cuando tengamos deseos, lo que no sucede todos los días".

No había sido fácil el convencer a Martin que asistiera al seminario aquella tarde. Yelena había tocado el tema en varias ocasiones durante unas tres semanas, especialmente aquellas en las que Martin traía historias tristes del pasado las cuales le agobiaban, pero él se rehusaba. Martín había investigado en el *Internet* detalles de los seminarios, e insistía en que lo obligarían a compartir su vida privada con gente que no conocía. Le comentó a Yelena que su cultura inglesa era más privada y que no podría compartir con desconocidos lo que realmente pensaba. Mas Yelena se valió de un artículo publicado por la Universidad de Harvard, el cual describía positivamente los beneficios del seminario, y finalmente Martin aceptó acompañarla a un seminario de introducción.

ഇൻ

Yelena recogió a Martin tan pronto salió del trabajo, teniendo suficiente tiempo para cenar y llegar al salón de conferencias antes de que comenzara el curso de introducción. La invitación de Yelena para cenar más bien había sido una excusa para evitar que Martin se entretuviera en *Trafalgar* y que cancelara a última hora los planes acordados entre ambos días antes, como ya lo había hecho él en otras ocasiones. También era una excusa para continuar con su plan de que Martin mejorara sus hábitos de alimentación, y que por lo menos tuviera una buena comida al día.

Ambos pudieron disfrutar de la comida y platicar sobre lo que él podía esperar en el seminario. Yelena le aseguró que si no se sentía a gusto, no estaba en la obligación de quedarse por las tres horas programadas para la actividad. Al llegar al lugar, Martin se veía tranquilo, pero a Yelena le sudaban las manos, y sentía los músculos de sus caderas comprimidos como le ocurría cuando estaba nerviosa. No habían transcurrido más de diez minutos cuando algunos compañeros de curso comenzaron a compartir hechos de su vida personal, y Martin no mostraba gesto alguno en su rostro.

El curso continuó, incluyendo ejercicios en los cuales los estudiantes que estaban acompañados de algún invitado intercambiaban entre ellos retos y emociones que los agobiaban, y metas que querían alcanzar en su vida. Yelena se sintió más caracol que nunca al notar que contrario al resto de los participantes, Martin no anotó nada en el pequeño cuaderno que les habían proporcionado, y que se negó a compartir verbalmente con ella los tópicos recomendados. De manera que ella también se limitó a compartir con Martin su deseo de mejorar su relación con sus hijos, quienes pasaban por los desafiantes años de la adolescencia, y su temor de volver a fracasar en una relación amorosa. Aun más, no compartió con Martin su más reciente meta y el secreto que guardaba en su alma, el ver sanar a Martin, y poder compartir el resto de su vida con él. No fue sorpresa para Yelena cuando después de haber transcurrido poco más de hora y media, y tan pronto terminó un receso, Martin le pidió que se fueran.

Esa experiencia le reveló a Yelena que cuando estaba en compañía de Martin se le hacía difícil ser ella. Realmente sentía miedo en compartir libremente con él sus convicciones sobre la vida, su sensibilidad y su capacidad de amar, al tratar de evitar ser rechazada o contrariada por Martin, especialmente cuando era impredecible en que estado de ánimo se encontraba él. Llegó a la conclusión de que a menudo se le hacía difícil estar en compañía del hombre de quien ya se había enamorado. Estaba convencida de que su admirado Conde Inglés era un hombre guapo, talentoso y que contrario a lo que él creía, era digno de ser amado por los que realmente lo conocían cuando él lo permitía. Pero verbalmente Martin había compartido con ella el haberse dado vencido por las heridas del pasado. Tristemente era obvio que él se había resignado a obtener alegría día a día acompañado de sus amigos del bar, quienes en su mayoría también recordaban una triste historia, viviendo en el pasado y saciando con alcohol la sed causada por los dolorosos amores fracasados. . .

Se le hizo imposible a Yelena el romper el curso de sus pensamientos cuando salieron de la sala de conferencia, especialmente cuando Martin le pidió que lo acompañara a *Trafalgar* por unas horas. Los amigos íntimos de Martin no se encontraban allí cuando llegaron, y Martin y Yelena se sentaron solos en una esquina del bar. Mientras Martin compartía la impresión que le había causado el seminario de introducción, la mente de Yelena vagó sobre los rostros de las muchas personas maravillosas que había conocido en *Trafalgar*. Pudo reconocer en la mayoría de los que rutinariamente frecuentaban el lugar, las heridas dejadas por amores fracasados, por amores impotentes entre esposos o amantes, por la muerte inesperada de una esposa, y por relaciones rotas entre padres e hijos, entre amigos, familiares, con su propia conciencia y hasta con el Ser Supremo.

Yelena sintió dentro de su propia alma el dolor de aquellos seres humanos que la rodeaban en la taberna, y el dolor que ella misma guardaba en su corazón, y dentro del caracol en el cual a veces se escondía. Reconoció que Martin estaba atrapado en un círculo vicioso donde se le iba a hacer imposible a ella, un ser prácticamente aislado, tratar de removerlo del que parecía ser un culto de infelices. Yelena identificó sus ritos, los cuales consistían en contarse una y otra vez las historias de sus fracasadas relaciones, justificando el por qué tenían que continuar evadiendo y hasta condenando la oportunidad de rehacer su vida y disfrutarla a plenitud. También le parecían cangrejos en un tanque de espera para ser hervidos, donde unos se trepan sobre los otros intentando salir, pero donde a la vez se tumban unos a los otros, y ninguno logra escapar. Donde eventualmente la vida se les escapa cuando el vapor del agua hirviendo los mata. Así se les escapaba la vida consumiéndose en el alcohol.

Media hora después de haber llegado a *Trafalgar*, Yelena se sintió emocionalmente y físicamente agotada. Se despidió de Martin, quien se quedó en *Trafalgar* sentado solo en su esquina favorita del bar, tal y como lo había encontrado en otras ocasiones.

Dos días después y como habían acordado, Yelena se reunió con Martin cerca de su apartamento para almorzar. Pasaron cerca de una hora juntos comiendo y hablando, y hasta se rieron a carcajadas cuando Yelena notó que Martin tenía un poco de mostaza en el cachete y se la removió con una servilleta sin ni siquiera consultarlo. Ambos se rieron porque se sorprendieron con el "papel de madre" que en esos momentos asumió Yelena inconscientemente con Martin. Yelena se disculpó, pero Martin no se mostró nada de molesto, tal parecía que le había gustado el que ella lo mimara como un chiquillo, a pesar de que al comparar su gran tamaño era Yelena la que parecía una chiquilla al lado de Martin. Al despedirse, Martin le comentó a Yelena que ya que Irina y Daniel se iban a pasar el fin de semana con Enrique, que pasara por *Trafalgar* en la noche a compartir con él y sus amigos.

Yelena no titubeó en aceptar esa invitación y esa tarde, poco después de despedirse de sus hijos se dirigió a *Trafalgar*. Pasó una buena noche con los amigos de Martin, en especial con los más allegados, y con quienes compartieron por unas tres horas, Theresa, Thomas, Gabriel y Charles. Theresa y Thomas le mencionaron a Yelena y Martin sus planes de asistir a un concierto de *blues* que se iba a llevar a cabo la noche siguiente, e insistieron en que los acompañaran. Martin obtuvo los detalles del concierto y les indicó que lo pensaría y que le dejaría saber en la mañana si los acompañarían. Martin y Yelena acordaron que les gustaría ir al concierto, y que él se encargaría de conseguir boletos a través del *Internet*.

Al siguiente día, un sábado 17 de abril, mientras Yelena almorzaba con Marta en un restaurante, recibió una llamada telefónica de Martin. Le pidió que pasara a comprar los boletos a una casa disquera, pues no había otra alternativa, y que luego le reembolsaría el costo de los boletos.

Yelena aceptó, "tan pronto termine de almorzar paso a comprarlos".

Marta, la muy fiel amiga, había heredado exóticos rasgos físicos de una mezcla de antepasados japoneses y españoles. Era unos años mayor que Yelena y escasamente una pulgada más alta que ella, pero un poco gruesa, de pelo negro y ojos negros rasgados. Tenía una maestría en ingeniería de computadoras y hablaba español con fluidez. Llevaba unos 27 años felizmente casada, y por razones de trabajo su esposo vivía para aquel entonces en otro estado.

Yelena le había hablado varias veces sobre Martin, y ese día Marta le dijo, "oye, perdona que indague en tu vida personal, pero me extraña que Martin, siendo un hombre soltero y joven, no haya mostrado ningún interés en compartir contigo íntimamente. Ustedes llevan más de tres meses saliendo juntos, y con lo bien que te ves, cualquier otro hombre ya lo hubiese intentado".

Yelena le comentó que ella misma se había extrañado, pero que prefería no acelerar las cosas, especialmente después de haber pasado por dos desilusiones amorosas en su vida. Marta insistió en continuar el tema.

"Yelena, me has mencionado que ustedes se besan apasionadamente y que bailan románticamente juntos. ¿Acaso no notas ninguna señal en su cuerpo de que está excitado?".

Yelena abrió sus ojos y mientras expresaba gran asombro, con gran énfasis le contestó, "¡ay que raro! Fíjate que nunca lo he sentido excitado, aun cuando me ha tenido reclinada sobre él mientras nos besábamos".

Ambas se miraron, y concluyeron que realmente eso no era normal en la vida de un hombre soltero de 37 años de edad.

Yelena pasó a comprar los boletos, tal y como había acordado con Martin, y regresó a su casa a cambiarse de ropa para ir al concierto. No quería escoger algo demasiado de sensual, pero a la misma vez quería verse atractiva. Yelena se puso un suéter sin mangas color naranja que se le ceñía al cuerpo y unos pantalones de vestir negros, donde el conjunto realzaba su cuerpo esbelto.

En eso sonó el timbre de la puerta, y era Harry, quien llegó a recoger unas herramientas que le había prestado a Yelena, y que necesitaba.

"Oye Yelena, ¿a dónde vas?".

"Voy a un concierto con Martin".

"Ay Yelena, ya quisiera ser yo quien te llevara al concierto con esa ropa. Que afortunado es Martin en que te hayas enamorado de él. Si estuviera en su lugar, yo creo que no llegarías al concierto en el momento en que te viera".

Yelena se sintió agobiada por los comentarios de Harry, no solo por su franqueza, sino porque le traía recuerdos de sus numerosos y excepcionalmente apasionados encuentros amorosos con Enrique, y luego con Harry, y a la vez de sus pasados fracasos románticos.

"Conociendo lo ardiente que eres, me imagino que lo debes tener loco en la cama", dijo Harry sugestivamente.

"Te has pasado de la raya con tus comentarios, aunque déjame decirte que nuestra relación no ha llegado hasta ese punto", dijo Yelena.

"¡Que hombre tan raro! . . . Bueno, espero que disfrutes tu concierto", añadió Harry mientras salía de casa de Yelena.

Sorpresivamente solo unas horas atrás, Marta le había comentado lo mismo. Yelena se inquietó al pensar que sí era raro que a pesar de las muchas veces en que habían estado juntos, solos, y hasta bailado románticamente, Martin no había hecho ningún esfuerzo en seducirla. Secretamente Yelena sí había estado sedienta por compartir con Martin íntimamente, y de poder obsequiarle la inmensa pasión de la que era capaz.

Minutos más tarde Yelena se encontró con Martin, Theresa y Thomas en *Trafalgar*, quienes la esperaban afuera rodeados de otras amistades mientras tomaban cerveza y disfrutaban del soleado y fresco día de primavera. Cuando Yelena salió de su auto todos los miembros del grupo halagaron a Yelena por lo bonita y *sexy* que se veía, con excepción a Martin, quien la abrazó y la besó pero no le hizo ningún comentario al respecto. Yelena fácilmente notó que Martin tenía los ojos bastante rojos y hablaba con un poco de dificultad. Eran solo las seis de la tarde, y Yelena dedujo que se había quedado bebiendo hasta tarde la noche anterior o que había empezado a tomar temprano en la tarde.

Sus sospechas las corroboró cuando una bella joven rubia llegó en su *BMW* a *Trafalgar* y todos los miembros del grupo se mantuvieron silenciosos mientras la observaban, incluyendo hombres y mujeres. Martin fue la excepción, quien en voz alta comentó, "!ah, y ¿quién se cree ella que es?!. Ese auto *BMW* es viejo y está valorado en solo unos cinco mil dólares".

Los miembros del grupo se avergonzaron y Theresa le comentó a Martin que lo que había dicho estuvo fuera de lugar. Martin le preguntó a Yelena, si se había pasado de la raya, y al Yelena asentar con su cabeza que sí, él se disculpó y bajó su cabeza avergonzado, como si fuera un chiquillo. Pocos minutos más tarde Theresa, Thomas, Yelena y Martin partieron hacia el concierto en el auto de Thomas, quien manejaba.

Cuando llegaron al lugar, Yelena le entregó los boletos a Martin, quien los agarró sin decir nada.

Yelena le dijo, "costaron $64 dólares". Martin no le contestó nada, y ella le dijo, "¿me puedes rembolsar tu taquilla?".

Entonces Martin le contestó, "esa es una cantidad insignificante y a mí no me gusta discutir por dinero".

Ya que anteriormente él le repitió varias veces que comprara los boletos y que le reembolsaría el dinero en la tarde, Yelena hizo el comentario para que Martin tuviera la oportunidad de honrar su palabra, algo a lo cual él faltaba a menudo. Yelena se sintió ofendida por el comentario, por la alta voz que lo hizo, y por las veces que lo repitió hasta llegar al lugar donde se iba a llevar a cabo el concierto. Yelena trató de calmarlo al comentarle en voz baja que a ella tampoco le gustaba discutir. Como era su costumbre, hizo como un caracol. Mas rápidamente salió de su concha, y logró olvidar el suceso y disfrutar del concierto y de la compañía de Martin, Theresa y Thomas.

୫୦୧

Desde que ambos empezaron a salir, Yelena llevaba una cuenta mental con la cual más o menos trataba de compensar los gastos que Martin incurría en ella, costeando cenas y otras actividades según se presentaban, pues quería evitar abusar de su generosidad o de su aparentemente exitosa situación económica. Fue por eso que poco después de la tercera cita, cuando Yelena invitó a Martin a la ópera, ella pagó por los boletos, lo cual compensaba gran parte de lo que Martin debió haber gastado cuando la llevó a cenar por primera vez. De ahí en adelante hacía un esfuerzo en que las cosas fueran equitativas, sin discutirlo con él.

୫୦୧

Una vez entraron al lugar donde se iba a llevar a cabo el concierto, un patio rústico, fue obvio que Martin se sentía sin inhibiciones esa noche. Compró sándwiches de carne asada a la barbacoa y ensalada para ambos, y se sentaron al pie de una baranda a comer, sus cuerpos rozando uno junto al otro. El barro seco que había en el piso donde estaban sentados se le pegó al pantalón de Yelena, y Martin le sacudió el pantalón en público y se la sentó en su regazo, donde ella terminó de comer, mientras él también trataba de terminar su sándwich. Yelena, quien normalmente comía en relativamente pequeñas cantidades, terminó alimentando a Martin con sus manos, dándole parte de su comida.

Cuando terminaron de comer, Martin la acomodó mejor en sus piernas y comenzó a besarla en la boca y en el cuello en público. Yelena le comentó que parecía que los tragos que se había dado le habían quitado todas las inhibiciones que tenía, y que debería calmarse un poco. Martin se mantuvo cariñoso y mejor controlado el resto de la noche, pero no se privó de

100

abrazarla, besarla y hasta de aprisionarla por la cintura mientras se movía pegado a su trasero al son de la música. Aunque Yelena prefería esas escenas en privado, sus convicciones se esfumaron momentáneamente frente a sus frustraciones anteriores de no sentirse deseada como mujer por Martin.

Al salir del concierto todos comentaban sin parar los detalles de las canciones y de lo mucho que disfrutaron. Regresaron a *Trafalgar* y Martin le sugirió a Yelena el ir a otros lugares donde había música en vivo y donde podían continuar disfrutando el buen rato que habían pasado.

De allí pasaron al *Old Country Barn* y luego a *Rocky's Lounge*, un bar con reputación de ser un sitio arriesgado, pero donde los sábados había buena música. Martin y Yelena pasaron varias horas entre los dos lugares y regresaron a *Trafalgar* cuando faltaban cerca de unos quince minutos para que lo cerraran. Martin le sugirió a Yelena que lo acompañara el rato que quedaba y ella se negó, pues lo notaba bastante ebrio y además detestaba guiar sola hasta su casa tan tarde en la noche, aunque solo fuera por par de millas. Martin y Yelena se besaron apasionadamente y por un largo rato dentro de la *minivan* mientras se despedían. De repente Martin bruscamente cortó los besos, se apartó de Yelena, removiendo los brazos de ella de su cuello también con brusquedad y salió del vehículo mientras le decía a Yelena que tenía que entrar a *Trafalgar* a tomarse una cerveza antes de que lo cerraran.

Fue penoso para Yelena el haber pasado una agradable y larga noche con Martin, disfrutando de una de las cosas que más apreciaba en la vida, la música, y que tan repentinamente él cambiara de un estado romántico, cariñoso y muy sensual a uno totalmente frío e insensible en el cual aparentemente el alcohol era más valioso que ella. Yelena se vio forzada a apagar la chispa de pasión que encendió Martin esa noche en ella. Se sintió como una niña a quién le habían dado un dulce, y apenas se lo llevó a la boca, pero antes que empezara a saborearlo, se lo arrebataron.

Yelena comenzaba a entender el poder que tenía el alcohol sobre Martin, sobre sus decisiones, cambios de parecer tan ilógicos y repentinos, y hasta cerrando las puertas a un nuevo amor. Prefería el tomarse una cerveza que estar con una mujer sensual, sensible y quien lo amaba con una impresionante intensidad y lealtad. Era una relación entre tres y no entre dos.

Capítulo 10
El baile de las turbulencias

Pasaron unos días después del concierto y Yelena no recibió llamada de Martin ni para saludarla ni para hacer arreglos para ir a almorzar juntos según habían acordado. Yelena se acordó de las palabras de Martin donde en cualquier momento que deseara sería bienvenida en *Trafalgar*. Así que el miércoles en la noche, se presentó en la taberna. Martin, quien estaba rodeado de algunos de sus amigos, aunque más bien lejanos, la recibió muy animado. Estaban compartiendo chistes sanos y hazañas jocosas de sus vidas.

De momento, y sin explicarse por qué, Martin se dirigió exclusivamente a Yelena y comenzó a hablar de cómo a él no le gustaba que lo contrariaran ni que lo juzgaran, y que mucha gente pensaba que él se pasaba el día sin hacer nada. Por segunda vez en dos semanas, Yelena estaba escuchando la misma cantaleta.

"Realmente la gente es estúpida si piensan que no hago nada durante el día. Yo no vengo de familia rica. Yo me desarrollé en mi carrera solo, y establecí mi compañía solo. Y si no trabajara, ¿cómo sufragaría mis gastos? ¿De qué viviría?".

Mientras Martin continuaba filosofando y repitiendo las mismas frases con un tono altanero y con expresión de coraje en su rostro, Yelena se cuestionaba de donde provenía el comentario. En voz baja le mencionó a

Martin que ella estaba de acuerdo con él, tratando de disimular lo ofendida y sentida que se sentía en su interior. Pero se metió dentro de su concha, donde pasó por lo menos diez minutos sin poder decir ni una palabra. Los chistes del grupo continuaron, y Yelena sonreía mientras su mente vagaba sin escuchar lo que decían, pensando en el abrupto cambio en estado de ánimo de Martin.

Minutos más tarde dedujo que lo único que pudo haber dicho que tuviera tantas repercusiones en el estado de ánimo de Martin, fue el haberle preguntado cuando llegó a *Trafalgar* cómo había pasado los últimos días, cómo andaban sus negocios, y si había estado muy ocupado. Esto lo dijo sin ninguna malicia, sino como un tema que comúnmente abundaba cuando se encontraba con personas que conocía, pero aparentemente Martin reaccionó ante esos comentarios como si fuera un ataque personal. Yelena se preguntó si Martin pensó que ella lo cuestionaba porque dudaba de su integridad, de la existencia de su negocio, o tenía algo que realmente estaba escondiendo y lo que lo exaltó para justificarse. Su cambio abrupto en comportamiento fue tan raro que pensó que Martin podría ser bipolar o que tal vez era la intoxicación con alcohol la que causaba los cambios en personalidad.

Yelena hizo un esfuerzo en mostrar buen ánimo y participar en las conversaciones. No sabía ni que decir por miedo a impacientar de nuevo a Martin. Se sintió como si estuviera caminando sobre cáscaras de huevos, con miedo a romperlas, hasta que media hora más tarde se despidió del grupo. Martin la acompañó hasta su *minivan*, y como si nada hubiese pasado entre ellos, acordaron reunirse para almorzar dentro de par de días, el viernes.

El almuerzo del viernes le vino a Yelena como mandado del cielo, pues había pasado un mal rato en el trabajo, y Martin la animó mucho. Yelena era una persona bastante sensitiva y había llorado en su oficina después del disgusto que pasó cuando su compañera de trabajo se rehusó a oír frente a un grupo de empleados de ambas un plan de trabajo que Yelena había desarrollado y el cual era del agrado de su gerente, pero no del de su compañera. Martin compartió con ella experiencias similares, y además la halagó mucho por su inteligencia, educación y experiencia. Finalmente Yelena se dio cuenta que se le estaba haciendo tarde para regresar a su trabajo. Esa noche iba a estar muy ocupada con varias actividades de sus hijos, y al despedirse acordaron que ella lo encontraría en *Trafalgar* el sábado en la noche.

Fue en *Trafalgar* ese sábado en la noche cuando Yelena se colmó de valor y se atrevió a preguntarle a Gabriel en español por qué Martin tenía mala suerte con las mujeres.

Gabriel se rehusó a contestarle, diciéndole, "eso se lo debes preguntar a él. Yo no me puedo meter en el medio".

Pero Yelena le insistió, y le preguntó que le diría si ella fuera su hija. Entonces Gabriel se limitó a decirle, "yo siempre le digo a Martin que viva el presente sin miedo, pero no lo hace así. Por eso todas se cansan y se alejan de él".

Gabriel alejó la vista y se concentró en mirar hacia el espejo que tenía frente a la barra, y Yelena se dio cuenta que se iba a limitar al comentario que había hecho.

Yelena sabía bien que entre Gabriel y Martin existía una amistad muy estrecha, una de pura fidelidad donde ninguno le iba a fallar al otro en divulgar sus secretos, y donde se ayudarían mutuamente hasta que la muerte los separara. Martin quería muchísimo a Gabriel, y en ocasiones le comentaba a Yelena que era su mejor amigo, y en otras le decía que era como si fuera su propio padre. Esto no era de dudarse, porque Gabriel era un hombre de palabra, quien había triunfado en los negocios y que a pesar de haber tenido un fracaso en su primer matrimonio, era muy buen padre y tenía una relación excepcional con su única hija, de ese primer matrimonio. Además llevaba más de 30 años de casado en su segundo matrimonio. Gabriel hablaba con sabiduría y no escondía ninguna de sus ideas, y repetía su filosofía con una gran sonrisa y ánimo, "hay que vivir el momento y sin miedo, pues la vida es corta y hay que disfrutarla".

Gabriel practicaba lo que decía, y posiblemente era una de las pocas personas que Yelena había conocido que vivía cada día de su vida como si fuera el último, disfrutándolo con plenitud. Vivía tranquilo con su conciencia, compartiendo con sus familiares y amigos, con la comunidad, y creía en disfrutar a plenitud el amor y la intimidad, participaba en una gran variedad de actividades sociales y deportivas, y a pesar de que había pasado varios sustos con su salud, se veía saludable y activo. En el poco tiempo que llevaba conociéndolo, posiblemente Yelena aprendió a admirar a Gabriel quizás tanto como lo admiraba el mismo Martin.

Cerca de las diez de la noche Gabriel se retiró a su casa, y Martin se quedó hablando con Yelena solo. Habló de Oksana y de cómo la había amado y lo difícil que se le había hecho olvidarla y reestablecer su vida, y otras veces la condenaba por haberlo dejado por otro. Aparentemente Martin notó que se había pasado de la raya hablando de Oksana, algo que había hecho en varias ocasiones, y de momento le dio un beso a Yelena en la frente, y la invitó al *Old Country Barn*. Allí bailaron al compás de varias piezas musicales, donde una vez más Martin la envolvió en sus brazos como si fuera su muñeca de porcelana. Con sus ojos cerrados, expresión de paz en su rostro y con la cabeza recostada sobre el pecho de Martin, Yelena le seguía los pasos como si flotara en el espacio.

Una vez acabó la música y cerraron el *Old Country Barn*, Martin manejó la *minivan* de Yelena hasta su apartamento, donde se despidieron con una combinación de besos sutiles y sensuales. Ya cuando se había bajado del vehículo, le dijo a Yelena que la llamaría dentro de unos dos días para ir a almorzar juntos el miércoles o el jueves. Mientras manejaba hasta su casa, una vez más Yelena volvió a elevarse en una nube, soñando despierta con su Conde.

Para el siguiente martes, Yelena aún no había oído de Martin para planear ir a almorzar juntos a mediados de semana según acordaron el sábado en la noche al despedirse. El jueves en la tarde, preocupada y a la vez molesta, lo llamó. Martin acordó reunirse con Yelena un rato cuando ella saliera del trabajo. Yelena iba con las intenciones de romper su relación amorosa con Martin. Sentía que ya no podía competir con la amante de Martin, la temeraria "Dama Alcohol".

Cuando se encontraron, Yelena le mencionó a Martin que se sentía incómoda y dolida cuando él cambiaba sus planes o faltaba a su palabra de llamarla, y esto ocurría con frecuencia. Martin se mantuvo cabizbajo y no le dijo nada al respecto. Entonces Yelena le mencionó que había pasado bastante tiempo desde que él había vendido su auto y no lo había reemplazado. El no tener auto lo limitaba en sus actividades sociales, algo que no era bueno para su estado de salud mental y le creaba contratiempos.

También le dijo, "además soy bien enchapada a la antigua y preferiría ir en tu bicicleta o en un carrito viejo y barato, que en mi automóvil".

Martin le contestó que en Europa era más común el no tener autos y como algunas de las personas que ambos conocían no tenían automóvil, sino que utilizaban transportación pública.

Aunque ese día Yelena había ido con intenciones de no volver a salir más con Martin, después de verlo y oírlo, cambió de parecer. Yelena no tuvo la fuerza suficiente de dejarse llevar por su gran inteligencia, sino que se dejó controlar por su amor y fuertes sentimientos hacia Martin. Al despedirse, acordaron verse durante el fin de semana, incluyendo encontrarse en *Trafalgar* el viernes o el sábado en la noche. Además, el domingo en la tarde Martin le iba a cocinar algo especial a Yelena en su casa. Yelena manejó hasta su casa enfadada consigo misma por no haber tenido el valor de hacer lo que planeó, de dejarle el camino libre a Martin con su alcohol.

El viernes en la tarde, una vez Enrique recogió a Daniel e Irina para que pasaran el fin de semana con él, Yelena llamó a Martin. Él le dijo que iba de camino a *Trafalgar*, a reunirse con un grupo de viejos amigos que venían desde Orlando a pasar el fin de semana en Palm Beach, y que iban a empezar a festejar desde esa noche. Así que no iba a poderla ver hasta el domingo en la tarde cuando sus amigos se marcharan.

Yelena se desilusionó, y se recostó en su cama a pensar, y unos 30 minutos más tarde sonó el teléfono. Martin le dijo que sus amigos se iban a tardar cerca de una hora más en llegar y que lo pasarían a recoger en *Trafalgar*, para luego reunirse en el bar del hotel en el cual habían hecho reservaciones de alojamiento. De allí iban a seguir festejando de bar en bar.

"Si quieres, pasa un rato aquí conmigo hasta que lleguen mis amigos".

Yelena accedió, pues hacía cualquier cosa por pasar unos minutos con su idolatrado Martin, pero sospechaba que él más bien quería que ella lo llevara hasta el hotel. Y se dijo a si misma en voz alta, "apuesto cualquier cosa que lo que Martin quiere es ahorrarse el dinero de un taxi, y aunque lo voy a complacer, voy a ir vestida con la misma ropa formal y conservadora con la que fui al trabajo para aparentar que me tragué su cuento. Además no me da la gana de cambiarme de ropa y lucirle mi figura a sus amigos".

Yelena llegó a *Trafalgar* y todo el mundo la halagó por lo elegante que se veía, aunque evidentemente su vestuario no estaba a la par con lo que el resto de la gente llevaba puesto. En el vestido lucía muy femenina y sofisticada, el cual era en poliéster color crema con flores en varios tonos rosados, manga larga y falda de ancho vuelo que le llegaba a media pierna, y que se escurría en su cuerpo. No pasaron más de 20 minutos cuando Martin le comentó que sus amigos lo habían vuelto a llamar y le habían dicho que ya que el viaje había sido largo, no querían seguir desviándose. Le dijeron a Martin que llegara él hasta el hotel.

"Yo pienso coger un taxi, pero si tú quieres acompañarme un rato y conocer a mis amigos, me alegraría mucho. Pero realmente no te sientas en la obligación. Si no quieres,. . . yo puedo pagar un taxi".

Yelena aceptó llevarlo hasta el hotel, pero le dijo que no pensaba entrar porque no estaba vestida adecuadamente. Martin le dijo que se veía elegante y que le gustaría que pasara con él aunque fuera unos minutos para que conociera a sus amigos. Yelena no se tragó el cuento, pero quiso hacerle el favor a Martin que le hubiese hecho a cualquier otra persona particular que abiertamente le hubiera pedido que lo llevara a algún sitio.

Cuando llegaron al hotel, Martin le volvió a pedir a Yelena que pasara un rato con él y sus amigos para que los conociera y para que también se tomara una margarita. Yelena no se sentía muy cómoda con su ajuar formal de trabajo, pero tuvo curiosidad en conocer a los amigos de Martin de años, y aceptó la invitación. En el bar del hotel conoció a unos ocho hombres todos entre los 35 y 43 años, y con excepción a dos de ellos, el resto eran solteros. Todos eran irlandeses, con excepción a uno de ellos que era escocés y otro que había nacido en los Estados Unidos pero de padres irlandeses. Mientras Yelena se tomaba lentamente una margarita, compartió con la mayoría de los amigos de Martin, mientras entre chistes y cuentos todos consumían cervezas sin parar. Martin se había tomado bastantes cervezas en la hora y media que llevaban en el hotel, pero al menos Yelena sabía que no tendría que manejar hasta su apartamento y que andaba con bastantes amigos, los cuales se encargarían de él si se embriagaba. Cuando el grupo decidió irse de ronda de bar en bar en el famoso distrito nocturno del centro de la ciudad, Yelena regresó a su casa en vez de aceptar la insistente invitación del grupo de que los acompañara. Martin la acompañó hasta el estacionamiento y le dijo que la llamaría en la mañana.

El sábado cerca de las diez de la mañana, Yelena recibió llamada de Martin tal y como le prometió la noche anterior. Le explicó que iba a pasar el día solo porque no le interesaba ir a jugar golf con el resto de sus amigos, pero habían acordado reunirse en la noche para volver a salir. Yelena iba para una fiesta en casa de sus compañeros de trabajo y luego iba a encontrarse a cenar con su amiga Marta. Martin quedó en llamarla el domingo en la mañana para acordar los últimos detalles de la comida que le iba a preparar a Yelena.

Precisamente cuando Yelena regresaba de misa el domingo en la mañana recibió llamada de Martin, y acordaron que ella lo recogería frente a su apartamento para luego ir a comprar los ingredientes de la comida. A la una y media de la tarde Yelena recogió a Martin, quien llevaba puesta camisa de manga larga y corbata, y se veía muy guapo. En contraste, Yelena llevaba puestos los mismos *blue jeans* y suéter que se puso el día que Eric y ella tuvieron que llevar a Martin a su apartamento por motivo de embriaguez.

Martin le dio a escoger entre un plato muy típico inglés o uno de los platos gourmet que le había preparado a su tía en New York, y Yelena escogió la segunda opción. Mientras hablaban Yelena notó los ojos rojos de Martin y el fuerte olor a alcohol en su aliento, por lo que dedujo que Martin bebió en grandes cantidades la noche anterior. También notó un moretón en uno de los párpados, pero no le comentó nada sobre el asunto.

En el supermercado Martin fue recogiendo con gran ánimo los ingredientes que necesitaba.

Solo le faltaba un artículo, y le preguntó a uno de los dependientes, "¿dónde puedo encontrar filete fresco de tuna para cocinarle a mi bella dama?". El dependiente se sonrió y otro de ellos, una dama morena de estructura grande y mediana edad, le comentó muy sonriente a Yelena. "¡ah, ah, tienes a ese hombre atado con un hilo alrededor de tu dedo!".

Al llegar a casa de Yelena, inmediatamente Martin se puso a cocinar como un chef profesional, sonriendo constantemente, y a menudo desviando sus ojos para mirar a Yelena. Primero puso a hornear las papas en el microondas hasta que estuvieron blandas, y entonces las partió por la mitad y les sacó el centro y lo puso en una cacerola. Machacó ajo fresco, el cual sofrió con cebolla finamente picada y mantequilla, y cuando la cebolla estuvo acaramelada, separó dos terceras partes de la mezcla en un platillo. Luego añadió camarones a la mezcla que dejó en el sartén hasta que éstos también estuvieron cocidos. La mitad del sofrito de cebolla y ajo que había en el platillo lo mezcló con las papas que sacó y majó con un poco de leche y mantequilla, y la mezcla que preparó la usó para rellenar la cáscara de las papas de donde las sacó. Luego le puso queso de papa rallado por encima, y las puso dentro del horno. Hirvió espinacas frescas, y cuando estuvieron cocidas, las coló y las mezcló con el resto del sofrito de cebolla y ajo que había dejado en el platillo. Entonces tomó las setas *Portobello* y las sofrió con ajo en polvo, sal, mantequilla, y una pizca de pimienta, y una vez estuvieron listas las retiró a un platillo. Cuando terminó de freír las setas y se preparaba para hacer lo mismo con el filete de pescado, jugó con los potes de los condimentos como un malabarista, donde tanto él como Yelena celebraron con bastante risa. Tan pronto acabó de cocinar el pescado, puso una de las setas en cada uno de los dos platos que tenía listos para servir la comida, encima puso una capa de espinacas, luego el pescado, y en el tope puso una capa de los camarones. Sacó las papas que había horneado y las sirvió junto al pescado, y entonces ambos se sentaron a comer juntos.

Yelena no se cansaba de sonreír y de halagar lo buen cocinero que era Martin, y de lo sorprendida que estaba con su talento.

Mientras saboreaba la deliciosa cena, Yelena le comentó a Martin, "la comida está exquisita", y no se cansó de repetírselo.

De ahí se sentaron en el sofá a oír música y Yelena le preguntó a Martin que le había pasado en el párpado. Martin le contó que en el último bar en el que estuvieron, un hombre que había bebido demasiado empezó a hacer burlas de su acento y el de sus amigos, y luego se les acercó y empujó a uno de ellos. Martin intervino para evitar que agrediera a su amigo, y el hombre terminó dándole un puño en el ojo a Martin, quien se lo devolvió dándole uno más fuerte y tumbándolo al piso. Inmediatamente después del incidente sus amigos se marcharon al hotel y Martin regresó a su apartamento.

Martin se sorprendió que Yelena notara el moretón, y se sonrió y le dijo, "ay Yelena, yo esperaba que no te dieras cuenta del moretón, pero todo lo notas…. A ti no se te escapa ningún detalle", y ambos rieron.

"Lo importante es que no le pasó nada serio a nadie, y que no tuvo que intervenir la policía", dijo Yelena. Luego añadió muy sonreída, "pero déjame decirte que tú no sabes las muchas cosas que capto y callo dentro de mí. ¡Si supieras, te asustarías!".

Martin decidió irse a fumar un cigarrillo al patio, y Yelena puso uno de sus discos favoritos. Cuando Martin regresó a la sala, complació a Yelena, y una vez más bailaron al son de *Solo tú*. Al terminar se volvieron a sentar juntos en el sofá. Martin, quien mantenía a Yelena muy abrazada y de vez en cuando le daba un beso en la mejilla, se mantuvo callado. De repente le dijo que mejor se iban pues quería tomarse un café. Yelena le ofreció prepararle café pero Martin insistió en ir a un cafetín que él conocía. Allí estuvieron hablando hasta las seis menos cuarto, hora de Yelena salir a recoger a Irina y Daniel a casa de Enrique. De camino, y como le pidió Martin, lo dejó en *Trafalgar*.

Yelena se reía sola mientras se acordaba de la cena que le había preparado Martin, pero el semblante cambió cuando se acordó que Martin continuaba sin tener interés de establecer una relación íntima con ella. Como había sucedido antes, se tuvo que conformar con el amor que Martin le brindó cuando bailó con ella románticamente, donde le acarició el pelo y la espalda, y le dio besos tiernos y sublimes.

Cuando Martin visitó a sus tíos en New York en marzo, uno de sus primos tenía planeado el ir a acampar en un área primitiva en Canadá la semana después del día de las madres. Martin había aceptado la invitación, y se estaba preparando para salir hacia New York el sábado siguiente, el día antes del día de las madres.

Martin y Yelena se mantuvieron en comunicación durante la semana y se reunieron a almorzar y a despedirse el viernes antes de que Martin saliera para New York. Al despedirse Yelena mencionó que pensaba pasar por *Trafalgar* por unos minutos durante la noche para verlo por última vez.

Martin la miró atentamente, y le dijo, "esta noche pienso estar en *Trafalgar* solo por una hora".

Aunque Martin le mencionó que no valía la pena que se diera el viaje para estar con él por un corto tiempo, tampoco insistió en que Yelena no fuera a *Trafalgar* en la noche, especialmente cuando ella le dijo que se le iba a hacer difícil el no poderlo ver, ni comunicarse con él por teléfono por más de una semana. Finalmente acordaron despedirse en la noche.

Yelena llegó a *Trafalgar* cerca de las ocho de la noche, donde encontró a Martin parado en la barra junto a Gabriel y Charles. Yelena lo besó y abrazó fuertemente.

Entonces le dijo, "vine por corto tiempo, y tan pronto te quieras ir me avisas, porque no quiero que alargues tu estadía aquí por mí".

Martin había llegado a *Trafalgar* cerca de las cinco de la tarde y era obvio que había bebido bastante. Justamente pocos minutos después de Yelena haber llegado, Hilka le entregó a Martin una botella de un fino *whisky* en agradecimiento por haberla ayudado a atender la taberna unos días atrás cuando los dos empleados que se suponían trabajaran con ella en la noche no lo hicieron. Martin abrió la botella de *whisky*, le sirvió un trago a Gabriel y otro a Charles, y él se sirvió uno doble. Martin bromeó con Yelena de que no lo había querido llevar al aeropuerto, y ella le dijo que para su viaje anterior le ofreció llevarlo pero que él se rehusó ya que el viaje era muy temprano en la mañana y sacrificado para ella. Yelena le dijo que si quería, que con gusto lo llevaba al aeropuerto en la mañana, pero la conversación terminó como una broma.

Cerca de las nueve de la noche Gabriel y Charles se despidieron, quedando solos Yelena y Martin. Casi instantáneamente Martin se puso muy serio y callado, como si de repente Yelena se encontrara en compañía de otra persona, de un desconocido. Pasaron unos quince minutos y Martin prácticamente ignoraba a Yelena, y las pocas veces que la miró, lo hizo con mucha seriedad y lo que ella solo pudo descifrar como desprecio. Yelena se sintió tan incómoda que decidió irse, y como de costumbre Martin la acompañó hasta su auto. Una vez en el estacionamiento, Martin la besó fríamente y aceleró la despedida.

Ya cuando iba a entrar a su *minivan*, Yelena le dijo a Martin, "si deseas, con gusto te llevo al aeropuerto en la mañana".

Con aspecto despectivo Martin le respondió. "yo soy muy autosuficiente. Puedo pagar un taxi y no necesito que nadie me haga favores".

Yelena hizo un esfuerzo en no demostrarle su tristeza a Martin, y fingiendo una sonrisa le dio un último beso en la mejilla.

Yelena manejó hasta su casa como zombi, no logrando entender los graves cambios en personalidad de Martin. Pensó que tal vez si fuera doctora en medicina entendería mejor los efectos del alcohol en la mente humana. Quería entender hasta el más mínimo detalle. . . hasta saber que estaba pasando en las distintas áreas del celebro de Martin.

Esa noche no pudo dormir, y poco después de las dos de la mañana decidió llamar a *Trafalgar* para asegurarse que Martin había salido para su apartamento en condiciones que le permitieron caminar. El cantinero le mencionó que Martin se quedó en la taberna hasta que la cerraron, pero que se fue tranquilo caminando. Yelena no logró cerrar los ojos, y cerca de las cinco y media de la mañana, media hora antes de que supuestamente lo recogiera un taxi, llamó a Martin, quien le dijo que estaba despierto y listo para salir. El tono de su voz no fue cariñoso y aunque sus palabras no mostraron agradecimiento, tampoco fueron altaneras. Yelena se volvió a acostar, y sintiéndose un poco más tranquila pudo dormirse. En realidad se había dado por vencida, pensando que Martin no la quería, y que posiblemente no oiría más de él cuando regresara de su viaje.

Ese mismo sábado en la tarde Yelena asistió a un juego de *softball* en el cual participaba Irina, y se asombró mucho cuando recibió una llamada de Martin en su teléfono celular.

"Hola cariño, acabo de llegar desde el aeropuerto a casa de mis tíos y quería decirte que llegué bien".

La sorpresiva llamada de Martin, y su estado de ánimo distinto al de la noche anterior le causaron inmensa alegría a Yelena. Supo que Martin la tenía en sus pensamientos. Martin y Yelena se mantuvieron en comunicación durante los siguientes días, hasta que la llamó el martes en la mañana para despedirse antes de partir hacia el área primitiva donde iban a acampar.

Los cinco días que Martin iba a estar incomunicado, le parecieron una eternidad a Yelena, quien cargaba su celular hasta cuando iba al baño. El celular era su nuevo apéndice,. . . era su único hilo con un amor que ni siquiera cuando estaba en la misma ciudad estaba totalmente presente.

Se suponía que Martin regresara el sábado en la noche a New York, pero ya era domingo en la noche y Yelena aún no había oído de él. Estaba intranquila y triste, y decidió llamar a casa de su primo. Él le dijo que acababa de regresar de la casa de su madre, donde dejó a Martin, y le sugirió que lo llamara allá. Yelena llamó de inmediato, y Martin le dijo que no hacía mucho que había llegado.

"Aunque pasamos varios sustos, disfruté mucho del viaje. Ahora estoy sumamente cansado, pero ya te contaré. . . ".

¿Cuándo regresas?"

"Voy a tratar de regresar a Florida mañana. Tan pronto sepa el vuelo, te llamaré con los detalles".

Pasó el lunes, el martes y hasta el miércoles y Yelena aún no oía de Martin, así que decidió llamar a su tía el jueves en la mañana, quien le dijo que Martin había salido el martes en la mañana para Florida. Yelena se sorprendió mucho al enterarse que Martin había regresado y que contrario a lo que le había dicho antes no la llamó antes de salir, y más sorpresivamente, ya llevaba dos días en Palm Beach y aún no la había llamado. Yelena sintió vergüenza y confusión. La tristeza la embriagaba y un remolino de emociones acorazaba su alma. Entonces llamó a Martin a su apartamento, pero no le contestó. Finalmente, unas horas más tarde oyó de él cuando la llamó a su oficina. Martin le dijo que su amigo Dean, quien tenía serios problemas matrimoniales, le había prestado su carro y pedido que lo llevara al aeropuerto el miércoles en la tarde. También le mencionó que cuando regresó de su viaje, había encontrado un mensaje de un vendedor de automóviles donde le indicaba que tenían un vehículo para él con todas las características que deseaba. Le dijo a Yelena que ya que todavía tenía el auto de Dean, le gustaría ir a visitarla a su casa a la hora que ella quisiera para contarle los detalles del viaje y del automóvil.

Ya eran cerca de las cuatro y treinta de la tarde, así que Yelena se apresuró a terminar algunas cosas que tenía pendiente en la oficina y media hora más tarde salió para su casa. Pasó por el supermercado a recoger una botella de vino, queso, galletas, uvas, y los ingredientes para preparar una salsa que pensaba servir con tostaditas mejicanas. Escasamente tenía 45 minutos para bañarse, vestirse y preparar lo que tenía en mente antes de que Martin llegara a su casa, a las seis y media de la tarde según habían acordado. Así que estaba bajo tensión, haciendo todo de prisa. Martin no llegó a tiempo, y no fue hasta las siete de la noche que la llamó para decirle que le había cogido tarde pues quería hablar con Gabriel sobre el auto que pensaba comprar. Le dijo a Yelena que mejor fuera ella a *Trafalgar*, pero Yelena le dijo que había preparado algunas cosas para comer y que mejor lo esperaba. Martin le dijo que estaría en su casa antes de las ocho de la noche.

Pasadas las nueve de la noche Martin llamó a Yelena, y le dijo, "unos minutos atrás iba a salir para tu casa pero la capota del convertible de Dean se atoró y no la puedo bajar ni subir. Se puede estropear si intento manejar hasta tu casa en estas condiciones, así que mejor ven tú aquí a *Trafalgar*".

Yelena notó que Martin estaba balbuceando, y concluyó que la verdadera razón de no haber llegado hasta su casa era porque había tomado en exceso y estaba borracho. Quizás el haber estado acampando con sólo lo necesario por seis días lo había dejado sediento por el alcohol. Estaba muy sentida porque una vez Martin regresó de Canadá, no cumplió ninguna de sus promesas de llamarla o verla como había dicho, y además ella se había esforzado mucho en prepararse para recibir a Martin al tiempo que habían acordado y hasta le preparó algo para comer. Esta vez el caracol se colmó de valor y le dijo a Martin que mejor se quedaba en su casa, porque estaba muy desilusionada con todo lo que había pasado. Él le dijo que podían encontrarse al día siguiente, pero Yelena le contó que había hecho planes una semana atrás en encontrarse con unas viejas amigas. Le dijo que hacía más de cuatro meses que no se veían, ya habían pospuesto el encontrarse un par de veces por las ocupadas agendas que todas tenían, y que ella no quería alterar los planes nuevamente. Entonces Martin le sugirió encontrarse el sábado y Yelena le dijo que eso tampoco era posible porque había hecho un compromiso para almorzar con Mary y otras amigas y que de allí iba a partir para la graduación de escuela superior de la hija mayor de una de sus mejores amigas, Ann. Yelena le dijo que podían almorzar el domingo. Martin entonces le extendió una invitación para llevarla a Port St. Lucie, donde podían almorzar y visitar a Gabriel y su esposa, quienes tenían una casa de veraneo en ese lugar. Gabriel le había sugerido que los visitaran, y así de paso podía probar como se comportaba el nuevo automóvil de Martin en la autopista, donde podía acelerar a gusto. Yelena abnegadamente aceptó la invitación y acordaron hablar el sábado sobre los detalles.

Frustrada y con mucha rabia, Yelena puso todas las delicias que había hecho en el refrigerador. Su alma se sentía vacía, hueca,. . . como si hubiera tenido una pelea con el viento y el viento había ganado.

"Ya está todo escrito", pensó en voz alta.

Y con su corazón vacío se acostó en su cama sola,. . . otra vez sola.

Capítulo 11
De la cima al precipicio

El sábado en la mañana Martin sorprendió a Yelena con una llamada para contarle que había recogido su nuevo automóvil el viernes en la noche. Martin quería mostrárselo a Yelena tan pronto ella tuviera unos minutos disponibles. Sorpresivamente, Mary se había sentido mal de salud, y acababa de cancelar el almuerzo que tenía planeado con Yelena, lo que le permitió reunirse con Martin. Cerca del mediodía, Martin se presentó a casa de Yelena, donde después de no haberse visto por dos semanas se envolvieron en un apasionado beso y abrazo. Al salir a la calle, Yelena se quedó boquiabierta al ver el elegante *Mercedes-Benz* sedan que Martin se acababa de comprar. Al igual que el automóvil de Gabriel, era color negro y con los asientos en cuero crema. Según le explicó Martin, el modelo *S65AMG* era uno de los menos comunes y más costosos que la compañía fabricaba, y el cual tenía un poderoso motor V12 biturbo.

Martin le abrió la puerta a Yelena para que entrara y le comentó, "aquí tienes mi automóvil, un auto digno para que yo te pasee a ti, una gran mujer, y en el cual te puedas sentir orgullosa conmigo".

Yelena le echó los brazos alrededor del cuello, y mientras lo besaba le susurró al oído, "tu nuevo *Mercedes* es verdaderamente impresionante, pero te conocí meses atrás cuando no tenías automóvil y me enamoré de ti, sin importar el automóvil que tengas".

"Sí, desde que nos conocimos tú y yo siempre hemos estado de acuerdo en que el dinero no compra la felicidad. Los valores humanos son los que cuentan".

Martin llevó a Yelena a almorzar al restaurante irlandés donde habían ido con Theresa y Thomas un par de meses atrás, *Morgan's Table*. Yelena volvió a ordenar lo mismo que la vez anterior, pescado empanado frito con papas fritas, pero al ordenarlo, pidió papas fritas con pescado empanado frito, lo que le ocasionó risa a Martin, pues era una rareza el cambiar el orden de las palabras en inglés para ese plato común. Y para colmo, también le cambió el orden de las palabras en el nombre del restaurante a *Table Morgan* cuando le mencionó a Martin que le había gustado mucho como preparaban el pescado. Martin empezó a bromear de cómo cambiaba el orden de las palabras y los dos rieron como chiquillos repitiendo el nombre del plato y del restaurante cambiándole el orden a las palabras repetidamente como si fuera un trabalenguas.

Cuando terminaron de almorzar, partieron rumbo al teatro donde se iba a celebrar la ceremonia de graduación de la hija de la primera amiga que tuvo cuando se mudó a Palm Beach, y una de las más cercanas, Ann. Yelena ya le había mencionado semanas atrás a Martin que era bienvenido a acompañarla a la graduación y a la celebración que sus amigos le tenían a su hija, pero no aceptó. Mas al terminar el almuerzo Martin sorprendió a Yelena y le dijo que había cambiado de parecer y que la iba a acompañar a la graduación. Una vez terminó la ceremonia, la que duró unas dos horas, partieron en caravana hacia la casa de Ann, donde compartieron con su familia por una hora. Martin se despidió del grupo y Yelena se iba a quedar con ellos para participar de la cena, pero lo acompañó hasta su automóvil. Al despedirse, no aceptó el encontrarse con él en *Trafalgar* esa noche como sugirió Martin, pero Yelena le dijo que lo llamaría más tarde.

El viernes en la tarde Yelena se había sentido muy despechada con la falta de sensibilidad de Martin en seguir los planes de llamadas y encuentros de los días anteriores, e hizo planes de salir con Marta a un concierto de guitarra clásica. Sin embargo poco después de que Yelena regresara de la fiesta de graduación, Marta la llamó para decirle que estaba agotada, y que si no le era inconveniente, que mejor salían otro día. Yelena aceptó sin titubear, pues como notó el esfuerzo que había hecho Martin en estar con ella ese día, y como no guardaba rencor por largo rato, decidió presentarse en *Trafalgar*.

Contrario a las costumbres normales de Yelena, quien le importaba mucho el sentirse bien aseada, ese día había sudado bastante al estar al aire libre durante el almuerzo y luego en la celebración en casa de Ann, pero se sentía cansada y decidió irse tal y como estaba. Al verla llegar los ojos de Martin resplandecieron, en conjunto con la gran sonrisa que rápidamente le mostró a Yelena. Minutos después de Yelena haber llegado, Martin le pidió que lo acompañara al edificio donde vivía, para dejar su nuevo *Mercedes-Benz* allí, y regresar en la *minivan*.

"Así evito el que alguien me estropee mi nuevo carro. Han habido ocasiones en las cuales clientes de *Trafalgar* se han emborrachado, y chocado otros vehículos o el de ellos mismos en pleno estacionamiento".

El ejecutar ese plan les tomó menos de diez minutos, y regresaron a *Trafalgar* donde las conversaciones giraban alrededor del nuevo automóvil de Martin. Muchos conocidos le preguntaban a Yelena si le gustaba el auto o si estaba emocionada, y algunos también le hacían preguntas sobre las vacaciones de Martin en Canadá. Yelena hasta escuchó en la distancia cuando una alta y bella mujer rubia y quien andaba con Gretchen le dijo que quería hablar con al dueño del nuevo Mercedes-Benz. Muy descaradamente las dos mujeres se acercaron a la mesa donde estaban sentados Yelena y Martin con otras amistades. La elegante rubia, quien era psiquiatra y estaba de visita en Palm Beach desde Chicago, hizo un esfuerzo por entablar una conversación con Martin y de llamarle la atención coqueteándole sin ningún recato frente a Yelena. Como caracol que era Yelena guardó en silencio la rabia, y hasta los celos que sintió. Pero Martin ni caso le hizo a la psiquiatra, y continuó muy entusiasmado hablando, abrazando, y besando a Yelena. Yelena se sintió como un pavo real, orgullosa, segura. . . Pero en el fondo sabía que ese sentimiento era pasajero. . . y lo trató de minimizar.

Cerca de la una de la mañana, Yelena se dio cuenta que Martin estaba ebrio y además, ella se sentía muy cansada. Entonces le sugirió a Martin llevarlo a su apartamento antes de irse para su casa, quien contrario a otras ocasiones, esta vez aceptó rápidamente y sin titubear. Mas tan pronto Martin se sentó en el asiento del pasajero, sorprendió a Yelena con una pregunta que había estado deseando escuchar hacía un tiempo.

"Yelena, te voy a hacer una pregunta y quiero que sepas que no quiero que te sientas obligada en complacerme si no lo deseas, y que eso también está bien. Me gustaría que me llevaras esta noche a tu casa, pues quisiera pasar la noche contigo".

Yelena quedó pasmada, dejando su mente en blanco, ya que era el día que menos esperaba que Martin le hiciera esa sugerencia. Ella que siempre era tan cuidadosa con su higiene, hubiese planeado estar en las mejores condiciones posibles para compartir esa primera noche con el hombre de quien se había enamorado. Le explicó a Martin, que no solo estaba sudada y cansada, sino que era el momento inapropiado del mes.

Martin le dijo con tono muy pasivo y romántico. "lo único que quiero es abrazarte y estar contigo. No sé por qué las mujeres piensan que cuando un hombre quiere pasar la noche con ellas, solo está interesado en sexo,. . . la compañía es lo que más vale".

Ese otro comentario fue más sorpresivo para Yelena, quien le dijo que viéndolo de esa manera, que sí le agradaría que pasaran la noche juntos. Yelena manejó hasta su casa y no sabía ni de que hablar con Martin durante el camino. Solo pudo compartir lo que realmente sentía.

"Yo ya estaba deseando este día, mas hoy era cuando menos me imaginé que llegara, y cuando menos lo deseaba, porque físicamente no estoy en condiciones en las que podamos disfrutar a plenitud el estar juntos. Aunque de todas maneras hubiese estado nerviosa, estas circunstancias me ponen aun más tensa".

Martin le volvió a repetir que solo quería estar con ella más tiempo, y amanecer junto a ella, lo que la calmó.

Al llegar a la casa de Yelena, le pidió a Martin que esperara unos minutos en la sala formal para ella cambiarse de ropa. Martin le dijo que iba a esperarla en el balcón mientras se fumaba el último cigarrillo de la noche. Yelena fue a su dormitorio y se aseguró que tanto ella como el dormitorio estuvieran presentables. Se aseó un poco y se puso un conjunto de pantalón corto y camisón de dormir con un estampado de piel de puma, de estilo intermedio entre lo sensual y conservador, pero el que dejaba apreciar su bonita figura. Cuando terminó, salió descalza hasta el balcón, donde Martin la siguió como un corderito hasta el dormitorio, el cual estaba alumbrado con una luz tenue. Yelena se sentó en la cama mientras Martin se desvestía rápidamente, y al llegar hasta la cama se besaron apasionadamente. Contrario a lo que Martin había dicho antes, él si tenía deseos de hacer el amor con Yelena, y aunque le volvió a explicar que no era el momento adecuado del mes, Martin apasionadamente deseaba lo contrario. Pero muy sorpresiva y dolorosamente, Yelena notó que aunque Martin jugaba con el cuerpo de ella con mucha pasión y entusiasmo, su cuerpo de hombre no estaba respondiendo normalmente.

De primera intención pensó que era el efecto del alcohol, pues Martin estaba bastante ebrio, pero luego empezó a echarse la culpa a sí misma. Pensó en que el haberle dicho que estaba terminando su periodo impedía el que se excitara, o que a lo mejor no la encontraba suficientemente atractiva. Pero entonces pensó en sus pasadas experiencias íntimas con Enrique y

Harry, y dudó que ésta fuera la causa, especialmente cuando veía a Martin sumamente apasionado, y hasta feroz. Así pasaron unos veinte minutos de caricias y frustraciones, hasta que ambos agotados por el cansancio, y en el caso de Martin, por los efectos del alcohol, terminaron rendidos y dormidos en un abrazo. Yelena no durmió nada en toda la noche. La gran emoción de estar pasando la noche abrazada por Martin le elevaba la adrenalina del cuerpo evitando que el cansancio la rindiera totalmente. Pero más bien lo que la mantenía despierta era la inmensa desilusión de haber comprobado las tristes sospechas que había tenido durante las últimas cuatro semanas con respecto a un problema de virilidad en Martin. Sintió como si la obligaran a tirar su pasión desde una cima hasta un precipicio. . .

Cuando Martin se despertó, cerca de las nueve de la mañana, la agarró sutilmente y la colocó sobre su cuerpo. La besó en los labios y luego le dio varios besos en la coronilla de la cabeza, mientras acariciaba sutilmente su cuerpo desnudo. Así pasaron unos relajados veinte minutos, hasta que Martin le dijo que era hora de que se levantaran para prepararse para ir de viaje a Port St. Lucie. Esos minutos sutiles lograron saciar parte del dolor que sintió Yelena la noche anterior al notar la limitación física de Martin como hombre, y la que pensó era causada por la embriaguez. Yelena se fue a duchar y cambiar de ropa mientras Martin se vestía y fumaba un cigarrillo. Luego partieron hacia el apartamento de Martin, y mientras él fue a ducharse y cambiarse de ropa, Yelena pasó a recoger comida para su gato Ambición, ya que la iba a necesitar cuando regresaran de Port St. Lucie en la noche.

De camino a Port St. Lucie, Martin aprovechó la autopista para acelerar el poderoso motor de su auto casi a capacidad, dándoles la impresión que volaban sobre las nubes. Mientras manejaba seleccionaba en discos compactos una gran variedad de canciones, las cuales en ocasiones hasta cantaron juntos. Más en un momento dado Martin seleccionó dos canciones en sucesión, y las que catalogó como dos de sus favoritas. Yelena notó que hablaban del dolor que le había ocasionado un pasado amor. Una vez más Yelena volvió a sentir un sube y baja en su relación con Martin. Una vez más sintió una apuñalada en el pecho, pues imaginaba que las canciones se las había dedicado a Oksana. Pero trató de disimular su dolor desviando la vista hacia el panorama, y haciendo comentarios sobre lo que veía.

Al llegar a Pt. St. Lucie cerca de la una de la tarde, y antes de llegar a la casa de playa de Gabriel, pararon a almorzar. Después de comer unos sándwiches, y mientras trataban de comunicarse con Gabriel, decidieron entrar en algunas tiendas. Cerca de las dos de la tarde, Martin logró comunicarse con Gabriel, quien le dio instrucciones de como llegar a su casa, la cual quedaba a solo unas cuadras de donde estaban. Cuando llegaron, Gabriel los recibió en una de sus dos cabañas, y al referirse a su esposa Mildred, dijo que estaba durmiendo en "la casa femenina", explicándole mientras se reía, que fue la que originalmente compraron y Mildred remodeló y decoró a su gusto. Gabriel hubiese querido una decoración más rústica o menos femenina, así que contrató a un arquitecto para que contigua a la casa femenina le construyera una réplica de una cabaña rústica chilena, donde el interior también tendría los mismos acentos hasta en la decoración. Gabriel recibió a Martin y Yelena en la "cabaña masculina", donde Martin y Gabriel rápidamente empezaron a tomar cervezas. Yelena los acompañó en sus conversaciones, aunque solo tomó agua.

Cerca de las cuatro de la tarde, Mildred se despertó y se unió a ellos, donde continuaron los chistes y cuentos. Una hora más tarde decidieron salir afuera a tomarse unas fotos, y luego se dirigieron a un restaurante contemporáneo del área. Pasaron varias horas agradables disfrutando de la comida y vino, y cerca de las siete de la noche se despidieron. De regreso a Palm Beach, Yelena y Martin recogieron el automóvil de Yelena y dejaron el de Martin en el estacionamiento frente al apartamento de Martin, y a sugerencias de él se fueron a *Trafalgar*. Yelena estaba cansada y compartió un rato con Martin, Theresa y Thomas, y al notar que ya Martin estaba entrando en estado de embriaguez, decidió irse a su casa. Acordaron que Martin la llamaría durante la semana, y que él la visitaría el viernes en la tarde para cenar en su casa.

Yelena no volvió a oír de Martin hasta el miércoles en la mañana, donde le contó que había estado ocupado con Dean y Bryan. Dean había regresado a Palm Beach, pues su esposa le había puesto una demanda de divorcio, y Martin lo recogió en el aeropuerto el lunes en la tarde. Bryan había roto con su novia, y también estaba bastante deprimido, así que los tres habían compartido bastante durante los últimos dos días. Martin le sugirió a Yelena que pasara por la noche por *Trafalgar*. Yelena llegó al bar cerca de las ocho de la noche, y al notar que Martin aparentemente había bebido demasiado y hablaba negativamente de Oksana, de la esposa de Dean y de la novia de Bryan, se limitó a saludar al grupo y a asegurarse que los planes para el viernes en la noche aún estaban en pie. También acordaron de que Martin llegaría a su casa a las seis de la tarde, hora que Yelena escogió guardando en su pensamiento su intención de evitar que él tuviera suficiente tiempo como para embriagarse antes de irla a visitar.

Realmente Yelena no le había dicho a Martin sus intenciones para esa noche, pero deseaba que él pasara la noche junto a ella. En esa ocasión había tomado en cuenta hasta el más mínimo detalle para que todo estuviera perfecto, desde la comida típica, hasta el ambiente romántico y su vestuario seductor. Yelena estaba sedienta por sentir a Martin dentro de su cuerpo para llevarla como mujer a la cúspide, y de poderle reciprocar a Martin la satisfacción equivalente como hombre.

El viernes en la tarde Martin llegó justo a las seis de la tarde, pero fue obvio al entrar que él había estado bebiendo la noche anterior o ese mismo día. Martin traía una taza de café, y la mano con la que la sostenía le temblaba. También tenía los ojos rojizos y el aliento muy cargado de alcohol. Yelena le preguntó como había pasado el día y le dijo que muy ocupado con sus inversiones, y aunque ella dudó que esto fuera cierto, no le dijo nada.

Habían pasado solo unos minutos y Martin le dijo a Yelena, "no te voy a poder llevar a ti ni a tus hijos al aeropuerto cuando vayas de vacaciones, porque eso me va a traer tensión. No los conozco y no sé de que hablar durante el viaje, y como voy a estar tenso, me va a dar trabajo en concentrarme bien en manejar. Además, yo nunca me ofrecí a llevarte al aeropuerto, y no me gusta que nadie me haga planes en mi vida".

Yelena se paralizó al notar el raro comportamiento de Martin, muy sorprendida de que él no se acordara de como se iniciaron los planes de llevarla a ella y a sus hijos al aeropuerto. Fue él mismo quien inició el tema cuando días atrás le dijo que ahora tenía un auto para poder llevarla a donde ella quisiera.

Minutos más tarde Martin le dijo a Yelena, "he cambiado de parecer y estoy pensando no asistir a ninguna de las dos fiestas que se van a llevar a cabo mañana".

"Martin, aceptamos las invitaciones e hicimos planes unas semanas atrás de asistir juntos a esas fiestas. ¿Qué te ha hecho cambiar de idea?".

Martin siguió hablando y quejándose alteradamente repitiendo más o menos lo mismo que había dicho antes. Yelena entonces le dijo que aunque estaba sentida y recordaba que ella le pidió la llevara al aeropuerto en reacción a su comentario, que no había problema y que no valía la pena discutir más el asunto. Minutos más tarde Martin empezó a criticar a los norteamericanos y "sus ignorancias hacia lo que sucede en el país", seguido de críticas sobre la comida americana y la dieta poco saludable que no le llegaba ni a los tobillos a la inglesa o la del resto de Europa en lo que a eso se refería.

Obviamente Martin estaba de muy mal humor, y su personalidad había cambiado tanto que Yelena dudaba que estuviera sobrio. Mas le extrañó que él no quisiera tomar ni una copa de vino, quizás porque en realidad estaba tratando de recuperarse de su última borrachera. Aunque Martin comentó que le había gustado mucho la comida que Yelena le había preparado, comió una poción relativamente pequeña y luego se fue a fumar a la terraza. Cuando regresó, Yelena estaba sentada en el sofá disfrutando de música que había seleccionado con esmero. Martin continuó su conversación despectiva sobre los norteamericanos, hasta que surgieron unos minutos de silencio en los cuales Yelena aprovechó y le pidió que bailaran.

Muy sorpresivamente y contrario a lo que había experimentado con Martin anteriormente, le dijo con tono altanero, "Yelena, a mí no me gusta bailar, y no tengo deseos de hacerlo".

Yelena pensó que hasta era una broma, y le dijo, "¿y piensas que te lo voy a creer, después de haber disfrutado contigo bailando en varias ocasiones casi hasta la madrugada?", lo cual alteró aun más a Martin. Entonces Yelena le dijo en voz baja, "solo quería pasar una noche tranquila y feliz contigo, y está bien si no quieres bailar conmigo".

Yelena se acercó a Martin e inició besos que él correspondió fríamente. Entonces Martin se levantó rápidamente del sofá y salió afuera a fumar.

"Estoy cansado y me voy a mi apartamento a dormir", dijo Martin al entrar.

"¿En verdad te vas? Yo había pensado que ibas a pasar la noche aquí conmigo".

Martin respondió muy altaneramente, "estoy cansado y me voy para mi apartamento y no me gusta que nadie haga planes en mi vida".

Rápidamente se levantó y se dirigió a la puerta, donde Yelena le mencionó sollozando, "me siento muy herida. La semana pasada querías pasar la noche conmigo, y yo no estaba en condiciones de recibirte, pero al oír tus intenciones acepté. Para compensar, hice planes especiales para hoy y pensé que ibas a aceptarlos, y no sospeché que iban a ser inconvenientes para ti".

Martin la miró con frialdad y Yelena añadió, "realmente no entiendo que está pasando. Me siento rechazada. ¿Por qué estos cambios tan bruscos? ¿Por qué me tratas así?".

Martin volvió a repetir, "nadie me va a obligar a hacer lo que no quiero", mientras salía apresurado de la casa.

Al mirar por la ventana notó que Martin abrió el baúl del carro y se tomó su tiempo para cambiar los discos compactos. Pensó que iba a regresar a la casa, pero ni siquiera miró en esa dirección y se marchó.

Yelena se quedó llorando desesperadamente y llamó a su amiga Marta, quien dijo, "¡te oyes tan triste que me partes el alma!. Voy a salir ahora mismo para tu casa a acompañarte un rato hasta que te calmes".

Al llegar a casa de Yelena, Marta la abrazó fuertemente, y muy pacientemente escuchó a Yelena contarle todos los detalles de lo que había sucedido esa noche.

Cuando Yelena terminó de hablar Marta le dijo, "yo creo que Martin tiene un problema de impotencia, y posiblemente es causado por el abuso del alcohol. Se sintió avergonzado, acorralado e inútil cuando tú quisiste que pasaran la noche juntos".

Yelena le respondió, "pero su comportamiento total fue muy raro, con un sin número de cambios de planes a última hora. Sé que en los últimos días ha salido a beber bastante con su amigo Bryan, quien rompió con su novia recientemente, y sospecho que solo quiere irse a tomar con él".

"Te debe dar lástima por ese pobre hombre. No dudo que esté muerto de vergüenza y miedo, acordándose que su cuerpo no le respondió debidamente la semana pasada cuando compartieron íntimamente", dijo Marta.

Yelena no dudó que eso fuera cierto, pero no había palabra de consolación que sus oídos escucharan esa noche para apaciguar el dolor de haberse sentido rechazada, el dolor de no lograr ver culminado en plenitud el amor que sentía hacia Martin. Yelena lloró por largo rato y aunque las lágrimas seguían, cuando Marta notó que los sollozos habían parado, se despidió. Esa noche pasaron largas horas antes que Yelena dejara de llorar y de que el sueño la rindiera. Una vez más, se sintió obligada a tirar su pasión como mujer desde una cima hasta un precipicio.

Al día siguiente, y cerca del mediodía Yelena aún no había oído nada de Martin. Así que definitivamente dedujo que él no tenía interés en hablarle y mucho menos de asistir a alguna de las dos fiestas a las cuales habían sido invitados. Como un manojo de nervios buscó que hacer esa tarde o esa noche, y gracias a la hija mayor de Mary, Cathy, terminó como voluntaria en uno de los teatros de la ciudad como ujier para una obra musical. En realidad iba a relevar a Cathy, a quien se le presentó un inconveniente y tuvo que cancelar su trabajo de voluntaria junto a sus dos hijos. Yelena accedió a ayudar y a la vez entretenerse y disfrutar de la obra, pero también tenía que conseguir a alguien que reemplazara a los hijos de Cathy. Casualmente, minutos después de hablar con Cathy, Helen llamó a Yelena para saludarla, y Yelena terminó reclutando a Helen y a una amiga de Helen, Andrea, como ujieres.

Como a la una de la tarde Yelena decidió llamar a Martin para tratar de apaciguar la situación, pero no contestó y Yelena le dejó un mensaje.

"Martin soy yo Yelena, espero que estés bien, y quiero que sepas que realmente no tengo coraje por lo que pasó anoche. Quiero seguir siendo tu amiga".

Yelena utilizó la palabra amiga, pues pensó era lo correcto ya que en varias ocasiones Martin le había dicho que ellos eran amigos, y que él no quería estar en una relación de compromiso.

Yelena se encontró con Helen y Andrea cerca de las seis de la tarde frente al teatro. Prepararon programas y recibieron la gente como les indicó el encargado, y Yelena hasta se encontró con algunos antiguos compañeros de trabajo. Cuando empezó la obra se sentaron a disfrutarla con el resto del público con excepción al intermedio y al final de la obra donde ayudaron a recoger el teatro. Al terminar, y a sugerencias de Helen, las tres se reunieron a tomarse unos refrescos y a platicar en un lugar cerca del teatro. Yelena le había dicho a Helen en la tarde que había tenido un percance con Martin, y Helen le preguntó si había oído algo más de él.

"No, no he oído nada más de Martin, y creo que esta vez vamos a romper definitivamente".

"Ay Yelena, mejor olvídate de Martin. Él fuma y bebe demasiado. Hay otros buenos hombres disponibles, como el ingeniero Alekzander del que te hablé antes. Él también es de Rusia como Andrea".

Yelena se rió y dijo, "tal parece que tanto a Martin como a mí nos persigue en el destino gente de Rusia, porque su ex novia también era rusa".

Andrea preguntó el nombre, y al Yelena decir Oksana, Helen y Andrea se miraron muy asombradas.

Helen se encogió de hombros, y Andrea soltó un grito diciéndole a Yelena, "de verdad que este mundo es muy pequeño, porque Alekzander, quien Helen quería presentarte, es el ex-marido de Oksana".

Yelena no podía creer que otro inesperado evento que tuviera que ver con Martin y de tal magnitud apareciera en su vida. Con una población de cerca de un millón de habitantes en el área donde vivían, quien podía creer que Helen se había propuesto ser la Celestina entre Yelena y el ex-marido de Oksana. Si Yelena se hubiese interesado en conocer a Alekzander, y hubiese terminado en algo, eso hubiese sido una puñalada totalmente devastadora para Martin. Helen y Andrea compartieron varios cuentos con Yelena con respecto a Oksana, Alekzander y Martin, y algunos contradecían lo que ella había oído de parte de Martin, y otros coincidían en lo que aparentemente había pasado en la vida de ellos. Esa noche Yelena tuvo más razones para mantenerse en vela pensando en las sorpresas, incertidumbres, alegrías y tristezas que había traído Martin a su vida.

Al amanecer, un domingo 30 de mayo, Yelena decidió irse a su oficina para entretenerse. Cuando regresó a media tarde encontró un mensaje grabado de Martin.

"Yelena, tú no eres lo que estoy buscando en mi vida y entiendo que yo tampoco soy lo que deseas. Entiendo tu decisión, y yo también quiero ser tu amigo".

Al Yelena oír el mensaje, las lágrimas se desparramaron sobre sus mejillas. Repitió el mensaje un par de veces, sentada con la mirada perdida. Por un lado entendía que Martin no quería una relación con ella, pero a la misma vez interpretaba el mensaje como si fuera él, quién se hubiese dado por vencido y pensara que Yelena no lo aceptaba o quería.

El lunes al mediodía Yelena llamó a Martin desde el trabajo y acordaron encontrarse en la noche en *Trafalgar* para aclarar y cerrar una etapa en su vida.

Sentados solos en una mesa Martin le dijo, "Yelena, eres una gran mujer, el sueño de cualquier hombre, pero yo traigo un gran bagaje el cual me impide establecer una relación contigo. Tú te mereces algo mejor que yo. Yo no te puedo dar lo que mereces, pero sí quiero que entiendas que te quiero mantener como amiga. Realmente tú has sido una gran influencia en mi vida. Gracias a ti he hecho cambios positivos desde comprarme el nuevo auto, beber menos, comer mejor y participar en actividades que ya había olvidado que existían".

A Yelena se le escaparon unas lágrimas, y Martin la abrazó muy tiernamente mientras la besaba sobre la cabeza, luego en las mejillas y hasta en los hombros.

Cuando las lágrimas cesaron, Yelena le dio un abrazo mientras le susurró al oído, "sí, podemos continuar como amigos".

Entonces le dio un beso en la mejilla y veinte minutos después de haber llegado a la taberna, partió. Pero le pidió de favor que no la acompañara hasta su automóvil para evitar otra triste despedida.

El jueves en la mañana Yelena tomó un libro que había comprado unos meses atrás, precisamente para Martin, y el cual contenía poesías de inspiración para personas que estaban tratando de rehacer su vida. Escribió una nota donde le decía,

> *"Querido Martin,*
>
> *Entiendo tu decisión y desilución debido al incidente del pasado viernes, y deseo que sepas que solo recordaré los muchos buenos ratos que pasamos juntos. En especial, quiero que sepas que a pesar de las frustraciones que experimentamos la noche que pasamos juntos, sentí tu amor y me hiciste feliz. Por esto, quiero darte las gracias. Aquí te incluyo un libro que compré meses atrás cuando fui con mis hijos a Los Cayos, y el cual habla de recuperación emocional y de rehacer la vida. Cuando lo compré pensé que en algún momento iba a llegar la oportunidad de dártelo, y creo que este es un momento oportuno. Aunque aún me siento confundida por lo que pasó entre nosotros, siempre seré tu amiga y estaré en tu vida cuando me necesites. Que Dios te bendiga siempre.*
>
> *Con amor,*
> *Yelena"*

Dentro del libro, Yelena puso notitas en algunos poemas, donde enfatizaba el no darse por vencido en la vida y seguir adelante, y en uno de ellos, hasta escribió que el amor todo lo supera, y el mejor ejemplo es el de aquellos que se casan con personas con graves impedimentos físicos. Este era un mensaje sublime que Yelena le quería dar a Martin, dejándole saber que era él como persona lo que valía, y no su cuerpo. Yelena colocó la carta y el libro en un sobre grande sellado y a la hora de almuerzo se dirigió a entregárselo a Martin. Tocó a la puerta del apartamento de Martin, pero aunque vio su automóvil en el estacionamiento, nadie contestó. Así que dejó el sobre sellado debajo de la alfombra que había frente a la puerta del apartamento de Martin. También le dejó un mensaje telefónico grabado indicándole que le había dejado el sobre debajo de la alfombra.

Yelena no oyó de Martin en todo el día, y al día siguiente lo llamó temprano en la mañana. Martín le contestó. Le dio las gracias y al disculparse le dijo que no pensó que ella esperara una respuesta de él.

Yelena consideró su comentario un tanto insensible y hasta tonto, pero se conformó con escucharlo y sentirlo calmado.

Yelena no volvió a oír de Martin hasta el viernes en la mañana, cuando ella misma decidió llamarlo desde el aeropuerto, mientras esperaba junto a Daniel e Irina para abordar el avión que los iba a llevar de vacaciones a su querida isla. Yelena sintió la voz de Martin muy animada al oírla y le contó lo que había estado haciendo en los últimos días. Más bien había estado compartiendo con Dean y Bryan en *Trafalgar* y otros bares, y le deseó un buen viaje. Acordaron que Yelena lo llamaría para saludarlo cuando tuviera una oportunidad.

Yelena estaba muy ocupada visitando familiares y amigos, y disfrutando en la playa de algo que le encantaba hacer, buceo de superficie. Pero ni siquiera cuando estaba en medio de un arrecife rodeada por el silencio y la tranquilidad que la vida marina le presentaba, logró quitarse a Martin de su pensamiento. Desde que se levantaba hasta que los ojos se le cerraban al estar rendida por el cansancio ocasionado por las ajetreadas vacaciones que ella misma se había impuesto, seguía obsesionada con la imagen y los recuerdos de Martin. Y una vez más lo llamó justo cuando estaba en medio del mar en el bote de su hermano. No hablaron mucho, pero notó que su llamada había sido bienvenida, y hasta importante según Martin, lo que le ocasionó paz y alegría, y hasta enriqueció el resto de sus vacaciones.

Capítulo 12
Interrupción

Al cabo de diez días, Yelena y sus hijos regresaron de sus vacaciones. A insistencias de Harry y con muchos regañadientes de ella, él los fue a recoger al aeropuerto, quien se había enterado de que Martin y ella habían roto su relación. No solo se sorprendió Yelena por la docena de rosas que Harry le entregó al recibirla, sino que se sintió triste pues hubiese deseado que fuera Martin quien los hubiera ido a recoger al aeropuerto y quién le hubiese obsequiado las rosas. Pero Yelena sabía que estaba soñando con algo prácticamente imposible.

Al día siguiente, después de haber ido a la iglesia y de revelar las fotos del viaje, Yelena recibió una llamada de Martin, invitándola a que se uniera a él y a Dean en *Trafalgar*. Yelena le dijo que iba solo a pasar a saludarlo, porque tenía que prepararse para ir a una obra de teatro con sus hijos en la noche. Al reunirse con Martin, la recibió con un cálido abrazo y beso en la mejilla. Yelena le entregó una guía turística que le trajo de Puerto Rico, y ligeramente le mostró las fotos del viaje. Martin mencionó que le hubiese gustado que se quedara un rato más con él en la taberna, pero que entendía que ella tenía otros planes. Yelena regresó a su casa, se cambió de ropa, fue con Irina y Daniel a comer a un restaurante, y a regañadientes de éstos, partieron para la obra. A pesar de que los niños se quejaron antes de comenzar la obra y durante el intermedio, Yelena disfrutó mucho del espectáculo. Mientras manejaba de regreso a su casa Yelena iba tarareando una de las canciones favoritas de la obra, la cual se le quedó grabada en su mente, y pensó que hubiese disfrutado mucho más de la obra si Martin la hubiese acompañado. Así que dejó a Daniel e Irina en su casa, y pasó por *Trafalgar*.

Yelena lucía muy atractiva con su piel bastante bronceada por las soleadas de las que disfrutó durante sus vacaciones, y en combinación con el elegante vestido negro que llevaba ceñido a su cuerpo, era difícil que pasara desapercibida por hombres o mujeres. Esa fue la impresión que causó al entrar a *Trafalgar*, donde todos la halagaron y Martin se limitó a sonreír y observarla. Media hora después de haber llegado, Martin y Yelena se sentaron en un banco que había fuera de la taberna donde hablaron del viaje, y de que todas las amistades de Martin la echaban de menos y siempre la recibirían con gusto al igual que él.

Contrario a la mayoría de las veces, donde Martin se mostraba indiferente hacia como Yelena se vestía o el como se veía, en esa ocasión no se cansó de mirarla de arriba abajo, concentrándose en sus piernas.

Hasta le confesó, "sabes, Yelena, tienes bonitas piernas y me llamaron la atención el día en que te conocí".

Yelena sonrió y hasta las movió para mostrárselas mejor. La conversación giró hacia los planes de Martin mudarse de apartamento a fines de mes y las muchas diligencias que aún tenía que hacer.

Entonces Martin le dijo, "dejándome llevar por tu casa, sé que tienes buen gusto para la decoración. Si no es inconveniente para ti, cuando me mude me gustaría que me ayudes a amueblar mi apartamento".

Allí permanecieron juntos cerca de media hora, hasta que Yelena decidió regresar a su casa.

Al despedirse, Martin dijo, "te llamaré cuando me mude".

Pasaron dos semanas y media durante las cuales Yelena echó mucho de menos a Martin, haciéndosele difícil concentrarse en su trabajo y poder dormir. Recordaba que Martin se iba a mudar el 3 de julio, y teniéndolo grabado en su mente a cada momento, ese día decidió llamarlo. Martin no se encontraba, pero le dejó un mensaje grabado.

"Hola Martin, es Yelena. Te llamo porque sé que hoy te mudas a tu nuevo apartamento, y quería desearte que todo te vaya bien. Siempre estás en mis oraciones".

Ese día Yelena no oyó de Martin. A la mañana siguiente salió de la iglesia acompañada de sus hijos, concentrándose en el sermón que había escuchado y el cual se le había grabado en su mente, "hay que hacer las paces con los demás, especialmente con aquellas personas con quienes hemos roto una antigua relación, y hay que amar incondicionalmente". Inesperadamente en esos mismos momentos en que salía del estacionamiento de la iglesia sonó su teléfono celular. La sorprendió Martin diciéndole que acababa de mudar las últimas cosas que le quedaban y de entregar la llave del viejo apartamento.

También Martin le dijo, "me gustaría que vieras mi apartamento mañana, si te es posible, y que me ayudes a escoger muebles. Luego me gustaría llevarte a almorzar".

Yelena aceptó la invitación, y Martin le dijo que la iba a recoger al día siguiente a las diez de la mañana.

Martin tocó el timbre y Yelena salió afuera donde se saludaron con un tierno abrazo. Martin manejó hacia un complejo de apartamentos elegante, con portón de acceso controlado y jardines inmaculados que incluían una gran variedad de flores y arbustos. El garaje quedaba en el primer piso, y el apartamento en el segundo piso.

La sala, comedor y cocina eran espaciosos, con terminaciones en madera labrada en los altos techos y columnas que separaban la antesala del comedor y de la sala. Las grandes ventanas francesas y una puerta que daba hacia a un balcón techado, exponían la imponente vista del lago que quedaba frente al apartamento. El área de comedor estaba vacía. Desde allí Yelena inmediatamente notó sobre el tope de uno de los gabinetes de la cocina, el que estaba al extremo más cercano al comedor, que Martin había puesto un rosario en un platillo de cristal, lo que le recordó el rosario que ella tenía en un cenicero justo en la consola que tenía en la antesala de su casa. Al verlo Yelena pensó que Martin quería demostrarle que había detalles de ella que apreciaba, y emulaba.

En la sala solo había una vieja silla de mimbre donde el relleno del cojín había perdido toda la forma y donde la tela había sido originalmente blanca, pero la cual estaba totalmente cubierta de manchas de cuanto color existía. También había un televisor de tamaño mediano sobre una rústica y pequeña mesita, y un tocacasete que prácticamente parecía una pieza de museo de antigüedades, el cual tendría por lo menos quince años.

El pasillo que daba hacia los cuartos, y la primera mitad de éste era lo suficientemente ancho como para acomodar otra mesa o un escritorio. Esa sección también dejaba al descubierto la parte superior de la pared que daba hacia la cocina, donde se extendía y sobresalía el tope de uno de los gabinetes de la cocina. Frente a esos gabinetes habían dos viejos taburetes los cuales se veían frágiles, similares en diseño, aunque no idénticos, y con cojines tapizados en telas distintas. En el cuarto de huéspedes casi no había espacio para caminar debido a muchísimas cosas que habían tiradas en el piso. Entre éstas, cerca de la entrada había una inmensa maleta abierta que contenía por lo menos cien o hasta unos doscientos *cassettes* de música y unos treinta discos compactos. También había una mesa portátil donde se le había caído parte de la fórmica del tope y de los bordes, y sobre ésta había una vieja computadora y una máquina impresora, ambas sin instalar. Contiguo a la mesa había un pequeño y viejo archivo de metal, una pecera de unos 10 galones vacía y con sus accesorios todos tirados en otra esquina del cuarto, y montones de libros esparcidos en el resto del piso. Yelena pensó que esa iba a ser la primera área que Martin tendría que organizar.

En el dormitorio principal, las amplias ventanas francesas también exponían la bella vista al lago y buena luz natural, la cual era acentuada aun más por el alto techo. El único "mueble" que había en el dormitorio de Martin era la cama, donde el *mattress* y *boxspring* estaban puestos directamente en el piso y cubiertos meticulosamente por un viejo y muy gastado edredón. Una vez más Yelena presintió que Martin quería demostrarle que ella era importante en su vida, pues al lado de la cama estaba la revista turística que le trajo de sus recientes vacaciones. Frente a la cama, recostado de la pared y en el piso, Yelena pudo ver el famoso cuadro que Martin había comisionado un año atrás y el cual le habían entregado a finales de enero, un mes después de ellos haberse conocido. Era una escena campestre donde se veía un vaquero y par de lobos sobre un fondo azul añil representando la oscuridad de la noche, y en el cual el resto de los colores también eran muy brillantes. Martin había mencionado que había pagado bastante por ese cuadro, y aunque era bonito, a Yelena le pareció una obra común y corriente, y no una pintura sobresaliente. El *walk-in closet* era muy amplio, donde Martin había enganchado y doblado su ropa meticulosamente. En el baño, el cual tenía doble acceso, al pasillo y al dormitorio de Martin, solo habían dos toallas sumamente gastadas y desteñidas, una de ellas tirada en el piso y usada como alfombra frente a la bañera.

Yelena le mencionó a Martin varias veces que le gustó mucho el apartamento, en especial la bonita vista que tenía, la cual brindaba paz. Por el ánimo con el que le mostró el apartamento y por la constante sonrisa que llevaba en los labios Yelena dedujo que Martin estaba feliz y orgulloso.

Cuando regresaron a la sala Martin le dijo, "realmente me gustaría que me ayudes a escoger los muebles, para que cuando vengas a visitarme te agrade la decoración y te sientas a gusto".

Yelena se sintió muy halagada, pero sintió miedo tratando de imaginar lo que significaba el comentario, y mientras mantenía la mirada esquiva simplemente mostró una leve sonrisa. Entonces Yelena sacó de su cartera la cinta métrica que había traído de su casa, y con la ayuda de Martin tomó medidas de la sala, comedor, y de su dormitorio. Luego trazó un croquis con medidas proporcionadas en papel cuadriculado de las áreas que Martin había planeado amueblar.

Estuvieron en el apartamento unos veinte minutos, y luego Martin llevó a Yelena a una mueblería, donde ambos coincidieron en gusto en un juego de sala en cuero marrón que era elegante, cómodo, y a buen precio. De allí pasaron a otras dos mueblerías donde ninguno quedó impresionado con el muestrario, y finalmente Martin manejó hasta una mueblería donde Yelena recientemente había comprado una unidad de pared de madera rústica y a un buen precio. El llegar al sitio requería hacer virajes rápidos, lo que impacientó a Martin, y hasta culpó a Yelena por no prevenirle a tiempo del viraje que tenía que tomar. El mal rato le revolvió el estómago a Yelena, pero al llegar al lugar y entretenerse mirando los muebles se recuperó muy rápidamente. Allí Martin vio un juego de cuarto que aunque no le encantó, era de su gusto.

Finalmente Martin dijo, "ya tengo una buena idea de lo que me gusta, pero pienso seguir mirando muebles en otros lugares y luego hacer la selección final. Si compro los muebles que me gustaron hoy, gastaría cerca de cinco mil dólares y creo que eso es mucho dinero".

Yelena se mantuvo en silencio, pero le sorprendió el comentario cuando pensó en la gran cantidad de dinero que Martin se había gastado recientemente en su automóvil de lujo y en lo poco que aparentemente había invertido en amueblar y decorar su vivienda. Pero Martin tenía razón, pues ella también era muy recatada en como gastar dinero, y personalmente hubiese seguido visitando otras mueblerías hasta lograr ahorrarse dinero.

Martin y Yelena planearon bien su tiempo y lo que tenían que hacer, y a las doce del mediodía llegaron al restaurante favorito de Martin, un lugar rústico el cual era famoso por las carnes asadas al carbón y la receta especial de su salsa *BBQ*. Una vez llegaron al restaurante, Yelena volvió a sentir los músculos de su cuerpo relajarse, los que estuvieron tensos mientras visitaron las distintas mueblerías. Martin le sugirió que se tomara una margarita con él, lo que aceptó. También disfrutaron de un sabroso almuerzo donde las costillas de cerdo estaban para relamerse los dedos.

Una hora más tarde, y al despedirse frente a la casa de Yelena, Martin le preguntó, "¿quieres que volvamos a salir juntos?".

"Sí Martin, me gustaría mucho".

"Bueno, pues de aquí a una semana yo voy a salir para New York por unos cuatro días, y cuando regrese te llamo para que vayamos juntos al cine. ¿Estás de acuerdo?".

Yelena asintió con la cabeza y se despidieron con un abrazo.

Durante las dos semanas siguientes, Yelena siguió deprimida, extrañando mucho a Martín sin saber que les traería el futuro. Continuaba atormentada por no ser correspondida en su amor, pero al menos apreciaba la franqueza de Martin de haberle dicho que no estaba buscando una relación de compromiso. Estaba segura que Martin era conservador y no un mujeriego, pensaba en su problema de virilidad, y por supuesto en el abuso del consumo de alcohol. Se acordaba de que curiosamente a menudo traía el tema, sin Yelena hablar nada al respecto, sobre como algunos de sus amigos eran alcohólicos, compartiendo las razones detalladas al respecto, y comparándolos con él. "Yo no bebo todos los días, solo bebo en la noche, solo bebo cerveza, y no tengo ningún tipo de bebida alcohólica en mi apartamento", decía Martin en ocasiones. Era como si estuviera tratando de convencerse a sí mismo de que no tenía problemas con consumo de alcohol. De igual manera Yelena luchaba contra la evidencia, contra su propia intuición e inteligencia, tratando de convencerse a sí misma de que el hombre de quien se había enamorado no era un alcohólico.

Día tras día Yelena se levantaba rezando, y oraba para que Martin sanara todas sus debilidades físicas y mentales, y al acostarse hacía lo mismo. Trataba de borrarse a Martin de su mente sin poder, lo que la motivó a asistir a un retiro espiritual de sanación para personas que habían sufrido una gran desilusión amorosa. Yelena sabía que Martin había regresado de New York con Dean cerca de una semana atrás, y al no haber vuelto a oír de él, se motivó a tratar de olvidarlo durante el retiro que se inició el viernes en la noche. Para sorpresa de Yelena, fue precisamente durante el segundo día del retiro que Martin la llamó en la mañana a su celular, e inexplicablemente justo cuando estaban hablando en el retiro del amor incondicional. No era apropiado contestar la llamada en ese momento, y Yelena se limitó a apagar el teléfono tan pronto sonó. Al mediodía, mientras esperaban para que le sirvieran el almuerzo, escuchó el mensaje que Martin le había dejado, y donde le pedía le devolviera la llamada y así decidir los detalles para ir al cine juntos. Yelena seguía con su lucha interna entre su intelecto y su corazón. Uno le indicaba que rompiera, y el otro que siguiera su relación con Martin, y dentro de su indecisión decidió continuar con el retiro antes de devolverle la llamada a Martin.

Las dinámicas del retiro del domingo la inspiraron a darle una oportunidad más a su relación con Martin, especialmente cuando ella creía en Dios y en milagros. Precisamente antes de la clausura del retiro, decidió volver a verlo sin poner barreras de hasta que punto debía acercarse a él, y le devolvió la llamada. Martin se encontraba en *Trafalgar*, y cuando reconoció la voz de Yelena la interrumpió rápidamente.

"Bueno, por fin me llamas, ya pensaba que me estabas evadiendo. ¿Todavía quieres ir al cine conmigo?".

Yelena aceptó la invitación y sintió una gran paz espiritual y una esperanza, dejando la puerta abierta por segunda vez a que su relación con Martin creciera. Estaba dispuesta a mantenerla de par en par, pero solamente si era lo que él también quería, y eso tendría que surgir de él y no de ella.

Martin recogió a Yelena al día siguiente a las siete de la noche tal y como acordaron, y fueron a ver un documental que le interesaba a él. Yelena se sintió rara sentada al lado de Martin, quien se mostró más frío e indiferente en el teatro de lo que había experimentado con cualquiera de sus amigas. Estuvo callado desde que entraron y no hizo ningún acercamiento físico hacia ella. Pensó que se sentía incómodo con su presencia y que se sintió obligado a llevarla, pero la sorprendió al salir del cine, invitándola a que lo acompañara a *Trafalgar*.

Yelena le contestó, "no, vete tú y disfruta con tus amigos".

Martin insistió que fuera con él y le dijo, "realmente hace más sentido que vayas a *Trafalgar*. Irina y Daniel están con Enrique de vacaciones, y además el aire acondicionado de tu casa está averiado durante el apogeo de este caluroso verano. Así que mientras más tardes en llegar, más fresca va a estar tu casa".

Cuando llegaron a *Trafalgar*, Yelena dedujo que los amigos cercanos estaban al tanto de los planes de Martin para esa noche, incluyendo el llevarla hasta allí después del cine. Recibió calurosos abrazos y besos de Gabriel, Theresa, Thomas y hasta de Lloyd, quien salió frente a la barra a recibirla. Yelena luchó por no mostrar afecto o atención especial hacia Martin, pues según su acuerdo, eran solo amigos, pero las miradas que a menudo intercambiaban a distancia mostraban los sentimientos que existían entre ambos. Según todos fueron desfilando, Martin y Yelena terminaron solos sentados uno al lado del otro en unos taburetes frente a la barra. Martin le pidió a Yelena que se sentara con él en una mesa donde podrían tener más privacidad, y Yelena presintió que Martin le iba a pedir que reestablecieran la relación, y hasta cierto punto su intuición no falló.

Martin la sentó frente a frente, y mientras la sostenía sutilmente por los hombros, le comentó, "Yelena, quiero que entiendas que yo no rompí contigo. He pasado por grandes desilusiones, y no quiero volver a apegarme a alguien para luego perderla y volver a sufrir. Nunca quise herirte y quisiera mantenerte en mi vida. Realmente significas mucho para mí. . . Si estás de acuerdo, podríamos continuar saliendo juntos como habíamos hecho antes".

Yelena asintió positivamente con la cabeza y le dijo, "Martin, disfruté muchos ratos agradables contigo, y no tengo remordimientos sobre lo que pasó entre nosotros, así que podemos volver a salir juntos".

Poco después salieron hacia el estacionamiento. Lloyd había estado tan contento de ver a Yelena y a Martin nuevamente juntos que los siguió hasta afuera para poder despedirse de ella.

Mientras la abrazaba Lloyd le comentó, "cariño, te habíamos echado mucho de menos por aquí. Me alegro de volver a verte en *Trafalgar*, y por supuesto en compañía de Martin".

Martin le repitió lo mismo cuando se despidió de Yelena frente a su casa, y contrario a cuando la recogió en la tarde, acompañaron sus abrazos con un intercambio de besos en las mejillas.

El siguiente sábado en la noche, Yelena se reunió con Martin en *Trafalgar* como habían acordado. Tal y como sucedió la vez anterior, Martin y Yelena compartieron hablando más bien en grupo hasta que poco a poco todas las amistades cercanas fueron desfilando, quedando ellos dos solos.

Esta vez Martin volvió a tener a Yelena sentada frente a frente donde sus rodillas se tocaban, y una vez más la sostuvo por los hombros, mientras le preguntó, "¿podemos continuar tú y yo donde nos habíamos quedado antes de separarnos?".

Yelena, no sabía los detalles de lo que eso exactamente significaba, pero asintió que sí con la cabeza, y le dio un abrazo y beso en la mejilla a Martin.

Entonces Martin se sonrío y dijo, "¿qué tal si para celebrar nos vamos a dar un paseo a San Agustín el próximo sábado?".

Yelena le dio un beso en la mejilla y añadió, "pues sí acepto, y el lugar es perfecto pues sabes que me encanta el mar, y la historia del área".

"¿Qué te gustaría hacer en San Agustín? Yo no soy muy partidario de la playa en esta época. ¿Qué tal si vamos a algún museo?", preguntó Martin.

Yelena le dijo que le gustaban los museos, y que también le encantaría asistir a una misa en una iglesia histórica del área. Entonces añadió, "ah, pero eso es los domingos, y vamos para San Agustín el sábado, así que la misa será en otra ocasión".

Martin la sorprendió diciéndole, "¿estás de acuerdo en salir el sábado en la mañana y quedarnos hasta el domingo?".

Yelena se mantuvo en silencio pensativa y Martin obviamente notó el asombro en su rostro, pues rápidamente añadió, "no tienes que sentirte incómoda u obligada a que nos quedemos una noche en San Agustín, y además no tenemos que compartir una habitación. Podemos hacer los arreglos necesarios para que te sientas a gusto".

No fue falta de deseos en compartir con Martin lo que hizo dudar a Yelena sobre los planes, sino el temor y dolor de enfrentar el problema de virilidad de Martin que descubrió y experimentó unos meses atrás. Pero la mirada y pasivo tono de voz de Martin la tranquilizaron.

"Decide tú lo que creas conveniente y te haga sentir cómodo a ti también. Yo confió en ti", exclamó Yelena después de haber respirado profundamente y relajado sus hombros.

"Muy bien Yelena", dijo muy sonreído. "Yo escogeré y te daré una buena sorpresa para que sea una estadía especial para ambos".

Se abrazaron y besaron tiernamente en las mejillas. Inmediatamente, Yelena le indicó que era hora de regresar a su casa, y caminaron juntos hacia el estacionamiento. Martin le iba a abrir la puerta a Yelena, pero se paró en seco, la agarró por la cintura y la acercó a su cuerpo, donde se abrazaron y se perdieron en besos sumamente románticos, y los que luego se tornaron en llamas de pasión. Briosamente se comían con sus bocas y hasta probaban sus cuellos mientras acariciaban sus espaldas. Se besaron por unos diez minutos como dos adolescentes, donde le pasaban los autos por el lado sin notarlos, sin interrumpirlos. Fue un baile de enamorados, pero sin la música, donde sus cálidos besos cerraron la puerta al breve intermedio que había ocurrido en su relación.

Esa noche Yelena durmió en una nube, y horas más tarde me llamó para contarme con lujo de detalles los acontecimientos de la noche anterior. Sin haber estado presente pude visualizar las escenas de amor que me describió, y sobre todo la sonrisa permanente que tendría en su rostro al reanudar su relación con Martin. Por mi parte, yo también pude compartir con Yelena una gran alegría en mi vida, porque ese mismo día, el 25 de julio del 2004, mi hijo Andrés acababa de recibir el transplante de riñón que tanto necesitaba, y la cirugía parecía ser un éxito.

Capítulo 13
Adicción visible, virilidad invisible

El miércoles en la noche Yelena estaba sola en su casa y decidió pasar por *Trafalgar* a saludar a Martin. Más bien quería asesorarse del estado de ánimo de él con respecto al viaje. Martin estaba en la barra hablando con un grupo de sus amigos varones, incluyendo a Gabriel y a Charles. Era la primera vez que el grupo los veía juntos después de ellos haber reestablecido su relación. Tan pronto Yelena se acercó, Martin la besó, la agarró por la cintura y la atrajo a su cuerpo, manteniéndose pegado a su espalda, donde la mantuvo agarrada por la cintura con un brazo, mientras la arropaba con el otro brazo sobre ambos hombros, escasamente pulgadas sobre sus senos. Era una de esos días donde evidentemente no se sentía inhibido, a tal punto que la sorprendió cuando frente a todos sus amigos, compartió con ella sus planes para el fin de semana.

"Oye Yelena, ya hice las reservaciones del hotel, y conseguí uno que queda cerca a la entrada de San Agustín a muy buen precio, $39.95 la noche. Yo estoy seguro que no te vas a defraudar".

Yelena y el resto del grupo se rieron, pues sabían que Martin estaba bromeando, ya que era bastante meticuloso a donde la llevaba para ocasiones especiales. Yelena estuvo no mas de media hora con el grupo, y se despidió de todos recibiendo cálidos abrazos y besos. Al despedirse frente al auto de Yelena, Martin le volvió a mencionar, que le tenía varias sorpresas para el sábado.

Pensando en todos los preparativos que Martin había hecho, decidió comprarle un regalo de aprecio. El viernes en la noche al salir del trabajo se apresuró a buscar algo que había decidido de antemano, un bonito crucifijo que pudiera colgar en algún sitio especial de su nuevo apartamento. Consiguió una cruz hecha en cerámica que estaba montada sobre una placa rústica también en cerámica, ambas dando la impresión de que eran antiguas hechas en piedra. De paso vio una colección de cuatro pequeñas placas en cerámica que tenían desde uno hasta tres hombres en cada una de ellas, y los cuales se le parecieron bastante a Martin, Gabriel y Charles por la estatura relativa, el color de pelo y tez, y facciones, y las compró. Les puso unas notitas pegadas a cada una de las placas indicando quienes eran. En la parte trasera del crucifijo escribió:

Querido Martin,

Te deseo paz, amor, alegría y una relación más cercana a Dios.

Con amor,
Yelena

En la mañana del sábado 7 de agosto Yelena se levantó temprano y primeramente preparó un par de bromas para Martin. Colocó la jaula del gato frente a la puerta de su casa y adentro puso un muñeco de peluche, para darle la impresión de que el gato iba con ellos de viaje. También puso la arrocera, e ingredientes de cocinar en una bolsa, para hacerle una revancha a las bromas que hizo Martin con respecto al hotel que había escogido. Yelena esperaba decirle que para ahorrar dinero en la comida ella iba a cocinar en el cuarto del hotel. Se reía sola a carcajadas planeando sus sanas bromas. Luego se bañó y se puso el vestido veraniego que con tanto esmero había escogido para la ocasión, al igual que el resto de su ajuar. El vestido era apropiado para el área y el calor del verano. Era en algodón, negro y floreado, sin mangas, relativamente entallado al cuerpo pero no exageradamente y le llegaba unas dos pulgadas sobre las rodillas, y usó sandalias negras.

Martin llegó justo a las ocho de la mañana tal y como habían acordado. Vestía pantalones cortos color crema y un *polo shirt* con el emblema de

Mercedes-Benz, el cual le habían regalado cuando compró su automóvil. Tenía los ojos un poco rojos, lo que le dio la impresión a Yelena de que no había dormido bien, o de haber bebido bastante la noche anterior. Aunque hizo una mueca de sorpresa al ver la jaula, se rió, especialmente cuando Yelena le mostró la bolsa con utensilios e ingredientes de cocina. Durante las tres horas y medias que duró el viaje, Martin manejó con mucho entusiasmo, sonriéndose cuando aceleraba su automóvil en la autopista, y le pasaba con rapidez a todos los autos. Los temas de conversación incluyeron las especificaciones de distintos automóviles en comparación a su *Mercedes-Benz* edición especial, y datos históricos del área de San Agustín.

Cuando se estaban acercando al área, le pidió a Yelena que cerrara los ojos, y le dijo que había programado el sistema de navegación satélite del auto para que le diera las instrucciones verbales de cómo llegar al sitio.

Una vez llegaron frente al hotel, Martin le dijo, "bueno querida, ahora puedes abrir los ojos y apreciar el sitio que escogí pensando especialmente en ti".

Martin había escogido un histórico y muy elegante hotel en el centro de San Agustín, del cual Yelena había oído hablar en varias ocasiones. El hotel era un castillo de arquitectura mora restaurado hasta el más mínimo detalle, y en el cual se habían alojado hasta los reyes de España. Los muebles y la decoración de cada área y de cada habitación habían sido escogidos individualmente, y eran típicos de la época en la cual se construyó el hotel, en el 1888. Realmente Martin había oído de ese lugar a través de Gabriel, quien le aseguró que era lo mejor que había en la ciudad, y que Yelena lo apreciaría aun más por tener en común raíces de su tierra natal.

Yelena y Martin llegaron al hotel cerca de las once y media de la mañana, lo cual era un poco temprano para almorzar y poder ocupar su habitación. Así que Martin la invitó al bar del hotel, donde también servían comidas sencillas. Al ojear el menú, le mencionó a Yelena que mejor se tomaban algo y luego daban una vuelta para comer algo liviano en un restaurante donde hubiera más variedad. Aunque Yelena estaba muy hambrienta aceptó su sugerencia, y pidió una copa de vino. Martin se tomó una copa de vino, y luego un par de cervezas. Cerca de la una y treinta de la tarde, y sin mencionar en lo absoluto lo que Yelena anticipaba iba a ser su próxima actividad, el comer algo, Martin sugirió dar un paseo. Llegaron a la Fuente de la Juventud y otros lugares históricos que datan de los tiempos de Juan Ponce de León, los cuales ambos habían visitado por separado anteriormente, pero los cuales siempre eran interesantes.

De allí pasaron a un museo, donde no sólo disfrutaron de la colección de obras de arte y antiguos artefactos, sino de su majestuosa arquitectura e inmaculados jardines.

De regreso al hotel, tomaron posesión de su elegante habitación, donde el marco de la antigua cama era en hierro, y el resto de los antiguos muebles era en sólida caoba oscura. Martin se quitó los zapatos y el reloj, y se recostó en la cama. Yelena, se sentó en una butaca, y al cabo de unos diez minutos, se dejó dominar por sus sedientos deseos de hacer el amor con Martin. Se sentó en el borde de la cama justo donde estaba Martin, y al acercársele hasta el rostro, empezaron a besarse y acariciarse tiernamente. Los besos y caricias rápidamente se tornaron en llamas de pasión, los que no pararon mientras ferozmente se desnudaban. Aunque Yelena notó que Martin difícilmente lograba tener una erección, dejó que jugara con su cuerpo en su totalidad, disfrutando con plenitud las cúspides a donde Martin la hizo llegar. Desafortunadamente, esto fue interrumpido por una empleada del hotel, quien trató de abrir la puerta del dormitorio en uno de los momentos más inoportunos que podía ocurrir entre ellos en aquella ocasión, donde Yelena estuvo a punto de llegar al éxtasis una vez más. La situación los pasmó a ambos, y Martin decidió irse a tomar un café, quizás tratando de huir de la verdad que acababa de corroborar, el muerto que tenía entre sus piernas. Yelena se quedó descansando en la cama. Realmente fue para recuperarse de su desilusión de no haber logrado sentir a Martin dentro de su cuerpo, y de esa manera llevar el uno al otro al clímax. Trató de apaciguar sus insaciables y apasionados deseos al acariciarse ella misma las partes más sensibles de su cuerpo de mujer, hasta que su más inmensa expresión de pasión brotó y sintió las rápidas palpitaciones de su corazón.

Mientras Martin se arreglaba para salir a tomarse su café, Yelena notó que el tinte bronceador que precisamente decidió usar por primera vez y que roseó sobre sus piernas, se le había pasado al pantalón corto color hueso que Martin llevaba puesto cuando empezaron a besarse. Se le caía la cara de vergüenza, y no encontró que hacer, quedándose muda. Más vergonzoso aun fue cuando él regresó unos veinte minutos más tarde, y aunque obviamente no estaba molesto, le mencionó a Yelena que sus cosméticos le habían ensuciado su pantalón.

Yelena se bañó y se vistió, mientras que Martin planchaba la camisa que se iba a poner. Yelena llevaba puesto un elegante vestido blanco con flores en distintos y brillantes colores, el cual iba entallado a su cuerpo hasta que llegaba a mitad de las caderas, y desde donde el resto de la falda se ensanchaba, llegándole hasta las rodillas. Se maquilló mientras Martin se bañaba y vestía. Antes de salir a cenar Yelena le entregó el regalo a Martin, el crucifijo, quien se sonrió al leer el mensaje, y luego le dio un beso en la mejilla. De allí partieron hacia el prestigioso restaurante francés que habían seleccionado juntos, y en el cual ambos quedaron sumamente satisfechos con la exquisita comida que ordenaron.

De regreso al hotel, Martin sugirió parar nuevamente en el bar, donde Yelena se tomó una margarita y Martin se tomó cuatro tragos, todos distintos. Un par de horas más tarde, llegaron a la habitación. Allí reanudaron sus besos y caricias, los que continuaron por cerca de una hora y media, mas el encuentro terminó en una desilusión, donde una vez más el alcohol había vencido la virilidad de Martin. Yelena se desbordó en acariciar a Martin de mil maneras sin lograr que respondiera como hombre. Sintió como una puñalada cuando escuchó a Martin achacarle su problema al decirle que no sabía mantener buen ritmo en sus caricias. Yelena pasó la noche como zombi, sin poder dormir, consumida por el dolor causado por su tercer fracaso íntimo con Martin.

Para mayor desilusión, al Martin despertarse en la mañana, se apresuró a salir a fumar y a tomarse un café, y de ahí a prepararse para ir a misa y luego de regreso a Palm Beach. Aunque Yelena había disfrutado de la agradable estadía junto a Martin, se sintió totalmente desilusionada como mujer, y pensó que posiblemente Martin se estaría sintiendo de la misma manera. Yelena no había experimentado nunca algo igual en su vida íntima. Por primera vez la diosa de pasión quien miles de veces se sintió victoriosa con Enrique, y luego con Henry, se sintió inútil como mujer. Pensó con mucha tristeza que el amor que existía entre Martin y ella no se había culminado, sino que era un amor impotente.

A pesar de las circunstancias, Martin continuó siendo cariñoso con Yelena durante la misa, y de regreso a Palm Beach ambos iban de buen humor, como si no hubiese ocurrido ningún inconveniente. Una vez llegaron a casa de Yelena, se despidieron amorosamente.

Esa misma noche Yelena iba a asistir a una fiesta en casa de Mary, a la cual ella, y no Martin, había sido invitada. Realmente Mary no sabía que su relación con Martin se había reanudado. Uno de los invitados observaba a Yelena con detenimiento, y en un momento dado se le acercó y comenzó a hablar con ella. Asombrosamente, como el mismo Martin hizo en la casa de Mary unos ocho meses atrás, y en el mismo lugar de la casa, Alekzander elogió el físico de Yelena y también su habilidad como soprano, quien esa noche había deleitado los invitados con par de canciones.

Yelena reconoció el nombre, Alekzander, el ex-marido de Oksana, y cortésmente trató de alejarse de él. Era otra de esas raras casualidades o situaciones predestinadas en la vida de Yelena, donde uno de los invitados era el hombre quien Helen pensó presentarle unos meses atrás como un prospecto romántico.

Más tarde en la noche, Helen le preguntó a Yelena si había visto a Martin, y se le escaparon unas lágrimas, quedándose muda. Afortunadamente otros invitados llegaron a interrumpir la conversación.

Unos minutos más tarde, Alekzander se le acercó, diciéndole, "eres una mujer bonita y buena que llora por un hombre que no lo merece".

Yelena, aún helada, sorpresivamente le dijo, ¿sabes con quien es que yo he estado saliendo?".

"Sí, con el maldito y malvado Martin, un hombre sin escrúpulos que persigue mujeres casadas, destruyendo matrimonios y luego sale huyendo cuando termina no queriendo comprometerse en términos de matrimonio. Conquistó a mi esposa cuando aún estábamos casados y me engañaron a mis espaldas. Yo como tonto cuidaba a mis dos hijas cuando Oksana desaparecía los fines de semana para pasarlo con Martin, quien en aquel entonces vivía en Miami. Nunca le voy a perdonar ni a él, ni a ella lo que me hicieron. Hasta alejaron a mis hijas de mí y las volvieron en contra mía. Ellas aprendieron a odiarme y luchan por no compartir conmigo. Yo ya me di por vencido. Ambos son unos malditos y solo merecen mi odio. Los odio a los dos", dijo Alekzander muy disgustado.

Yelena se había quedado muda desde que Alekzander comenzó a hablar, y no logró salir de su estado de espanto debido a lo que había escuchado. Las lágrimas que rápidamente derramó dejaron saber a Alekzander como se sentía, y él la abrazó.

Cuando logró calmarse un poco le dijo, "me entristece el que usted haya sufrido tanto, y que aún viva con tanto dolor y remordimiento. Espero que logre perdonar a Martin y a Oksana, y que encuentre paz en su vida. También deseo que encuentre una buena mujer que le proporcione amor sincero y que le traiga felicidad. Mas que nada, deseo que luche por reanudar su relación con sus dos hijas, y que no se dé por vencido hasta que logre esa meta".

Alekzander le contestó, "yo ya me di por vencido, porque mis hijas no me quieren y me evaden. Yo me casé ante la iglesia y para toda la vida, y nunca más volveré a casarme. Realmente mi vida está deshecha y no tengo ninguna motivación para seguir en esta tierra".

Yelena volvió a derramar lágrimas, y se esfumó hacia el baño, donde logró calmarse. Al regresar a la sala se despidió solo de Mary, y partió silenciosamente hacia su casa. Esa noche Yelena casi no pudo dormir. Primeramente, pensó en las desilusiones que había experimentado con Martin mientras compartieron románticamente e íntimamente. Para colmo, escuchó barbaridades sobre Martin de parte de Alekzander. Solo las muchas oraciones que rezó esa noche y las lágrimas que terminaron hinchándole los ojos, lograron rendirla por un par de horas.

Horas después del amanecer Yelena logró desahogarse conmigo durante una de nuestras rutinarias conversaciones telefónicas, más bien expresando lo sorprendida que estaba con todo lo que le había pasado durante el fin de semana. Se estaba haciendo mil preguntas y trataba de obtener contestación a las muchas dudas que giraban en su cabeza, las cuales incluían quién en verdad era Martin, cuán grave era su dependencia en el alcohol, qué lo condujo a su vicio, si su impotencia era pasajera y causada por el alcohol, y hasta qué realmente pasó entre Oksana y él. Como era nuestra costumbre, nuestra llamada telefónica y esa "sesión de terapia" duró un par de horas.

Muy sorpresivamente, dos días después, Yelena recibió una llamada de Alekzander. Obtuvo su número telefónico a través de Helen, y la llamó para disculparse. En esa ocasión fue Yelena la que aprovechó la situación para cuestionar la verosimilitud de lo que había escuchado de Alekzander, y lo que Martin le había contado anteriormente. Terminó obteniendo una reseña de la vida de Oksana, desde que llegó a los Estados Unidos desde Rusia, hasta los más recientes acontecimientos en su vida según la versión de Alekzander.

Al despedirse Alekzander le dijo a Yelena, "cuando quieras llámame, y podemos reunirnos a tomar café o a cenar".

"Alekzander, yo solo deseo que logre superar sus penas, y más que nada, que reestablezca su relación con sus dos hijas".

No había acabado de colgar el teléfono, cuando por casualidad entró una llamada de Martin. Le preguntó como estaba y como había estado la fiesta. Yelena le contó muy brevemente lo que pasó entre ella y Alekzander, pero solamente compartió algunos de los detalles que contradecían lo que Martin y Alekzander contaban sobre su relación con Oksana. Aunque Martin le proporcionó detalles de cómo lo que Alekzander decía no hacía sentido, fue obvio que Martin se había molestado por las dudas que habían salido a relucir. Martin le pidió que le contara los detalles de la conversación, pero Yelena le dijo que no era apropiado revelar los secretos del alma que Alekzander le confió. La conversación terminó armoniosamente, y el tema no salió a relucir cuando almorzaron juntos unos días más tardes.

Yelena iba a estar con sus hijos durante el fin de semana siguiente, lo que la limitó en compartir con Martin. Tomando eso en cuenta, habían acordado encontrarse en el apartamento de Martin el sábado al atardecer, para disfrutar un rato en el *jacuzzi* y en la piscina que había en el *club house*. Cuando Yelena llegó, Martin acababa de regresar de *Trafalgar*, y aunque estaba coherente y muy contento, se notaba que había bebido bastante. Casi inmediatamente prendió el tocacasete y sacó a Yelena a bailar en la terraza de su apartamento. El tipo de canciones variaba, pero la mayoría eran románticas, y Martin y Yelena bailaron y disfrutaron cada canción mientras no paraban los abrazos y besos sutiles, como si fueran chiquillos inocentes enamorados en vez de dos adultos que sí sabían lo que era la sensualidad. A veces Martin jugaba con el pelo de Yelena, y hasta la alzaba en el aire mientras bailaban, o le cantaba. Otras veces mientras bailaban era Yelena la que le cantaba a él cerca del oído, derramando sus sentimientos con su armoniosa y dulce voz, y hasta lo complació dos veces seguidas bailando y cantando una de las piezas musicales en español.

Cuando se dieron cuenta de que estaba oscureciendo se apresuraron a ir al *jacuzzi*, para aprovechar antes de que lo cerraran. Pasaron en el agua cerca de una hora compartiendo cuentos y chistes acompañados de tiernos besos, caricias y abrazos. En un momento Yelena se apartó de Martin y le pidió que observara y guardara silencio. La miró muy asombrado, pero se sonrió cuando ella le cantó las mismas canciones que compartió en la fiesta de Mary unos días atrás. Aunque la dejó terminar sus dos canciones, tan pronto Yelena acabó de cantar Martin se empezó a reír a carcajadas.

Martin dijo, "ay cariño, las canciones me gustaron mucho, pero estaba loco porque terminaras para contarte lo que pensé cuando te apartaste de mí y me dijiste que te observara y guardara silencio. Como no me dijiste que te escuchara, cuando te apartaste y te pusiste las manos sobre el pecho y te tocaste la parte de arriba del bikini, pensé que te la ibas a quitar aquí mismo. Me sorprendí pues con lo conservadora que eres, no podía imaginarte en ese plano. Mas cuando me di cuenta que ibas a cantarme, luché fuertemente por no reírme por lo que había deducido que tú ibas a hacer".

Mientras ambos reían a carcajadas, Martin le buscó la toalla a Yelena y la arropó mientras salía del agua, evitando que sintiera el frió que había traído la brisa nocturna.

Cuando regresaron al apartamento, Martin le pidió a Yelena una vez más que le contara detalles de su conversación con Alekzander, y ella le volvió a contestar lo mismo que le había dicho unos días atrás.

"Martin, yo te amo, pero no es apropiado que te revele los secretos que Alekzander me confió. Además, lo que haya dicho no va a cambiar para nada tu vida, ni mi opinión sobre ti".

En esos momentos Martin se levantó y caminó muy rápidamente hacia el cuarto de huéspedes, de donde regresó con unas fotos de Oksana.

"Yelena, me hiciste preguntas donde demostraste que desconfiabas de lo que yo te conté antes de mi relación con Oksana. Parece que confías más en Alekzander que en mí, especialmente cuando no quieres contarme detalles para poder refutar las mentiras que ese malvado te ha contado. Por ejemplo, te dijo que Oksana era gruesa y la foto te enseña que te mintió, pues aquí notas que era delgada. Y seguramente te ha contado sabrá Dios que cosa de Oksana o de mí que no es cierta. Oksana es bella y fue una buena esposa. Ese embustero solo quiere dañar su reputación y la mía".

Yelena notó que Martin tenía un inmenso coraje, y trató de explicarle que ella no dudaba de él, sino que más bien quería evitar posibles discusiones sobre el asunto.

Martin le contestó, "al traer a relucir tus conversaciones con Alekzander, reviví recuerdos de mi relación con Oksana que pensé había enterrado, y me doy cuenta que aún no he podido olvidarla totalmente".

Yelena se sintió muy herida, y con lágrimas en los ojos se despidió diciéndole, "parece que sigues enamorado de Oksana, y que yo aún no he llegado a ese plano en tu vida".

Martin se quedó callado y totalmente paralizado, mientras Yelena se marchó corriendo.

Yelena no pudo entender el cambio tan abrupto en el comportamiento de Martin, donde por unas horas habían pasado momentos alegres y románticos como se ven el las películas de amor, y de momento parecía como si se hubiera convertido en un lobo feroz al salir la luna llena. No era la primera vez que notaba estos raros y abruptos cambios en la personalidad de Martin, pero si pensaba que ocurrían después de haber consumido grandes cantidades de alcohol por varios días consecutivos.

Pasaron dos días sin que Yelena oyera de Martin, y decidió ser ella la que lo llamara, ya que se había dado cuenta que aunque no se le hacía difícil a él reconocer sus errores y disculparse, sí se le hacía difícil el romper el hielo cuando pasaban por alguna crisis. Tan pronto contestó, Martin le mencionó que estaba avergonzado de cómo reaccionó y de defender tanto a Oksana y hablar de sus sentimientos hacia ella.

"Yelena, realmente no tuve intenciones de herirte y sabes que significas el mundo para mí. Sé que me pasé de la raya, y quiero que sepas que pienso en ti y no en ella. Lo que pasó fue que tus conversaciones me indujeron a buscar fotos y encontré cartas y otros bonitos recuerdos de los cinco años que compartí con Oksana, y de las heridas que me dejó el inesperado rompimiento que ella inició cerca de cuatro años atrás. Realmente me siento feliz contigo y no quiero perderte".

Capítulo 14
Un cangrejo bailando con un caracol

Dos días después de esa conversación telefónica, un jueves, Martin recogió a Yelena en su oficina al mediodía y la llevó a almorzar. Yelena había visto en el periódico un anuncio de empleo para una plaza de gerente de mercadeo en una prestigiosa empresa del área. Cuando lo leyó, inmediatamente pensó en la experiencia, habilidades y educación de Martin y que posiblemente le interesaría a él. Lo que más le hizo pensar en Martin eran algunos de los comentarios que le habían hecho algunos de los amigos íntimos de él, o hechos que ella había observado. Como me había contado varias veces durante nuestras llamadas telefónicas, Yelena se imaginaba a Martin pasando prácticamente todo el día solo en su apartamento, simplemente matando el tiempo ya que todos dudaban que invertía mucho tiempo o esfuerzo en sus inversiones. Yelena pensaba que esa situación le ocasionaba depresión y lo conducía a emplear más tiempo en *Trafalgar* bebiendo en exceso para matar su aburrimiento. Había oído confidencialmente de parte de aquellos que lo apreciaban, que un empleo le vendría bien a Martin. Así que ese día Yelena compartió bastante emocionada el recorte de periódico con Martin.

"Parece muy buen empleo y voy a solicitarlo", dijo Martin con muchísimo entusiasmo.

Fue tal el entusiasmo de Martin hacia el empleo, que el día siguiente, un día feriado, lo pasó en casa de Yelena, redactando su *résumé* y escribiendo una carta indicando su deseo de solicitarlo. Yelena se sorprendió muchísimo más cuando esa misma noche se encontraron en *Trafalgar*, y Gabriel le mencionó a Yelena que Martin le había mostrado el anuncio de periódico la noche anterior, y que la felicitaba por haberle traído a su vida motivaciones que le hacían falta.

Gabriel le dijo, "ya hasta perdí la cuenta del tiempo que ha pasado desde que vi a Martin tan feliz o motivado en la vida. Un nuevo empleo le va a venir muy bien y espero que lo consiga, y aun más importante, parece que la plaza disponible está descrita como el trabajo perfecto para él".

Ese mismo fin de semana comenzó entre Yelena y Martin un patrón repetitivo donde pasaban casi todo el tiempo juntos cuando Irina y Daniel pasaban el fin de semana con su padre. Cenaban juntos en algún restaurante, o en casa de Yelena o de Martin, ya fuera algo cocinado por ellos o que compraban y compartían serenamente en su vivienda.

Era también repetitivo el que pararan en algún bar donde hubiera algún conjunto musical y donde pasaban varias horas escuchando música de su agrado, y bailando los boleros que intercalaban entre piezas de música movida. No pasaba una noche en esos fines de semana, en la cual no bailaran abrazados al son de las canciones románticas, durante los que no faltaban besos llenos de amor y dulzura. Los que los veían en público indudablemente los catalogaban como dos enamorados perdidos en las nubes.

Al llegar a la casa de Yelena o al apartamento de Martin, donde pasaban la noche, los bailes continuaban por horas. Allí, cuando nadie los observaba, bailaban al compás de todo tipo de música, desde la más romántica hasta el rock, y muchas veces hacían monerías coordinadas, o más bien como hacen los monos, se turnaban repitiendo lo que el otro hacía. Mientras que otras veces competían entre sí a ver quien hacía las tonterías más grandes, las cuales llegaban a tal magnitud que ambos terminaban tirados en el sofá o en una silla en el patio, rendidos por la risa. En ocasiones hasta lágrimas de risa corrían por el rostro de Yelena. Cuando finalmente el cansancio ocasionado por el baile y la risa los rendía cerca de las dos o hasta las cuatro de la mañana, se iban a acostar, quedándose dormidos entrelazados, tal y como lo hacían cuando bailaban los boleros y otra música romántica.

En varias ocasiones Yelena abordó el tema con Martin de su impotencia, pero él le dijo que era un problema emocional. Como científica que era, compartió con Martin las estadísticas de los hombres que utilizaban las famosas pastillas azules para lograr tener una erección, y de los buenos resultados que daban. Pero Martin siempre le contestó lo mismo.

"A mí no me gusta tomar ningún tipo de droga recetada".

También le sugirió ir al médico o al psicólogo, y trataba de discutir el asunto con él. Quería entender lo que le estaba pasando. . . quería ayudarlo. Pero Martin continuaba como una pared, evadiendo el tema con excusas que no tenían sentido para Yelena. A veces le decía que la razón de su problema de virilidad era debido al miedo de acercarse nuevamente a alguien y luego perderla, y al tener que acostumbrarse a compartir con una nueva pareja.

Así que eran esas alegres noches de baile, de danzas amorosas, las cúspides de amor que Yelena experimentaba con Martin, y en las cuales se sentía correspondida por su amor. Yelena se enfocaba en esos momentos felices que pasaba bailando perdida en los brazos de Martin. Eran también esos bailes sublimes los que opacaban las muchas veces que Yelena trataba de acercarse íntimamente a Martin, y que él no le correspondía. En otras ocasiones era Martin quien iniciaba el acercamiento, acariciando con inmensa cautela a Yelena en sus partes más sensibles, como si estuviera muerto de miedo a que ella lo rechazara. Fuera como fuera, era así como iniciaban una sesión de amor, la cual los llevaba a amanecer juntos abrazados, pero en la cual no habían logrado completar la expresión de amor más íntima que existe entre un hombre y una mujer. Eran esas mismas noches de risa, en las que Martin se quedaba dormido abrazando a Yelena por la cintura, y atrapándola con uno de sus muslos y totalmente pegada a su cuerpo, mientras ella le daba la espalda. Fueron muchas de esas noches en las que mientras Martin dormía, Yelena se mantenía despierta por horas derramando silenciosas lágrimas de dolor sobre su almohada al sentir su corazón de mujer enamorada despedazársele, sintiéndose incompleta, sintiéndose incapaz de lograr saciar los deseos sensuales entre un hombre y una mujer. Mas con el amor profundo y sincero que le tenía a Martin, al amanecer Yelena podía comenzar un nuevo día mostrándole una sonrisa y compartiendo sinceros besos y abrazos. Yelena lograba enfocarse en las virtudes de Martin, en las bendiciones que Dios le había otorgado, las cuales eran las que realmente la habían llevado a enamorarse de él, intentado olvidar las limitaciones que experimentaba íntimamente con él, y el dolor que el alcohol traía a su vida.

Con los meses que llevaban compartiendo juntos, Yelena había logrado reconocer patrones en el comportamiento de Martin, los cuales podía fácilmente asociar con sucesos en la vida de él. Cuando Martin le dedicaba poco tiempo, era porque alguno de sus amigos íntimos tenía problemas con su novia o esposa, y debido a esto ambos se perdían juntos bebiendo en exceso por largas horas y en días sucesivos hasta que la situación mejorara, o hasta que llegara el momento de enfrentar o aceptar la nueva situación. En otras ocasiones Martin se alejaba de Yelena unos días cuando estaba de visita en la ciudad algún compañero de barra, o cuando inesperadamente se encontraba con un amigo local que no veía por un tiempo, y solo en un par de días decidían beber juntos en tal cantidad que parecía que quisieran recuperar el tiempo que habían perdido.

Esos eran días muy frustrantes para Yelena, en los cuales se desahogaba personalmente o por teléfono con algunas de nosotras, sus amigas del alma. Raras veces le daba coraje con Martin, y no le hacía reproches. Pero sí sentía un inmenso dolor, y se le hacía muy difícil reconfortar su alma. Había llegado a la conclusión de que Martin apreciaba o quería mucho más a sus amigos que a ella. Cuando se reunía con él durante o al terminar esos periodos de distanciamiento, le era difícil esconder sus emociones y estado de ánimo. Aunque verbalmente no compartía con Martin lo que sentía en su alma, su alegre espíritu, el brillo de sus ojos y la constante sonrisa en los labios eran suplantadas por expresiones serenas y hasta tristes. Mas a no ser que Martin estuviera bebiendo en exceso, no pasaba mucho rato antes de que Yelena recuperara la alegría que le ocasionaba la compañía de Martin, y la que tan fácilmente todos podían notar. No era infrecuente el comentario que Theresa le hacía a Yelena cuando la veía abrazada e intercambiando caricias con Martin. Con una gran sonrisa y brillo en los ojos le decía a Yelena, "no puedes esconder de nadie que lo amas inmensamente, y por eso mismo también te queremos a ti inmensamente", y terminaban dándose un fuerte abrazo y un cariñoso beso una a la otra.

Las amistades de Martin apreciaban mucho a Yelena no solo por sus virtudes, sino por los cambios que había inspirado en la vida de Martin. Algunos de ellos eran evidentes y comentados por todos los que conocían a Martin por varios años, especialmente por aquellos que lo conocían desde que Oksana rompió con él. Cada vez que Martin hacía un cambio positivo en su vida, Yelena volvía a escuchar los mismos comentarios de como ella había sido parte de esa inspiración. Todos aplaudieron cuando

Martin finalmente compró un automóvil después de más de seis meses sin reemplazar el que vendió, y de haberse mudado lejos de *Trafalgar* a un complejo de apartamentos elegante y decente. El edificio donde originalmente vivía no solo era viejo y demacrado, sino que también tenía la reputación de ser un lugar donde muchos de los inquilinos consumían drogas ilícitas. Y aun más, ya Martin no podía caminar desde *Trafalgar* hasta su antiguo apartamento a la vuelta de la esquina, lo que lo había obligado a beber con más moderación, y las noches en las cuales terminaba totalmente embriagado eran mucho menos frecuentes, especialmente en los días en los que Yelena y él estaban solos.

Martin también continuaba compartiendo comentarios con Yelena de como ella lo había motivado a reconstruir su vida en muchos aspectos. Le mencionaba que desde que se había mudado ya no bebía como antes y hasta fumaba mucho menos. También le confesó que aún no había logrado llegar al punto donde había estado en el pasado, y que el conseguir un empleo que lo retara en alguna empresa privada iba a ayudarlo en ese aspecto.

Martin también había compartido con su propia madre, Catherine, como Yelena había sido una influencia muy positiva en su vida. En una ocasión en la que Yelena y Martin estuvieron bailando hasta las tres de la mañana en su apartamento, él decidió llamar a su madre y ponerlas en comunicación, indicándole a Yelena sus intenciones. A pesar del fresco que se sentía en el balcón a esas horas de la noche, las manos le sudaban a Yelena mientras escuchaba los elogios hacia ella que Martin compartía con Catherine.

Cuando le pasó el teléfono a Yelena, inmediatamente Catherine le comentó, "Yelena, no he tenido la oportunidad de conocerte, pero con lo que ya había oído de ti y en especial como has inspirado a Martin en su vida en el corto tiempo que se conocen, me gustas".

Yelena le contestó con su dulce voz y con timidez, "realmente no he hecho nada. Solo oro por él, y le pido a Dios que lo inspire y lo cuide".

Yelena continuó tensa durante la corta conversación con Catherine, pero la catalogó como una importante experiencia en su relación con Martin, donde finalmente le demostró que si era valiosa en su vida.

El más sorprendente de todos los cambios, fue el que Yelena observó y solo compartió con algunas de sus amistades más íntimas, pero no con Martin ni con las amistades de *Trafalgar*. No solamente bebía mucho menos, sino que había mejorado sus hábitos alimenticios. Yelena me contó como durante esa época en la que Martin vivía cerca de *Trafalgar*, las manos normalmente se le sentían frías, y cuando bebía en exceso, se las sentía heladas. También Yelena notó como su piel sumamente blanca tenía una pigmentación amarillenta en las áreas no expuestas al sol. Parecía como si esas áreas estuvieran cubiertas por miles de pecas amarillas, y las que se notaban fácilmente en la palma de sus manos, debajo de los brazos, y hasta en la espalda.

Desde poco antes de comprarse el nuevo automóvil, ya Yelena y Martin almorzaban juntos al menos una vez por semana, y a veces añadían una cena por semana juntos. Y una vez reanudaron su relación y empezaron a compartir más tiempo juntos, Martin cenaba casi todos los días, y a veces hasta almorzaba. También a menudo, más o menos una vez a mitad de semana, Yelena se reunía con Martin en su apartamento cerca de las ocho de la noche para hablar, oír música y bailar, y la mayoría de las veces le llevaba un plato de lo que ella había cocinado ese mismo día o el día anterior. Martin siempre elogiaba y agradecía lo que Yelena le llevaba de comer, comportándose como un chiquillo frente a un dulce, saboreándose hasta el último bocado. Posiblemente fue la combinación de haber reducido el consumo de alcohol y una mejor alimentación lo que ocasionó que Yelena pudiera sentir calor en las manos de Martin, en vez de las manos frías, y como el color amarillento en su piel había desaparecido, o al menos ya no era visible a sus ojos.

El patrón de ir a *Trafalgar* también cambió un poco, aunque aún dejaba mucho que desear. Una o hasta dos veces en semana, Yelena y Martin se reunían cerca de las nueve y media de la noche en un restaurante y bar, *Gibraltar Cafe*, que quedaba muy cerca de la casa de Yelena. Allí hablaban hasta medianoche, y mientras ella disfrutaba de la compañía de Martin se tomaba una margarita o una copa de vino, él se tomaba unos cuantos tragos de whisky, y también compartían un par de aperitivos. En ocasiones Martin llegaba al *Gibraltar Cafe* directo desde su casa, pero la mayoría de las veces venía desde *Trafalgar*. A veces Yelena notaba que no estaba en condiciones de manejar de regreso a su apartamento y compartía su preocupación, pero él insistía que estaba bien, y la mayoría de las veces la escoltaba la corta distancia que existía del restaurante a su casa, mientras manejaba detrás de ella a una corta distancia. Luego se dirigía hacia su apartamento, de donde la llamaba cuando llegaba, logrando que Yelena se pudiera finalmente ir a dormir en paz.

Yelena sabía que Martin tenía intenciones de controlar su consumo de alcohol, siendo obvios algunos de sus esfuerzos. En una ocasión Martin le contó a Yelena que Lloyd lo confrontó en *Trafalgar*, y no le quiso servir otra cerveza, enfatizándole que ya no estaba en condiciones de manejar de regreso a su apartamento y mucho menos si le servía otra cerveza. Martin se sintió acosado y decidió boicotear el ir a *Trafalgar* por una semana, pero a la misma vez Yelena notó que él dejó de tomar por cinco días consecutivos. Un día después del incidente de *Trafalgar*, tal y como lo habían planeado unos días antes, Martin acompañó a Yelena a un viaje de negocios en Miami para que ella no tuviera que manejar sola. Aunque estuvieron rodeados de bebidas alcohólicas en una actividad social una de las noches, Martin no consumió ninguna. Esos pequeños triunfos de Martin ante la bebida le traían inmensa alegría y paz a Yelena.

Esperanzada en tener un futuro con Martin, Yelena luchaba por convencerse a sí misma de lo que él había dicho antes era cierto, "realmente yo no tengo ningún problema con el alcohol, porque puedo dejar de tomar cuando quiero. Los que son alcohólicos y tienen problemas son Eric y Charles. Ambos beben whisky y licor pesado en su casa. Así que muchas veces cuando llegan al bar ya han estado tomando, y cuando regresan a su casa continúan. Yo no, porque en mi casa no hay ninguna botella de ninguna bebida alcohólica, ni siquiera de cerveza, y como habrás notado, cuando hay vino es porque lo he comprado para alguna de las cenas que te he preparado".

Yelena oyó esas palabras y aunque las dudas la vencían, quiso soñar con lo que el corazón quería que ella creyera, que en verdad Martin no tenía problemas de abuso de alcohol.

Yelena también quería escuchar solo su corazón, pensando en las buenas cualidades de la personalidad de Martin que salían a relucir cuando no bebía o cuando bebía con moderación. Ese era el Martin respetuoso, complaciente, cauteloso, de muy buenos modales y considerado con todo tipo de persona. El Martin que emergía cuando el alcohol lo controlaba era totalmente impredecible. Muchas veces era el Martin ebrio que la enorgullecía frente a cualquier persona y en cualquier lugar, en otras ocasiones se convertía en un tonto que hacía reír a medio mundo con las cosas que hacía y las que a veces ni recordaba. En otras ocasiones se convertía prácticamente en otra persona, donde hería verbalmente haciendo comentarios condescendientes hacia otras personas, inclusive hacia ella. Ese otro Martin fallaba en sus compromisos y también era muy olvidadizo, a tal punto que hasta actividades que él mismo le había sugerido a Yelena, terminaba achacándoselas a ella como algo que había inventado o iniciado. Tal parecía como si en ocasiones Yelena hubiese hablado con Martin en un sueño o con su fantasma.

En par de esas ocasiones en las que Yelena se tomó solo un trago en toda la noche, pero donde no se sintió en condiciones de manejar, Martin refunfuñó diciéndole que se asegurara de comportarse como si no estuviera borracha, pues la policía encubierta la podía encontrar y llevársela a la cárcel. Irónicamente, en ambas ocasiones Martin estuvo en peores condiciones que Yelena. Era ese Martin el que hacía llorar a Yelena, y por quien rezaba incansablemente cuando se levantaba en la mañana, antes de acostarse y en cada oportunidad del día que tenía, pidiéndole a Dios que le sanara su cuerpo, su mente y su corazón.

A mediados de septiembre, y algunos días después de que Martin acompañara a Yelena a Miami, y de sus cinco días de abstención total por el alcohol, Dean regresó a Palm Beach. Dean se había mudado un mes atrás a New York, pero se iba a quedar varias semanas en el área para discutir detalles del divorcio que llevaba tramitando con su esposa por meses. Martin había pasado el fin de semana completo con Yelena y no se reunió con Dean hasta que Yelena comenzó la rutina de la semana con su trabajo y sus hijos. Entonces Martin empezó a reunirse con Dean todos los días en *Trafalgar* cerca de las tres de la tarde. En esos días solo logró hablar con Martin en dos ocasiones por teléfono, y no lo volvió a ver hasta que ella se presentó el sábado en la noche en *Trafalgar*. Mientras compartían en grupo, Martin estaba cariñoso y alegre con Yelena. Pero en los pocos minutos que compartieron solos, la conversación de Martin se enfocó en cómo las mujeres "son todas iguales, imposibles de entender y de complacer". Y al repetirlo mencionaba por nombre la esposa de Dean, y a Oksana. Yelena sintió los comentarios de Martin como una puñalada en su pecho. Pensó que tal parecía que a Martin le habían dado un lavado de cerebro en contra de las mujeres. Le fue imposible saber hasta que punto Martin sentía lo que decía, era un cuento que repetía después de haber estado escuchando a sus amigos desahogarse por días y comprobar algunas de sus pasadas experiencias, o hasta que punto balbuceaba sin sentido controlado por el alcohol.

También para mediados de septiembre habían pasado varias semanas desde que Martin solicitó el empleo que tanto le interesó, y no había oído nada al respecto de parte de los reclutadores. Cuando Martin solicitó el empleo en agosto fue fácil para Yelena notarlo más alegre y menos depresivo. Desafortunadamente también fue fácil para Yelena notar como el estado de ánimo de Martin decaía cada vez que chequeaba el correo electrónico y mensajes telefónicos esperando oír respuesta sobre el empleo, y no recibía ninguna. A sugerencias de Yelena varias veces Martin llamó a la oficina de recursos humanos de la empresa en la cual había solicitado el puesto, pero se rehusaban a darle más información, ni siquiera el nombre del gerente que tenía la posición disponible. Esa situación también tuvo un impacto negativo en el estado de ánimo de Martin.

El tiempo que Martin le dedicó para esa época a Yelena se limitó a llamadas telefónicas, hasta que llegó el viernes. Unas semanas atrás Yelena compartió con Martin los planes que tenía de reemplazar los topes de los gabinetes de la cocina con unos de piedra granito. También le contó de sus negociaciones con la empresa que le iba a hacer el trabajo, de los muchos descuentos que logró, y que se podría ahorrar doscientos dólares más si ella reinstalaba los componentes de plomería del fregadero.

Martin le dijo, "el reinstalar la plomería es muy sencillo y yo te puedo ayudar con eso".

Cuando el jueves en la mañana Yelena se enteró que los topes iban a estar listos para ser instalados al otro día, llamó a Martin para asegurarse que la iba a poder ayudar con la plomería.

El viernes Martin llegó a casa de Yelena cerca de las once de la mañana, y observó en detalle como estaban conectados los componentes de la plomería del fregadero. Yelena interpretó que Martin iba a regresar a su apartamento, pues ella había compartido con él sus planes de trabajar en su computadora mientras los hombres instalaban los nuevos topes. Martin la sorprendió sugiriéndole que si le permitía usar la computadora de Irina o de Daniel, podía hacer unas investigaciones referente a su negocio, y podía quedarse con ella el resto del día acompañándola.

"Me encanta la idea que estés aquí conmigo. Tu compañía es como un regalo para mí", dijo Yelena mientras le obsequiaba a él una esplendorosa sonrisa.

Cerca de las dos de la tarde y al ver que la obra no progresaba tan rápidamente como le habían prometido, Yelena le mencionó a Martin que posiblemente Irina y Daniel iban a regresar de la escuela antes que terminaran con los topes, y Martin la miró silenciosamente mientras asentaba con la cabeza, pero no dijo nada. Yelena asumió que Martin no tenía inconveniente en conocer a sus hijos, y no puso más el tema hasta cerca de las cuatro de la tarde. Cuando él acababa de comerse un emparedado de jamón y queso que ella le había preparado como almuerzo atrasado, y mientras le preparaba otro, entró una llamada telefónica de

Irina. Irina le dijo a Yelena que iba de camino en el autobús escolar pero que se le había olvidado uno de los libros que necesitaba para una tarea, y quería que la llevara de regreso a la escuela a buscarlo.

Mientras Yelena le daba el otro emparedado a Martin, le dijo, "tan pronto llegue Irina en el autobús escolar, tengo que llevarla directamente a la escuela a recoger un libro que necesita".

Martin la escuchó, se puso rojo como un tomate, le devolvió el emparedado a Yelena, más bien tirándoselo en las manos, se levantó del sofá donde estaba sentado y salió corriendo como un loco.

Yelena lo siguió hasta la antesala de la casa donde trató de devolverle el emparedado mientras le decía, "come tranquilo. Yo voy a esperar a Irina afuera y te da tiempo suficiente para comer e irte a tu apartamento antes de que regresemos".

Pero Martin siguió corriendo fuera de la casa mientras le decía en voz alta y hasta mostrando tener miedo, "no, no Irina no me puede ver".

Yelena lo seguía pasos detrás mientras le decía, "Martin, tan pronto Irina llegue en el autobús escolar nos vamos a montar en mi auto para llegar a la escuela antes de que la cierren. Así que no va a entrar a la casa y no te va a ver".

Pero Martin no paró de correr, contestándole, "no, no, Irina no debe ver mi automóvil afuera", hasta que llegó a su automóvil, se montó y manejó rápidamente hasta que Yelena lo perdió de vista.

La rara escena de pánico que Yelena había presenciado la dejó herida, pero más que nada, boquiabierta. Concluyó que Martin se había comportado como un loco, y no logró entender el temor tan inmenso que obviamente representaba para él el conocer a Irina y a Daniel, o hasta que lo vieran a él, o a su carro. Cuando llegó Irina, Yelena manejó hacia la escuela y de regreso a su casa, pero sin saber ni como lo hizo, ya que con su mente seguía reviviendo la rara escena que había presenciado minutos antes con Martin.

Fue obvio que Martin no captó el comentario que le hizo temprano en la tarde con respecto al hecho de que la instalación de los topes de los gabinetes de la cocina iba a estar terminada cuando sus hijos regresaran de la escuela. Aparentemente su mente estaba vagando en esos momentos en lo que había estado estudiando en la computadora. A Yelena siempre le traía tristeza a su alma el acordarse de que Martin había evitado conocer a sus hijos, pero en esa ocasión solo sintió lástima por él. Sintió pena por sus evidentes debilidades emocionales, y una gran curiosidad por poder entender y hasta médicamente diagnosticar la causa del pánico de tan grave magnitud que acababa de presenciar en Martin, y el cual no recordaba haber visto nunca antes, excepto con niños de edad pre-escolar.

Una vez Daniel e Irina partieron con Enrique esa tarde, Yelena llamó a Martin a su teléfono celular y le explicó que todo estaba bien y que ella misma había reinstalado la plomería y que el vecino la había ayudado. Pensó que eso lo iba a tranquilizar, pero sorpresivamente, Martin sonó aun más molesto que antes.

"Después de yo haber perdido el día en tu casa, ahora traes a otra persona a ayudarte".

Mientras le resbalaban lágrimas por el rostro, Yelena le dijo, "se me hace difícil predecir lo que te molesta y lo que te agrada".

Martin cortó la llamada usando como pretexto que había mucho ruido en el lugar y que no era conveniente seguir hablando. Una hora más tarde Yelena trató de llamarlo, pero obviamente Martin había apagado su teléfono celular.

Una vez más Yelena pasó una noche en vela, triste y pensativa debido a los repentinos cambios en el comportamiento de Martin. Para aquel entonces habían pasado casi nueve meses desde que Martin y Yelena se conocieron, pero él se mantenía esquivo en conocer a sus hijos. Aunque Irina y Daniel lo vieron en una ocasión por la ventana a distancia cuando fue a devolverle la computadora portátil que Yelena le había prestado para hacerle unos últimos cambios a su *résumé*, y en varias ocasiones los había saludado por teléfono cuando ellos contestaban, nunca habían entablado una conversación, y fuera de fotos, Martin ni los había visto. El jueves, cuando hablaron sobre la instalación de los gabinetes, Yelena le había dicho a Martin que Irina y Daniel habían estado con Enrique esa noche ya que éste no los había podido recoger el martes como habían acordado antes. Martin posiblemente dedujo que los niños se habían quedado con Enrique desde el jueves, pero no le dijo nada a Yelena.

Al otro día, un sábado, Yelena estaba desecha. El día antes Martin y ella habían hecho planes de ir a una exposición de arte en la tarde y luego ir a cenar juntos, pero no había vuelto a oír nada más de él. Martin aún mantenía el teléfono apagado. Como acostumbrábamos, Yelena me llamó a mí y me contó con lujo de detalles los últimos acontecimientos en su relación con Martin. Después de haberse desahogado conmigo por más de una hora, eventualmente se comunicó con Ann, y decidieron ir a ver la ópera *Tosca*.

Ann, quien era unos años menor que Yelena, tenía raíces irlandesas, era bastante alta, de estructura ósea grande, y hacía el esfuerzo de bajar el exceso de peso que cargaba. Era de piel muy blanca, adornada con pecas, y donde se le notaban tenues arrugas alrededor de los ojos formadas por su sensibilidad al sol. En su bonito rostro resaltaba su pelo oscuro, y unos inmensos y bellos ojos azul oscuros que le recordaban a Yelena el color del mar. Pero lo más bello que tenía Ann, era su inmenso corazón. Ann vivía preocupándose y ayudando a todos sus familiares y amigos, al nivel de pasar por desapercibido el ella divertirse o descansar. Por ser tan bella persona y a la misma vez para distraerse ella también, fue que Yelena la invitó a ver a *Tosca*. Ambas disfrutaron de la música y las canciones, pero las lágrimas se le escaparon a Yelena varias veces en las escenas amorosas tristes, donde se identificó con Tosca, quien amaba más que su propia vida a su enamorado. Durante la ópera, los recuerdos de su adorado Martin ocupaban el pensamiento de Yelena, no logrando borrar su imagen de su mente ni por un instante.

Pasaron un par de días y Yelena no volvió a oír de Martin. Estaba tan triste, que dos de sus compañeras de trabajo la animaron a que hablara por teléfono con un amigo soltero que era viudo, George Branson, quien era aproximadamente cuatro años mayor que Yelena. George era licenciado, religioso y con muy buenos modales. Yelena habló con George y al darse cuenta que tenían muchísimo en común, aceptó salir con él en un par de semanas, cuando él regresara de un viaje de negocio. Más aun con lo interesante y agradable que sonaba George, no pudo quitarse de la mente a su Martin, y el miércoles, cuando Yelena iba en viaje de negocios temprano en la mañana hacia Miami, decidió llamarlo, pero no le contestó. Un par de horas más tarde, precisamente cuando Yelena estaba en una junta y no podía contestar llamadas telefónicas, Martin la llamó. Le dejó un mensaje diciéndole que esperaba que estuviera bien, y explicándole que en esos momentos iba de camino hacia Orlando, también en viaje de negocio y que no regresaría hasta el día siguiente. Sorpresivamente, al día siguiente Yelena se encontró en la gasolinera con uno de los amigos de Martin, quien le dijo que había estado con él el día anterior temprano en la tarde en un bar llamado *Bobby's*. Esto desilusionó mucho a Yelena ya que se enteró que Martin le había mentido en el mensaje que le dejó grabado el día anterior, cuando supuestamente había salido hacia Orlando en la mañana.

Yelena se entretuvo el resto de los días que quedaban de la semana con las responsabilidades de sus hijos y de su trabajo, pero siempre manteniendo a su adorado Conde Inglés en su mente y su corazón. El viernes en la noche, después de cenar con Irina y Daniel, Yelena decidió distraerse y desahogarse con otra de sus muy cercanas amigas, Esther. Acordaron encontrarse minutos más tarde en el *Gibraltar Cafe.*

Yelena y Esther fueron compañeras de trabajo, donde establecieron una muy cercana amistad, y quienes tenían una gran afinidad en su manera de pensar y en su intelecto. Esther era una amiga fiel de carácter pausado y quien muy fácilmente interactuaba con cualquier persona. Tenía poco más de 50 años de edad, y al igual que Ann, era alta, de estructura ósea grande y con unas libras de sobrepeso. Aunque sus raíces eran de la región europea nórdica, por sus ojos y pelo oscuro, y color de piel sutilmente bronceado, fácilmente pasaba como hispana.

Mientras se tomaban unas margaritas y platicaban, Yelena le comentó a Esther, "yo no logro entender a Martin, y a veces pienso que está loco. He estudiado en el *Internet* un sin número de enfermedades mentales, y aunque no soy psicóloga ni psiquiatra, no doy con un posible diagnóstico. A veces pienso que Martin es bipolar, y a veces pienso que los raros cambios en su comportamiento son causados por el alcohol, pero sorprendentemente muchas veces ocurren después de haber dejado de tomar por uno o varios días".

Esther, quien había tomado numerosos cursos en psicología en la universidad, suficientes como para tener un doctorado en esa materia, aunque no en su especialidad, le dijo, "Yelena, yo opino que Martin sufre de psicosis inducida por el alcohol. Los inmensos temores o paranoia, alucinaciones, y los repentinos y marcados cambios en comportamiento son los síntomas de esa condición. Es una pena que un hombre inteligente con solo 37 años de edad se haya dejado hundir por el alcohol, alterando su cuerpo y su mente hasta el punto de interferir con su habilidad de enfrentar las actividades rutinarias de la vida, y hasta de disfrutar de los placeres que brinda el compartir íntimamente con una mujer".

"Esther, tienes toda la razón, a menos que Martin deje su vicio, su vida entera continuará en deterioro, incluyendo nuestra relación", dijo Yelena.

Al día siguiente, un sábado cerca del mediodía y mientras pintaba el baño de su casa con la ayuda de Daniel, Yelena recibió una llamada de Martin. Con frases cortadas, como teniendo dificultad en romper el hielo, le preguntó a Yelena que planes tenía, y ella le dijo que estaba pintando y que más tarde pensaba llevar a Daniel a comprar unos zapatos.

Al cabo de un intercambio de oraciones Martin le dijo, "yo pienso ir a almorzar con Dean a *O'Riley's*, y en la noche pienso ir a la fiesta de cumpleaños de Sandy".

Yelena le contestó, "tienes un día lleno de actividades y obviamente lo vas a pasar bien".

Yelena entonces se acordó que al siguiente día se iba a llevar a cabo una demostración de carros europeos al cual Martin la había invitado varias semanas atrás.

"¿Todavía piensas asistir mañana a la demostración de automóviles europeos?".

Martin le contestó, "Gabriel, Charles y yo pensamos ir juntos".

Yelena lo interpretó como que contrario a la invitación que le había hecho semanas atrás, donde quería que los acompañara, en esos momentos quería ir solo con ellos. Finalmente Yelena se despidió de Martin, deseándole que pasara un buen fin de semana.

Cinco minutos más tarde Martin la volvió a llamar y la invitó a que se uniera a Dean y a él para ir a almorzar. Yelena le dijo que era mal momento porque acababa de almorzar con Daniel e Irina.

"Te agradezco mucho la invitación, Martin, y te deseo pases un buen fin de semana".

Esa misma noche, cerca de las ocho de la noche, Martin la volvió a llamar, y le dijo. "hola, Yelena. Gabriel, Theresa, Thomas y yo estamos aquí en *Trafalgar*, y pensamos salir para casa de Lloyd y Sandy dentro de media hora. Quisiera que me acompañaras a la fiesta de Sandy. ¿Qué te parece?".

'Tengo pintura hasta en el pelo y me tomaría tiempo en bañarme y arreglarme. ¿Me podrías pasar a recoger?".

Él le contestó, "he bebido demasiado desde que llegué a *Trafalgar* cerca de las tres de la tarde. Prefiero no desviarme y minimizar la distancia que tengo que manejar para llegar a casa de Lloyd y Sandy. Así evito un accidente o el que la policía me denuncie".

Martin le dijo que él la esperaba en *Trafalgar* hasta que ella estuviera lista, pero Yelena le contestó que mejor se quedaba en su casa con Daniel, ya que Irina estaba en casa de una amiguita. Finalmente se despidieron, pero antes de colgar Martin le dijo que si cambiaba de idea que lo llamara a su teléfono celular. Le mencionó que Lloyd y Sandy vivían cerca de ella y se ofreció a explicarle como llegar hasta su casa rápidamente y sin dificultad.

Yelena tomó un largo baño, acostándose en la bañera por media hora no solo para quitarse la pintura que tenía en su piel, sino para relajar su cuerpo después de haber estado pintando por más de seis horas. Mientras tomaba su baño, pensó en las insistencias de Martin a que lo acompañara a la fiesta, y cambió de idea. Llamó a Martin para preguntarle si no era muy tarde para comprar un regalo y llegar hasta la fiesta. Martin le dijo que él había comprado un regalo a nombre de los dos y que la fiesta estaba empezando en esos momentos. Entonces Yelena se vistió y manejó hacia la fiesta, donde llegó cerca de las diez de la noche. Esa noche Yelena aún resentía la escena en su casa sobre la inesperada salida de Martin tratando evitar el conocer a Irina, la falta de atención en llamarla, las mentiras sobre su viaje a Orlando y su comunicación indirecta cuando la llamó en la tarde para invitarla a almorzar y más tarde a la fiesta. Así que cuando llegó a la fiesta, también llevaba puesta su coraza y saludó a todo el mundo calurosamente, pero no se acercó a Martin y simplemente lo saludó a distancia. Yelena estaba dentro de su caracol cuando se acercaba a Martin, y compartió con todos mientras lo trataba a él con total indiferencia y evitaba acercársele. Martin se dio cuenta de su frialdad y aunque trataba de acercársele y de abrazarla, Yelena lo evadía con sentimientos vengativos. Al estar herida continuó esquiva a sus caricias y lo ignoraba.

Era obvio que Martin había bebido bastante, lo que motivó a Yelena a regresar a su casa hora y media más tarde. Como de costumbre, Martin se ofreció a escoltarla hasta su auto. Al llegar Martin le fue a dar su beso de despedida pero Yelena se aferró en extenderlo con besos apasionados.

Aunque Martin le correspondió, le dijo, "ay Yelena, no sé como entenderte. Durante toda la fiesta estuviste evadiéndome y ahora cuando decides irte, te vuelves cariñosa y no quieres despegarte de mí".

Yelena le dijo que había estado molesta por lo que había pasado entre ellos la semana anterior, y porque cuando la llamó en la tarde no fue directo en mencionarle sus intenciones de que lo acompañara a almorzar o a la fiesta.

Entonces le dijo a Martin, "hoy me siento como un caracol al cual le da trabajo salir de su concha frente a lo desconocido, a un agresor, a lo que teme".

Martin cambió el tema y le mencionó que en la mañana siguiente iban a ir a la demostración de autos europeos, y que le gustaría que lo acompañara. También le dijo que Gabriel, Charles y él pensaban almorzar juntos después de la actividad. Yelena le dijo que tenía planes de ir a misa con sus hijos y luego almorzar con ellos, así que no lo acompañaría.

Al amanecer Martin la llamó para verificar si en realidad no quería asistir a la demostración de autos o al almuerzo, y Yelena le dijo que tal y como le había dicho antes, tenía compromisos con sus hijos.

Dos días más tarde, cuando la marea había bajado y cuando empezaba a salir de su concha, Yelena aceptó encontrarse con Martin cerca de las nueve y media de la noche en el *Gibraltar Cafe*. Se entretuvieron hablando como si nada hubiese pasado entre ellos las dos semanas anteriores, mientras intercambiaban tiernos abrazos y besos. Cerca de la medianoche, y al despedirse, basándose en el estado de embriaguez de Martin, Yelena le preguntó si quería que lo llevara a su casa, pero Martin insistió en que estaba bien. Contrario a otras ocasiones, Yelena notó que Martin no se ofreció a escoltarla hasta su casa, y al mirar por el espejo retrovisor, notó que había tomado una ruta distinta a la que más directamente lo llevaba hacia su apartamento. Preocupada, Yelena cambió su rumbo y decidió seguirlo mientras mantenía una distancia que evitara que Martin se diera cuenta de que lo seguía. Tristemente, Yelena se dio cuenta que Martin estaba manejando en búsqueda de un bar en el área cercana a donde ella vivía y que estuviera abierto a esa hora, un martes cerca de la medianoche. Mas después de seguirlo hasta dos lugares que se encontraban cerrados, lo perdió de vista. Pasó por *Trafalgar* pero no vio su auto, y se dio por vencida. Esa noche Yelena lloró largas horas, por ser obvio que Martin se encontraba en un ciclo donde a menudo no podía parar de beber, y donde la sed por el alcohol lo dominaba.

Yelena catalogó a Martin como un cangrejo que sale lentamente de su cueva, y cuando se siente fuera de peligro se mueve rápidamente, pero que vuelve corriendo a esconderse dentro de su cueva cuando las cosas no andan bien. El cangrejo regresa a su cueva cuando se enfrenta a un riesgo, a lo desconocido, donde lo domina el miedo. Así era Martin, saliendo y entrando a su cueva, tal y como el libro del Dr. Gray dice que hacen los hombres. Así desaparecía Martin de la vida de Yelena, y en esos mismos momentos también dejaba que el alcohol controlara su vida. Mas Yelena reconoció que mientras había catalogado a Martin como cangrejo, no podía olvidarse de ella misma, quien se convertía en caracol. Irónicamente su vida personal e íntima se había convertido en una danza entre un cangrejo y un caracol, donde las circunstancias de sus pasadas experiencias de la vida los agobiaban y amedrentaban a ambos ante nuevas posibilidades, contra el miedo a no sentirse amados y a fracasar.

Capítulo 15
Retos mentales y emocionales

Algunos días después del incidente del *Gibraltar Cafe*, Martin invitó a almorzar a Yelena y a su asistente ejecutiva, Margaret. Ese detalle proporcionó una gran sonrisa en el rostro de Yelena, pues en los diez meses que llevaban compartiendo, Martin solo había aceptado conocer o compartir con amistades de Yelena en dos ocasiones anteriores. Las recogió frente al edificio donde trabajaba Yelena, cordialmente saludó a Margaret, y le dio un tierno beso a Yelena en los labios. Les abrió las puertas del automóvil, y una vez se acomodaron en sus asientos manejó hasta un restaurante que se especializaba en carnes asadas. Mientras comían, Margaret y Martin compartieron tranquilamente sobre sus experiencias viajando alrededor de Europa, ya que Margaret vivió allí cuando cursaba su escuela secundaria.

De regreso en la oficina Margaret le comentó a Yelena, "ahora entiendo por qué te has entusiasmado tanto con Martin, y no hay manera de que te lo quites de la mente. Es un hombre muy inteligente, guapo, con modales excelentes, es buen conversador y se te quedaba pasmado mirándote. . . Parecía un jovenzuelo de escuela superior con su enamorada".

Yelena abrió sus ojos castaños y sonrió al oír las palabras de Margaret.

"Son tantas las altas y bajas que ocurren en mi relación con Martin, que tus palabras valen un millón de dólares para mí. A veces dudo que tenga alguna importancia en su vida. Me pregunto que significo para él".

Al día siguiente, viernes en la noche, Yelena estaba sola y llamó a Martin quien estaba en *Trafalgar*. Martin le dijo que aunque no pensaba quedarse mucho rato en la taberna y que estaba por irse, que pasara por allá donde estaba platicando con Gabriel y Charles. Martin la recibió con un fuerte abrazo y una sonrisa, pero no pasaron más de diez minutos, cuando empezó a reclamarle el que ella no dio ninguna donación ni en la iglesia, ni en el museo de arte cuando estuvieron en San Agustín.

"Eso me desilusionó mucho de ti, porque tenías dinero y esos sitios sobreviven de donaciones".

Yelena lo miró con asombro, y avergonzada bajó sus ojos y luego su cabeza, quedándose totalmente en silencio.

₲‑ℛ

Yelena había consultado a sus amigas con anticipación a su viaje sobre el tema de que debería pagar ella, y todas coincidieron que Martin debería correr con los gastos. Le comentaron que iba a ser la primera vez que Martin había planeado pasar la noche con ella y llevarla de viaje. Además, él había hecho ello todos los arreglos del viaje, los cuales él mismo había catalogado como sorpresas especiales para Yelena, quien quería que pasara dos días inolvidables.

₲‑ℛ

Después de unos minutos de silencio e intercambio de miradas sin ninguna expresión de parte de ninguno, Yelena le comentó, "como tú planeaste todo y me dijiste que yo era tu invitada para esa ocasión especial, me atuve a las reglas de etiqueta que discutí con mis amistades. Fue por eso que también compré dos regalos, los cuales te obsequié como agradecimiento por todas tus atenciones y gastos. También te invité y pagué el almuerzo de regreso a Palm Beach, el cual costó cien dólares".

Martin se paró y fue al baño, y Gabriel le preguntó a Yelena que le pasaba a Martin que se veía serio y molesto. Ella le contestó que no entendía que le pasaba.

165

"Martin está de mal humor, y prácticamente está peleando solo, porque no me gusta discutir y menos por cosas que no tienen ningún fundamento", añadió Yelena.

Cuando Martin regresó del baño, Yelena le comentó que ella hacía muchas donaciones a su parroquia y a otras instituciones del área, y que dudaba que él llegara a hacerlo igual.

"Dime Martin, ¿cuántas veces haces donaciones a instituciones benéficas de la ciudad o a personas deambulantes que encuentras en la calle?".

Martin, le dijo, "¡Nunca! Las instituciones malgastan el dinero, y los deambulantes son unos vagos que se deben poner a trabajar. Además, tú donas dinero a instituciones elitistas donde los que se benefician son más bien la clase media o alta del área, y no la gente común, como los que asisten a la antigua iglesia y al museo en San Agustín".

Al notar el tono agresivo y los comentarios denigrantes y sin fundamento de Martin, Yelena se dio por vencida, y finalmente se despidió. Al llegar a su casa encontró consuelo al buscar en el *Internet* la dirección de la iglesia y del museo, y hacer dos cheques con donaciones, los que acompañó con cartas que escribió a puño y letra, y puso en sobres listas para enviarlas en la mañana, incluyendo las estampillas. Luego se tomó muy rápidamente una copita de vino tratando de relajarse, hasta que la venció el sueño.

Era un sábado lluvioso y mientras Yelena luchaba con levantarse de su cama en la mañana, Martin la llamó y se disculpó por haber estado de mal humor la noche anterior y por haber hecho comentarios que la hubiesen ofendido. Entonces le preguntó que si quería ir con él al cine, y luego a cenar. Yelena aceptó la invitación sin vacilar. Su espíritu optimista no podía quedarse viviendo los malos ratos del pasado. Ella o siempre estaba en el presente, viva y armoniosa, o soñaba con un futuro aun mejor. Así era Yelena. Martin entonces le preguntó si podían ir en la *minivan*, pues él había llevado a lavar con detalle su *Mercedes* y no quería que se le ensuciara.

Yelena se rió y le dijo, "te comportas como un chiquillo con su juguete favorito".

"Te pido de favor que no le digas nada a nuestros amigos de *Trafalgar* sobre esto, porque si se enteran, van a estar bromeando sobre este incidente hasta el día que me muera", dijo Martin.

Yelena recogió a Martin cerca de las cuatro de la tarde y fueron a ver una comedia al cine. Ella se apresuró y compró los boletos, queriéndole demostrar a Martin, como había hecho en otras ocasiones, que no tenía necesidad y mucho menos interés en aprovecharse de su situación económica o de su generosidad, especialmente después de las acusaciones que había hecho la noche anterior. Después de unas horas de risa en el cine, Martin sugirió parar en *Trafalgar*, donde compartieron un rato con algunos conocidos mientras tomaban cerveza, y luego pasaron a cenar a un restaurante indú. De regreso al apartamento de Martin, él estaba muy filosófico y poco romántico, y Yelena se despidió explicándole que temprano en la mañana se iba a encontrar con unas amistades para dar una caminata a la orilla de la playa y luego irían a almorzar.

A Yelena se le habían presentado varios pretendientes desde que conoció a Martin, algunos de ellos quienes con mucha insistencia habían tratado de sacarla a comer o a pasear, pero siempre se había negado. Pero cuando se sintió gravemente herida por el incidente en su casa el día en que reemplazaron el tope de sus gabinetes de cocina, aceptó tener la cita que le habían planeado sus compañeras de trabajo con George Branson. Esa noche Yelena lloró al acostarse, pues le había mentido a Martin por primera vez. Aunque sabía como las altas y bajas en la relación con Martin la herían, seguía totalmente fiel en cuerpo y alma a su adorado Conde Inglés. También sintió dolor por George al reconocer que iba a ser deshonesta en salir con otro.

Yelena puso empeño en no vestirse para impresionar a George, teniendo solo la intención de cumplir con su palabra. Justo cuando estaba preparándose para salir, recibió una llamada de Martin, deseándole que disfrutara de la caminata y pasadía con sus amigos, lo que la entristeció aun más. Una vez más, se sintió deshecha por haberle mentido a Martin, y por privarse de la posible oportunidad de estar con él en vez de tratar de conocer otro hombre. Precisamente mientras lloraba, a las nueve de la mañana, tal y como acordaron, sonó el timbre, y rápidamente tuvo que forzarse a secarse las lágrimas y salir a conocer a George. No solo la sorprendió con un pastel de chocolate que él mismo había horneado, sino que también la sorprendió con su apariencia. A pesar de que solo era unos cuatro años mayor que Yelena, y contrario a como se lo habían descrito sus amigas, George aparentaba tener cerca de sesenta años de edad en vez de cincuenta y uno. George era un buen hombre y fue muy agradable y cortés con Yelena. George hasta llevó jugo de toronja y champagne para celebrar al final de la caminata con una *mimosa*, algo que ella denegó explicándole que raras veces tomaba alcohol. Pero durante el tiempo que compartieron juntos estuvo en mente solo Martin. Tan pronto regresó a su casa, Yelena llamó a Martin para saludarlo, quien se encontraba en *Trafalgar*.

Yelena volvió a ver a Martin el martes en la mañana, quien había acordado recogerla en el concesionario de autos, donde ella iba a dejar su vehículo para que lo repararan, y luego llevarla al trabajo. Desde que se encontró con ella en el concesionario, se mostró cariñoso, muy contento y hasta orgulloso en poder ayudarla. Al dejarla en su oficina se bajó del carro, sacó el maletín de Yelena del baúl, y se lo entregó bromeando como si fuera su padre, llevándola a ella, "su hija", a la escuela.

El jueves en la noche Martin llamó a Yelena para invitarla esa misma noche, así de improviso, a cenar a casa de unos amigos, Irene y Tim. Yelena le explicó a Martin que estaba terminando de preparar la cena para Irina y Daniel y que no estaría lista para salir hasta dentro de una hora, lo que él aceptó sin ningún problema. En varias ocasiones Yelena escuchó a Martin decir que Tim e Irene le habían hecho varias invitaciones para que la llevara a su casa, especialmente porque sabían que Irene y ella tenían algo más en común, eran hispanas. Pero siempre se presentaba algún inconveniente que había impedido que ese momento llegara.

Martin recogió a Yelena a las ocho de la noche, y después de varios minutos de desvíos por no poder encontrar el lugar, por fin llegaron a la casa de Tim e Irene. Ellos los recibieron con un cálido abrazo, y fue uno de esos interesantes encuentros donde parecía que se hubiesen conocido toda la vida.

"Yelena, fueron pocas las veces que vimos a Martin desde que te conoció, pero siempre nos contaba muchísimos detalles de ti. . . y todos muy buenos. En verdad que nunca habíamos visto a Martin tan contento", dijo Irene.

"Martin también me había contado muchas cosas buenas de ustedes, y me alegro el poder conocerlos personalmente".

Martin inmediatamente comentó muy sonreído y con tono de orgullo, "como yo los veía a ustedes dos tan felices, así con esa combinación de culturas, decidí buscarme mi propia mujer latina".

Los tragos de ginebra con jugo de naranja no faltaron esa noche. Yelena disfrutó muchísimo de la deliciosa cena que preparó Tim, pero más que nada de la compañía de todos, especialmente de lo cariñoso y alegre que se mostraba Martin con ella. Además de compartir datos generales sobre la vida de Yelena, las conversaciones giraron alrededor de los padres ancianos de Tim y las atenciones que requerían de él y de Irene, de los hijos de Irene, de cómo Irene y Tim se conocieron y de los viajes de *camping* que acostumbraban dar. Ya pasada la medianoche, y cuando los bostezos empezaron a sobrepasar las palabras, Martin y Yelena se despidieron.

Era obvio que todos habían bebido en exceso, incluyendo a Yelena, pero en especial Martin. Cuando Yelena le preguntó si estaba en condiciones de manejar de regreso a su casa, Martin le dijo que tomaría rutas donde habían pocos policías y que manejaría con cuidado. Con la ayuda de Dios llegaron tranquilamente a casa de Yelena, quien se acabó de tranquilizar una vez que Martin llegó a su apartamento y la llamó para corroborar que había llegado sin inconvenientes.

Unos días después, un sábado en la noche, se volvieron a reunir para asistir a una ópera, seguidos de una parada en *Trafalgar*, donde Yelena se tomó una cerveza y Martin solo un par de ellas. Después de unas placenteras horas juntos, Martin dejó a Yelena en su casa junto a sus hijos, y se fue a su apartamento. Al otro día, tarde en la noche, Yelena fue a su apartamento cerca de las diez de la noche, quien había regresado de *Trafalgar* una hora antes. Yelena había acordado encontrarse con Martin mientras esperaba llamada de una de sus primas, Dana, quien venía manejando desde New York, acompañada de su esposo e hijos, para visitarla por una semana. De camino, éstos habían parado en Jacksonville a visitar otra prima de Yelena, y se habían retrasado un par de horas. Así que Martin le pidió a Yelena que lo llevara de nuevo a *Trafalgar*. Cuando Dana la llamó a las doce y treinta de la mañana para decirle que ya estaban llegando, Martin la sorprendió cambiando los planes.

"Me quedo aquí en *Trafalgar*, y tomo un taxi más tarde hasta mi apartamento".

Yelena insistió en que regresara con ella, pero Martin se rehusó. Yelena se desilusionó muchísimo, porque cuando se encontró con Martin esa noche era el segundo día consecutivo que había bebido con moderación, pero obviamente él estaba regresando a su patrón de bebida.

Ya que el lunes era día feriado, esa noche tanto Daniel, Irina, Yelena, Dana y su familia estuvieron hablando hasta pasadas las dos de la mañana. El único compromiso que había al día siguiente en la mañana era una cita médica que tenía Irina a las nueve.

Mientras Yelena esperaba por Irina en el consultorio médico, notó que había un mensaje que Martin había dejado grabado en su teléfono celular a las seis y treinta de la mañana. Para su asombro, además había evidencia de once llamadas adicionales que él había hecho entre las seis y treinta y las seis y cuarenta y siete, pero ésas sin mensaje. Cuando Yelena escuchó el mensaje grabado, se le congeló el cuerpo entero.

Con voz quebrantada e incoherente, escuchó, "*Yelena, soy yo Martin, y necesito tu ayuda. Estoy aquí en algún sitio cerca de Trafalgar, pero no sé donde estoy y me siento muy mal. No sé donde estoy, y no sé como llegar a mi apartamento*".

Para aquel entonces ya eran casi las diez de la mañana, y mientras le temblaban los dedos Yelena marcó el número de teléfono de Martin, pero no le contestó. Unos minutos más tarde, cuando la cita de Irina terminó, Yelena manejó apresuradamente hasta su casa, donde dejó a Irina, y se dirigió al apartamento de Martin, a quien aún trataba de conseguir por teléfono sin poder lograrlo. Cuando llegó al apartamento de Martin, Yelena tocó a la puerta, pero nadie le respondió. Decidió dar la vuelta y ver si estaba en el balcón, y afortunadamente lo vio sentado en una silla, tomándose un café o té y fumando un cigarrillo. También notó que aún llevaba puestos los mismos pantalones cortos y camisa de cuadros de la noche anterior. Yelena le gritó, y Martin se acercó a la baranda del balcón, donde Yelena rápidamente notó cortaduras en su cara, en un brazo y en las rodillas. Martin se sorprendió al verla.

"Me dejaste un mensaje a las seis y media de la mañana donde me decías que no sabías donde estabas y que necesitabas ayuda, y no lo escuché hasta hace una media hora. He estado muy preocupada por ti, y no lograba conseguirte por teléfono".

"Estoy bien. . . Voy a abrirte".

Yelena abrazó fuertemente a Martin, quien le reciprocó el abrazo y volvió a repetirle que estaba bien.

Yelena le preguntó que había pasado, y hablando con dificultad Martin le dijo, "salí de *Trafalgar* cerca de las tres de la mañana y alguien me atracó para robarme".

Yelena le preguntó que le habían llevado, y balbuceando Martin le respondió, "me robaron los cigarrillos y el encendedor".

"¿Te llevaron los cigarrillos y el encendedor, y que pasó con tu billetera, tu dinero, tu reloj y tu celular?".

"Solo me llevaron los cigarrillos y el encendedor".

"¿Y quiénes te pegaron?".

"No sé. No me di cuenta".

Yelena notó que las cortaduras en una de las rodillas eran bastante profundas y le preguntó si tenía remedios para curarlo, pero Martin le dijo que no. Así que se limitó a lavarle las heridas con agua y jabón y preguntarle que necesitaba y si quería algo de comer. Martin le dijo que estaba bien, y Yelena decidió irse a la oficina donde iba a tener una junta especial, aun siendo día feriado, para discutir un reporte que tenía que entregar su grupo al día siguiente.

Aunque Yelena escuchó el cuento de Martin de que lo habían asaltado, no creyó ni por un instante una palabra sobre el asunto. Nadie roba cosas insignificantes como los cigarrillos y el encendedor y deja el dinero, la billetera, el reloj y el teléfono celular. Yelena concluyó que Martin se emborrachó al punto de caer inconsciente en el suelo y ocasionarse cortaduras y rasguños en el cuerpo. Ese lunes 11 de octubre Yelena tristemente concluyó que aquel hombre a quien conoció diez meses atrás, y a quien tanto admiraba y de quien se había enamorado locamente, era un alcohólico. Pero en esa ocasión decidió hundir esos pensamientos en un mar de amor y se limitó a mimarlo y ayudarlo como pudiera, y por supuesto, hasta el punto que Martin le permitiera.

Cerca de las cinco de la tarde, Yelena regresó del trabajo a su casa, y empacó un plato de la comida que había preparado Dana para llevarle a Martin. También llevó consigo algunos medicamentos. Cuando llegó al apartamento, ya Martin estaba hablando con cordura, pero aún tenía puesta la misma ropa. Yelena esperó a que Martin se duchara y se vistiera y le puso medicamento en la rodilla y en la cara, además de que notó que también tenía raspaduras en los brazos.

Contrario a lo que había acordado antes de irse a duchar, Martin no quiso comer, sino que decidió ir a *Trafalgar* a buscar sus cigarrillos y su encendedor. Yelena se asombró y no podía creer lo que oía, porque Martin no había comido nada, todavía no estaba totalmente sobrio y no era conveniente que manejara en esas condiciones. Además, si iba a *Trafalgar*, iba a seguir bebiendo e iba a ocasionarse más daño. Así que cuando Martin regresó a su cuarto a terminar de arreglarse y recoger varias pertenencias para salir, desesperadamente Yelena aprovechó y anotó el número de teléfono del celular de Gabriel que encontró en la lista de números de teléfono que Martin tenía pegada en la puerta de la nevera. Tan pronto salió del apartamento llamó a Gabriel con su teléfono celular y le explicó la situación.

Gabriel le dijo, "Yelena, Martin es un hombre, no un chico, y va a terminar haciendo lo que le dé la gana sin escuchar lo que tú o yo le digamos. Él es responsable por lo que haga. Pero aunque ya iba de camino a mi casa, me voy a quedar aquí hasta que Martin llegue, para verlo y asegurarme que no corre peligro".

El martes en la mañana Martin llamó a Yelena para decirle que estaba bien y para invitar a Dana y su familia a que lo acompañaran a *Trafalgar*. Acordaron reunirse dos días más tarde cerca de las nueve de la noche, pero en el *Gibraltar Cafe* en vez de en *Trafalgar*. Dana y su familia se llevaron de maravillas con Martin, y mientras hablaban de distintos temas, se toparon con una de esas prominentes casualidades de la vida. Resultó que un primo y varios amigos de Martin trabajan juntos como policías con Dana y su hija allá en New York, donde hay más de 39,000 policías. Esa casualidad era tan grande como el *"encontrar una aguja en un pajar"*.

Al reunirse esa noche Martin contó que regresaba de *Trafalgar* y según él, se tomó varias cervezas. Aunque se veía alegre, estaba sobrio, aun cuando se tomó una margarita y dos tragos de whisky en el *Gibraltar Cafe*. Después de haber compartido con Martin, de regreso a la casa de Yelena, Dana y su esposo le comentaron que parecía que aunque bebía mucho, como normalmente acostumbraban los ingleses e irlandeses que ellos conocían, se podía controlar bien. Le preguntaron a Yelena si bebía desde por la mañana o en su apartamento, y cuando ella les dijo que no, le comentaron que posiblemente abusaba del alcohol, pero que no era alcohólico. También le enfatizaron que era muy agradable y que se mostraba cariñoso y feliz en su compañía. Yelena les confesó que sus comentarios le traían un poco de consuelo y que a lo mejor sus sospechas de que Martin era alcohólico eran inválidas.

"Ay, es que lo amo tanto que aunque fuera alcohólico, quisiera engañarme a mí misma de que Martin no sufre de esa desastrosa enfermedad".

Martin se encontró con Yelena a almorzar al día siguiente y le comentó que le había agradado Dana y su familia, quienes habían salido esa misma tarde rumbo a Miami para asistir a una boda de unas amistades. El viernes en la tarde, cuando Irina y Daniel partieron con Enrique para pasar el fin de semana con él, Yelena fue al apartamento de Martin, donde le había preparado a ella otra deliciosa cena gourmet. Yelena apreció el esfuerzo de Martin, quien obviamente tardó horas cocinando para ella. La cena estuvo estupenda, y terminaron la noche bailando alegre y amorosamente hasta las tres de la mañana. También fue otra de aquellas noches donde la presión, el dolor y la resignación se juntaron para crear el triste desenlace de una sesión íntima incompleta entre dos enamorados.

Hacía cerca de cinco años que Martin no se compraba ropa. A pesar de su buena situación económica, la mayoría de la ropa que tenía se veía desgastada y le quedaba grande, ya que Martin había perdido más de 40 libras de peso desde que Oksana rompió con él. El sábado en la mañana, tal y como habían planeado, Yelena acompañó a Martin a comprar ropa. Yelena se sentía cada vez más orgullosa de lo mucho que había logrado motivar a Martin, y los cambios positivos que había llevado a su vida, quien los compartía con sus amistades abiertamente en presencia de Yelena.

Yelena y Martin pasaron par de horas escogiendo varios pantalones de vestir, camisas y hasta unos *blue jeans*, una novedad en el guardarropas de Martin, los cuales le quedaron muy bien.

Yelena se rió y le dijo, "de verdad que nuestras amigas que bromean porque no tienes nalgas están equivocadas. . . Te ves muy *sexy* con los entallados *blue jeans*. ¡Wooo, wooo!".

Martin se compró hasta unos zapatos deportivos para ir de caminatas con Yelena, quien disfrutaba mucho de ese ejercicio liviano. A la misma vez le permitía disfrutar del bello regalo que Dios le había otorgado en la madre naturaleza como eran los grandes árboles y la variedad de pájaros que se veían en su vecindario.

Martin no dejaba de sonreír mientras compraba, y al pagar se quedó impresionado con la cantidad relativamente baja de dinero que había gastado. Se mostró muy agradecido a Yelena, y hasta aceptó ponerse los *blue jeans* e ir a Traflagar con Yelena en la tarde. Al verlo entrar, hasta los amigos varones de Martin notaron el cambio en su ajuar y Thomas salió apresurado a buscar a Theresa a la terraza.

Al verlo, Theresa comentó, "vaya, sí tienes nalgas, y las tenías escondidas detrás de tus gigantes pantalones", y mientras se reía le dio par de cariñosas nalgadas.

Yelena se sentía inmensamente feliz y orgullosa de estar con su Martin, con el Martin a quien había logrado motivar y quien empezaba a salir del hoyo, como un cangrejo.

Saliendo de *Trafalgar*, Martin invitó a Yelena a *Bobby's*, un bar pequeño, muy rústico y de ambiente muy informal, parecido a el *Old Country Barn*. Al verlos entrar, el gerente, Tony, y la cantinera inmediatamente comentaron sobre el cambio de la vestimenta grande y formal que normalmente llevaba puestos Martin, a los entallados *blue jeans* con camisa de manga larga y cuadros que lucía ese día. Tony fue muy amigable y amable con Yelena. Se parecía bastante a Gabriel físicamente en sus facciones, al tener su tez blanca, pelo canoso, ojos castaños y lentes, pero era más bajo de estatura y un poco más grueso. A Tony le gustaba hacer bromas inocentes a los clientes, más bien compartiendo tonterías que habían hecho cuando estaban borrachos. Queriendo hacer reír a Yelena, Tony imitó como Martin un día se emborrachó, y al salir del bar no pudo calcular bien donde estaba la puerta y terminó pegándose contra la pared con la mitad del cuerpo.

Allí estuvieron cerca de dos horas, donde Martin tomó varias cervezas y donde ambos bailaron romántica y alegremente. Tony estaba bastante borracho e hizo muchas payasadas, incluyendo bailar frente a la barra y moverse sensualmente agarrado de un tubo como hacen las bailarinas de *cabaret*. Yelena se reía y aunque lo encontraba gracioso, se sintió un poco avergonzada. Yelena notó que contrario a *Trafalgar*, muchos de los clientes de *Bobby's* se notaban ebrios.

Ya cuando Martin y Yelena planeaban salir, un hombre de unos sesenta años, que había llegado en una motocicleta *Harley-Davidson*, se les acercó. Se llamaba William, y sorpresivamente les empezó a hablar de su fe y de como su acercamiento a Dios y a la iglesia había tenido un gran impacto en su vida personal y el del resto de su familia. Martin contó que no había pisado una iglesia en par de años, desde la boda de la su prima, la hija de su tía Margie. Pero se mantuvo muy atento a la conversación, la cual duró más de una hora, mientras William y él bebían un par de cervezas. Tal fue el impacto que William tuvo en Martin, que acordó asistir a misa al día siguiente.

Yelena, no podía contener la alegría dentro de su ser, pues prácticamente acababa de presenciar un milagro, y hasta le comentó a Martin, "William me recordó un libro que leí recientemente, *God on a Harley*".

Una vez salieron de *Bobby's*, pararon a recoger algo de comer, lo cual disfrutaron pacíficamente en casa de Yelena. Como era costumbre, terminaron la noche bailando piezas movidas acompañadas de monerías, y piezas románticas donde se abrazaban y besaban como dos inocentes adolescentes, terminando una vez más rendidos por el cansancio, dormidos entrelazados en eternos abrazos.

Solamente habían pasado tres horas desde que se acostaron, cuando la alarma del reloj despertador los sorprendió. Aunque Martin originalmente dijo que mejor seguía durmiendo, se animó y terminó coordinando todo. De manera que ambos tuvieron tiempo de ducharse, y una vez Yelena se vistió, fueron al apartamento de Martin para que él se cambiara de ropa mientras ella se maquillaba.

Llegaron temprano a la iglesia, y hasta tuvieron la oportunidad de saludar a William, quien los recibió sumamente contento en compañía de su esposa. Desafortunadamente, otra de esas cosas raras de la vida los sorprendió ese día. Por primera vez en más de tres años, el sacerdote, quien venía de otra parroquia, se enfermó, y cancelaron la misa. Pero más sorpresiva fue la actitud de Martin, quien le preguntó a Yelena si había misa en otra parroquia a la cual podían llegar a tiempo, lo que lograron hacer. Mientras solemnemente participaban de la misa, la alegría radiaba desde el interior de Yelena, reflejándose inmensamente en su rostro, sintiéndose más orgullosa que nunca de su adorado Conde Inglés. Lo más que la alegró fue cuando al salir de la iglesia Martin le mencionó que iba a ir a confesarse la semana entrante y que aunque de vez en cuando rezaba, iba a acercarse más a la iglesia.

El resto de esa semana fue fenomenal. Yelena y Martin comieron juntos el martes en la noche, escucharon un poco de música en su apartamento, y luego dieron una caminata. Igual hicieron el jueves en la noche. El sábado cerca del mediodía, Martin recogió a Yelena en su casa para que lo acompañara y le diera el visto bueno a un chaquetón que había visto en una tienda, y que le ayudara a escoger un par de suéteres. A cambio, Martin la llevó a almorzar a un restaurante que quedaba cerca de la casa de Yelena.

Yelena pasó el resto de la tarde con sus hijos, hasta cerca de las nueve y media de la noche, cuando se encontró con Martin en su apartamento y salieron un ratito a *Trafalgar*. Allí por primera vez entre chistes e historias sobre las veces que todos habían bebido en exceso, Yelena compartió el cuento del día que Martin se emborrachó y atribuyó sus cortaduras a un asalto. Yelena lo imitó hasta con el acento británico, lo cual hizo reír a Martin y a sus amigos inmensamente.

Martin, dijo, "ay como no me dijiste nada, pensé que me habías creído la excusa ridícula que te di", mientras que el resto del grupo más se reía.

"Son muchas las veces que me he quedado callada con las excusas tontas que me has dado, aunque no te las he creído", aclaró Yelena picarescamente mientras le agarraba la nariz con dos de sus dedos y se la movía sutilmente de lado a lado. Poco después salieron a escuchar música y a bailar en el *Old Country Barn* donde pasaron un buen rato.

175

El domingo en la noche también se encontraron cerca de las nueve y media de la noche en el apartamento de Martin y dieron otra caminata, donde a la misma vez platicaron tranquilamente. El martes en la tarde, ya que Irina y Daniel iban a pasar la noche con Enrique, Martin había acordado cocinarle algo especial a Yelena en su casa. Martin llegó con los ingredientes y Yelena se encargó de recoger una película alquilada mientras él cocinaba. Disfrutaron de la comida, y de la película. Sorpresivamente, una vez acabó la película, Martin se apresuró a marcharse, diciéndole a Yelena que estaba cansado.

"Martin, estoy desilusionada, pues pensaba que ibas a pasar la noche conmigo", dijo Yelena con tono melancólico.

Pero Martin le volvió a enfatizar que quería regresar a su apartamento y acostarse temprano, y salio rápidamente de casa de Yelena y hasta muy molesto. Era uno de aquellos días donde Martin de momento cambiaba sus planes y su estado de ánimo, mostrándose frió e indiferente hacia Yelena. Debido a esos cambios bruscos en su comportamiento, Yelena continuaba tratando de entender a que se debían, y la lista no bajaba sino que crecía. Quizás eran causados por diferencias culturales que lo ponían tenso o molesto, podía ser bipolar, esquizofrénico, parte de los estragos del alcohol, o de heridas viejas que lo alejaban de todo aquello que significaba algún compromiso romántico, o miedo a que Yelena o él mismo nuevamente iniciaran una de aquellas escenas íntimas donde intentaban llevar a la cúspide el uno al otro, pero en la cual la virilidad de Martin fallaba. Fue otro de aquellos días donde el cangrejo se retiró rápidamente a su cueva sin Yelena poder entender que lo distanciaba tan bruscamente de ella y el grado en que lo hacía.

Se suponía que esa semana, el viernes en la noche, Martin iba a recoger a Yelena para cenar juntos y luego ir al *Old Country Barn* a escuchar uno de sus grupos locales favoritos. Yelena no escuchó de Martin durante el resto de la semana,. . . no le contestaba las llamadas ni le devolvió los varios mensajes que ella le dejó grabados. El viernes en la tarde Yelena llevó a Irina a casa de una de sus amiguitas, donde más tarde la recogería Enrique para pasar el fin de semana con él. Afortunadamente, la madre de la amiguita de Irina tenía una fiesta en su casa y al preguntarle a Yelena que planes tenía para la noche y ella tristemente contarle lo de sus planes con Martin, la invitó a su fiesta. Yelena trató de distraerse pero a pesar de la alegría y los bailes que la rodearon, su mente se mantuvo fija en Martin. Su tristeza fue tal que tomó más de la cuenta y se atrevió a manejar hacia su casa usando como excusa el que solo quedaba a la vuelta de la esquina. Al llegar a su casa se tomó otra copa de vino mientras derramaba lágrimas. Pasaron las horas y continuaba inconsolable, hasta que finalmente el residuo de la sal de sus lágrimas y el cansancio le cerraron los ojos.

El subibaja continuó hasta cuando Yelena no resistió más y a la una de la tarde, ya sábado y día de *Halloween*, lo llamó. Martin le contestó y le dijo que fue solo al *Old Country Barn* la noche anterior y que esperaba que ella llegara allí pero no lo hizo. Yelena le dijo que él nunca contestó sus llamadas ni se comunicó con ella, y la excusa de Martin fue que había dejado su teléfono en su apartamento porque se le había agotado la batería. Entonces la invitó a pasar por *Bobby's* donde iba a haber una fiesta de *Halloween* que comenzaba a las seis de la tarde. Yelena le explicó que aunque se suponía que sus hijos estuvieran con Enrique, era el cumpleaños de Daniel, y por lo tanto iba a cenar con él esa tarde a las seis. Luego lo iba a llevar a un hotel donde se iba a efectuar el *Homecoming Dance* de su escuela. Yelena le dijo a Martin que se encontraría con él cerca de las ocho de la noche.

Daniel y Yelena disfrutaron de la cena en un restaurante que él escogió. De camino a la casa, donde Daniel se iba a cambiar de ropa, por tercera vez en los últimos dos días, Yelena insistió en comprar un arreglo floral para la invitada de Daniel al baile pero él se negó. Mientras Daniel se vestía, Yelena se disfrazó de bruja. Se veía muy sensual con el vestido negro que se le pegaba al cuerpo y el cual tenía picos cortados que comenzaban dos o tres pulgadas sobre la rodilla, y se extendían unas pulgadas más abajo. Completó el disfraz con una extensión de pelo que hasta el propio Daniel puso en duda si su mamá sabía algún secreto de hacer crecer el pelo de momento, porque se veía muy natural, y también bella.

Una vez llegaron al hotel, Daniel notó que los jóvenes le llevaban flores a sus parejas y le pidió a Yelena que lo llevara a comprar flores. Yelena se molestó mucho y le dijo que ya era tarde, pues su pareja estaba por llegar o quizás ya estaba esperándolo adentro. Mientras manejaba rezó por Daniel, para que aprendiera a escucharla y confiar en su sabiduría como madre.

Yelena llegó a *Bobby's* donde todos la miraban y halagaban, diciéndole que era la bruja más bella que habían visto. El gerente del bar, Tony, quien para esa época ya había visto a Yelena allí en otras tres ocasiones, le preguntó que donde estaba su escoba y Yelena le comentó que se le había roto un par de días atrás cuando le dio golpes en la cabeza a Martin con ella, porque se había portado mal. Todos, incluyendo a Martin, se rieron de la broma de Yelena, especialmente viniendo de ella, quien era conservadora y hasta tímida en grupos grandes.

Una vez Yelena se sentó al lado de Martin, le contó el incidente de las flores minutos antes con Daniel, y Martin insistió en salir y encontrar flores para la pareja de Daniel. Al notar el ánimo de Martin, Yelena aceptó, logrando encontrar una bella docena de rosas en el supermercado. Y así como estaba vestida también entró al hotel, precisamente cuando empezaba el baile en la sala de convenciones, y pudo entregarle las rosas a Daniel.

El resto de la noche también fue maravillosa, donde una vez regresaron a *Bobby's*, Yelena bailó con Martin sin parar. También se rió al ver a Tony repetir sus payadas, las cuales eran comunes cuando se emborrachaba. Cuando tocaron una canción dedicada a los veteranos, Yelena le insistió a Martin que bailara con ella, especialmente cuando ya lo había oído hablar en dos ocasiones anteriores de sus horrorosas experiencias en el conflicto de las Islas Malvinas. En ambas ocasiones Martin derramó lágrimas diciéndole que nunca se iba olvidar de los soldados muertos que vio, algunos a quien conocía, y rogándole a Yelena que no permitiera que Daniel participara en algún conflicto militar. Esas imágenes de dolor se las había transferido Martin a Yelena, quien hubiese dado cualquier cosa por sanar sus heridas.

Esa noche amanecieron juntos en casa de Yelena, donde Martin acarició su cuerpo y la hizo sentir mujer con la ternura que sabía transmitirle aun cuando su cuerpo lo limitaba. Una vez más, Martin elevó a Yelena en una nube, donde "hacer el amor" tenía otro significado, un significado especial, uno sublime, donde se sentía querida. Y a la misma vez se le escapaban lágrimas en su almohada al notar que Martin no lograba llegar a la cúspide a la que ella deseaba llevarlo, obsequiándolo con la inmensa pasión que emanaba de su cuerpo de mujer de sangre ardiente y enamorada.

Capítulo 16
Laberinto inaudito

A principios de noviembre, y durante los últimos dos meses, a menos que hubiese surgido uno de los inesperados ataques de distanciamiento de Martin, acostumbraban a verse o hablar por teléfono todos los días. Los almuerzos y cenas juntos se habían convertido en rutina, especialmente los días en los que los hijos de Yelena estaban con Enrique. Las caminatas en las noches también ocurrían a menudo, por lo menos dos veces por semana, pero era más común ir a un bar o varios bares, donde Martin normalmente se tomaba de seis a diez cervezas en una noche.

Dos días después de *Halloween*, Yelena llamó a Martin y lo encontró en *Trafalgar* a las siete de la noche.

"Ah, eres tú Yelena. Sabes, he tomado demasiado y voy a tener que dejar mi automóvil aquí en la taberna y dentro de más o menos una hora, voy a regresar a mi apartamento en un taxi".

Yelena le dijo que en esos momentos se preparaba para cenar con sus hijos y que si quería, lo buscaba cerca de las ocho y media de la noche y lo llevaba a su apartamento. Martin aceptó la oferta y agradeció mucho a Yelena lo que hacía por él.

Cuando Yelena llegó a *Trafalgar* encontró a Martin sumamente embriagado, quien la agarró para abrazarla y besarla, sin querer soltarla.

"Te ves muy bonita, y me alegra que hayas venido aquí a acompañarme y que me vayas a llevar a mi apartamento. Tan pronto acabe esta cerveza nos vamos".

Gabriel miraba a Yelena y se sonreía, mientras abría sus ojos con asombro y giraba la cabeza de lado a lado en negación. Theresa, quien tenía un inmenso corazón, estaba muy preocupada y le insistió a Martin, y a Yelena por separado, que tenía que irse a su apartamento lo antes posible.

"Tan pronto termine de tomarme esta cerveza nos vamos", dijo Martin.

Pero no había terminado de hacerle el comentario a Theresa, cuando pidió otra cerveza. Yelena volvió a repetirle en voz baja y calmada que tan pronto terminara esa cerveza lo iba a llevar a su apartamento, y ella iba a regresar a su casa, para asegurarse que sus hijos estaban estudiando.

"Te puedes ir a tu casa ahora mismo, pues yo me pienso quedar aquí par de horas más. Yo llamaré un taxi para que me lleve a mi apartamento".

Yelena pensó en el incidente que ocurrió el mes anterior cuando Martin se golpeó, y prefirió tener tranquilidad. Se rehusó a dejarlo en *Trafalgar*, donde corría más riesgos al estar totalmente embriagado.

Entonces Yelena le comentó, "pero cuando hablé contigo por teléfono aceptaste que te llevara a tu casa, y vine hasta aquí por eso. Además estás muy mal, y es mejor que no tomes riesgos quedándote aquí".

Mientras Martin abrazaba y besaba a Yelena, le dijo "¡que bella eres!", y se reía como un chiquillo tonto, insistiendo en quedarse en *Trafalgar.*

Yelena le rogó repetidas veces que se fuera con ella, sin lograr convencerlo, y eventualmente se dio por vencida. Justamente cuando había salido del estacionamiento en su auto, Martin la llamó al celular y le dijo que se iba con ella. Yelena dio un viraje y lo recogió frente a la taberna. Cuando ya iban de camino en la *minivan* hacia el apartamento de Martin, él insistió en que pararan por no más de media hora en *Bobby's*. Yelena se negó una y otra vez, queriendo salvar al cangrejo que estaba en el hoyo, pero una vez más se convirtió en caracol y actuó como co-dependiente. Finalmente y aunque decepcionada consigo misma accedió a los caprichos y vicios de Martin. Ya eran cerca de las diez de la noche y Yelena sabía que los martes cerraban a *Bobby's* a las once de la noche. Así que prefirió evitar una discusión y accedió el estar allí por una hora.

Al llegar a *Bobby's*, y como ya era costumbre, Tony y algunos de los clientes regulares del bar los recibieron calurosamente, y Yelena pudo pasar una hora agradable en el lugar. Pero las sorpresas continuaron, y a la hora de cerrar el bar Martin insistió en volver a *Trafalgar*, pidiéndole que lo llevara hasta allí a él y a otro de los clientes rutinarios de *Bobby's*, Steve. Yelena se negó, y Steve, quien se veía tan embriagado como Martin, dijo que él iba a manejar hasta *Trafalgar*. Sonreído como chiquillo idiota y balbuceando, Martin le volvió a pedir a Yelena que lo llevara a él y a Steve a *Trafalgar*. Yelena, quien estaba molesta, le dijo que Steve lo iba a llevar a *Trafalgar* o que tomara un taxi, pues ella se iba para su casa. Con todo el coraje y valor del cual se pudo colmar, y en frente de la media docena de clientes que salían de *Bobby's*, Yelena se montó en su *minivan* y dio un brusco viraje en el estacionamiento, obviamente marchándose furiosa porque hasta las llantas de su vehículo chillaron.

Al día siguiente Yelena se desahogó con sus amistades, y durante su acostumbrada llamada telefónica, la cual duró más de dos horas en esa ocasión, me comentó, "me sentí perdida, y hasta impotente ante el vicio de Martin, el vicio que le causa su impotencia física y emocional Es ese maldito alcohol el que ha impedido que nuestra relación florezca, haciéndola impotente".

El dolor que le ocasionó ese incidente no se alivió hasta que volvió a oír de Martin el jueves, cuando la llamó desde Miami donde andaba en viaje de negocios. Martin se disculpó por su comportamiento, y por haber abusado de su confianza. Le dijo que había estado pensando en ella y que en realidad entendía porque estaba molesta.

Martin le dijo a Yelena, "Gabriel también está aquí en Miami en viaje de negocios acompañado de su esposa y algunos de sus empleados y vamos a cenar juntos. . . Pero te voy a llamar cuando vaya de regreso a mi apartamento".

Aunque Martin sí la llamó a las once de la noche, por la claridad con la que pronunciaba las palabras Yelena estaba segura de que se había tomado varios tragos. Mas se sintió afortunada y se tranquilizó cuando él la llamó dos horas más tarde tan pronto llegó a su apartamento.

Al día siguiente, todo volvió a la normalidad cuando Martin invitó a Yelena a cenar a su apartamento. Pasaron una noche agradable, la cual una vez más abrió la puerta para que el caracol y el cangrejo bailaran armoniosamente.

El patrón de caminatas, exceso de bebida y días de incomunicación continúo por varias semanas más. En una ocasión iban a reparar el auto de

Martin, y se suponía que Yelena lo recogiera a las ocho de la mañana en el concesionario de *Mercedes-Benz*, para que lo llevara a su apartamento. Cuando Yelena llegó al concesionario, Martin no había llegado, ni lograba conseguirlo por teléfono. Yelena continuó rumbo a su trabajo y hora y media más tarde él la llamó disculpándose e indicándole que se quedó durmiendo porque se le olvidó prender la alarma, excusa que Yelena no creyó por un segundo ya que la voz lo delataba. Más bien Yelena utilizó la excusa de Martin como punto de broma frente a sus amigos, donde les contó la última de las excusas tontas que usó después de una borrachera.

"Ah, pero ese cuento no es tan bueno como el del día que lo asaltaron", añadió Yelena, quien a menudo lo imitaba con algunas de sus excusas tontas, incluyendo su acento británico.

En otra ocasión salieron a bailar y Martin se encontró con unos viejos amigos. Le insistió a Yelena que se quedaran con ellos un rato, y una vez más, Martin se portó como un chiquillo y tonto borracho. Balbuceando, le repitió a Yelena cerca de diez veces en menos de media hora, como en una ocasión tuvo una discusión y distanciamiento con uno de ellos.

"Pero hoy nos hemos encontrado aquí, y yo me disculpé y él aceptó y estamos como amigos, como si nada hubiese pasado".

También repitió tontamente mientras señalaba a uno de sus amigos, "¿tú conoces al hermano de Tim? ¿Qué te parece . . . no crees que es un tipo bien parecido?".

Si Yelena no hubiese visto antes a otras amistades borrachas que sabía eran puros machos y si Martin no hubiese jugado con el cuerpo de ella como lo había hecho, especialmente el haber saboreado su cuerpo en las partes más privadas, ese día lo hubiese catalogado como homosexual.

Días después de ese incidente Yelena le comentó a Martin que una pareja de sus empleados la habían invitado a su boda en Miami, y que le gustaría que la acompañara.

Martin le respondió cortantemente, "no me gustan las bodas y mucho menos las de personas que no conozco".

Yelena le dijo que podían pasar la noche en Miami y que si quería, se podía quedar en el hotel mientras ella asistía a la ceremonia y a la recepción. Le explicó que no quería manejar sola por par de horas, y mucho menos estar sola en Miami o tener que regresar sola a Palm Beach en la noche. Pero Martin se molestó a tal punto que la ignoró totalmente, ni la miraba ni le hablaba, y se mantenía tomando y fumando mientras miraba hacia el interior de la barra. Quince minutos más tarde, Yelena se colmó de valor, salió de su concha de caracol y le preguntó a Martin que le pasaba.

Martin le contestó, "me pones presiones que no aguanto, y sigues insistiendo".

Yelena se disculpó, y entonces Martin cambió de actitud, terminando la noche en plena armonía.

El fin de semana antes del día de Acción de Gracias, se reunieron en *Trafalgar* con Theresa, Thomas, Kate y Randy, y salieron a ver una comedia musical. Cuando terminó la muy divertida obra, y mientras caminaban hasta el estacionamiento, a excepción de Martin, todos comentaron que estaban hambrientos, especialmente Kate, quien estaba encinta. Martin, se había tomado unas cuatro cervezas antes de salir hacia el teatro y tampoco había cenado, pero insistía en que no tenía hambre. Como sabían que en *Trafalgar* no servían comida después de las nueve de la noche, a excepción de Martin, el grupo encontró buena idea ir a algún restaurante. Martin se rehusó rotundamente unirse al grupo a cenar, e hizo una escena mientras manejaba.

Delante de todos y con tono de disgusto, Martin le dijo a Yelena, "quédate tú con el grupo. Yo regreso a *Trafalgar* en un taxi".

Entonces Yelena actuó como co-dependiente y le dijo, "no, prefiero estar contigo. Te acompaño a *Trafalgar*".

El resto del grupo también desistió de la idea de ir a comer, regresando todos juntos a la taberna.

Cuando llegaron a *Trafalgar*, Yelena estaba tranquila, pero aún avergonzada por el incidente. Aunque no le hizo ninguna reclamación a Martin, él seguía molesto. Yelena se dio cuenta que a veces no solo ella era la co-dependiente, sino que todo el grupo actuaba como tal, facilitando que Martin cayera de nuevo en los brazos de su amada: la Dama Alcohol.

"Sé que estás enfadada conmigo y que me vas a regañar", repitió Martin varias veces.

En voz baja y con suma tranquilidad Yelena le dijo, "Martin, no tienes que preocuparte por lo que pasó esta noche. No vale la pena discutir".

En una media hora, Martin se tomó dos cervezas y le dijo que podían irse, y que quería brindarle una margarita. Yelena le dijo que aunque aceptaba su invitación a tomarse una margarita, necesitaba comer algo. Le sugirió ir al *Gibraltar Cafe,* y Martin aceptó.

Justo cuando salían hacia al estacionamiento, se encontraron con un amigo de Martin que hacía meses no veía, y quien lo invitó a tomarse una cerveza. Yelena los siguió tranquilamente hasta la taberna, pero no pasaron más de diez minutos cuando Martin se le acercó y comenzó la misma cantaleta.

"Sé que estás enfadada y que me vas a hacer reclamaciones", repitió Martin varias veces como una grabadora.

Tratando de evitar las miradas de los clientes, quienes se habían dado cuenta de que Martin se estaba comportando neciamente, Yelena intentó alejarse de él, moviéndose a otra área del bar para hablar con otro grupo de gente. Pero Martin la perseguía, y seguía repitiendo su discurso. Hubiese querido armarse de valor y llevarse a Martin a su apartamento para que dejara de tomar. Hasta deseó poder exteriorizar su frustración con una de aquellas fuertes rabietas que le daban cuando niña, pero su inmensa paciencia y miedo de tener un encontronazo ganaron. Aunque se sintió débil de carácter, también sabía que no iba a ser productivo el argumentar con alguien que estaba embriagado.

Unos quince minutos más tarde Martin salió de la taberna y Yelena pensó que se había marchado, pero Thomas notó que se había sentado en el banco de la entrada. Cuando finalmente Yelena salió de su caracol, se le sentó al lado y le preguntó a Martin que le pasaba. Una vez más repitió la cantaleta, y Yelena le contestó que todo estaba bien con ella. Martin le dijo que ya era hora de regresar a su apartamento. Yelena le preguntó si tenía pan y algo para picar, y Martin le contestó que tenía hambre y que quería comprar algo de comer en la ventanilla de un restaurante. Yelena felizmente accedió a la sorpresiva sugerencia de Martin. Más grande fue la sorpresa cuando llegaron al apartamento de Martin, y observó lo mucho que comió, terminando la noche tranquilos, compartiendo caricias y besos hasta que se quedaron dormidos con sus cuerpos entrelazados en un abrazo.

La alegría y la paz continuaron al día siguiente cuando fueron a almorzar con Mary y su esposo en *O'Riley's*. Los chistes de Martin no faltaron, los que le hicieron saltar lágrimas de risa a Yelena y a Mary. Las emociones fueron más intensas para Yelena cuando escuchó y observó a Martin contar con sumo detalle los planes de su viaje a Puerto Rico. Les contó de los planes que tenían de dar un recorrido por la isla, incluyendo ir a la playa, al radiotelescopio y a varios lugares de interés turístico.

Faltaban solo dos días para que Martin y Yelena partieran para el viaje que habían planeado hacer durante la semana en la que se celebraba el Día de Acción de Gracias. Yelena rezaba para que al cangrejo no le diera uno de sus repentinos corajes y que desapareciera rápidamente a su cueva como ya había hecho tantas otras veces. Por fin llegó el día en que se iban a reunir para salir hacia Puerto Rico, donde incógnitamente habían decidido ser puros turistas. Yelena y Martin habían planeado ese viaje hasta con el más mínimo detalle, y estaban sumamente entusiasmados con los sitios que habían escogido para visitar. Aun más, era la primera vez que iban a pasar ellos dos solos cerca de una semana, alejados de las rutinas, y de sus amigos y familiares. El vuelo que iban a tomar salía desde Ft. Lauderdale a las nueve de la mañana, y habían decidido pasar la noche anterior en casa de Yelena, y salir a las seis de la mañana hacia el aeropuerto.

Yelena recogió a Martin en su apartamento un lunes en la tarde después de salir del trabajo, y fueron juntos a recoger el automóvil que habían rentado a nombre de Yelena. Martin partió en el automóvil rentado hasta su apartamento para recoger su equipaje, y ella manejó su *minivan* hasta su casa.

Se suponía que luego Martin llegara a casa de Yelena cerca de las siete de la noche, una vez que Enrique recogiera a Irina y Daniel con quien iban a pasar las vacaciones de Acción de Gracias. Pero a las ocho de la noche, Martin aún no había aparecido. A las ocho y media de la noche Yelena lo llamó y Martin le dijo que estaba en *Trafalgar* en compañía de Gabriel, Charles y otros amigos, y que si estaba bien con ella que llegaría dentro de media hora. Pasó otra hora y aún Martin no llegaba, y a las diez y media de la noche la llamó para decirle que acababan de llegar otros de sus amigos, pero que llegaría dentro de media hora. Yelena no estaba molesta, pues todavía tenía varios preparativos que hacer y el Martin retardar su llegada le daba tiempo para terminarlos. Pero sí estaba inmensamente preocupada. Sabía que Martin había estado bebiendo, y aunque aparecía como co-conductor en el contrato del alquiler del automóvil, Yelena era legalmente responsable por cualquier accidente que ocurriera. Si sucediera un accidente, ella hasta podría perder todas sus pertenencias y todo su dinero.

Cerca de las once y media de la noche, justo cuando Yelena terminaba de tomar una ducha y prepararse para dormir, llegó Martin.

"Vete a descansar. Yo mismo me caliento mi comida", dijo Martin cariñoso y muy pasivo, y quien también estaba ebrio.

Yelena lo estaba esperando en la cama y aunque lo escuchó mientras dormitaba decirle que se iba a servir un segundo plato, se quedó dormida antes que Martin se acostara.

El viaje hacia el aeropuerto de Ft. Lauderdale y el vuelo hasta Puerto Rico fueron estupendos. Una vez llegaron a la isla y recogieron el automóvil que alquilaron, manejaron hasta el Viejo San Juan, donde almorzaron. Después de dar un corto recorrido por la histórica ciudad y donde no podía faltar la visita al castillo de El Morro, cerca de las cuatro de la tarde partieron hacia el Parque Nacional El Yunque. Iban a pasar dos noches en un pequeño hotel que le habían recomendado unas amistades, lo que les permitiría apreciar el ambiente fresco y sereno, rodeados de la muy variada y densa vegetación del área. Después de haber descansado un rato en su habitación, salieron a cenar en un famoso restaurante donde disfrutaron de la música y sabrosa comida típica. Yelena se tomó una margarita, pero Martin no quiso tomar ni siquiera una copa de vino.

Al día siguiente salieron temprano de caminata en la selva tropical, bajando por estrechas veredas, hasta llegar a un área donde se encontraron con una charca formada en la desembocadura de una cascada, y donde disfrutaron de un refrescante chapuzón. Después de un liviano almuerzo, partieron en otra caminata, y subieron hasta los altos picos de El Yunque. Cuando en momentos se encontraron rodeados por las nubes de pies a cabeza, muy impresionados más bien parecían chiquillos tontos al intentar tocarlas. Desde los altos picos también apreciaron la vista que les permitió ver desde el Océano Atlántico hasta el Mar Caribe, y de distinguir pequeñas islas en la distancia. Se tomaron varias fotos uno del otro, a veces juntos, y de las bellas vistas. Luego descansaron un rato en los altos picos, donde compartieron algunos abrazos y sutiles besos disfrutando tanto del ambiente silencioso que se les hizo difícil poder salir del lugar, y solo lo hicieron cuando los aseché el anochecer obligándolos a regresar.

Cuando llegaron al hotel, se recostaron a descansar por una hora y luego pasaron a cenar. Yelena notó que por segundo día consecutivo Martin no tomó ningún tipo de alcohol, aun cuando ella sí había tomado una copa de vino a sugerencias de él.

Rendidos por el cansancio esa noche terminaron dormidos entrelazados como acostumbraban, y al amanecer iniciaron una sesión de amor la cual como pasaba a menudo, se limitaba a besos apasionados y sutiles caricias. Una vez desayunaron, Martin y Yelena pasaron el día en un balneario público, descansando bajo palmeras mientras disfrutaban de la vista, y lo que intercalaban con chapuzones en la refrescante y serena playa. Habían hecho reservaciones para cenar y pasar la noche en un hotel cercano, y ambos se vistieron apropiadamente, especialmente ese día, ya que se celebraba el Día de Acción de Gracias. En esa ocasión Martin se tomó una pequeña copa de vino, con la que inició un brindis y una oración de gracias.

El viernes en la mañana Yelena se sintió muy desilusionada cuando Martin la despertó, y sin intentar ningún acercamiento íntimo aceleró su partida hacia el Radioobservatorio de Arecibo. Charles conocía a uno de los científicos que trabajaba en el observatorio, y a través de él, Martin y Yelena hicieron reservaciones en las facilidades que tenía el centro para albergar a los científicos visitantes. Además, iban a tener la oportunidad de asistir a presentaciones y talleres especiales, en los que solamente participaban los científicos visitantes o los empleados del observatorio. Como científicos al fin, para Yelena y Martin, esa se convirtió en la más impresionante experiencia de su viaje. Pasaron la tarde entera en el impresionante radiotelescopio participando de las variadas e interesantes actividades que habían planeado. Esa noche cenaron con el científico anfitrión, Christopher Smith, quien también los invitó a una sesión nocturna privada de observaciones estelares y planetarias utilizando un potente telescopio. Martin aceptó el que le sirvieran una copa de vino durante la cena, pero Yelena notó que escasamente probó el vino.

Las impresionantes vistas de los planetas, galaxias, cometas y millares de estrellas los dejaron boquiabiertos. Después de un par de horas de observaciones, y más bien cuando empezaron a preocuparse por el tiempo que habían ocupado a su anfitrión, regresaron a la hospedería del radioobservatorio. Allí se entretuvieron en un centro de computadoras, donde continuaron buscando información sobre datos que habían recibido durante las presentaciones y los talleres del día. Tal fue el impacto de la experiencia, que Martin se enfocó en buscar información sobre precio y marca de telescopios de alta potencia con el propósito de comprarse uno tan pronto regresara a Florida. El cansancio rindió a Yelena, quien se retiró a dormir cerca de la medianoche sola, añorando sentir su cuerpo acariciado por su Conde. Martin se quedó buscando información adicional en la computadora, y antes de regresar a la cabaña que le habían asignado, se fumó un par de cigarrillos.

Al amanecer, Martin despertó a Yelena con caricias y un tierno beso. Lentamente y sin parar, los besos y caricias pasaron a un tono apasionado. Martin exploró y acarició el cuerpo de Yelena combinando pasión y ternura, hasta que acomodó su diminuta figura sobre su extenso cuerpo, y donde por primera vez logró que su cuerpo de hombre le respondiera totalmente. Como mil veces había deseado, Yelena pudo experimentar un nuevo nivel de acercamiento a su adorado Martin, el éxtasis de sentirlo dentro de su cuerpo, y de saciar la sed que le producía la sangre ardiente que corría por sus venas. La inmensa pasión y ternura que recibió de Martin y que pudo reciprocar esa mañana, fue una que no lograría olvidar por el resto de su vida. Esa mañana se esfumó el dolor de haberse sentido inferior, no amada o hasta rechazada por el hombre que tanto amaba. Yelena pudo notar que Martin también había removido peso de sus hombros, quien la sostuvo aprisionada en sus brazos por largo rato mirándola fijamente, y con una profunda expresión de paz y satisfacción en su rostro.

Ese día Yelena se convenció de que los impedimentos físicos de Martin no tenían que ver con ella, pues a veces dudaba si le gustaba lo suficiente a Martin, o si los recuerdos con Oksana lo continuaban atormentando mental y físicamente. Pero la otra teoría que tenía, y sobre la que había investigado bastante en artículos médicos, era la que realmente tenía sentido. La impotencia que experimentaba Martin no era permanente, sino causada por el excesivo consumo de alcohol. Durante los primeros seis meses de su relación, normalmente Martin comía una sola comida al día, y a veces pasaba un día y hasta dos sin comer. Aunque ese hábito mejoró un poco durante los últimos meses, no fue hasta que emprendieron su viaje de vacaciones, que por primera vez habían pasado cuatro días en los que Martin desayunaba, almorzaba, cenaba y hasta merendaba tres veces al día. Aun más importante, en cuatro días solo se había tomado una copa y media de vino, en comparación con las seis, ocho o hasta doce cervezas que acostumbraba a tomarse cada noche, día tras día, con muy pocas excepciones.

Yelena aseguraba que también era el alcohol el que ocasionaba los cambios bruscos en la personalidad de Martin. En los días que habían pasado en Puerto Rico, no habían tenido ningún tipo de desacuerdo. Martin parecía un cordero, consultando con Yelena cada decisión de una manera muy sutil y respetuosa, y no se rehusaba en complacerla en nada que ella sugiriera. También era increíble notar el gran nivel de paciencia con el que Martin enfrentó todos los inconvenientes que se le presentaron durante el viaje. Estos incluyeron haber sido detenido por la policía por exceso de velocidad, esperar en el aeropuerto de Puerto Rico por una hora para alquilar el automóvil que presuntamente ya habían reservado, y perderse varias veces tratando de llegar al lugar destinado.

Esa mañana, y mientras Martin manejaba hacia la costa, donde iban a pasar sus últimas horas en la isla, Yelena pensó en las amigas y hasta miembros de su familia extendida las cuales habían compartido con ella el dolor y la decepción que habían experimentado en sus relaciones íntimas.

Muy sorpresivamente, se había enterado que no estaba nada de sola, porque algunas de ellas, más de las que jamás se hubiese imaginado, le confesaron que habían experimentado las mismas desilusiones en sus matrimonios. Yelena había sido dichosa esa mañana, mas volvió a sentir su pena a través de ellas, el dolor de sentirse mujeres inferiores, incompletas y no amadas por el hombre a quien le habían hecho la promesa de amar y serles fiel por el resto de sus vidas. Una de ellas fue víctima de la impotencia de su esposo a causa de una depresión emocional por la que atravesaba por los últimos tres años debido a la pérdida de su empleo. Otra notó la impotencia en su marido cinco años atrás poco después que terminara una temporada de infidelidad por parte de él, la cual los distanció a ambos. Una por una grave enfermedad la cual mantenía a su esposo en cama por más de nueve años, y otra simplemente porque su esposo y ella habían dejado de amarse y habían recurrido a convivir como dos extraños por más de siete años. Otra, por los mismos problemas de Martin, el alcoholismo, y donde en una ocasión su esposo le provocó un aborto natural con la presión que inconscientemente le aplicó sobre su vientre al tratar de forzar penetrarla con su órgano masculino muerto.

El último día de vacaciones en la isla Martin y Yelena lo dedicaron al buceo de superficie. Pasaron varias horas en la mañana en un área prácticamente desierta donde reinaba el sol, palmeras, y un inmenso arrecife que comenzaba justo en la orilla del mar. Rodeados de paz y silencio y por el agua cristalina contemplaron una inmensa variedad de peces de distintos tamaños y colores, cangrejos, pulpos, estrellas de mar, corales y algas. A veces nadaban cogidos de la mano, mientras señalaban alguno de aquellos regalos de la naturaleza que se les presentaban justo frente a su rostro. Otras veces uno seguía al otro, explorando distintas áreas y en búsqueda de otras sorpresas con las que los obsequió la madre naturaleza. Tomaron un descanso para almorzar, mientras disfrutaban de la vista del mar y de la música creada por el vaivén de las olas. Luego regresaron a su expedición de buceo de superficie, una vez más rodeados por el silencio y la tranquilidad que les obsequiaba la comunidad marina. Nadaron y exploraron hasta que el cansancio y las quemaduras causadas por el sol los rindieron, y caminaron hasta la villa donde se estaban alojando, justo frente al mar. Allí disfrutaron de una simple cena que ordenaron, y se acostaron a dormir temprano en la noche.

Apenas salió el sol, el cangrejo interrumpió el pasivo sueño del caracol. Martin sorprendió a Yelena, pero no fue con besos o caricias, sino con una gran impaciencia y prisa por salir de la villa.

Martin le dijo a Yelena, "aquí ya no hay nada más que hacer, así que vamos para el aeropuerto inmediatamente y quizás hasta consigamos un vuelo de regreso a Florida ahora en la mañana como pasajeros alternos, en vez de esperar por el que tenemos reservado en la tarde".

Yelena se paralizó cuando notó la frialdad de Martin, quien no le dio ni siquiera un buenos días, y quien actuó con tanta prisa que parecía un loco mientras se vestía, empacaba y salía de la habitación. Yelena le preguntó cual era la prisa y Martin le dijo que prefería llegar temprano en el día a Palm Beach, en vez de cerca del anochecer.

Mientras Martin manejó hacia el aeropuerto internacional de Puerto Rico en Isla Verde, Yelena se mantuvo totalmente muda, desilusionada por el cambio brusco en el comportamiento de Martin. Él notó que Yelena se había escondido dentro de su concha caracol, y entonces se molestó más, preguntándole que le pasaba.

Mientras las lágrimas corrían por sus mejillas, Yelena le comentó, "he pasado los cinco días más maravillosos de mi vida contigo y hoy que se acaban, has apresurado ese momento, donde ni siquiera me diste un buenos días cuando inesperadamente decidiste acelerar nuestro regreso a Florida".

Mientras esperaban por su vuelo, Martin aún se mostraba muy molesto y se rehusó ir a desayunar a uno de los restaurantes del aeropuerto. Le dijo a Yelena que buscara algo para ella si quería, y aunque Yelena insistió en traerle algo de comer, él se rehusó.

Una vez entraron al avión, Martin recuperó su espíritu pasivo y nuevamente se mostró cariñoso con Yelena. Cuando se estaban acercando a Palm Beach, y mientras Martin manejaba, le dijo a Yelena, "son solo las dos y media de la tarde, así que como no tienes que recoger a los niños hasta las seis de la tarde, podemos parar en *Trafalgar* por una o hasta dos horas. ¿Te parece bien?".

Yelena aceptó, y en menos de diez minutos estaban en *Trafalgar*, donde tuvieron que esperar en el estacionamiento cerca de quince minutos para que abrieran la taberna.

En poco más de media hora Martin apresuradamente se tomó dos cervezas y le dijo a Yelena, "ahora son solo las tres y cuarenta de la tarde, así que podemos parar en *Bobby's*".

Una vez más Yelena lo complació. En la hora y media que estuvieron en *Bobby's*, Martin se tomó cuatro cervezas mientras felizmente contaba los detalles del viaje a todos los clientes del bar que conocía. Yelena notó que Martin tomaba muy apresuradamente, como si tuviera una inmensa sed después de una larga caminata, y aunque tuvo que repetírselo varias veces, aceptó irse a las cinco y media, tal y como habían acordado. Tristemente, también notó que Martin estaba ebrio, pero insistía en manejar el automóvil que habían alquilado a nombre de Yelena y hasta en devolverlo en la mañana. Yelena sutilmente se rehusó, diciéndole que le gustaba mucho el auto deportivo convertible que habían alquilado y que se lo quería enseñar a Daniel e Irina antes de entregarlo.

Cuando llegaron al apartamento de Martin, la invitó a que subiera unos minutos, y una vez tiró su equipaje en la sala, le dio una gran sorpresa.

"Yelena, yo pensaba regresar a *Bobby's* en taxi, donde están Bryan y otros de mis amigos. Pero me gustaría que me llevaras tú".

"Está relampagueando y comenzando a llover, y no tengo suficiente tiempo para regresar a *Bobby's* y poder recoger a mis hijos a la hora acordada con Enrique".

En ese instante, Martin se paró frente a Yelena con su rostro encendido en coraje y por primera vez en más de diez meses que llevaban saliendo juntos, le alzó la voz.

"Eres una egoísta, y no me digas nada. No quiero oír tus excusas, no quiero oírte".

Yelena trató de hablarle, pero Martin caminó hacia su dormitorio mientras le repitió lo mismo, y Yelena se marchó. Mientras manejaba de camino a recoger a Daniel e Irina trató de hablar con Martin, pero él había apagado su teléfono celular.

Después de sus días de vacaciones tranquilos y sin ninguna discusión y hasta donde el cangrejo y el caracol por primera vez lograron acoplarse en su única danza íntima de amor, terminaron perdiendo el compás de la música. Una vez más el cangrejo había corrido a esconderse en su cueva. Pero ya para esa época, el caracol sabía muy bien el son que bailaba con el cangrejo, y dos días después, Yelena llamó a Martin. Aunque no contestó, Yelena le dejó un mensaje.

"*Martin, espero estés bien, y que no estés muchos días escondido en tu cueva*".

Pasaron solo unos minutos, y Yelena recibió llamada de Martin. Yelena pudo sentir su sonrisa aun cuando físicamente no lo tenía al frente al decirle, "Yelena, ya salí de mi cueva", y luego se disculpó.

A pesar de la reconciliación por teléfono, Martin se mantuvo distanciado durante esa primera semana de diciembre y le dijo a Yelena que la vería durante el fin de semana. Acordaron que ella lo acompañaría a visitar varias tiendas donde vendían telescopios, pues continuaba interesado en comprar uno. Para el viernes en la tarde, todavía Yelena no había oído nada de Martin, por lo que decidió hacer planes de encontrarse a almorzar con una amiga el sábado al mediodía, y luego ir de caminata con otra. Realmente, Yelena estaba tratando de distanciarse física y emocionalmente de Martin, ya que finalmente se había convencido de que él prefería estar bebiendo con sus amistades que en su compañía. Por fin entendió algo que el propio Martin le había dicho antes: que él "no estaba disponible para entablar una relación estable".

Mientras Yelena estuvo de caminata, Martin había tratado de conseguirla por teléfono, y cuando regresó, escuchó el mensaje que le había dejado.

"Yelena, habíamos acordado ir hoy sábado de tiendas a ver telescopios para comprar, pero evidentemente cambiaste de planes, porque no contestas mis llamadas".

Yelena sintió que la voz de Martin se oía apagada, quizás estaba decepcionado, y posiblemente molesto. Trató de comunicarse con él, pero el teléfono celular parecía estar apagado. Unas horas más tarde decidió pasar primeramente por su apartamento, y luego por *Bobby's*, donde lo encontró. Martin se sorprendió al verla y aunque le mencionó que se había decepcionado al no lograr conseguirla durante las varias veces que la llamó durante el día, mostró una gran sonrisa desde que la vio, además de darle un inmenso abrazo y tierno beso en los labios.

Pero para esa época, Yelena llevaba más de una semana tratando de convencerse que lo mejor para ambos era distanciarse uno del otro. Martin se ponía tenso cuando ella no lo entendía. Ella sentía que caminaba en un laberinto sin salida y relegada a un segundo plano, sin poder competir con el alcohol ni con los amigos de Martin, sus compañeros de barra. Esa noche ninguno de los dos hizo mención alguna de pasar la noche juntos, donde posiblemente los mismos pensamientos que pasaban por la mente de Yelena, pasaban por la de Martin.

Así que al día siguiente, el 5 de diciembre, Yelena le pidió a Martin que pasara a recogerla a su casa una hora antes de ir a cenar a casa de Theresa y Thomas, una invitación que habían aceptado semanas antes. Yelena escribió lo que quería decirle a Martin y hasta lo practicó, pensando enfatizar que estaba cansada y herida de las vueltas alrededor del laberinto sin salida en el que parecían haber entrado desde que empezaron a salir juntos.

Cuando Martin llegó, estaba cariñoso y sonriente, pero Yelena tenía otros planes en mente. Aun cuando había escrito lo que planeaba decir y miraba el papel, se le hizo difícil compartir su mensaje. Realmente desde el incidente a mediados de septiembre, cuando Martin salió corriendo de su casa, Yelena empezó a analizar seriamente y resumir por escrito la descripción de su relación con él, y se convenció de que no era una relación saludable. Pero raras veces había compartido con Martin lo que le agobiaba, y nunca en detalle, ni siquiera cuando habían pasado por crisis similares.

Por fin Yelena logró remover las pesas que parecía llevar sobre su lengua y empezó a compartir con Martin los pensamientos que ella había desparramado con nosotras sus amigas más íntimas, pero no con él.

"Martin, cuando estás en control de ti mismo demuestras que hay un propósito por el cual vives, y mantienes un balance en todos los aspectos de tu vida, como son la salud, finanzas y otras responsabilidades, incluyendo cumplir tu palabra y no fallar en compromisos. Eres muy inteligente, guapo, encantador y tus modales son intachables. Tratas a toda persona con generosidad, sensibilidad y respeto, sin hacer comentarios denigrantes o irrespetuosos, sin importar raza o posición social. No tomas riesgos que puedan poner tu vida o la de otros en peligro, te alimentas y descansas bien y tu cuerpo responde bien en todos los aspectos, incluyendo el aspecto sexual. En fin eres alguien de quien yo o cualquier persona se pudiera sentir orgullosa de tener en su vida, y hasta de ser un buen modelo para otros, especialmente para jóvenes, como mis hijos".

Martin se mantuvo sentado y callado, observando a Yelena sin interrumpirla, quien continuó hablando.

"Cuando no estás en pleno control de ti, como cuando te tomas seis cervezas en menos de dos horas y medias, muchísimas veces te comportas de una manera opuesta. Te muestras arrogante, egoísta, tratas a otros condescendientemente, pones tu vida y la de otros que te rodean en peligro, no cuidas de tu cuerpo o salud y te olvidas de tus responsabilidades y compromisos. Actúas como si en tu vida hubiese solo un propósito, tomar alcohol, y esto está teniendo un gran impacto en mi vida. En esos momentos te muestras indiferente, la intimidad no existe, y siento que me utilizas como una marioneta, subestimando mi inteligencia e intuición. En ocasiones me has ridiculizado en público, como cuando el otro día al salir de *Bobby's* le comentaste como chiste a uno de los clientes que frecuentan el bar, "¿quién iba a decir que una hispana y si acaso con cuatro pies de estatura me iba a azotar el trasero?". Luego te desapareces por días y ni me contestas las

193

llamadas. Te amo mucho y todo eso me afecta inmensamente. Me deprimo, no como ni duermo bien, no logro concentrarme en mi trabajo, y siento que para ti el beber con tus amistades es mucho más importante que yo".

Aunque desde que comenzó a hablar, la voz le temblaba y las palabras no corrían con fluidez, para ese momento las lágrimas también corrían por su rostro.

Martin la interrumpió y le dijo, "cuando bebo yo nunca he puesto mi vida en riesgo y menos la tuya, porque las únicas veces que he manejado cuando he bebido en exceso es porque se suponía que fueras tú la que guiaras, y te emborrachaste".

Aunque Yelena sabía que lo que Martin dijo no era cierto, no lo contrarió. Las lágrimas continuaban desparramándose y bajando por las mejillas de Yelena.

"Tú has sido honesto conmigo y me has dicho que solo somos amigos y que entre nosotros no hay ningún compromiso. También entiendo que los favores que has hecho por mí no son más de los que has hecho por tus amistades. En prácticamente un año que hemos estado juntos, solo he recibido flores de ti en una ocasión, un imán para poner en la puerta de la nevera cuando regresaste de tu primer viaje de New York, y una cajita de galletas cuando estuviste en Miami el mes pasado. Has evadido conocer mis hijos y las palabras "te amo" fluyen fácilmente solo cuando has bebido en exceso o cuando te has disculpado por algo que ha pasado entre nosotros. En fin, esto no puede continuar así,. . . esta relación me está matando".

Martin calmadamente le dijo a Yelena, "yo pensé que con el tiempo iba a poder despejarme de los estragos que dejó Oksana en mi vida, y no ha sido así. Pensé que me iba a enamorar de igual manera, y superar mis problemas. Es mejor que seamos amigos y continuemos solo como eso".

La abrazó y se besaron levemente en los labios. Partieron de camino a casa de Theresa y Thomas donde pasaron una tarde entretenida y alegre. Las caricias y besos que intercambiaron Martin y Yelena opacaron la conversación que había tomado lugar horas antes. De regreso a casa de Yelena, Martin se bajó de su automóvil y le abrió la puerta como de costumbre, y al abrazarse para despedirse Yelena estalló en llanto.

Martin la consoló diciéndole, "cariño, todo va a estar bien, vamos a ser amigos, y nos vamos a seguir viendo, mientras que yo no te voy a causar más dolor".

Unos días después, el viernes 10 de diciembre, Yelena había estado en viaje de negocio en Orlando durante todo el día, y Martin la sorprendió con una llamada telefónica invitándola a cenar en su apartamento. Al regreso de su viaje la recibió con una cena en la que preparó varios platos típicos ingleses.

"Todo lo que ves lo preparé yo, y me tardé casi seis horas en la cocina. Llamé a mi madre para hacerle preguntas sobre la masa para los *"Connie's pasties"* y se sorprendió que estuviera haciendo algo que requería mucho trabajo, pero que se podía encontrar en cualquier establecimiento en Inglaterra, así como un *hot dog* aquí en los Estados Unidos. Le expliqué que acá ese no era un plato conocido, y que por ti estoy dispuesto a cocinar cualquier cosa, sin importar que tan compleja sea la receta".

Fue una noche tranquila donde la pasaron mayormente hablando. Cerca de la medianoche Yelena decidió regresar a su casa, donde la esperaban Irina y Daniel. Como había sentido muchas otras veces, Yelena resintió la falta de interés de parte de Martin en la pasión e intimidad.

Para mediados de diciembre Yelena había notado que Martin había aumentado la cantidad de alcohol que consumía, tanto cuando estaba solo como acompañado. Quizás el consumo era el mismo, pero Martin había bajado su guardia, disminuyendo las artimañas o mentiras que utilizaba para irse a beber, y para tapar sus borracheras, en ocasiones admitiendo que había bebido en exceso. Por otro lado Yelena no solo podía identificar los momentos o días en los que Martin abusaba del alcohol, sino que tampoco trataba de engañarse a sí misma pensando que Martin no tenía un problema de alcoholismo.

Capítulo 17
Alcohol poderoso . . . amor impotente

El resto del mes de diciembre continuó como un sube y baja, ya que Martin pasó largas horas en *Trafalgar* y *Bobby's* casi todos los días, y veía mucho menos a Yelena. La invadía el sufrimiento y la melancolía añorando a su Conde Inglés. Pensaba que la causa del distanciamiento de Martin era la resolución que habían tomado de redefinir su relación y mantenerse solo como amigos, pero también había otra motivación. Para esa época no solo habían numerosas fiestas de Navidad en distintos sitios, sino que por tercera vez durante el transcurso del año uno de los mejores amigos de Martin, Bryan, había roto con su novia, y esta vez definitivamente. Yelena dedujo que Martin se entretenía a beber con él en las tardes, donde ambos se desahogaban contándose sus desengaños con las mujeres.

En varias ocasiones Yelena se reunió con Martin en *Bobby's*, y en la mitad de esas ocasiones él estaba contento, cariñoso y amoroso con ella. En una de esas ocasiones acompañó a Yelena a comprar el regalo de Navidad de Daniel, un equipo de alzar pesas el cual cargó y guardó en el garaje de su apartamento. También hubo ocasiones en las que Martin refunfuñaba y se molestaba por pequeñeces, como la noche en la que Yelena le mencionó que algunas personas habían cancelado su reservación para la boda que se iba a efectuar en Miami, y que si quería todavía la podía acompañar.

Martin se puso furioso, diciéndole, "aquí volvemos con lo mismo, sabiendo que no me gustan las bodas y vuelves a sacar el tema con el propósito de crearme remordimientos".

Yelena lo miró atentamente, quedándose muda por unos minutos, hasta que logró salir de su concha y le dijo, "me encanta estar contigo y me siento muy orgullosa de ti. Yo no tenía ninguna intención de crearte remordimientos. Mi única intención era saber si habías cambiado de opinión y me podías acompañar. Mis compañeros de trabajo van todos acompañados de sus esposas o esposos, novios o novias, y solamente habemos un par de personas que vamos a ir solas. Lo menos que quería era causarte una molestia".

Martin se mantuvo silencioso y no la miraba ni le hablaba, y al cabo de diez minutos de esta situación, Yelena se fue al baño a calmar sus nervios. Allí dejó escapar unas lágrimas, hizo par de oraciones y una vez más reconoció que su relación con Martin existía porque ella lo amaba incondicionalmente. Cuando regresó, Martin le preguntó si se sentía bien, y ella asintió, regresando ambos a un estado armonioso el resto de la noche.

Precisamente el día antes de la boda en Miami, el 17 de diciembre, Yelena escuchó que dentro de dos meses iban a eliminar su posición de trabajo y que iba a quedar sin empleo. Llamó a Martin para desahogarse, quien la recibió en su apartamento por varias horas, más bien fríamente, y de allí él partió para *Trafalgar*.

Al amanecer Yelena se fue para Miami con sus dos hijos, un cambio que hizo con Enrique a última hora, y hasta decidió pasar la noche en un hotel con vista al mar. Cuando entró a la habitación y vio el mar, recordó los momentos bellos que pasó con Martin cuando estaban buceando en Puerto Rico. Trató de conseguir a Martin al mediodía, pero no le contestó la llamada y se la devolvió en la tarde justamente cuando ella se preparaba para salir para la ceremonia religiosa.

"Ay yo creía que la boda era por la mañana y que ya venías de camino. Yo estoy aquí en *Bobby's*, donde tienen una fiesta de Navidad y pensé que me ibas a acompañar", dijo Martin.

Yelena le comentó que lo llamaría al día siguiente cuando regresara de la boda. Varios pensamientos pasaron por su mente, pero concluyó que Martin estaba ebrio, ya que no podía acordarse de los detalles de la hora de la boda, tema que discutió con él en detalle en varias ocasiones.

El resto de la semana Martin la evadió, indicándole que era el encargado de hacer una colecta para los cantineros de *Trafalgar* como regalo de Navidad, y que tenía que estar allí.

"Sabes, no puedo estar pensando en otras cosas porque el recoger dinero ajeno me trae mucha tensión".

Por fin el 23 de diciembre Martin llamó a Yelena cerca de las dos de la tarde. Le dijo que Gabriel, Lloyd y Sandy estaban con él en *Bobby's* y que le gustaría que los acompañara. Yelena se unió al grupo donde compartieron hablando y tomando por algunas horas, hasta que a eso de las cinco de la tarde solo quedaron Martin y ella.

Ahí Yelena aprovechó y le dijo, "Martin, quiero que sepas que estás invitado a cenar en mi casa junto a mis hijos tanto en nochebuena, como el día de Navidad, y que también eres bienvenido a acompañarnos a misa el día de Navidad. Además, no importa la decisión que tomes, la respetaré y no me molestaré. Solo quiero que sepas que me gustaría que nos acompañaras y que eres bienvenido".

Martin se sonrió, le dio un beso en los labios y le dijo, "lo pensaré".

Como regalo de Navidad Yelena le había ordenado un bolígrafo en plata esterlina que llevaba grabado "Martin Ryan", y un llavero con el mismo diseño y con sus iniciales. También le compró una corbata y una caja de té importado desde Inglaterra, su favorito. Como broma y a la misma vez por necesidad, también le compró unos anteojos para leer, con la misma magnificación de los que ella usaba. Martin le tomaba los de ella prestados a menudo, porque tenía dificultad con los escritos de letra pequeña, pero se rehusaba a ir al médico.

⃞⃟

En realidad a menudo Martin se jactaba de contar como habían pasado más de cinco años desde que visitó por última vez un médico, y supuestamente no lo hizo aun cuando se le rompió la clavícula unos años atrás. Yelena oía esos comentarios de parte de Martin y se acordaba del color amarillento de la piel, las manos frías, su insomnio, pobre alimentación y las caídas y golpes causados por la bebida, pero callaba en silencio todo lo que pasaba por su mente con respecto a la salud de Martin. Yelena guardaba en silencio sus preocupaciones por respeto, por miedo a alejarlo, pero más bien porque sabía que era Martin quien tenía que reconocer el abismo en el que se encontraba y tomar el paso hacia una vida de cambios positivos.

ℰℭ

El 24 de diciembre aún no había llegado el pedido del bolígrafo y el llavero, así que tan pronto abrieron a *Bobby's* al mediodía, Yelena se apresuró a ir a preguntarle a Tony cuales eran los discos favoritos que Martin acostumbraba a seleccionar en la máquina de música. Luego en compañía de Daniel, fue a una tienda de discos y rápidamente pudieron encontrar dos *CD's* que contenían una buena colección de las canciones favoritas de Martin.

Poco después de Yelena haber regresado a su casa, cerca de la una y treinta de la tarde, Martin la llamó. Le mencionó que iba de camino a *Bobby's*, donde iban a celebrar una fiesta de Navidad, y allí iba a pasar el resto del día y la noche. Le preguntó que planes tenía, y Yelena le mencionó que acababa de regresar de la tienda, ya que una de las cosas que le tenía como regalo y que ordenó por correo no habían llegado a tiempo.

Martin le dijo, "ah, ahora sí que me pones en problema, porque yo no te compré nada. A mí no me gusta ir de tiendas a comprar regalos".

Aunque a Yelena le gustaba hacer regalos sin esperar nada a cambio, en esta ocasión se mantuvo callada. Yelena le contó a Martin que estaba cocinando algo especial para la cena y que también estaba condimentando dos perniles de cerdo que iba a asar para el día de Navidad. Le recordó que el día de Navidad era bienvenido en su casa, a la iglesia o ambos, si quería. Martin le dijo que la llamaría al día siguiente para indicarle sus planes.

Exactamente a las 7:20 de la mañana, el día de Navidad, Yelena se despertó con el timbre del teléfono. Era Martin cantándole dos canciones de amores imposibles y tristes, donde sonaba alegre, pero totalmente ebrio.

"Hola, cariño. Anoche estuve en la fiesta de *Bobby's* y me reí muchísimo. Canté bastante, pero también bebí mucha cerveza y mucho whisky. Así que terminé borracho y tomé un taxi de regreso a mi apartamento. Acabo de llamar a mi madre y a mi hermana en Inglaterra, a quienes también les canté, y ahora te toca a ti. Te deseo un feliz día de Navidad. También quiero que sepas que voy a cenar en casa de Kate y Randy, y que no voy a pasar por tu casa, ni a acompañarte a la iglesia, pero te deseo un buen día. Hablamos mañana".

"Bien. Te quiero mucho y espero pases bien con Kate y Randy. Feliz Navidad. ¡Te amo!", dijo Yelena.

199

Martin añadió, "yo también te amo".

Una inmensa tristeza invadió el cuerpo y alma de Yelena, y mientras las lágrimas corrían sin parar sintió el corazón quererle estallar y el estómago descomponérsele. Permaneció en su cama en un estado letárgico por casi una hora, interrumpiendo su melancolía para pedirle a Dios que sanara su dolor, hasta que el sueño la dominó y logró descansar una hora más. Ese día se le hizo difícil disfrutar a plenitud de la celebración de Navidad con sus hijos, de los regalos, de la misa y de las llamadas telefónicas que recibió.

El 26 de diciembre, poco después de la una de la tarde, y una vez Enrique recogió a Irina y Daniel para que pasaran el resto de las vacaciones navideñas con él, Martin pasó a visitar a Yelena. Aunque no tenían planes de ir a algún sitio en particular, Martin se puso camisa de manga larga y corbata. Almorzaron en casa de Yelena de la comida que había sobrado el día anterior y aunque insistió en que Martin abriera los regalos que le obsequió, dijo que los abriría en su apartamento. Tan pronto terminaron de comer, partieron hacia *Trafalgar*, y luego hacia *Bobby's*. Allí estuvieron hasta que ya eran cerca de las seis de la tarde y Martin llevó a Yelena de regreso a su casa.

Contrario al año anterior, Martin no quiso asistir a la tradicional B*oxing Day Party* en casa de Mary, quizás huyéndole a un posible encuentro con Alekzander. Yelena asistió un rato sola, y una vez terminó la fiesta, pasó por el apartamento de Martin, donde se limitaron a hablar y ver televisión por unas horas. De repente, Martin le dijo a Yelena que estaba cansado y quería irse a dormir. Al notar su frialdad, Yelena decidió irse a su casa, sin que Martin tratara de convencerla de lo contrario.

A pesar de que Yelena estaba de vacaciones, sola en su casa, y de que le había informado a Martin que estaba disponible para compartir con él todo el tiempo que quisiera, no volvió a oír de Martin hasta dos días después. No solo estaba Yelena echándolo de menos, sino que estaba decepcionada de no haber oído de él para darle las gracias por los regalos de Navidad. El 27 de diciembre Yelena decidió irse al trabajo por la tarde, lo que no le ayudó mucho, ya que algunas de las compañeras de trabajo le preguntaron que le había regalado Martin para la Navidad, mientras le mostraban lo que sus esposos o novios le habían regalado a ellas. Yelena honesta y tristemente les contestaba, "Martin no me regaló nada para la Navidad", y en ocasiones se le brotaron las lágrimas.

El 28 de diciembre, Martin llamó a Yelena cerca del mediodía, y la invitó a almorzar. Al recogerla, le pidió que lo dirigiera hasta la tienda donde había comprado sus anteojos para poder cambiarlos, porque le habían quedado pequeños. Una vez cambiaron los anteojos, pararon en un centro de servicio para automóviles donde le lavaron el *Mercedes-Benz*. Finalmente, fueron a almorzar al restaurante favorito de Martin, donde pasaron un agradable rato y disfrutaron de una sabrosa carne asada a la barbacoa. De regreso a casa de Yelena platicaron un poco, y vieron dos películas que ella había alquilado, hasta que a las doce de la noche Martin se despidió y se fue a su apartamento.

Pasaron dos días más y el 30 de diciembre temprano en la tarde, mientras Yelena trabajaba en su *résumé*, Martin la llamó para saludarla.

Yelena le preguntó que hacía, y él contestó, "dentro de unos minutos voy para *Bobby's* y pienso estar allí desde las dos hasta las cinco de la tarde. Así que si deseas puedes pasar por allá y unirte a mí".

Yelena le mencionó que estaba revisando su *résumé* y preparando una solicitud de empleo, pero que si terminaba temprano pasaba por el bar. Como Martin le había dicho que *"si deseaba que pasara por Bobby's"*, Yelena lo interpretó como una invitación por obligación, especialmente cuando le dio horas específicas durante las que iba a estar en *Bobby's*. Basándose en eso, Yelena hizo arreglos para ir a cenar con su amiga Esther en la noche en el *Gibraltar Cafe*.

Cerca de las cuatro de la tarde llamó a Martin y le dijo que todavía estaba trabajando con su papelería, y que no iba a poder llegar a *Bobby's* antes que él regresara a su apartamento. Así que se disculpó y le dijo que no la esperara.

"Ah, yo te estaba esperando, pero no hay problema", dijo Martin en un tono que le sonó a Yelena bastante triste.

Yelena pensó que a lo mejor era su imaginación, y le dijo, "bueno, si quieres pasa tú por el *Gibraltar Cafe,* donde pienso estar con Esther como desde las siete hasta las nueve y media de la noche. De todas maneras nos veremos mañana en casa de Theresa y Thomas, y si no nos vemos esta noche, llámame mañana para acordar los detalles de la fiesta de despedida de año".

Cuando Yelena acabó de llenar formularios en su computadora y de hacer cheques para pagar distintas cuentas, se preparó para hacer unas cuantas diligencias. Como era 30 diciembre, Yelena pensó que todas esas andanzas le tomarían más de una hora, pero en menos de media hora terminó con dos de las tres diligencias que tenía planeadas. En vez de agobiar a Esther, a quien le había pedido poco antes de salir de su casa que atrasaran la cena por media hora, decidió pasar por *Bobby's* y ver si Martin aún estaba allí, y dejar su última diligencia, de devolver unas películas alquiladas, para cuando terminara de cenar. El regio automóvil de Martin fue fácil de reconocer frente al bar, y Yelena entró a saludarlo.

Cuando Martin la vio, la besó y la abrazó muy fuertemente, aprisionándola por la cintura por unos minutos sin quererla soltar.

Tony, quien estaba sentado junto a Martin, le dijo inmediatamente a Yelena, "ay no sabes como Martin te ha echado de menos. Cada vez que alguien entraba al bar miraba hacia la puerta y decía, *¡ay, tenía esperanzas que fuera Yelena!*".

Martin añadió, "estaba esperando un rato y velando la hora para darte tiempo a que cenaras con Esther para luego presentarme al *Gibraltar Cafe*, saludarte y tomarnos unos margaritas juntos".

Los besos y abrazos que Martin le siguió obsequiando fácilmente comprobaban sus palabras. Mas acabó de rematar su emoción sacándola a bailar, donde la arropó con su inmenso cuerpo mientras le acariciaba muy sutilmente el pelo, los hombros y la espalda, y ocasionalmente besándola tiernamente en los labios y en la frente. Al acabar la segunda pieza, le dio una vuelta en el aire, y le dio un apasionado beso en la boca.

Poco después de sentarse Yelena dijo, "Martin me tengo que ir, pero me gustaría que me acompañaras a comer con Esther".

"A lo mejor me presento más tarde, pero mejor te dejo que disfrutes un rato con Esther".

La escoltó hasta su automóvil donde se despidieron con otro fuertísimo abrazo y un beso apasionado.

Yelena y Esther disfrutaron de su cena, un trago y distintos temas de conversación en los que más abundaban los comentarios sobre Martin.

Esther le comentó a Yelena, "no hay duda que te has enamorado profundamente de Martin, y que nada te lo quita de la mente. ¿Crees que se va a dar la vuelta por aquí?".

"Ay no sé, porque cuando llegué a *Bobby's* ya llevaba más de tres horas bebiendo, y se notaba un poco ebrio, y para esta hora no dudo que ya esté borracho".

"¿Y en esas condiciones Martin va a manejar?".

"Esa es precisamente una de mis preocupaciones, pues lo hace muy a menudo cuando está pasado de la raya, con excepción de cuando reconoce que está totalmente embriagado".

Habían pasado solo unos cinco minutos, y Yelena recibió una llamada de Martin en su celular.

"Yelena, te llamo para saber si todavía estás en el *Gibraltar Cafe*".

"En estos momentos estamos pagando la cuenta. ¿Vienes de camino para acá?", le preguntó Yelena.

"No puedo. He bebido más de la cuenta y pienso tomar un taxi, pero si estás por salir, quería ver si me venías a recoger y me llevabas a mi apartamento".

"¡No hay problema! Estaré en *Bobby's* dentro de unos quince minutos".

"¿Estás segura que no hay problema? Yo puedo tomar un taxi".

"Ay no, querido, lo hago con gusto. Espérame que ya voy para allá".

No habían pasado más de cinco minutos, justo cuando salía del estacionamiento y recibió otra llamada, "¿vienes ya en camino?".

"Sí, Martin. Voy a recogerte y no tardo más de diez minutos. Te amo".

"Yo también te amo", dijo Martin.

Cuando Yelena entró a *Bobby's*, Martin regresaba del baño tambaleándose, con una sonrisa inocente en el rostro que no paró hasta que la tuvo en frente y la aprisionó por la cintura.

En medio de todos dijo, "aquí está la mujer que yo adoro. De verdad que la amo, y no saben cuanto, pues me soporta,. . . y eso no es nada fácil".

Yelena se sonreía, y entonces Martin sin consultarla le ordenó lo que normalmente tomaba en *Bobby's*, una copa de vino, e inmediatamente la escoltó a la pista de baile. Yelena disfrutó del baile, y especialmente de la sutileza con la cual Martin la sostenía mientras bailaban, pero tenía miedo de que le fuera a caer encima perdiendo el balance, o de que se cayera arrastrándola a ella también. Mas como todos los que estaban en *Bobby's* esa noche los conocían bien, y el rostro de Martin en su estado de embriaguez más bien transmitía ternura, paz y hasta alegría, Yelena continuó bailando con él.

Cuando acabó la música, en plena pista de baile le dijo a Yelena balbuceando, "no te regalé nada para Navidad, pero quiero que sepas que te amo, y que para tu cumpleaños te voy a cocinar una cena muy especial y te voy a regalar algo especial".

Yelena lo miró sonriente y se abrazaron y besaron tiernamente.

Al regresar a sentarse frente a la barra Yelena dijo, "Martin, me llamaste para que te recogiera y te llevara a tu apartamento porque habías bebido demasiado. Ya debemos irnos".

"¡Ah, todavía no! Vamos a quedarnos un rato más hasta que tú te tomes todo tu vino, y yo termine una cerveza que acabo de pedir".

"¡Martin, pero si casi no te puedes sostener en pie!". . .

Mientras continuaba abrazándola y dándole tiernos besos, Martin solo se sonreía, más bien correspondiéndole a su tierna mirada y sonrisa.

"Martin, te vas a caer y te vas a golpear. Cuando me llamaste la segunda vez por teléfono me dijiste que tenías que irte pronto".

"Cariño, estoy muy feliz aquí contigo. Te esperé largas horas en la tarde, y no llegabas, y me puse triste, y ahora estás aquí conmigo y quiero que pasemos más tiempo aquí juntos", balbuceó Martin.

En esos momentos entraron dos hombres muy bien vestidos, y a quienes Yelena no había visto antes en *Bobby's*. Ordenaron cervezas, y una vez se las sirvieron, se dirigieron a la vellonera, la maldita máquina de música que Tony acababa de arreglar porque a menudo se comía el dinero de los clientes. Pero esta vez los clientes perdieron el dinero de otra manera. Martin, quien los pasó por desapercibidos, se paró casi simultáneamente de su taburete, y tambaleándose llegó hasta la vellonera, donde los dos hombres trataban de seleccionar música.

Con su sonrisa inocente, le agarró el dólar que uno de los hombres tenía en la mano para depositarlo en la vellonera, y balbuceó, "yo les ayudo a seleccionar las canciones".

Una vez Martin depósito el dinero, se dobló como un robot frente a la pantalla, y oprimió los botones de algunas de sus canciones predilectas. Los hombres se miraron y se sonrieron, y se fueron a sentar como si nada hubiese pasado. Entonces Martin se acercó a Yelena y la sacó a bailar, mientras que ella una vez más rezaba para que él no perdiera el balance y ambos terminaran en el suelo. El tema de la primera canción que Martin había seleccionado era sobre una mujer que había abandonado a su amado, dejándolo con el corazón destrozado, y como el hombre todavía veía el rostro de la mujer con su pelo rubio y ojos azules en su mente. Aunque Martin la abrazaba y la besaba, Yelena pensó que esa canción se la dedicaba a Oksana, mas logró esconder su tristeza y el par de lágrimas que se le escaparon.

Sorpresivamente, en medio de la pieza fue Martin el que llorando dijo, "Yelena, nunca le permitas a Daniel que vaya al ejército, pues eso es lo más horrible que un hombre puede experimentar. . . Lo que uno ve en la guerra es horroroso. . . Al igual que mis compañeros de pelotón pensaba que podía regresar a Inglaterra en una bolsa, o si regresaba vivo podía regresar faltándome algún miembro de mi cuerpo, o quizás como un vegetal. ¡No, no se lo permitas. . . Lo que pasé yo en Las Malvinas fue muy, muy doloroso!".

Cuando se acabó la música, Martin se dirigió al baño, y Yelena aprovechó y se acercó a los dos hombres a quienes Martin había interrumpido en su selección de música.

Mientras le extendía un dólar les dijo, "miren, aquí les devuelvo su dinero y espero que perdonen a mi novio. Él ha bebido demasiado y no sabe lo que hace. Realmente él es muy buen hombre y no se mete con nadie. Siento mucho los inconvenientes que le ha ocasionado".

Uno de los hombres le hizo un gesto de que no aceptaba el dinero y le dijo, "dama, no se preocupe, sabemos que su novio no está bien, y se nota que es un hombre pacífico".

Yelena, le dio las gracias y regresó a su taburete. A pesar de que Yelena trató de convencer a Martin varias veces más para que salieran del bar, él insistió en quedarse hasta que cerraran el lugar a las doce de la noche.

"Martin, no me gustaría que dejaras esta noche tu lujoso auto aquí en *Bobby's*. Así que dejo el mío y yo manejo el tuyo. ¿Está bien?".

"Sí Yelena, puedes manejar mi automóvil".

Martin le dio las llaves a Yelena, pero una vez llegaron frente a la puerta del automóvil, le pidió las llaves a Yelena para manejar él.

"No, Martin. Esta noche tienes que confiar en mí y yo manejo. Dejamos mi automóvil aquí y con mucho cuidado yo manejo el tuyo".

Le abrió la puerta, le dio un beso en la frente y le dijo, "está bien Yelena, vamos para tu casa. Maneja tú".

"¿Te quieres quedar en mi casa?", preguntó Yelena nerviosa, pues no habían pasado la noche juntos desde que regresaron de sus vacaciones en Puerto Rico.

"Sí, quiero pasar la noche contigo".

Una vez entraron a casa de Yelena, Martin dijo, "oye, Yelena, el otro día cuando estuve aquí vi que tenías en la nevera sobras de una comida anterior. Eran unas presas de pollo en una bolsa plástica. ¿Todavía te quedan?".

"Sí, pero ya tienen como seis días en la nevera, y pensaba botarlas".

"No, no se debe botar ninguna comida. Yo nunca lo hago. Todavía está buena. ¿Me puedes calentar unas presas?".

Yelena asintió con su cabeza, y rápidamente le calentó tres presas de pollo en el horno microondas, las que Martin devoró rápidamente en unos minutos.

"¿Me puedes calentar otras dos?".

"¿De verdad que quieres más pollo?".

"Sí. Realmente yo quería comer contigo hoy, pero no nos comunicamos claramente y las cosas salieron como menos hubiésemos pensado", dijo Martin.

Martin se comió las otras dos presas de pollo, y aceptó tomarse una taza de té de manzanilla que Yelena le preparó para que pudiera dormir con facilidad. También se tomó una cápsula de una hierba natural que le ayudaría con el mismo propósito. Luego siguió a Yelena hasta el dormitorio, caminando con mejor balance. Mientras Martin se desvestía, Yelena se puso su pijama. Cuando ella regresó a la cama Martin estaba acostado de lado en dirección a donde ella se iba acostar, y la atrajo hacia él y la aprisionó a su lado, quedando ella acostada mirando en dirección al techo. Mirándola en el rostro, continuó con la conversación que antes había iniciado esa noche.

"La guerra es algo terrible, Yelena. Así que no le permitas a Daniel que vaya al ejército", dijo Martin mientras una vez más las lágrimas le bajaron por el rostro.

"¿Por qué fue tan terrible? ¿Qué te pasó en Las Malvinas?".

"Tú no sabes lo que es ver a jóvenes de menos de veinte años morir, y regresar en bolsas plásticas a su casa. Luego tener yo que ver el rostro de sus padres cuando regresé a mi pueblo. No sabes como yo me sentía cuando veía los padres de jóvenes que crecieron conmigo. . .Tuve la desdicha de tener que encontrarme a sus padres. . .¿Sabes?, mi madre no sabía cuando yo iba a regresar de las Malvinas, y el día que regresé le toqué a la puerta y me abrazó y me besó mientras lloraba asombrada y feliz".

Yelena lo atrajo hacia ella, colocándole la cabeza sobre su pecho. Mientras lo abrazaba con un brazo, acariciaba su pelo con el otro, y lo besaba sutilmente.

Martin añadió, "recuerda que tienes que quitarle a Daniel la idea de estar en el ejército".

Yelena apagó la luz, y siguieron besándose y abrazándose hasta que el sueño los rindió, y aunque no separaron sus cuerpos entrelazados, en silencio ella añoró mucho más que caricias.

El 31 de diciembre Martin despertó a Yelena con un abrazo y beso.

"¿Qué hora es?", preguntó Yelena aún soñolienta.

"Son casi las once de la mañana y yo dormí muy bien, cosa rara en mí".

Yelena le dijo, "el té y la medicina natural que te di te relajaron. . .¡Ay, tenemos que avanzar! Tengo que enviar por correo unas formas del seguro médico que caducan hoy, y si no lo hago pierdo más de mil dólares. Además, para que no me penalicen antes del mediodía tengo que devolver unas películas que alquilé".

"¿Me preparas un café en lo que yo me aseo y me visto?", preguntó Martin.

Yelena lo besó y caminó hacia la cocina. Tan pronto terminó de preparar el café, le avisó a Martin y se preparó para salir.

Ya cuando iban a salir, Martin la sorprendió con el comentario, "¿qué tal si tú me abres la puerta del asiento trasero, y yo me siento atrás mientras tú manejas?. . . ¡Así, como si fuera uno de los altos dignatarios de mi país!", dijo sonreído.

"Martin, estás actuando como un chiquillo engreído y pretencioso, y aun así te voy a complacer. Pero quiero que sepas que no creas que porque soy mujer te complazco o tengo que complacerte".

Martin se rió y se sentó en el asiento trasero, y hasta presionó a Yelena para que acelerara y sintiera la gran potencia del motor de su automóvil.

"Ya que llegamos, aquí tienes tus llaves. Ahora manejas tú y me abres la puerta como siempre lo has hecho, porque me gusta que me trates como una dama".

Martin le dio un beso en la mejilla, y caminaron juntos, haciendo las diligencias de Yelena.

Una vez terminaron, Yelena acompañó a Martin a una tienda de licores. Primeramente Martin escogió una botella grande de whisky que le iba a devolver a Tony para reemplazarle una que le habían regalado en nochebuena, y la que Martin se bebió prácticamente completa. Luego seleccionó los ingredientes para hacer margaritas, como le había prometido a Yelena días antes.

Mientras pagaba le dijo a Yelena, "para la fiesta de fin de año puedes beber todos los margaritas que quieras sin preocuparte por quien va a manejar. Conseguí una receta especial donde los ingredientes son todos de primera clase y te la voy a preparar especialmente para ti. Yo voy a ser el que me mantendré bajo control, y manejaré esta noche de regreso a tu casa".

Cerca de la una de la tarde llegaron a *Bobby's*, donde Yelena se bajó del automóvil de Martin y recogió su *minivan*, mientras que Martin se quedó con Tony.

"Voy a estar aquí unos minutos y luego me voy a mi apartamento a bañarme y cambiarme. Pasaré a recogerte a las cuatro de la tarde".

"Está bien. Yo voy a comprar los ingredientes para la ensalada que prometí llevar a la cena esta noche, y los limones que me pediste para las margaritas".

"Yelena, si tu nevera portátil está a tu alcance, ¿la puedes traer?".

"Sí, cuenta con ella".

Yelena hizo sus diligencias, hizo par de llamadas para felicitar con anticipación a su padre, a su querida tía Gracia, a su hermano y a mí. Luego comenzó a prepararse para la fiesta.

Faltando cinco minutos para las cuatro, Martin la llamó y le dijo, "Yelena, estoy aquí en *Trafalgar*. Me encontré con Bryan y su jefe y nos hemos entretenido bebiendo, pero ya mismo voy para mi apartamento a bañarme y cambiarme de ropa. Pienso recogerte a las cinco de la tarde".

"No hay problema. Le avisaré a Theresa y Thomas que vamos a llegar un poco más tarde", dijo Yelena.

Pero tan pronto enganchó, entró una llamada de Theresa y Thomas, quienes le dijeron que acababan de salir de *Trafalgar* y que ellos no iban a estar listos hasta las cinco y media de la tarde. Mientras esperaba por Martin, Yelena se sentó al piano donde se recreó tocando alegres piezas de Navidad, seguidas de otras románticas, desparramando su alma enamorada, hasta que sonó el timbre de la puerta. Martin llegó unos quince minutos antes de las cinco, y llevaba puestos los mismos pantalones, pero una camisa distinta a la que tenía puesta horas antes.

Yelena le dijo, "ay que rápido llegaste. ¿Ya fuiste a tu apartamento y te bañaste?".

Martin le dijo que sí, pero Yelena dedujo que Martin tuvo el tiempo preciso para llegar a su apartamento, pero muy dudosamente para bañarse. Hasta le pasó por la mente que unos días atrás vio la camisa que llevaba puesta en el baúl del carro, pero quizás era una parecida.

"Yelena, ¿tienes tu teléfono celular. El mío estaba sin cargar y lo dejé en mi apartamento?".

"Sí, puedes usar el mío".

A la fiesta de esa noche Theresa y Thomas solo habían invitado sus amigos más allegados, Lloyd y Sandy, Kate y Randy, y al hermano de Kate y su esposa, quienes estaban de visita de Escocia. Pasaron unas dos horas saboreando una variedad de entremeses y bebiendo cerveza o las margaritas que Martin preparaba por tandas, y donde los chistes y cuentos no pararon hasta que la cena estuvo lista. La carne asada que preparó Thomas se derretía en la boca de todos, la que acompañaron con la ensalada mixta que preparó Yelena y una variedad de vegetales que cocinó Theresa. Contrario a sus costumbres y apetito normal, Martin se levantó de la mesa antes que el resto del grupo y no se comió todo lo que se sirvió. Le dijo a Yelena que no se sentía bien del estómago, pero que no le botara lo que se había servido, porque más tarde se lo comería.

Poco después que terminaron de comer, Martin se fue a fumar a la terraza donde observaba a algunos de sus amigos jugar dardos, y Yelena y otros estaban dentro de la casa esperando a que dieran las doce. Faltando ocho minutos para las doce, todos entraron a la sala, a excepción de Martin. Aunque a Yelena le sudaban las manos mientras miraba el reloj y velaba la puerta con desespero, justamente dos minutos antes de las doce Martin entró, donde ambos recibieron el Año Nuevo entrelazados por la cintura. Hubo un intercambio de besos y calurosos abrazos entre todos, y cerca de la una de la mañana los invitados partieron para sus casas. Martin se ofreció para dejar a Lloyd y Sandy en su casa, ya que ninguno de los dos estaba en condiciones de manejar su automóvil.

Yelena le comentó a Martin, "sé que esta noche tomaste muy poco y me alegro que hasta hayas podido ayudar a Lloyd y Sandy".

"Me propuse ser el chofer designado para la noche y lo logré. Me has sacado de apuro a mí y a otros ya demasiadas veces y quería que esta noche tú disfrutaras a plenitud sin preocuparte por mí", dijo Martin.

Una vez llegaron a casa de Yelena, Martin dijo que no tenía sueño y que iba a sentarse en el patio un rato a fumar. Yelena se puso una cómoda pijama, en la que se veía como una chiquilla ingenua en vez de una mujer sensual, y salió afuera a acompañar a Martin. Después de bostezar al menos un puñado de veces le dijo a Martin que estaba cansada, y que se iba a dormir. Martin le respondió que no iba a tardar mucho. Minutos más tarde Martin llegó al cuarto y se desvistió. Yelena notó que llevaba puesta la misma ropa interior que el día anterior, y al quitarse las medias inundó el cuarto con el olor a sudor de sus pies. Pero Yelena no le dijo nada. Contrario a la mayoría de las veces, Martin se acostó mirando hacia la pared, lo que motivó a ella a girarse dándole la espalda, quedándose dormida levemente pegada a la espalda Martin.

Yelena despertó con la claridad del día y se volteó para abrazar a Martin por la cintura, quien aún se mantenía dándole la espalda.

En alta voz y molesto le dijo, "!ay, no me toques la cintura!, . . . me duele el estómago".

"Perdona, no quise molestarte". Yelena se viró hacia el otro extremo de la cama, donde silenciosamente cuestionaba que le pasaba a Martin.

ॐ CZ

Realmente desde que habían regresado de sus vacaciones de Puerto Rico, Yelena había notado que durante las dos veces que habían pasado la noche juntos, el cuerpo de Martin nunca había vuelto a responderle virilmente, contrario a como ocurrió aquella mañana especial en Puerto Rico. Durante esas vacaciones Yelena se convenció que todo el dolor que había sentido las muchas noches que pasó con Martin en las cuales la virilidad le falló habían sido causadas por el alto consumo de alcohol. Por lo frustrante y duro que eran esos encuentros amorosos que les impedía compartir totalmente, Yelena había desistido de seguir tratando de triunfar contra la debilidad física de Martin, a menos que ella notara un esfuerzo de parte de él en reducir el consumo del alcohol, o que él iniciara un encuentro íntimo.

ॐ CZ

Pasaron unos minutos, y Martin dijo, "¿qué hora es?".

"Son las ocho y veinticinco".

Martin saltó de la cama de un brinco, rápidamente recogió del piso su ropa, y se apresuró a vestirse.

"¡Ah, pues tengo que irme!".

"Pero es muy temprano. ¿Qué pasa Martin?".

"Me duele el estómago y me tengo que ir,. . . no tengo mi teléfono celular aquí".

"Déjame buscarte algo para el estómago y puedes utilizar mi teléfono y así te puedes quedar aquí conmigo otro rato".

"No, Bryan me va a llamar a mi celular y además no quiero enfermarme en casa ajena".

En menos de un minuto Martin había salido del cuarto de Yelena, quien se puso una bata y lo alcanzó justo en la puerta principal de la casa.

"¿Qué pasó, Martin? ¿Hice algo o dije algo mientras dormía?".

"No. Simplemente me siento mal y quiero regresar a mi apartamento".

"¿Me das un abrazo?", le preguntó Yelena quedamente.

Se abrazaron y se besaron en los labios, y mientras salía, Martin le dijo fríamente, "te llamo más tarde".

Yelena se quedó llorando, y pensó que los planes que habían hecho la noche anterior de ir juntos a misa, y luego a *Trafalgar*, dudosamente se iban a materializar. Tomó un desayuno liviano y empezó a hacer llamadas telefónicas a Daniel e Irina, y a sus familiares y amistades más cercanas para felicitarlas en el Año Nuevo. Fue a misa de mediodía, y al salir manejó sin rumbo, llorosa y muy pensativa. Se acordó de las invitaciones que había recibido de Ann y de Esther para cenar en sus hogares el día de Año Nuevo, las que rechazó pensando que iba a estar con Martin. Pero ya era tarde para cambiar de planes. Mientras continuaba manejando sin rumbo, sonó el teléfono celular, y se apresuró a contestar esperando oír de Martin.

"Yelena, soy yo Theresa, y te llamo para ver si Martin y tú nos van a acompañar en la caminata que planeamos ayer en la noche".

"Martin no se sentía bien esta mañana, salió corriendo de mi casa cerca de las ocho y media, y no he oído más de él. Acabo de salir de la iglesia, y me siento triste y no tengo deseos de ir a caminar. Te agradezco la invitación. Mejor los acompaño en otra ocasión".

Cuando terminó de hablar, se dio cuenta que había manejado como un zombi, y que estaba precisamente frente a *O'Riley's*, el cual no solamente estaba abierto, sino en donde había un conjunto de músicos en la terraza. Se secó las lágrimas y entró al lugar. Por una de esas casualidades que ocurren en la vida, notó que la sentaron en la misma mesa en donde estuvo en compañía de Martin, Mary y su esposo la última vez que almorzaron en *O'Riley's*, días antes de salir de vacaciones hacia Puerto Rico. Mientras escuchaba las canciones que también reconocía de otras ocasiones, miró a su alrededor y observó que ese día de Año Nuevo todo el mundo en el restaurante estaba acompañado, excepto ella. Precisamente en el momento en que llegó la mesera, brotó una cascada de lágrimas de sus ojos, la que rápidamente se desparramó por sus mejillas y hasta sobre su vestido. Yelena se retiró rápidamente al baño y regresó a la mesa diez minutos más tarde, cuando logró recuperar su compostura. Con una gran lentitud comió la mitad de lo que ordenó, el acostumbrado pescado empanado con papas fritas. Pero esta vez no se lo comió todo, y después de una hora, pidió que le empacaran la otra mitad para llevársela.

Cuando regresó a su casa se sentó en la computadora y empezó a enviar correos electrónicos a algunas amistades, y a contestar algunos mensajes que había recibido de su trabajo. Ya entradas las seis de la tarde decidió llamar a Martin para ver como seguía de su estómago.

Martin le contestó rápidamente, y balbuceando, "yo estoy bien. Se me quitó el dolor de estómago y estoy aquí en *Trafalgar* con Lloyd y Bryan. Lo estamos pasando muy bien".

Yelena le dijo, "yo fui a misa y luego almorcé en *O'Riley's*. Oye, anoche cuando dejamos a Sandy y Lloyd en su casa, ella tenía una fuerte migraña. ¿Cómo sigue?".

"Lloyd salió para *Trafalgar* cuando Sandy todavía estaba durmiendo y no sabe como sigue. Yo mejoré"

"Me alegro que estés bien, y espero que te diviertas en compañía de tus amigos. Espero verte pronto"

"Oye, habíamos acordado celebrar tu cumpleaños mañana, y no mencionaste que nos íbamos a ver mañana. ¿Todavía eso está en pie?".

Yelena le contestó, "como yo soy tu invitada, pensé que lo lógico era que tú lo mencionaras, y no que saliera de mí".

"Pues te voy a cocinar algo especial como te prometí", dijo Martin.

"¿A qué hora quieres que esté en tu apartamento?".

"Todavía no sé, pero te llamo en la mañana para darte los detalles", contestó Martin.

Yelena continuó trabajando en su computadora hasta las dos de la mañana, cuando el cansancio venció su tristeza. Al amanecer se desayunó, hizo un poco de ejercicios rítmicos, un par de llamadas telefónicas y continuó trabajando en su computadora. Ya eran las doce del mediodía y aún no había oído nada de Martin. Yelena continuó trabajando y cerca de las dos de la tarde se puso a pensar en las tres o cuatro veces que había visto a Martin muy triste y hasta lloroso mientras le mencionaba lo dolorosa que había sido su experiencia en el conflicto de las Islas Malvinas. Entonces empezó a navegar en el *Internet* en búsqueda de información que la ayudara entender que había ocurrido en esa guerra que fue tan terrible como para traerle tanta tristeza a Martin. No encontró ningún detalle alarmante, sino que por el contrario, todos los datos que encontró indicaban que hubo pocas batallas y muertes. Yelena notó que el conflicto duró tres meses, y le pareció que algo no cuadraba bien entre el día en que ocurrió el primer ataque belicoso, el 2 de abril del 1982, y la edad de Martin. Hizo unos cálculos, y se dio cuenta que Martin cumplió quince años un mes antes de ese primer ataque, y comentó en voz alta, "ay que raro, no hay manera que un joven de 15 años de edad haya participado en una guerra representando a una de las más grandes potencias del mundo".

Pensó que podía ser un error en la fecha y buscó información en otros sitios en la *web,* pero todos indicaban la misma fecha.

"O Martin está mintiéndome con su edad, o con su cuento de que sirvió como soldado en el conflicto de las Islas Malvinas".

Miró el reloj y notó que ya eran las tres de la tarde y todavía Martin no la había llamado para darle detalles de la cena en su apartamento. Lo llamó, pero no le contestó, y le dejó un mensaje grabado.

"*Martin, ya son las tres de la tarde y no he oído de ti. No sé a que hora nos vamos a reunir en tu apartamento. Llámame tan pronto tengas la oportunidad*".

Quince minutos más tarde sonó el teléfono.

"Hola Yelena, soy yo Martin", dijo con tono muy seco y hasta fúnebre.

"Hola, Martin. ¿Estás bien?".

Hubo un silencio de unos treinta segundos, y Martin añadió, "Yelena, no sabía que te ibas a molestar si no te llamaba por la mañana para decirte a que hora nos íbamos a reunir".

"Bueno, no estaba molesta sino más bien preocupada y triste. Ayer no te sentías bien y hoy esperaba oír de ti los detalles de la cena con anticipación. Como he estado sola los últimos dos días, añoraba el poder reunirme contigo temprano en la tarde".

Hubo otros treinta segundos de silencio, y en tono aún seco y fúnebre Martin dijo, "ha habido un cambio en los planes. No he podido conseguir uno de los ingredientes principales para la receta que escogí, y he decidido llevarte a comer afuera. ¿A qué lugar deseas ir?".

"Bueno, yo soy tu invitada, y creo que es mejor que seas tú el que escojas, porque no quiero crearte ninguna presión".

"Está bien, yo escogeré un lugar y pasaré a recogerte a las siete de la noche"

"¿Cómo piensas vestirte? Yo quiero ir vestida apropiadamente".

"Pienso ponerme pantalones de vestir, una camisa de manga larga y corbata".

"OK. Yo me pondré algo que se vea suficientemente formal y de acuerdo con tu vestimenta".

"¡Bien. Nos vemos a las siete!"

"Te amo, Martin".

Martin colgó el teléfono.

Yelena se echó a llorar una vez terminaron de hablar, y unos minutos más tarde aún llorosa, llamó a Ann.

"Ann, me llamaste hace media hora, a ver si quería caminar contigo y te dije que estaba esperando una llamada de Martin y acabo de hablar con él. Preferiría ir a almorzar algo leve a algún lugar, porque estoy muy deprimida, y ya te contaré lo que me pasó con él".

"¿Puedes estar lista para salir para *Manolo's* en quince minutos?", preguntó Ann.

"Todavía estoy en pijama, pero me baño y me visto rápido, y en quince minutos estaré lista".

"Entonces te recojo frente a tu casa a las tres y treinta".

"Muy bien, Ann. Gracias por todo. No sé que me haría sin ti. . . Tú siempre me sacas del hoyo cuando estoy triste".

Llegaron al restaurante a las 3:50 p.m., el cual estaba prácticamente vacío. Aunque a Yelena le gustó la comida, solo comió la mitad de lo que le sirvieron, pues lloraba mientras le contaba a Ann sus desilusiones con Martin durante las últimas semanas. Le contó como después de haber pasado un año desde que se conocieron, continuaban las altas y bajas en su relación, donde a menudo Martin cancelaba planes a última hora, y luego se escondía por días o hasta semanas hasta que era ella la que casi siempre lo buscaba para reestablecer la relación. Todavía continuaba evadiendo el conocer a sus hijos, y para Navidad no compartieron juntos, ni le regaló nada. El día de Año Nuevo salió corriendo de su casa en la mañana como si estuviese loco porque supuestamente se sentía mal del estómago y luego no oyó de él en todo el día hasta que preocupada, lo llamó a las seis de la tarde, para enterarse que estaba muy bien y que había estado bebiendo cervezas en compañía de sus amigos en *Trafalgar* desde que abrieron el lugar a las tres de la tarde.

Yelena añadió con gran sentimiento, "y hoy se suponía que me cocinara algo especial para celebrar mi cumpleaños, y contrario a lo que me dijo ayer, no me llamó en la mañana para decirme la hora, sino que me vino con el cuento estúpido de que íbamos a comer afuera porque no consiguió uno de los ingredientes que necesitaba para lo que pensaba cocinar".

"Yelena, tu relación con Martin tiene la ventaja de que él no está interesado en casarse y ya que tú deseas atrasar el volver a casarte hasta que los muchachos entren a la universidad, es un compañero ideal para ti. Pero sin embargo, bebe en exceso, no puedes contar con él en los planes que hacen juntos o cuando necesitas apoyo o ayuda, y no te demuestra las atenciones y amor que una mujer como tú merecen".

Yelena añadió, "para colmo, estuve buscando en el *Internet* información sobre el conflicto de Las Malvinas, donde supuestamente Martin sirvió como soldado, y me entero que no hay manera de que haya podido servir en esa guerra a menos que Inglaterra reclute sus soldados a los quince años de edad, o que haya mentido con su edad o su participación en la guerra".

"Con ese asunto de las mentiras sobre su participación como soldado en la guerra, no sabes ni con quien andas. Aprovecha y disfruta la cena esta noche, pero las mentiras en una relación son algo muy grave. Y ésta ni siquiera tiene ningún sentido. Es mejor que te retires de él frente a tantas incertidumbres," dijo Ann.

Mientras lloraba desconsoladamente, Yelena le dijo, "hace tiempo que llevo intentando romper con él debido a tantas altas y bajas, y su alcoholismo, pero lo amo inmensamente y los sentimientos vencen lo que mi intelecto me indica es lo correcto. Con lo que pasó hoy, tengo que armarme de valor y respeto a mí misma y salir de esta relación que tanto me ha deprimido. ¡He llorado más durante este año que he estado saliendo con Martin, que en los 25 años que duré con Enrique si sumo los años de matrimonio y noviazgo!".

Minutos después de que Yelena regresó del almuerzo con Ann la llamó Marta, con quien también compartió los últimos acontecimientos de su relación con Martin.

Marta le dijo, "Yelena, estás perdiendo el tiempo con Martin. Estás en una relación donde no te valoran como debe ser, donde no sabes que cosas de las que conoces de Martin son ciertas o son mentiras, y ¡donde hasta el alcohol es más importante que tú!. Aprovecha la cena a la que te está invitando, y ya que Martin está en buena posición económica, obséquiate tu regalo de Navidad y cumpleaños ordenando los platos que más te apetezcan del menú sin preocuparte por el precio, porque sé que eres muy considerada. Pero después de esta noche debes dejar de verlo, olvidarlo, tratar de enamorarte de alguien que te quiera y valore como te lo mereces, y que te acepte a ti y a tus hijos".

"Entiendo lo que me dices y sé que tiene sentido, pero mi corazón está con Martin y lo amo inmensamente, como ni él mismo se lo imagina".

Al colgar el teléfono Yelena se volvió a bañar, y esta vez lo hizo con el agua más fría que pudo tolerar, dejándola correr sobre su rostro intentando disimular la hinchazón que tenía en los ojos por lo mucho que había llorado. La falda negra entallada que le llegaba unas dos pulgadas sobre la rodilla, el suéter también negro también entallado y con un leve escote, y los altos tacones negros realzaban su bonita figura y piernas.

Martin llegó unos minutos antes de las siete, vestido elegantemente con un traje oscuro.

Al ver a Yelena le dijo, "estás muy bonita".

Yelena se mostró indiferente al comentario. Intercambiaron un ligero abrazo y beso en los labios como resultado del estado esquivo en que se encontraba Yelena,. . . dentro de su concha.

Yelena usó como pretexto para alejarse fácilmente de él, "déjame recoger mi abrigo de vestir. Aunque no hace frió ahora, la temperatura baja rápido y me siento mejor estando preparada".

Martin le abrió la puerta del automóvil como de costumbre y tan pronto él entró y se acomodó dijo, "¿a donde quieres ir a comer?".

"No sé, yo soy tu invitada. Así que escoge tú".

"¿No tienes algún sitio en mente?".

"No. Pensé que tú habías escogido el sitio, y prefiero que lo hagas tú. Sabes que soy fácil de complacer con restaurantes".

"¿Deseas restaurante italiano o contemporáneo?".

"Italiano".

"¡Ya sé! Te voy a llevar a un sitio que me recomendaron y que es muy bueno".

Yelena no dijo una palabra más durante el resto del tramo hacia el restaurante, el que duró unos diez o quince minutos de recorrido. Yelena estaba muy escondida dentro de su concha. Solamente Martin hizo algunos comentarios sobre la ruta, hasta que llegaron a un restaurante muy elegante al que Yelena había asistido en dos ocasiones anteriores, una para celebrar la confirmación de Daniel, y la otra fue una invitación que le hizo Harry cuando celebraron dos años de estar saliendo juntos. Como no tenían reservaciones, la anfitriona los acomodó en el bar, donde esperarían por unos veinte o treinta minutos.

Les trajeron el menú de los vinos, y aunque normalmente Yelena escogía vino de los precios más modestos, no seleccionó el más costoso, pero pensó en lo que le dijo Marta y escogió uno que era el doble en precio que el menos costoso. Desde que llegaron y mientras tomaban el vino Yelena se mantenía muy seria y callada. Continuaba muy escondida dentro de su concha de caracol. Martin, quien se apresuró a tomar su vino, salió a fuera a fumar un cigarrillo. Mientras tanto, la anfitriona le informó a Yelena que su mesa estaba lista y ella dio unos pasos a la contigua terraza donde estaba Martin para avisarle.

Normalmente Yelena comía raciones pequeñas o medianas, y raras veces pedía aperitivos, pero en esa ocasión pidió un aperitivo de langosta que costó doce dólares. Pero luego se sintió avergonzada y se limitó a ordenar un plato principal de precio promedio.

Cuando se retiró el mesero con la orden dijo, "oye Martin, ¿cuál es la edad legal en la cual los jóvenes en Inglaterra pueden empezar a votar, beber, manejar y servir en el servicio militar? ¿Es diferente a la de aquí?".

"Para manejar son diecisiete años de edad, y dieciocho para votar, beber y participar en el servicio militar".

"¿Existe alguna provisión especial que le permita a alguien servir en el servicio militar que tenga menos de dieciocho años".

"No, es igual que aquí", dijo Martin.

"El conflicto de Las Malvinas fue en el 1982. ¿De qué manera te permitieron participar?, preguntó Yelena dulcemente.

"¿Acaso me estás diciendo mentiroso?", contestó Martin bruscamente.

"No Martin, pero te he visto tan triste en varias ocasiones, inclusive llorando, y hablando de lo duro que fue para ti estar en Las Malvinas, que me dio por buscar en el *Internet* información de que pasó en esa guerra que fue tan desastroso. Cuando vi la fecha me di cuenta que apenas habías cumplido quince años cuando ocurrió".

"Pues yo sé lo que hice y que estuve allí. Debe de haber un error en el artículo que leíste", dijo Martin muy enfadado.

"Pensé lo mismo, y precisamente por eso me dio con verificar los datos en el libro que le prestaste a Daniel sobre las fuerzas militares especiales. Decía lo mismo, 1982".

"Sí, sé lo que estás diciendo. Sé sumar y restar, pero yo sé que estuve allí", añadió Martin muy molesto.

"Bueno Martin, pues cuéntame más de las batallas en las que participaste".

Martin se puso esquivo y empezó a hablar sobre el servicio militar, pero no dio detalle alguno sobre ninguna batalla de Las Malvinas. Trajeron la cuenta y mientras Martin pagaba, a Yelena le trajeron un envase para llevar lo que no pudo comerse, prácticamente la mitad del plato principal.

Martin dijo, "este restaurante es muy caro para la calidad de la comida. No me impresionó la comida y no vale lo que cuesta".

"A mí me gustó. Ya había estado aquí antes para celebrar la confirmación de Daniel, y estoy de acuerdo en que los precios son altos. Es uno de esos sitios a los cuales se va solo en ocasiones especiales, a menos que uno sea rico".

"¿Lista para irnos"?.

"Sí".

Martin caminó frente a Yelena esquivo y serio sin mostrar ningún interés por la compañía de ella, quien lo seguía indiferentemente con la misma actitud.

"Ya que celebramos mi cumpleaños me gustaría ir a oír música a algún sitio".

"La cena fue tu celebración de cumpleaños. Ahora me toca escoger a mí. ¿Quieres ir a *Trafalgar* o a *Bobby's*?".

"Pensé que en mi cumpleaños me tocaba escoger a mí. Bueno, pero vamos a *Bobby's*".

"Yo proferiría ir a *Trafalgar*", dijo Martin.

"No mejor *Bobby's*, donde hay una vellonera y podemos bailar".

"¿Estás segura que no quieres ir a *Trafalgar*? Allí van a estar Lloyd, Bryan y Hilka".

Al llegar a *Bobby's* Martin ordenó una cerveza para él y la típica copa de vino para Yelena. Ambos se mantuvieron callados.

Martin ignoraba a Yelena no hablándole ni mirándola, hasta que la cantinera, Candy, quien los conocía, les comentó, "ambos están vestidos muy elegantes, y te ves muy bonita, Yelena. ¿Celebran alguna ocasión especial?'.

"Sí, hoy es el cumpleaños de Yelena", dijo Martin.

Entonces Candy, dijo en voz muy alta, "¡Hoy es el cumpleaños de Yelena. Felicidades, y como es costumbre aquí en *Bobby's*, tu bebida es gratis!".

Se oyó una serie de "¡feliz cumpleaños!" de parte de los clientes, y hasta de Bobby, el dueño del establecimiento, quien esa noche se encontraba allí sentado junto a Tony.

"Gracias", dijo Yelena parándose y volviéndose a sentar rápidamente mientras miraba en todas direcciones.

Candy añadió, "¿qué te regaló Martin?".

Yelena se quedó pasmada y los ojos se le aguaron, donde Candy reaccionó rápidamente y notó que no debió haber hecho la pregunta.

Entonces Candy dijo, ¿qué te regalaron tus hijos?".

"Todavía no sé. Están con su papá pasando parte de las vacaciones de Navidad, y no regresan hasta mañana".

Aunque Martin seguía serio y callado, Yelena dijo lo que le salió del corazón en ese momento, "¿me sacas a bailar una pieza?".

"A mí no me gusta bailar. Yo no bailo"

"¡Ah, tantas veces que hemos bailado juntos y que no quieres parar!".

"Desde que te recogí esta noche estuviste seria, no me hablabas, hasta me acusaste de embustero sobre el haber servido en Las Malvinas,. . .¡y ahora pretendes que baile contigo!".

"Pasé dos días feriados sola en mi casa pensando en ti, y hubiese dado cualquier cosa por estar contigo, Martin. Con lo triste que te ponías cada vez que hablabas de las Malvinas, simplemente quise buscar detalles para entender mejor tu tristeza".

"Solo has logrado arruinarme la noche", dijo Martin serio y aún evadiendo mirarla.

"Pasé Año Nuevo sola. Me dijiste con anticipación que para mi cumpleaños me ibas a hacer algo especial, y no noté ningún esfuerzo. Además, al estar sola pensando en ti, encontré que algo no cuadra con la edad que tienes y el periodo en el que ocurrió el conflicto de Las Malvinas, y ahora el que estás molesto eres tú. En realidad estoy muy confusa y muy herida. Mejor llévame a mi casa", dijo Yelena con voz entrecortada.

Yelena se paró rápidamente de su taburete y salió llorando a lágrima viva de *Bobby's*. Mientras caminaba hacia el estacionamiento le dijo a Martin con voz entrecortada, "realmente no me valoras, Martin, y nunca vas a saber o entender lo mucho que te he amado y que te amo".

Cuando se sentó en el automóvil de Martin, Yelena tiró su cartera al piso y sus cosméticos cayeron todos regados en el piso del auto. Lloraba inconsolablemente donde los sollozos opacaban hasta los ruidos de la locomotora que tramitaba en ruta paralela a la que Martin manejaba.

Cuando llegaron a casa de Yelena, Martin se bajó del automóvil para sacar el envase de comida que había puesto en el baúl.

Mientras Yelena lo esperaba le dijo, "entra a mi casa. Quiero hablar contigo".

"No. No tenemos nada de que hablar", dijo Martin muy disgustado y esquivo.

"Nunca entenderás cuanto te amo", dijo Yelena mientras corrió hasta la puerta de la entrada.

Martin se alejó en su automóvil. Yelena siguió con su ataque de llanto mientras se cambiaba la falda por unos pantalones y unos zapatos cómodos. Unos veinte minutos más tarde partió hacia *Bobby's*, pero no vio el automóvil de Martin frente al lugar. Cuando iba en ruta de regreso a su casa, vio que Martin venía de camino a *Bobby's*, quien obviamente regresaba de *Trafalgar*. Yelena dio un viraje y comprobó que entró a *Bobby's*, y regresó a su casa llorando. Se acostó en posición fetal sin lograr dormir en toda la noche. Se sentía avergonzada de haber perdido el control frente a Martin, y de no haber podido esperar una manera y momento apropiados para comunicarle como se sentía después de que él cambió los planes de no cocinarle para su cumpleaños, de no obsequiarle un regalo, y de haber descubierto la presunta fábula de la participación de Martin en el conflicto de Las Malvinas o de su edad.

Al amanecer Yelena se fue a su trabajo y Margaret le preguntó como había pasado la despedida de año y su celebración de cumpleaños con Martin.

"¿Qué te cocinó Martin para tu cumpleaños, y qué te regaló?".

Yelena volvió a empezar a llorar y cuando logró calmarse un poco, le contó como había pasado los últimos tres días. Yelena tuvo que acortar su día de trabajo, y de regreso a su casa me llamó para desahogarse, donde compartió por más de dos horas los tristes acontecimientos con lujo de detalles.

Siempre tendré grabado en mi mente sus inconsolables sollozos, y con la suma dificultad con la que me dijo con su voz entrecortada, "ay tocaya y amiga del alma, daría cualquier cosa por tener a Martin junto a mí el resto de mi vida. Pero me siento como si el mundo se hubiese desvanecido frente a mis ojos con todo lo que ha pasado. Martin ama más al alcohol que a mí, y que a sí mismo, lo que ha destrozado nuestra relación amorosa. Estoy en una relación impotente".

Capítulo 18
Escritos del alma

Yelena no volvió a oír de Martin, y tres días después, un miércoles 5 de enero en la mañana, no aguantó la soledad que la invadía y decidió llamarlo. Ya que él no le contestó, y aunque era lo que ella más deseaba, le dejó grabado un mensaje el cual con mucho esmero practicó.

"Martin, encontré tu reloj en mi casa, y tengo tu libro y algunas otras cosas que te quiero devolver. Como sé que necesitas tu reloj, déjame saber cual es la manera más fácil para devolvértelo, si te lo dejo en Bobby's o lo quieres recoger".

Unas horas más tarde entró una llamada de Martin y Yelena no le contestó. Prefirió que le dejara un mensaje grabado.

"Yelena, hoy no tengo automóvil, porque anoche me apuñalaron las llantas cuando estaba estacionado frente al bar, y se llevaron mi automóvil en una grúa. Se supone que para mañana me entreguen uno alquilado. Te aviso cuando lo tenga y que hacer con mis cosas. Además, tienes en mi garaje uno de los asientos de tu minivan. Dime que quieres hacer para poder devolvértelo".

Yelena no quiso devolverle la llamada ese día. En una caja colocó el reloj, otras pertenencias de Martin, y una carta de despedida que redactó con mucho esfuerzo y la cual revisó más de siete veces mientras las lágrimas le resbalaban por su rostro. Había decidido no enfrentar a

Martin personalmente en parte por sentirse avergonzada de haber perdido el control frente a él, y en parte para darse valor a sí misma para que esta vez la ruptura de su relación fuera permanente. Así que el caracol se valió de la carta para comunicarle por escrito todo lo que guardaba en su alma. El jueves temprano en la mañana, cuando Yelena sabía que Martin aún dormía después de sus acostumbradas rondas nocturnas en *Bobby's* y *Trafalgar*, decidió dejarle otro mensaje grabado.

"Martin, puse todas tus cosas en una caja que envolví con una toalla y que coloqué debajo del tiesto con la flor de pascua que está al lado de la puerta de entrada de mi casa. Puedes pasar a recogerlo cuando desees, y déjame saber la hora exacta en que planees salir de tu apartamento, para que cuando salgas me dejes el garaje abierto y yo pueda ir a recoger mi asiento".

Martin le devolvió la llamada cerca del mediodía, dejando otro mensaje grabado.

"Yelena, aún ando sin automóvil, pero si quieres puedes recoger tu asiento hoy antes de las seis de la tarde".

Yelena no le contestó la llamada hasta el viernes cerca de las cinco de la tarde, y esta vez Martin la sorprendió y le contestó.

"¿Cómo estás, Martin? ¿Qué pasó con tu carro y dónde fue el incidente?".

"Estoy bien, Yelena. Estoy aquí en *Trafalgar* con Gabriel, Charles y el resto del grupo. Estuve en *Rocky's*, y echaron a alguien que había bebido mucho y se había puesto belicoso. En represalia el hombre apuñaló las llantas de mi carro".

"Me alegro no te haya pasado nada a ti", dijo Yelena.

"Sí, pero no fue hasta hoy que el concesionario me dio un automóvil por cortesía. Tuvieron que hacer un pedido especial para las llantas, por las que hay que esperar cuatro días, a pesar del exorbitante precio de $550 dólares por cada una".

"Bueno Martin, quería saber si podía devolverte tus cosas y recoger mi asiento".

"Puedes pasar en cualquier momento mañana sábado, Yelena. Llámame cuando quieras".

"Como estoy sola y no tengo planes de salir, dime tú cuando piensas salir. Me dejas el garaje abierto, yo recojo mi asiento y te dejo allí mismo la caja con tus pertenencias".

"¿Pero no podemos hablar?".

"No. Mañana te llamo para hacer los arreglos", dijo Yelena, quien colgó el teléfono abruptamente.

Yelena pasó otra noche miserable despierta y llorosa, y en la mañana después de que se desahogara un largo rato conmigo por teléfono en una de nuestras "sesiones de terapia", decidió llamar a Martin.

"Martin, quería saber si puedo pasar ahora a recoger mi asiento. Solo tienes que dejar el garaje abierto y yo lo recojo"

"Sí, puedes pasar ahora. ¿Te puedo ayudar con el asiento?", preguntó Martin.

"No, no quiero que me ayudes. Solo mueve el asiento cerca de la entrada del garaje, y deja la puerta del garaje abierta".

"OK", dijo Martin.

Yelena sabía que de la única manera que iba a colmarse de valor y asegurarse que no iba a hacer otra escena de dolor, era si no veía a Martin. Esta vez fue lo suficientemente fuerte, recogió su asiento, y dejó la caja en el garaje sin derramar una lágrima hasta que una vez atravesó el portón de la entrada de donde Martin vivía, lo llamó.

"Martin, ya recogí mi asiento y te dejé tus cosas. En la caja hay una carta para ti. Gracias por todo".

A partir de ese momento y durante el resto del día Yelena continuó su ataque de llanto.

Pasaron los días y Yelena no oyó nada de Martin, ni una llamada ni un correo electrónico con respecto a la carta en la que le dejó grabada su alma, tal y como sintió en el momento en que la escribió. Y al releer una copia de la carta que le dejó a Martin, se dio cuenta que el día que la escribió también fue el aniversario de la muerte de su querida madre Irina.

> *5 de enero del 2005*
> *Querido Martin,*
> *Te pido disculpas por la escena de frustración que hice este pasado domingo, y te agradezco me llevaras a cenar. No me fue posible controlar mi dolor al no sentirme amada por ti.*
>
> *Has sido honesto conmigo (cuando has estado ebrio) diciéndome que no puedes reciprocar mi amor. Quería creer al Martin que muchas veces me dijo que me amaba. Mas tuve que verte besar y abrazar a personas que hasta te desagradan cuando estás sobrio y concluí que yo soy solo una más de tus muchas amistades. Me enfoqué en las muchas cosas buenas que hiciste*

por mí, creyendo que realmente me querías como mujer, y evité enfocarme en lo que a veces me decías y en tu falta de interés por compartir íntimamente.

El no poderte ver el 24 y 25 de diciembre fue una experiencia muy triste. También lo fue el no recibir de ti un regalo de Navidad, especialmente cuando sé los esfuerzos que hiciste para hacer la colecta de regalo de Navidad para los cantineros de Trafalgar, y de la botella de whisky que le regalaste a Tony. Me entristeció recibir regalos de Navidad de personas mucho menos allegadas a mí que tú, y fue muy duro el tener que contestarle a mis compañeros de trabajo que no me regalaste nada. Un pequeño regalo de un costo insignificante hubiese hecho una gran diferencia en demostrar aprecio.

Unos días después de Navidad iniciaste la conversación de que no me habías dado un regalo, pero que no iba a ser así para mi cumpleaños para el cual me ibas a preparar una cena muy especial, y hasta que me ibas a dar un regalo. Esta conversación la repetiste dos veces, pero posiblemente lo dijiste cuando estabas ebrio, por lo que no debí esperar que honraras tu palabra. Tu inesperada, rápida y fría partida al amanecer el primero de enero, y el no compartir el resto de ese día me dolió mucho. Sí, realmente estaba esperando una llamada de ti el 2 de enero en la mañana para que me dieras los detalles para la cena de mi cumpleaños, pero terminé llamándote a ti a las tres de la tarde para enterarme de los planes. Y la excusa tonta de que no habías encontrado uno de los ingredientes para cocinarme me entristeció todavía más. Cuando me recogiste a las siete de la noche estaba muy herida, y ni siquiera podía hablar por la tristeza que llevaba adentro. No recibí regalos, flores, ni hubo un obvio esfuerzo de tu parte para celebrar mi cumpleaños.

En varias ocasiones claramente comentaste que nosotras las mujeres somos muy diferentes a los hombres. Yo no soy un hombre, y no quiero actuar ni ser como uno en la vida de nadie. Soy una mujer muy sensible, la cual es mi mayor virtud y debilidad en mi vida personal y profesional. Soy una mujer que me enamoré profundamente de ti, a quien considero un hombre. Además, soy una mujer inteligente, como tú me has dicho muchas veces aun estando sobrio. Mas las excusas estúpidas que a menudo usas conmigo cuando llegas tarde o cancelas una cita, etc., son un *insulto a mi intelecto. Te he pedido en varias ocasiones que seas honesto conmigo cuando no cumples con llamarme o con asistir o hacer algo que habías prometido o simplemente porque querías pasar un rato solo o con tus amigos. Pero continúas utilizando excusas que obviamente son estúpidas para cualquier persona que tenga un coeficiente intelectual normal.*

Como te he dicho antes, el haber tenido presente este pasado año a alguien especial en mi vida con quien he podido compartir mis mayores alegrías, miedos y tristezas, ha sido maravilloso. Quizá te sorprenda saber que aun el Martin ebrio me ha hecho reír mucho, algo que acepto sin ningún problema si no ocurriera con tanta frecuencia. En varias ocasiones me has dicho que te he inspirado de muchas maneras que te condujeron a hacer muchos cambios positivos en tu vida, y realmente yo quería continuar en ese plano. Pero el estar en esa posición cuando me has dicho que mi amor no puede ser reciprocado, me está matando emocionalmente, donde la tristeza y la frustración se han apoderado de mí.

Estoy evitando hablarte porque estoy pasando por una época difícil. No necesito repetir una escena de llanto al recibir de ti malas noticias, o sea, cuales son tus sentimientos hacia mí o en que plano está nuestra relación. Me puedes mandar un correo electrónico si deseas. Espero que puedas ser un "Gabriel" porque sé que lo has sido en el pasado, y que dejes de ser un "Tony". Confió en que vas a cambiar el curso de tu vida pues tus pasados logros demuestran grandes virtudes. Te deseo mucha felicidad, paz y amor.

Con amor,
Yelena

*P.D. La relación entre un hombre y una mujer que se aman puede ser exitosa, y contrario a tu teoría y apuestas basadas en tus relaciones pasadas y en las de personas que tú conoces (incluyendo las mía), **sí existen** y son el resultado de honestidad, y un deseo de entender y satisfacer las necedades del otro. Sé que vas a poder encontrar eso en tu vida, **si es que deseas tenerlo**.*

Últimamente he estado deprimida y he buscado información en el Internet sobre ese tema. Según los expertos, para combatir la depresión es necesario llevar una vida llena de actividades que sean desafiantes o que produzcan placer. Más desafortunadamente las personas deprimidas tienden a beber alcohol, pensar en cosas deprimentes, ver televisión o se rodean de otras personas que están en iguales condiciones y que contribuyen a la depresión. Normalmente las personas que tienen alguna adicción, como el alcohol, están motivadas por escapar de algún dolor mental. Aunque la adicción produce un alivio inmediato, crea más dolor a largo plazo y la persona se autodestruye al aumentar la adicción con el deseo de escapar de la realidad.

Mientras pasaban los días, Yelena trataba de mil maneras de borrar a Martin de lo más profundo de su mente y de su corazón. Algunas eran situaciones forzadas, como el tratar de conseguir un empleo nuevo ya que el suyo iba a desaparecer dentro de dos meses debido a una reorganización en la agencia de gobierno donde trabajaba, y tratar de conseguir un asilo para su querida tía Gracia, la que tenía noventa años y la cual ya no podía vivir sola por su edad y condiciones físicas. Como parte del Plan Supremo, se había enterado de esas dos situaciones forzadas el mismo día, el pasado 17 de diciembre. Aunque las actividades de sus hijos también le ocupaban mucho tiempo, utilizó otros medios para distraer su mente y su corazón. Los martes en la noche asistía a uno de los seminarios cortos sobre temas de mejoramiento personal en los que a menudo se matriculaba con el propósito de expandir su grupo personal de amistades y a la misma vez aprender a poder enfrentar los retos que la vida le traía. El seminario que estaba tomando para esa época era sobre *"Relaciones"*. Los jueves asistía a un círculo de oración y los viernes se reunía con un subgrupo de sus compañeros del seminario para discutir la tarea y a la misma vez socializar y apoyarse los unos a los otros. Y durante los fines de semana en los que se encontraba sola, se reunía a cenar con Ann, Esther, Marta u otras amigas, o pasaba a escuchar música en algún cafetín cerca de la hora de almuerzo.

A pesar de las muchas actividades en las que se envolvía, ninguna lograba alejar de su mente a su adorado Martin. Se levantaba por las mañanas pensando en él, y se quedaba dormida con dificultad, donde soñaba despierta con su imagen y su voz hasta que el cansancio vencía su insomnio, o los ojos se le cerraban por la hinchazón y la sal que se acumulaba alrededor de éstos y sobre su rostro después de llorar por horas. Sus oraciones de la mañana, de la noche y las que hiciera de improviso durante el día, también lo incluían. "Dios maravilloso y poderoso te pido que sanes el corazón, la mente y el cuerpo de *Martin,* y que logre encarrilar su vida, aun cuando no la comparta conmigo". Buscó ayuda sin éxito asistiendo a dos sesiones de hipnosis, donde le pidió al hipnotizador que la ayudara a borrar a Martin de su mente y de corazón. Le confesaba a sus familiares y amistades, "algún día aparecerá alguien en mi vida que me hará olvidarlo, pues dicen que un clavo saca otro clavo. Pero a menudo añadía, "ni yo misma me lo creo, porque no sé que es lo que me ata tanto a Martin que no logro desprendérmelo del alma. Desde que lo conocí me pareció que hasta algo trascendental existía entre nosotros".

Precisamente el día en que habían transcurrido dos semanas desde que vio a Martin por última vez, encontró una excusa para contactarlo y aliviar el dolor que representaba el no tenerlo en su vida.

Me dijo Yelena cuando me llamó ese día, "le hice varias promesas en las últimas semanas que estuvimos juntos, las cuales no he cumplido".

Entonces decidió enviarle una cartita electrónica y cumplir con una de esas, lo que al menos le daría la oportunidad de oír algo de él.

Martin,

Esta posición de trabajo (información adjunta) fue anunciada en el "web site" llamado Banco de Empleos del Gobierno Estatal. El salario mínimo no es atractivo, pero el máximo no está nada de mal, y es posible el obtener el máximo cuando se tiene excelente experiencia como la tuya.

Buena suerte, y que Dios te bendiga,
Yelena

Pasaron dos semanas sin que ella recibiera ninguna respuesta, hasta que el 3 de febrero recibió una corta notita.

Yelena,

Llevaba más de un mes sin chequear mi correo electrónico. Gracias por la información. ¿Cómo va tu trabajo o búsqueda de empleo?

Martin

Veintitrés horas más tarde Yelena le contestó. . .

Martin,

El nuevo año ha sido duro conmigo como te enterarás por esta
nota. La agencia me dio hasta fines de marzo para conseguir otro
empleo internamente, y me re-localizaron en una pequeña oficina
en otro edificio. Me quitaron hasta mi computadora portátil y mi
impresora, pero el gerente al que me han asignado interinamente
en la otra organización de la agencia me ha provisto una que
aunque es un modelo viejo, me es más conveniente que la que me
ofreció la gerente que adquirió la gran mayoría de los grupos
que antes reportaban a mí. Lo más triste del caso es que algunas
de las personas que trabajaban para mí directamente me sacan
el cuerpo. Tal parece que tuviera lepra,. . . es como si les diera
miedo acercárseme o hablarme. Además fue obvio aun cuando no
se había disuelto la organización, que la lealtad ya estaba con la
nueva gerente. Es difícil estar en esta situación.

Estoy buscando trabajo dentro y fuera de la agencia, pero
hasta el momento no he encontrado empleos disponibles que
sean apropiados de acuerdo a mis conocimientos, experiencia y
educación. He estado hablando con el profesor Pearson, quien
va a necesitar a alguien que le ayude a administrar uno de los
proyectos que la agencia le ha otorgado a través de un contrato
por dos millones y medios de dólares, y me comentó que yo estoy
calificada para ayudarlo. Ese empleo es el más que me interesa.
Además, John me mencionó que me podía ayudar a conseguir
un empleo en su empresa farmacéutica, algo que utilizaré como
último recurso, pues no quiero mezclar la amistad con el empleo,
especialmente cuando John es uno de mis vecinos.

Para colmo, mi tía de noventa años se cayó por tercera vez
hace una semana y tuve que salir en viaje de emergencia a Puerto
Rico para mudarla a un hogar de ancianos, y a desalojar su
apartamento. Tres días antes de salir de viaje se me rompió la
lavadora, el agua se desbordó y corrió por la mitad de la casa, y
con la ayuda de Daniel e Irina, tuve que pasar un domingo entero
sacando agua, y moviendo muebles. Un par de días más tarde
contraté a una compañía para que me reemplazara las alfombras
de mi habitación y la de Irina, las que se dañaron con el agua.

Dicen que a veces los problemas llueven a cántaros. Aunque esa es mi actual situación, estoy sobreviviendo y todavía puedo y sonrió, porque cuento mis bendiciones, especialmente las buenas amistades que tengo y que se acuerdan de mí en estos momentos difíciles. Mis amistades cercanas, aun las de Texas, los compañeros del seminario y los del grupo de oración han sido fabulosos. Han estado pendientes de mí y disponibles a cualquier hora en que los he necesitado. Le doy gracias a Dios por ellos, quienes me están ayudando a mantener mi cordura en este periodo difícil de mi vida.

Bueno, es bastante tarde, la una de la mañana y mejor me voy a dormir. Juzgarás por mi larga carta que encuentro el escribir muy terapéutico. Así es, pues logro derramar en mi escrito mi corazón y mis pensamientos. Es un desahogo. Debería ser escritora. ¡Ja, ja!

Deseándote mucha felicidad, paz, amor y una relación cercana con Dios,
Yelena

Pasaron dos semanas y Yelena continuaba tratando de distraerse sin hacer mucho progreso, y hasta se unió a un grupo en la iglesia para personas que estaban atravesando por un divorcio o por una ruptura en una relación personal cercana. Allí más bien oraba y hasta lloraba en público al compartir cuanto echaba de menos a Martin, y lo inútil que se sentía al pensar que alguien como él estaba desperdiciando su vida por estar enviciado con el alcohol. Realmente Yelena continuaba tratando de distraerse, pero sin poder triunfar en poder olvidar a su adorado Conde Inglés.

Una semana más tarde después de Yelena haber enviado su última carta electrónica a Martin, 9 de febrero, recibió respuesta de él.

Yelena,

Me entristece saber que las cosas no te van muy bien, pero espero que mantengas tu frente en alto. Sabes que lo más difícil en un empleo, especialmente si es gerencial, es la política que nos rodea, y hasta te advertí que con la reorganización la lealtad de las personas más cercanas no iba a ser la misma. Por eso es que no es bueno crear vínculos amistosos personales con los compañeros de trabajo, especialmente cuando uno está en posiciones gerenciales altas como las que tú has tenido durante los últimos años de tu carrera.

Espero que el profesor Pearson te pueda dar empleo, ya que con su reputación y prestigio, sería una tremenda oportunidad para ti. Por otro lado me parece que John no va poder ayudarte, porque aunque es copropietario de su empresa farmacéutica, no es el accionista principal, y se ha mantenido haciendo trabajo técnico. Por su personalidad, dudo mucho que tenga suficiente poder o valentía para forzar que te den una oportunidad para una entrevista en su empresa. Además, con tu experiencia, creo que estarías sobre calificada y hasta te aburrirías con el tipo de empleo que él te podría conseguir. Estoy seguro que vas a encontrar una posición digna de tu experiencia y conocimientos, por lo cual una vez más vas a poder brillar y crecer profesionalmente.

Yo también estoy tratando de encarrilar mi vida, porque no quiero seguir de la misma manera que he pasado los últimos cuatro años. Estoy tratando de comenzar un negocio nuevo con Randy, pero como va a tomar tiempo en que se materialice, dentro de poco voy a buscar un empleo.

Deseo que entiendas que aún puedes contar conmigo como uno de tus amigos, y a partir de esta semana chequearé mi correo electrónico más a menudo. También puedes llamarme cuando desees, y puedes unirte a mí y al resto del grupo en Trafalgar, donde todos preguntan por ti y donde definitivamente nos alegraremos al verte. Aunque te diré que ya no voy tan a menudo a Trafalgar o a Bobby's, y cuando lo hago generalmente llego allí después de las siete de la noche y estoy de regreso en mi apartamento antes de las once de la noche.

En esta etapa en mi vida deseo hacer un acercamiento a Dios, algo que estoy haciendo lentamente. Realmente he desperdiciado mucho tiempo y tengo que convertirme en el hombre que quiero ser, y el que fui antes de caer en este abismo.

Estoy seguro que cuando menos te imagines, las cosas mejorarán en tu vida.

Tu amigo,
Martin

Al amanecer, un 10 de febrero, Yelena le contestó….

Martin,

Te agradezco que hayas sacado de tu tiempo para responder a mi nota. Todavía mantengo mi frente en alto, y el tamaño de mi barbilla, la cual es difícil de esconder, me obliga a hacerlo para mantener el balance de mi cabeza. Ja, ja!!! Nunca me he dado por vencida fácilmente en la vida y continuaré con mi espíritu positivo, buscando respaldo en Dios y en mis seres queridos para poder mantenerlo de esa manera.

Todavía sigo interesada en trabajar para el profesor Pearson, pero me enteré de que le congelaron el contrato que había negociado con la agencia, y parece que no va a poder ofrecerme una plaza en un futuro cercano. Me entrevisté para una posición gerencial en la empresa electrónica Imatek, pero terminé muy desilusionada, pues están buscando a alguien que se encargue de despedir a la mitad de los miembros del departamento, ya que el grupo no está produciendo lo que se espera de ellos. Me parece ridículo que los gerentes que me entrevistaron, dos de ellos responsables por ese grupo, no hayan tenido los c_ j _ n _ s (perdona la insinuada mala palabra) para poner a sus empleados en su sitio, y tienen que contratar a alguien de afuera, posiblemente una mujer como yo, para que les haga el trabajo que no tuvieron la valentía de hacer ellos mismos. Al final de un día de entrevistas solo pude decir que me gustaría trabajar para ellos en una posición más adecuada.

Estoy de acuerdo con lo que dices de John, y lo mantendré en mente solo como una remota posibilidad. También te agradezco tus elogios con respecto a mi carrera. Quiero que sepas que rezo por ti todos los días en la mañana, en la noche y en cuanta oportunidad tengo para que puedas encarrilar tu vida, pero recuerda que tu fuerza de voluntad es lo que lo hará posible. Me alegra saber de los planes de tu negocio con Randy, y de que estás buscando un trabajo provisional. Eso te ayudará a traer nuevos hábitos a tu vida y lograrás volver a amarte a ti mismo, algo que me comentaste en varias ocasiones que ya no sucedía.

A lo que se refiere a expresar mis sentimientos y mis emociones,. . . sabes que soy muy franca y que no me gusta esconder quien soy y que siento. Aunque me toma tiempo el expresar ideas que pueden herir a otros, eventualmente también logro expresarlas. Realmente echo de menos a todas las amistades de Trafalgar, y por supuesto, especialmente te echo de menos a ti. Me levanto y me acuesto pensando en ti, y muchas cosas que me pasan durante el día te traen a mi mente constantemente. Cuando decidí divorciarme de Enrique y de romper con Harry, ya había dejado de quererlos, y en esta ocasión es distinto. Es duro saber que no significo en tu vida lo que tú significas para mí, y en estos momentos lloro y tengo que resignarme por tu pérdida en mi vida. El tratamiento adecuado para cualquier adicción (en este caso mi amor hacia ti) es el dejar de usar la droga (dejar de verte). Si te sigo viendo, nunca voy a lograr dejar de quererte y el amar a alguien que no me corresponde después de compartir tan íntimamente por un año es perjudicial a mi salud física y mental.

No tengo que torturarme estando junto a un hombre que no corresponde a mi amor. Por esto no pienso volver a verte hasta el día en que haya dejado de amarte como hombre y que logre verte como un amigo. Desafortunadamente, no sé cuanto tiempo tome esto, y tú bien sabes que puede tomar una eternidad (por ejemplo, tu relación con Oksana). Además tengo que evitar que me pase lo mismo que a ti, el caer en un abismo en el que bebo en exceso para aliviar el dolor por la perdida de un amor imposible. Sé que entiendes que estoy tratando de mantenerme alejada de ti físicamente, no porque seas insignificante en mi vida, o por orgullo, sino para poder sobrevivir. Agradezco que me ofrezcas tu amistad, y quiero que sepas que yo también estoy disponible en cualquier manera que te pueda ayudar, siempre y cuando sea una manera que no me hiera. Por ahora, el correo electrónico o el teléfono son buenas alternativas, y me puedes llamar si deseas. Por otro lado, te quería pedir de favor que si no es una inconveniencia para ti, me dejes saber cuando tengas planes de ir de viaje a Nueva York, Orlando o Miami, pues sería un buen momento para yo pasar por Trafalgar a saludar a tu grupo de amigos.

Mi relación con Dios ha sido el baluarte en momentos difíciles en mi vida, el primero cuando perdí a mi madre cuando cursaba escuela superior. Rezo por ti y deseo que logres acercarte a él. Rezo para que aprendas a quererte y que realmente creas que eres digno de ser amado. Solo así podrás ser capaz de brindar tu amor incondicional a otros. Confió en que Dios te ayudara a ti y a mí a salir adelante.

Como dice la canción, al son de la cual varias veces bailamos. "Con el mismo amor de siempre",
Yelena

P.D. Hace más o menos una semana y media, un sábado poco después de medianoche, pasé frente a Bobby's después de recoger a Daniel de un baile y vi tu automóvil frente al bar. El domingo pasado me encontré con Willie y me dijo que te había visto una noche en un bar en el área oeste de Palm Beach a donde van motociclistas. De manera que sé que estás bien, disfrutando de las actividades que más placer te brindan en la vida.

Adjunto te envió el mensaje de inspiración diurno del libro que acostumbro a leer, y el que contiene una citación de uno de los pasos de "Alcohólicos Anónimos". Sé que concluirás como yo, que tenemos que entregar nuestras vidas y problemas a Dios.

Yo aún me tomo mi margarita o una copita de vino para alegrarme y relajarme, pero definitivamente me controlo y no dejo que pasen de más de un trago en una noche y por supuesto raras veces llegan a dos en una semana.

Me contó Yelena que los comentarios que hizo en la carta sobre haber visto el auto de Martin en el bar, y de Willie habérselo encontrado en otro, los añadió sarcásticamente. Me dijo que apostaba que lo que Martin había escrito con respecto a pasar menos tiempo en los bares no tenía fundamento.

Hubo un intercambio más de notas entre Yelena y Martin, donde Yelena le enviaba oraciones especiales que encontraba en los devocionarios que diariamente utilizaba para rezar, anuncios de empleos, y algunos otros escritos de interés común para ambos, como ciencia, o seguimiento a que estaba ocurriendo en sus vida o como se sentían emocionalmente. Algunos de los comentarios que Martin escribió tenían un significado especial para Yelena, la que los llevaba grabados en su mente anhelando que se hicieran realidad, y sabía que estos eran prácticamente milagros.

. . . Me alegra saber que logras controlar los margaritas que te tomas a un solo trago por noche. En estos días estoy bebiendo y fumando mucho menos que antes y estoy logrando analizar acontecimientos de mis relaciones pasadas de una manera más objetiva. Realmente el alcohol altera y causa fluctuaciones en los niveles de azúcar en el cuerpo, lo que ocasiona grandes cambios en el cerebro. . .

. . . Dice mi amigo Eric, "yo entraré en una relación con una mujer el día que esté seguro que soy el hombre que deseo ser". Pero sé que aún no he llegado a ese nivel, y posiblemente por eso perdí a Oksana. Aún mas, si una de las dos personas envueltas en una relación no está conforme consigo mismo, es muy improbable que triunfen como pareja, porque uno va a terminar consumiendo al otro, lo que no es justo ni productivo. . .

Yelena continuaba haciendo esfuerzos para olvidar a Martin, y seguía fallando. De vez en cuando se le presentaba alguna invitación de hombres que conocía en los seminarios, grupos de la iglesia, o en alguna actividad social o de negocios a la que asistía. Normalmente rechazaba las invitaciones explicando que en esos momentos su corazón estaba comprometido con un amor imposible. En otras ocasiones aceptó ir a alguna cena o actividad social con uno de esos pretendientes, y sin darse cuenta en algún momento terminó hablando de Martin y hasta lloró en frente de su anfitrión. Aun así, hubo algunos de ellos quienes veían más allá de su dolor presente, reconocían las virtudes de Yelena, e insistieron en que nuevamente saliera con ellos, pero con rara excepción aceptó una segunda invitación.

Para el cumpleaños de Martin, en una de las notas que intercambiaron, Yelena no titubeó en felicitarlo, al incluir al final de la nota,

Recuerdo que tu cumpleaños es este viernes, el 4 de marzo, y no solo te deseo un día estupendo, sino que una vida estupenda.

Fue precisamente el 4 de marzo, y cuando habían pasado dos meses desde el día del cumpleaños de Yelena, que se animó a ir a un *Happy Hour*. Después que Enrique recogió a Irina y Daniel para disfrutar con ellos el fin de semana, Yelena se unió a un grupo de compañeros de trabajo en un restaurante y taberna, quienes en un pasado habían sido sus empleados. Pasó unas horas muy agradables y entretenidas con los chistes y cuentos de sus antiguos compañeros de trabajo. Cuando ya iban a cerrar el lugar donde estaban, Yelena sintió hambre pero eran cerca de las once de la noche y ya no podía ordenar comida en el lugar. Así que de paso a su casa, decidió parar a tomarse una sopa justo en un lugar que frecuentaba por años y el cual quedaba frente a *Bobby's*.

Esa noche no vio el auto de Martin frente a *Bobby's*, y dedujo que no estaba allí. Cerca de la medianoche, cuando Yelena había terminado de tomarse su sopa y había pagado su cuenta para marcharse, notó que estaban cerrando el bar y precisamente la última persona que salió de allí, siguiendo al cantinero, fue Martin. Aunque Yelena estaba sentada dentro del restaurante que quedaba al otro lado de la calle, pudo distinguir que Martin llevaba el mismo traje que había utilizado el día de su cumpleaños. Martin caminó con un leve tambaleo hacia el estacionamiento posterior de *Bobby's*, y Yelena dedujo que estaba borracho. Inmediatamente las lágrimas le brotaron de los ojos, se levantó de su silla y corrió a su *minivan*, y con inmenso dolor y temor, manejó detrás del automóvil de Martin, dejando una distancia entre medio de los dos automóviles para que él no la viera, hasta que lo vio entrar sano y salvo al complejo de apartamentos donde vivía. Esa noche regresó a su casa pensando en que un año atrás había celebrado felizmente el cumpleaños de Martin en su casa, y que este año no solo estaban separados, sino que lo había visto una vez más en condiciones que solo demostraban su autodestrucción. Realmente, nada había cambiado en la vida de Martin, y una vez más dudó que lo que Martin había escrito en sus recientes notas sobre beber menos tuviera algún peso.

Esa noche Yelena nuevamente concluyó que entre Martin y ella, solo existía un amor impotente. Realmente su relación era la de un amor limitado por las barreras creadas por amores pasados que solo habían infundido miedo a la vida de Martin, y un vicio maldito que la vencía a ella y a él mismo. Yelena había estado bailando con su adorado Conde Inglés al compás de la danza de un amor impotente en todos los sentidos que esa palabra significa.

Capítulo 19
La danza de la paz

Pasó un mes más, y a pesar de las muchas actividades que ocupaban a Yelena, incluyendo la búsqueda de un nuevo empleo, no lograba recuperarse de su separación de Martin. Un día se encontró con un antiguo compañero de trabajo, Sam, con quien habló buen rato. Al Sam preguntarle por su vida personal, le admitió que emocionalmente se encontraba en un abismo, pues su corazón había sido atrapado por un amor imposible. Sam siguió indagando y Yelena le habló de las miles virtudes de Martin, mientras la voz se fue entrecortando a la misma vez que salía de su concha de caracol.

Entonces Yelena dijo, "pero el problema es que Martin no puede controlar su vida, porque el alcohol lo domina. He recibido demasiados besos, abrazos tiernos y gestos de amor que no comparan con los que recibí de Enrique o de Harry. Aunque verbalmente no lo admita, esa ternura solo se da con mucho amor, y de momento todo cambia y solo tiene tiempo para sus rondas,. . . para sus borracheras".

"Yelena, veo que aún lo quieres. Sí, quieres mucho a ese hombre, y no te vas a reponer hasta que entiendas lo que es el alcoholismo. Yo te recomiendo que asistas a reuniones de algún grupo de respaldo para alcohólicos o para familiares o amigos de alcohólicos, como Alcohólicos

Anónimos y Al-Anon. Solo así podrás entender el monstruo con el cual has luchado tú y hasta el mismo Martin".

No fue hasta que Yelena asistió a varias de esas reuniones y oyó de la boca de alcohólicos en recuperación, o de los familiares o amigos de éstos, que pudo entender que realmente no era que Martin no la quisiera a ella, sino que el alcohol podía más que nadie, y lo controlaba. Yelena pudo entender que el alcoholismo era una enfermedad muy difícil de curar, y que solo Dios y la propia voluntad de Martin podían sanarlo. Por primera vez en tres meses Yelena removió parte del gran peso que llevaba sobre sus hombros, y dejó de pensar que el problema era que Martin no la quería. Para esto tuvo que oír de boca de algunos alcohólicos, que no importaba que tan bella, buena o fuerte fuera, en la vida de Martin el alcohol iba a ganar sobre ella, a menos que él reconociera su enfermedad y decidiera buscar los medios para sanar.

Entre lo que aprendió en esas reuniones y en un seminario sobre *Relaciones*, reconoció que el no hablar ni ver a Martin no la estaba ayudando a sanar el dolor ocasionado por la ruptura de su relación con él. Ojeó el calendario que tenía colgado en la cocina, y cambió la página para el nuevo mes, abril. Se sentó en la mesa inmutada por unos minutos, y luego se apresuró como un rayo, tomó el teléfono y marcó varios números con toda la fuerza que tenía en sus diminutos dedos. Martin no contestó, pero le dejó un mensaje grabado.

"Martin, soy yo Yelena. Espero estés bien. Si no te es molestia, cuando tengas la oportunidad te agradecería me llamaras".

Al día siguiente, cerca de las diez de la mañana, y justo en el momento en que Yelena estaba saliendo de su casa a dar una caminata por su vecindario, recibió una llamada de Martin. Hablaron de las novedades que habían ocurrido en la vida de cada uno de ellos durante los últimos tres meses, y ambos se mostraron tranquilos y amigables, como si no hubiese ocurrido ninguna confrontación o distanciamiento entre ellos, tema que ni mencionaron. Entre los temas que más le llamaron la atención a Yelena fue el de los negocios de inversión de Martin, donde le confesó que uno de sus dos socios había hecho una muy mala inversión, la cual le había ocasionado una gran pérdida en su capital, y que por primera vez en su vida su fortuna corría alto riesgo. Ambos compartieron los detalles de sus planes o andanzas en comenzar negocios nuevos y de buscar un nuevo empleo, y de como andaban sus familiares y amistades.

Habían hablado largo rato cuando Yelena le comentó, "ay Martin, ya llevamos más de cuarenta minutos hablando, y me dijiste que tenías muchas cosas que hacer relacionadas con tus negocios. Así que me despido y me voy a dar mi caminata matutina".

"Yelena, me alegro haber hablado contigo. Ya hablaremos más en otra ocasión y recuerda, cuando desees puedes pasar por *Trafalgar*. Siempre serás bienvenida y todos nos alegraremos de verte".

"Muchas gracias Martin, por haberme devuelto la llamada y conversar conmigo. Te llamaré pronto".

Transcurrió otra semana y una vez más Yelena rompió el hielo llamando a Martin. Ya que no contestó, Yelena le dejó un mensaje grabado, y unos minutos más tarde Martin le devolvió la llamada. Al igual que la vez anterior la llamada fue un intercambio muy cordial de los acontecimientos en sus vidas y de temas de interés para ambos, desde música hasta política. Cuando hablaron de algunas amistades mutuas, Yelena le comentó que había oído a través de dos de sus amistades, a quienes se encontró en un concierto de música, que Eric venía de vacaciones para Palm Beach a fines de abril y que iba a celebrar su cuadragésimo cumpleaños.

Martin le dijo, "ah sí, el cumpleaños es el 26 de abril, y Eric envió invitaciones a través del correo electrónico a muchas de sus amistades. Me gustaría que asistieras, y sé que Eric, quien no tiene tu dirección de correo electrónico, se alegrará mucho de verte. Además, sería bueno que asistieras porque hay mucha gente que me preguntan por ti y te echan de menos, y oí que van a estar allí, Kate, Randy, Theresa, Thomas, Charles y hasta Lloyd y Sandy, quienes como te conté, se separaron oficialmente la semana pasada, pero se mantienen como amigos".

"Martin, te agradezco mucho la invitación, pero después de nuestra separación se me haría muy difícil el enfrentarme al grupo y a ti. Mejor lo dejamos para otra ocasión".

"De todas maneras y por si cambias de idea, la fiesta va a ser en el área costera, en el *Old Blue Anchor*".

"Gracias Martin. Lo tendré en mente y sabrá Dios si me colmo de valor y los sorprendo. Bueno, te dejaré saber si cambio de idea. Oye, llevamos más de media hora hablando y me dijiste que tenías una cita de negocios a la una de la tarde, así que mejor me despido para que no se te haga tarde. Que todo te vaya bien".

"Que te vaya bien en todo a ti también, especialmente con tu búsqueda de empleo. Hasta pronto Yelena".

No había pasado más de una semana, un domingo en la mañana, donde después de salir de misa, se le quedó grabado a Yelena el sermón que escuchó. *"Guardar rencores y crear barreras con otros seres humanos solo trae tensiones al que los guarda. Es mejor perdonar y hacer la paz con aquellos que nos han ofendido".* Era una de esas otras ocasiones donde el sermón daba en el clavo con lo que debatía en su mente. Era una de las providencias.

Yelena pensó en lo agradable que habían sido las conversaciones recientes con Martin y en los bonitos momentos que pasó con él. A pesar de que los cambios y cancelaciones de planes por parte de Martin la habían herido en muchas ocasiones, tenía muchísimos bellos recuerdos y gestos que no podían pasar desapercibidos. Existía un Martin inteligente y alegre que le había cocinado platos especiales y elaborados, quien bailaba largas horas con ella como si fuera su muñeca de porcelana, y quien la colmaba de los besos y caricias más sutiles que jamás había recibido de un hombre, y a pesar de sus limitaciones físicas causadas por el alcohol, en varias ocasiones hizo lo que estuvo a su alcance para satisfacerla como mujer. Ese domingo 17 de abril, Yelena subió a un segundo plano de valor, y llamó a Martin.

"Martin, cuando tengas la oportunidad dame una llamadita, es solo para hacerte una pregunta".

Una hora más tarde al contestar el teléfono escuchó, "Yelena, soy yo, Martin".

"Regresé de misa y solo quería hacerte una pregunta. Estoy aquí sola, y pensaba hacer un poco de ejercicio. Quería saber si me podías acompañar a dar una caminata".

"Por supuesto, me gustaría mucho. Pero ¿qué tal si en vez de dar una caminata, hacemos como en los viejos tiempos y yo te invito a comer pescado empanado con papas fritas en *O'Riley's?*, *Así,* como hicimos muchos domingos". . .

"Bueno, está bien".

"Te paso a recoger en veinte minutos".

Yelena se retocó el maquillaje, y envolvió con papel de regalo de cumpleaños la caja que contenía el bolígrafo y llavero que había comprado para Martin como parte de regalo de Navidad, pero los que no llegaron a tiempo. Tan pronto terminó, recibió llamada de Martin de su celular para decirle que estaba a la vuelta de la esquina. Yelena salió y se encontró con Martin quien estaba bajándose de su auto.

Martin, quien mantenía su cabello bien recortado, lo tenía largo, como si no se hubiese recortado en meses. También estaba más delgado y tenía los ojos un poco rojos. Yelena sintió el pecho estallarle de dolor al notarlo tan desmejorado, ya que nunca lo había visto así. Pero se recuperó cuando se abrazaron fuertemente y se besaron en las mejillas. Yelena le entregó el regalo a Martin, quien se mostró muy agradecido y una vez le abrió la puerta para que esta se acomodara, guardó el regalo en el baúl del carro.

Mientras Martin manejaba de camino al restaurante hablaron sin parar. Al llegar, Martin le abrió la puerta, y al Yelena salir, la agarró por la cintura más bien buscando que ella hiciera lo mismo para caminar juntos hacia el restaurante, pero ella se alejó.

Al sentarse en la mesa que le asignaron, Yelena le comentó a Martin, "las raras casualidades me persiguen. Fíjate que de la docena de mesas que hay aquí, nos sentaron en la misma mesa que nos sentaron la última vez que estuvimos aquí juntos, y en la que me sentaron a mí cuando vine aquí sola el día de Año Nuevo, y hasta el mismo grupo musical está tocando".

Mientras almorzaban, escucharon música y platicaron por más de dos horas, las cuales pasaron desapercibidas por Yelena. Pero mientras platicaban hubo momentos donde Yelena hizo un gran esfuerzo en contener sus lágrimas cuando observaba que no solo Martin había descuidado su cabello y había perdido peso, sino que su piel estaba amarillenta y muy reseca y hasta tenía algunas escamillas cerca de la boca y en las manos. También notó que en sus dientes había un par de manchitas y que se veían sumamente amarillentos.

Cerca de las tres de la tarde Martin sugirió ir al *Old Country Barn*.

"Todavía tenemos tiempo disponible antes de que tengas que ir a recoger a Irina y Daniel a casa de Enrique. Y tienes la suerte de que hoy, por ser el tercer domingo del mes, estará tocando allí tu conjunto favorito, *The Essentials*".

Al llegar al pequeño bar, la dueña del lugar le dio un caluroso abrazo a Martin y le dijo, "vaya que agradable sorpresa. Hacía tiempo no venías por aquí".

Ese saludo fue interrumpido por un hombre muy alto y robusto de unos cincuenta años de edad que le puso el brazo por la espalda a Martin. Tenía cabello y bigote blancos, inmensos ojos azules, y una bella y gran sonrisa de cachete a cachete.

"Oye Martin, que gusto en verte. Creo que no nos veíamos desde el Año Nuevo", dijo el hombre con mucho ánimo.

"James, que alegría verte. Mira, te presento a Yelena".

"Ah, mucho gusto. Había oído hablar mucho de ti".

"Yelena, este es James Moore, el jefe de Bryan".

"Mucho gusto, James. Yo también había oído hablar de usted pero no le voy a decir si son cosas buenas o malas".

Yelena y Martin terminaron sentados en la mesa de James, uno al lado del otro. A Yelena se le hacía muy difícil hacer comentarios irónicos o bromas pesadas, especialmente a desconocidos, pero guardaba rencores hacia James, un hombre a quien ni siquiera conocía. Lo culpaba de robarle a Martin para llevárselo a tomar, y de emborracharse juntos. Fue James una de las personas con quien Martin pasó parte del 31 de diciembre, cuando Martin la hizo esperar para ir a la fiesta en casa de Thomas y Theresa. Y antes de salir corriendo el 1ro. de enero, se enteró de que era James el organizador de las rondas a las cuales Martin pensaba asistir en compañía de Lloyd y Bryan. Para completar, Yelena no aprobaba el uso de ninguna droga, y había oído a través de otras personas que James, quien era divorciado, fumaba marihuana en privado. Además estaba bebiendo más que nunca, porque su novia, con quien había convivido por casi tres años, lo había dejado.

Yelena sentía los músculos de su cuerpo contraerse, especialmente en el área de las nalgas, cuando notaba que a menudo James la atravesaba con penetrantes miradas, lo que traía a la superficie sus resentimientos. Mas las cortas y sutiles frotaditas que de vez en cuando le daba Martin en su espalda eran terapia para su cuerpo, su alma y su mente. Pero eso fue interrumpido cuando llegó una amiga de James y le pidió a Yelena que intercambiara de asiento por un ratito con ella para poder hablar con alguien que estaba sentado en una de las mesas contiguas. Yelena terminó sentada en la silla que estaba vacía pero ubicada en posición opuesta a Martin. Minutos después empezaron a tocar la música *country*, un vals. La segunda pieza fue una lenta y romántica, la cual le trajo muchos recuerdos a Yelena de sus sublimes bailes con Martin en ese lugar y en muchos otros. Tristemente nadie aprovechó y bailó. Empezó la tercera pieza y fue a Yelena a la primera persona que sacaron a bailar esa tarde.

Sin titubear, aceptó bailar con un hombre de unos treinta años, bien parecido, y a quien Yelena le comentó, "casi no sé bailar este tipo de música pero trataré de seguirte".

Caminando hacia la pista sintió las manos sudarle y los músculos trincársele aun más cuando ella misma se sorprendió de como dentro de su timidez había aceptado bailar con un hombre que no conocía la primera vez que volvía a estar con Martin desde su rompimiento. Sí, estaba segura de que había aceptado la invitación inconscientemente o controlada por el nerviosismo, reaccionando a la sorpresiva invitación y no para darle celos a Martin. Yelena y su parejo fueron los únicos en la pista de baile, a quienes todos observaban. Aunque de vez en cuando se perdía, Yelena mantuvo el muy ligero paso y la multitud de vueltas y giros que le dio su parejo al compás de la música *country*.

Al regresar a la mesa, Martin le comentó, "no sabía que podías bailar ese tipo de música. Me has sorprendido".

Yelena sonrió, y minutos más tarde volvió a cambiar de asiento, y nuevamente quedó paralela a Martin, quien de vez en cuando volvió a acariciarla sutil y ligeramente en la espalda.

Cuando los músicos tomaron su primer descanso Martin dijo, "estaba esperando que tocaran otra pieza lenta y romántica para sacarte a bailar, y me quedé con las ganas, pues me parece que nos vamos a tener que ir antes de que los músicos regresen para que llegues a tiempo a recoger a tus hijos".

Yelena le dijo, "yo estaba deseando que tocaran algo despacio y me sacaras a bailar y hasta pensé decirte algo cuando tocaron la segunda pieza musical, pero no me atreví. Pero si regresan a tocar antes que nos tengamos que ir, y tocan un bolero, perdiste, pues vas a tener que bailar conmigo".

Los músicos regresaron 30 minutos después, y empezaron a tocar otra rápida pieza musical y Yelena le dijo a Martin, "me quedé con las ganas de poder bailar contigo, porque están tocando algo rápido y nos tenemos que ir".

Ya llegando al automóvil y justo cuando Martin le iba a abrir su puerta, comenzaron a tocar una lenta y romántica pieza musical.

Yelena le dijo a Martin, "ay, todavía tengo unos minutos extra, y además muy raras veces llego tarde a recoger a Irina y Daniel. Así que como te dije antes, perdiste, pues vas a tener que bailar conmigo".

Yelena se dirigió hacia la taberna, mientras que Martin aún sonreído, la seguía unos pasos detrás. Al llegar al área donde se bailaba y como un ritual, la atrajo a su cuerpo y amarrándola por la cintura con un brazo, mientras le sostenía el brazo derecho debajo del codo de Yelena, comenzaron a bailar. Como hicieron tantas veces en el pasado, Martin inclinaba su cabeza hasta que lograba tener la frente de Yelena cerca de su boca, y ella lo atrapaba por

242

el cuello con la mano izquierda mientras que depositaba la derecha sobre su pecho. Cuando la música cesó, en plena pista de baile Martin apartó ligeramente a Yelena de su cuerpo.

Martin miró a Yelena a los ojos, y dijo, "yo no perdí. Ambos ganamos".

Entonces le dio un sutil beso en los labios y la abrazó fuertemente hasta tenerla ligeramente sostenida en el aire. Luego la agarró de la mano y la llevó hasta su automóvil. Al llegar a casa de Yelena, se abrazaron y Martin volvió a darle otro ligero beso en los labios.

"Yelena, me alegro mucho que me hayas llamado hoy y que hayamos compartido juntos. Quiero que continuemos siendo amigos, y espero verte pronto".

"Sí, Martin, hasta pronto".

Yelena partió a recoger a sus hijos, mientras que Martin se dirigió a *Trafalgar*.

Pasó la semana y Yelena asistió a su acostumbrada cena de los viernes en la noche en casa de uno de los integrantes del subgrupo de discusión del seminario de *Relaciones*. Allí se encontró con Candy, quien había sido novia de Eric.

Yelena le dijo, "oye Candy, este pasado domingo salí con Martin y me volvió a mencionar el cumpleaños de Eric. Me dijiste que te gustaría ir, pero como es el día del seminario podrías ir solo por poco más de una hora, y que no valía la pena. Yo creo que Eric y Martin se van a alegrar mucho de vernos".

"El sábado pasado Eric y yo estuvimos hablando por teléfono sobre nuestra relación, y estamos en polos opuestos. El quiere compartir conmigo en todos los aspectos, pero haciéndome saber que solo vamos a ser amigos. Yo quiero estar en una relación comprometida y le dije que se olvidara, y que no pensaba ir a su fiesta de cumpleaños".

"Candy, estamos aprendiendo algo distinto en nuestro seminario. Además como me dijiste que querías ir, ya le mandé un correo electrónico a Martin diciéndole que iba a asistir contigo, y hasta solicité unos regalos de propaganda a la empresa que distribuye la cerveza favorita de Eric".

Entonces Candy le dijo, "bueno, está bien. Vamos a ir juntas y nos ayudamos la una a la otra para salir de allí a tiempo para el seminario".

Para el día de la fiesta de Eric, ya Yelena llevaba casi un mes desempleada, y tenía una rutina de tomar caminatas diurnas en su vecindario. Con los genes que llevaba en su cuerpo fue adquiriendo un bronceado, y decidió escoger un vestido que realzara el tono tenuemente acaramelado que había adquirido su piel. Encontró una falda que se amarraba a la cintura y que le había regalado una amiga muchos años atrás. Nunca la había usado porque era enorme y hasta le pasaba de los tobillos, pero el diseño de la tela era llamativo y elaborado, con flores de distintos colores sobre un fondo azul añil. Siempre tuvo la idea de hacer un traje con la tela, y con ese material hizo una falda hecha a su medida que se amarraba a la cintura y que le quedaba un par de pulgadas debajo de la rodilla, y un tope que le daba una vuelta sobre la nuca del cuello dejando la espalda parcialmente descubierta, y el que también amarraba a la cintura, terminando en un nudo que abría como flor al frente. Yelena le modeló el vestido que había cosido a Irina y Daniel, y también les modeló otro vestido veraniego, y un conjunto de pantalón y suéter, pero ambos le recomendaron que usara el vestido que se hizo.

Irina le dijo, "Mami, me encanta la tela y el modelo del vestido que hiciste. Yo lo quiero usar, o quiero que me hagas uno igual. Además te queda muy bien, y combina con esas sandalias negras de altos tacones que llevas puestas".

El día de la fiesta Yelena se preparó como si fuera una modelo, tomando en cuenta hasta el más mínimo detalle de su pelo y su cuerpo, pero como siempre, utilizando poco maquillaje. Cuando Daniel e Irina la vieron, ambos mostraron una sonrisa de cachete a cachete y hasta sus ojos picarescos parecían reír.

"Mami, te ves muy bonita", la sorprendió Daniel, quien era muy reservado y muy raras veces la elogiaba.

Yelena les dio un beso y abrazo a cada uno, les dijo, "espero la pasen bien con su papá, quien los recogerá dentro de una hora", y salió a recoger a sus amigas.

Cuando Yelena paró a recoger a Candy y a su amiga Susan, también se sorprendieron al verla.

"Yelena, que vestido más bonito, y estás lindísima", dijo Candy.

"Me lo cosí yo misma".

"Sabía que tocas piano, cantas y bailas, pero no sabía que también eras modista y costurera. La lista de tus talentos me sorprende cada vez más. Quien sabe, a lo mejor tienes una oportunidad de empezar un negocio nuevo".

Mientras caminaban hacia el auto de Yelena, las tres iban riendo y bromeando comentando sobre las posibilidades de Yelena como modista. Llegaron al restaurante unos diez minutos antes de las cinco.

"Eric puso en su nota que esperaba estar aquí antes de las cinco, pero no lo veo por ninguna parte", comentó Candy.

Yelena dijo con picardía, "conociéndolos, imagino que empezaron a beber cerveza temprano y se les está haciendo difícil tomar un receso para llegar aquí. Voy a ver si por casualidad están en la terraza del segundo piso".

Lo que Yelena descubrió fue un grupo de hombres celebrando una fiesta de su empresa de seguros que se quedaron todos mudos y paralizados cuando la vieron entrar. Dio un vistazo y mientras se marchaba oyó a uno de ellos, "ay pero que pena que se nos va". Justo cuando estaba en el penúltimo escalón de las escaleras se encontró frente a Candy, Eric, Lloyd, Randy y Martin. Yelena le dio un gran abrazo a Eric, quien no había visto por más de un año y volvió a subir las escaleras. Al llegar al segundo piso, Yelena empezó a saludar al resto de los amigos de Eric.

Martin exclamó con fuerte voz mientras se le acercaba para abrazarla y besarla, "Yelena, te ves muy bonita. Tu traje está precioso y te queda muy bien. . . Oye, si mal no recuerdo, mañana es tu entrevista de trabajo".

Yelena se sonrió y asintió con la cabeza, sorprendida de que se acordara de ese último detalle.

Con una gran sonrisa Martin añadió, "no me he olvidado y te deseo que sea un éxito. Voy a estar pensando en ti".

No importaba a que distancia Martin se encontrara de ella, no tenía ni que mirarlo. Al igual que la noche en la que lo conoció en casa de Mary, el resto de la hora que estuvo en la fiesta, Yelena sintió los ojos de Martin clavados en ella, siempre acompañados de una sonrisa tierna, donde una vez mas sintió un acercamiento espiritual muy profundo a él.

En una ocasión se le acercó, la agarró de la cintura, la besó en la mejilla, y le dijo, "no sabía que cosías, y mucho menos que tenías talentos como modista".

Yelena se sonrió, pero se alejó, y le comentó a Candy, "me derrito cada vez que Martin me mira y por poco me desmayo con el abrazo que me dio. Pero como no somos nada más que amigos, tengo que mantener una distancia".

Martin no fue el único que elogió a Yelena esa noche. Algunos de los hombres de la compañía de seguro se le acercaron en varias ocasiones, echándole piropos y haciéndole miles de preguntas. Yelena los atendía sonriente y hasta coquetamente mientras se iba alejando de ellos. Hasta James, quien llegó unos minutos después que Eric y sus amigos, tenía sus inmensos ojos azules clavados en Yelena, con quien esta vez fue tan amigable como con el resto de la gente que allí estaba. A las 6:30 p.m., Candy le hizo señal a Yelena que tenían que irse, y ambas empezaron a despedirse de sus amistades.

Yelena empezó en dirección contraria a donde estaba Martin, quién al notarlo interrumpió en voz alta, "¡oye Yelena, ¿y de mí no te piensas despedir?!"

Segundos más tarde estaba abrazándolo y le dijo al oído, "la verdad es que quise dejar la despedida más importante para el final".

Martin se encontraba sentado en un taburete muy alto, y al tener a Yelena parada al frente con su diminuta figura, prácticamente estaban a la misma altura.

Martin la agarró fuertemente por la cintura y le dijo, "no te voy a dejar ir, y te voy a hacer quedar aquí conmigo".

Yelena entonces le dijo cerca del oído, "te he echado mucho de menos, Martin".

Martin continuaba aprisionándola por la cintura, mientras ella le correspondía con un eterno abrazo.

En ese momento se acercó Candy, separó los brazos de Martin de la cintura de Yelena, agarró de la mano a Yelena, y mientras la alaba y dirigía apresurada, dijo "nos tenemos que ir, pues no podemos llegar tarde a nuestro seminario".

Yelena la siguió sonriente, corriendo como una chiquilla obediente en vez de una mujer de 48 años de edad.

Esa noche Yelena no logró concentrarse en las presentaciones durante las tres horas que duró su seminario. Cuando llegó a su casa saludó a Daniel e Irina, quienes también acababan de regresar de casa de Enrique y se fue al baño a llorar. Minutos más tarde, los muchachos se retiraron a sus dormitorios y Yelena se puso su ropa de dormir, se sirvió una copa de vino que llenó hasta el tope, y puso un disco compacto que sabía era uno de los favoritos de Martin. Mientras tomaba su vino y escuchaba la música, las lágrimas resbalaban sin parar sobre sus mejillas hasta que la música paró con la última canción del disco. Durante los últimos meses, a menudo Yelena se tomaba media copa de vino antes de acostarse para relajarse, pero esa noche una copa entera no tuvo efecto. Se acostó en su cama y se quedó despierta, a veces muy llorosa, y otras veces con la mirada y el pensamiento perdidos. . . Seguía pensando en su Conde Inglés y en lo difícil que se les hizo esa noche a ambos separarse a la hora de despedirse.

Miró el reloj despertador muchas veces, y las horas pasaban y sus ojos seguían como dos linternas, hasta que dieron las 2:50 de la mañana y se volvió a acordar de la entrevista de trabajo que tenía a las diez de la mañana. Entonces se paró abruptamente de su cama, se apresuró a la cocina, y se tomó otra copa de vino en menos de diez minutos. Normalmente, si Yelena se tomaba media copa de vino en menos de quince minutos, terminaba caminando de la sala hacia su dormitorio como una borracha perdida. Pero esa noche, una copa de vino no tuvo efecto alguno, y cuando se tomó la segunda, caminó completamente sobria hasta su dormitorio y luego hasta el baño donde se lavó sus dientes. Cuando se estaba secando la cara oyó el timbre de su teléfono celular, y mientras corrió a contestarlo vio que eran las tres de la mañana. Entonces le temblaron y le sudaron las manos, y en los segundos que tardó en llegar hasta el teléfono se acordó que cuando recibía llamadas a esas horas de la noche, eran de sus familiares y siempre para darle una muy grave noticia.

Pero cuando notó el número de teléfono de quien la llamaba, se paralizó por completo.

"Martin, ¿qué ha pasado?', dijo Yelena.

"Yelena, no nada. Sé que esta no es hora de llamar a nadie, pero llevo horas sin poder dormirme, y conociéndote, pensé que tú también ibas a estar despierta. Te quiero pedir un favor y no tienes que complacerme, y si no me complaces no me va a dar coraje,. . .yo aceptaré tus razones".

"Sí. ¿Qué es Martin?".

"Ambos estamos pasando por una etapa difícil en nuestras vidas, y quisiera hablar contigo. Sé que esto es mucho pedir, pero quisiera que vinieras acá a mi apartamento".

"Bueno, Martin es muy tarde y mañana es mi entrevista de trabajo".

"Sí, yo entiendo Yelena. Está bien".

"Mira, por una de esas raras casualidades de la vida, cuando me llamaste acababa de servirme una segunda copa de vino, y de cepillarme mis dientes. Fíjate que me tomé una copa de vino entera a las once y media de la noche y no me hizo nada, y normalmente duermo como bebé. Pero hoy me quedé pensando en ti, y no podía dormir. Así que como me conozco bien, después de tu llamada el insomnio que tengo empeorará. Mejor voy para allá y hablamos".

"¿Cuánto tiempo te echas en llegar?".

"Estoy en pijamas, pero me cambio de ropa rápido, y en menos de diez minutos estoy en tu apartamento".

"Gracias, muchas gracias por complacerme. Te espero".

En menos de cinco minutos Yelena se puso unos pantalones negros largos bastante holgados y un *polo shirt* crema con florecitas negras, y en vez de ponerse sostén se llevó un suéter liviano en la mano. Cinco minutos más tarde Yelena tocó a la puerta del apartamento de Martin, e inmediatamente intentó abrirla ya que Martin acostumbraba a quitar el seguro si sabía que ella iba a visitarlo, para que no tuviera que esperarlo afuera. Martin estaba sentado en el balcón, fumándose un cigarrillo, quien lo apagó tan pronto la vio entrar. Se abrazaron fuertemente y se dieron un leve beso en los labios. Martin le acercó una silla y se sentó a su lado.

"Yelena, te vi hoy en la fiesta y estabas muy bonita. Realmente no pude quitarme tu imagen de mi mente. Regresé aquí después de medianoche y me puse a pensar en lo mal que me van los negocios, y en que tú también estás atravesando por una época difícil al no tener trabajo, y quise estar contigo".

"Martin, yo también estuve pensando en ti toda la noche después que te vi, y no pude dormir, ni logré quitarme tu imagen de mi mente. Me has hecho mucha falta".

Yelena volteó la cabeza y le dio la espalda unos minutos, mientras trataba de calmarse, y lograr parar sus lágrimas.

Martin le tomó la mano y le dijo, "cuando uno pasa por épocas difíciles en la vida piensa en las personas que tiene a su alrededor, y es contigo con quien quería estar. No sabes cuan feliz me hiciste hoy en haber ido a la fiesta, y mucho más ahora que viniste a mi apartamento".

"Sí, tú significas mucho para mí", rió Yelena, y mientras movía su cabeza de lado a lado en señal de negación añadió, "tanto, que salí como loca cuando me llamaste, y dejé a Daniel e Irina durmiendo solos en la casa, algo que jamás pensé haría en mi vida. Ellos no se levantan a medianoche, pero si por una de esas rarezas de la vida hoy lo hacen, se van a asustar. En realidad, tenía inmensos deseos de verte".

Martin se levantó, subió el volumen del tocacasete, escogió una canción lenta y romántica y sacó a Yelena a bailar. Como había hecho tantas veces, la arropó con su cuerpo y sus brazos, mientras ella recostaba su cabeza sobre el pecho de Martin, donde también reposaban sus dos manos. De vez en cuando Martin le acariciaba la espalda y otras veces jugaba con su pelo.

Al acabarse la pieza musical, le agarró una mano, e inclinándose hacia ella le dijo, "Yelena, yo quiero que tú sepas que te amo. ¿Sabes que te amo?".

Bajando su cabeza y sin mirarlo al rostro, Yelena comentó con voz llorosa mientras intentaba esconder sus lágrimas, "sí lo sé. Sé que me amas".

Martin la abrazó y se besaron largo rato con pasión, pero donde más bien reinaba la ternura. Martin la sacó a bailar otras dos piezas románticas, luego un *swing*, y cuando terminaron, Yelena le dijo que tenía frió y lo haló de la mano, forzándolo a que se levantara y dirigiéndolo hasta la sala. Martin se recostó en el sofá, y ella se le sentó al lado, pero terminó doblándose sobre él y besándose. Luego Yelena se recostó en el sofá, y él recostó su cabeza sobre el pecho de Yelena mientras hablaron unos minutos sobre la fiesta y los negocios de Martin.

Cuando llegó el tema del trabajo de Yelena, ella exclamó, "¡Martin, ya son las cuatro y cuarto de la mañana y yo tengo mi entrevista a las diez y no he dormido nada. No quisiera irme, pero voy a tener que hacerlo, porque tengo que descansar aunque sea por par de horas!".

"Si quieres toma una siesta aquí y yo me encargo de levantarte tan pronto salga el sol, y antes que Daniel e Irina se despierten. ¿Qué te parece?".

Yelena le dio un beso en medio de la coronilla, le dio un leve empujón, lo haló de la mano y se encaminó hacia el cuarto de Martin. Yelena se quitó los zapatos y se recostó en la cama, mientras Martin fue al baño. Cuando Martin regresó, ya ella estaba arropada con la sábana, y él se empezó a desvestir, quedándose totalmente desnudo". Se acostó, y la atrajo hacia él, la abrazó, más bien arropándola con su cuerpo, y comenzaron a besarse, mientras lentamente la movió y colocó su diminuta figura sobre su largo y fornido cuerpo.

Mientras la besaba sutilmente en las mejillas le dijo, "¿estaría bien contigo el poder sentir la piel de tu cuerpo sobre la mía?".

Yelena se deslizó hasta el borde de la cama, se desprendió de su ropa, y al acercarse nuevamente hacia Martin, la atrajo hacia él, terminando en la misma posición en la que había estado antes de desvestirse.

Martin deslizaba sutilmente sus manos sobre el cuerpo de Yelena mientras continuaban besándose apasionadamente, interrumpiendo los besos solamente para compartir otros sutiles sobre las mejillas, los hombros y la frente, y mientras acariciaban sus cuerpos de igual manera. De vez en cuando se despegaban para observar sus rostros alumbrados con la claridad que proveía la luna sobre las ventanas descubiertas del dormitorio de Martin. La combinación de ternura y pasión continuó por más de una hora, donde Yelena dejó que Martin acariciara todo su cuerpo y jugara con él y la besara en las áreas más sensibles sin ninguna inhibición.

Aunque el cuerpo de Martin no respondió en su totalidad, en un momento en el cual Yelena comenzó a acariciarlo le susurró, "olvídate de mí, pues lo único que quiero es hacerte feliz a ti".

Y lo que Martin deseó, lo logró. Hora y media después de haber iniciado su sesión de amor, Martin se quedó dormido de lado, sosteniendo a Yelena acomodada frente a su pecho, ella dándole la espalda y él aprisionándola con sus brazos y sus piernas. Yelena se quedó soñando despierta recorriendo en su mente todas las caricias y el amor que había recibido de Martin. Se sintió amada y correspondida. Mas una vez más sintió dolor por Martin, al no poder descifrar que realmente vagaba por su mente al no poder él llegar a su cúspide como hombre. Media hora más tarde fue asomándose el sol en el cuarto, y al ver que eran las seis y quince de la mañana, se vistió, y acurrucó a Martin. Yelena lo besó en la mejilla y salió silenciosamente del apartamento sin interrumpir su sueño ni la gran expresión de paz que se notaba en su rostro.

Tan pronto llegó a su casa, Yelena se puso nuevamente su pijama, justo a tiempo para que sonara la alarma del despertador de sus hijos, y se quedó rápidamente dormida, hasta que una hora más tarde Daniel la despertó para que los llevara a la escuela. Como había hecho muchas veces desde que quedó cesante de su trabajo, se puso una bata sobre su pijama y los llevó a la escuela.

A pesar del poco descanso físico que tuvo esa noche, Yelena se sintió muy exitosa cuando salió de su entrevista de trabajo. Tan pronto salió al estacionamiento llamó a Martin desde su celular, pero no le contestó. Mientras manejaba y ya cuando estaba cerca del área donde ambos vivían, volvió a intentar conseguirlo sin tener suerte. Yelena no tenía llave del apartamento de Martin, y al salir en la mañana dejó la puerta cerrada pero sin ningún seguro, cosa que la preocupó. Al Martin no contestarle las llamadas cuando ya eran las once y media de la mañana, se preocupó aun más. Manejó hasta el apartamento de Martin, tocó a la puerta y al no recibir contestación, abrió la puerta, la cual aún permanecía sin seguro.

"¡Martin! Martin, soy yo Yelena".

Seguía el silencio, y Yelena caminó hasta el cuarto de Martin, quien abrió los ojos al oír otro, "Martin".

Martin se sonrió, alzó los brazos en dirección hacia el techo y hacia donde estaba Yelena, quien se había quitado la chaqueta mientras entraba al dormitorio. Yelena se recostó al lado de Martin, quien la abrazó y la besó sutilmente. Ambos exploraron sus rostros visualmente con gran expresión de paz, y a la misma vez acariciándolos sutilmente con sus dedos.

Aún besándose, dijo Yelena "decidí venir aquí para contarte que me fue bien en la entrevista y para asegurarme que estabas bien, porque dejé la puerta sin seguro cuando salí en la mañana".

Los besos se fueron tornando apasionados, mientras que lentamente Martin acomodaba a Yelena sobre su cuerpo tal y como lo había hecho horas antes. Yelena se empezó a desprenderse sus tacones del talón utilizando el zapato del pie opuesto, y acabó de desprenderlos con un tirón de pierna.

En voz muy baja Yelena escuchó, "pensé que cuando te quitaste la chaqueta, te ibas a quitar el resto de la ropa".

Yelena se apartó unas pulgadas para observar el rostro de Martin, compartieron una tenue sonrisa y se alejó un poco, quedando desnuda al lado de Martin en varios segundos. Se repitió la escena de amor que había ocurrido horas antes, pero esta vez la luz del día les permitió disfrutar con toda plenitud de las expresiones de sus rostros y de la desnudez de sus cuerpos. Contrario a horas antes, esa sesión de amor duró tres horas, y donde aumentaron en magnitud los gemidos de amor de Yelena, con la intensidad que aumentaron las caricias sensuales de Martin.

Esa sesión de amor terminó cuando Yelena dijo, "ay Martin, no te digo esto en broma, pero me siento débil. Posiblemente a causa del cansancio, y el hambre. Creo que tengo que comer algo, o voy a terminar desmayada".

Se mantuvieron unos quince minutos más recreándose mientras fijamente intercambiaban miradas que traían paz y que les penetraban el alma uno al otro.

"Ya deben ser más de las dos de la tarde y voy a tener que regresar a casa cerca de las cuatro de la tarde, pues mis hijos se han acostumbrado a que esté allí con ellos cuando regresan de la escuela".

"Te invito a comer algo antes de que regreses. ¿Aceptas?".

"Anoche me dijiste que dejaste tu carro en *Trafalgar*. ¿Qué tal si almorzamos juntos y cuando terminemos te dejo allí para que puedas recoger tu carro y te ahorras el dinero de un taxi?".

Martin asintió, y le dijo a Yelena que se iba a dar un duchazo, y en unos segundos Yelena lo sorprendió, uniéndose a él, donde se ayudaron uno al otro a enjabonarse, mientras que a la vez intercambiaban besos y caricias.

Dos días después de su inolvidable sesión de amor, Yelena y Martin se volvieron a encontrar a la hora de almuerzo en casa de Yelena según habían acordado una semana antes. Martin iba a proveerle asesoramiento a Yelena sobre la posibilidad de ella comenzar un negocio propio relacionado con la manufactura y venta de un producto diseñado por una de sus amigas, y el cual podría tener buen impacto en el mercado infantil. A la vez, Yelena le iba a calentar cerdo asado, arroz y vegetales que había preparado la noche anterior para sus hijos y para ella.

Pasaron horas pasivas, y minutos antes de la dos de la tarde Yelena le dijo a Martin, "sé que tienes que irte a tu cita de negocios, y me gustaría bailaras una pieza conmigo antes de irte".

Y una vez más compartieron un baile juntos, acompañado de los sublimes abrazos y besos. Después de que se despidieron, y ya cuando Martin estaba dentro de su carro, Yelena se acercó a la ventanilla.

"Martin, espero nos volvamos a ver pronto. ¿Me vas a llamar?".

Martin la miró sorpresivamente, y le dijo, "nos vemos pronto".

Yelena se sonrió, pero se le helaron las manos y sintió trincársele los músculos del cuerpo, no sabiendo lo que aquella expresión y contestación significaban.

Después del reencuentro de paz, Yelena sintió grandes deseos de seguir viendo a Martin a diario, pero no se atrevió a dar un primer paso. Parcialmente por miedo a recibir un rechazo de Martin, en parte por no interrumpir las parrandas que sin duda Martin compartiría con Eric en los últimos días que le quedaban en Palm Beach, pero principalmente porque ella pensaba que debería ser Martin, el hombre, quien iniciara el acercamiento como había dicho días antes al despedirse en su casa.

Pasaron varios días sin que Yelena oyera de Martin, y para el miércoles de la semana entrante, lo llamó. Intercambiaron una descripción de los acontecimientos en sus vidas a partir del pasado viernes.

Al iniciar la despedida Yelena añadió, "¿nos vemos esta semana para almorzar?".

"Esta semana estoy muy ocupado, quizás la que viene", dijo Martin.

"OK. Llámame cuando tengas tiempo", añadió Yelena.

Yelena hizo como el caracol, porque la había sorprendido el cangrejo. Una vez más se sintió herida con el sube y baja que era su relación con Martin. Para apaciguar las cosas, el 5 de mayo le envió una nota por correo electrónico expresando el recuerdo del amor que compartieron y que la mantenía emocionalmente embriagada.

Martin,

Las palabras vuelan (las buenas y las malas), pero como dicen, lo escrito es para siempre... Quería compartir contigo por escrito que con agradecimiento y alegría recuerdo las amorosas horas que pasé contigo esta pasada semana en tu apartamento. Me hiciste el amor de una manera maravillosa e inolvidable que me tocó profundamente y me inspiró. Muchas gracias por esas horas tan especiales donde me permitiste sentir tu corazón, tu alma.

Con amor,
Yelena

El martes 10 de mayo, cerca de las diez de la mañana, Yelena recibió la sorpresiva y desconcertante noticia de que no la habían elegido a ella para la posición para la que se había entrevistado. Aunque su posición económica le permitía mantenerse sin trabajar largo tiempo, hubiese deseado lo contrario, pues quería mantener el estilo de vida que había estado proporcionándole a sus hijos. Y ya que su espíritu estaba bajo por el distanciamiento de Martin, la noticia la sintió como una puñalada. Se suponía que al mediodía se reuniera con tres amigos y posibles socios a almorzar y discutir el negocio, pero lo menos que quería hacer en ese momento era tocar ese tema, y canceló la junta. Dominada por su desilusión, llamó a Martin para buscar consuelo, tal y como él lo había hecho él con ella cuando tuvo altas pérdidas en sus inversiones unas semanas atrás.

"Suenas triste, pero hoy no puedo verte porque estoy muy ocupado. Quizás a fines de esta semana".

Martin siguió platicándole y tratando de alentarla de mil maneras, y hasta le recomendó que reanudara su almuerzo, pero Yelena lo oía en el trasfondo, ya que en su mente había sentido otra puñalada cuando oyó que Martin no podía sacar tiempo para compartir con ella en su momento difícil.

"Mejor me doy una caminata, y esta noche me desahogo con Candy y otras de mis compañeras y amigas del seminario de *Relaciones*", dijo Yelena antes de despedirse.

Yelena había hecho reservaciones dos semanas antes para ir a visitar a una amiga de su niñez a Tallahaasee, Alma, quien hacía tiempo le estaba rogando le devolviera una de las varias visitas que le había hecho a Yelena en los últimos cinco años. El miércoles cerca de la medianoche, mientras empacaba se dio cuenta que habían dos mensajes en su celular, el cual había mantenido fuera de uso por unos cinco días. Una de las llamadas, miércoles a las seis de la tarde, era de Martin.

"Yelena, soy yo Martin. Espero que estés bien. No es urgente que me llames, pero cuando tengas la oportunidad espero oír de ti".

Era ya muy tarde en la noche para devolverle la llamada, pero al día siguiente mientras esperaba en el aeropuerto por su vuelo de partida, al no encontrarlo le dejó un mensaje grabado.

"Martin, recibí tu mensaje, pero no lo escuché hasta anoche cerca de la una de la mañana, pues no había estado usando mi celular y se me olvidó revisar los mensajes. Estoy aquí en el aeropuerto, esperando por un vuelo camino a Tallahassee donde voy a estar hasta el domingo al mediodía. Estoy visitando a una amiga de mi infancia que está mudándose a Oklahoma donde consiguió una mejor posición como profesora. Trataré de conseguirte en otra ocasión".

El viernes 13 de mayo en la mañana Yelena asistió con Alma a un retiro espiritual por cuatro horas, y mientras mantenía su celular apagado, Martin le dejó un mensaje grabado.

"Te llamé el otro día a ver si querías ir a tomarte una margarita para que te relajaras. Espero oír de ti cuando regreses".

El sábado en la mañana Yelena intentó una vez más conseguir a Martin, y terminó dejando otro mensaje grabado.

"Traté de conseguirte de nuevo, pero no he tenido suerte. Cuando tengas la oportunidad llámame".

El domingo Yelena regresó a Palm Beach a las cuatro y treinta de la tarde, y hora y media más tarde pasó a recoger a sus hijos a casa de Enrique.

"Mami, me alegro que lo hayas pasado bien. Desde que rompiste con Martin, y desde que perdiste el trabajo, te hemos visto muy triste y llorar como nunca. Hoy te oyes y te ves contenta", dijo Irina.

"Es que Alma y yo lo pasamos de maravillas. Salimos a comer, vimos una película muy cómica, nos bañamos en la piscina de su casa y hasta asistimos a un retiro espiritual que duró medio día y que estuvo estupendo".

Tan pronto acabaron de cenar, sonó el teléfono.

"Yelena, soy yo Theresa, y tengo muy malas noticias que darte. Martin murió el viernes en la noche".

"¡No, nooo!", retumbaron los gritos de Yelena en toda la casa. Irina y Daniel corrieron a la cocina, donde Yelena se había sentado en el piso totalmente encorvada, mientras aún sostenía el teléfono.

"¡¿Qué pasa, Mami?!".

"¡Martin murió!", gritó Yelena con voz entrecortada.

"¿Qué pasó, Theresa?", preguntó Yelena aún encorvada y en cuclillas, mientras se mecía, como si fuera un sillón humano.

Yelena no paraba de sollozar mientras escuchaba a Theresa contarle mas detalles del incidente. Hizo varias preguntas y con mucho esfuerzo le dijo a Theresa, "sí, espero oír de ti cuando tengas detalles sobre el servicio en la funeraria. Gracias por haberme llamado".

Desde el momento que entró la llamada de Theresa, Irina y Daniel vieron a su madre gritar y llorar como nunca. Al colgar el teléfono, y mientras ellos mismos lloraban dominados por el miedo, llamaron a Marta, Ann y Esther, quienes en cosa de minutos llegaron a su casa. Entre todos lograron que Yelena se moviera hasta el sofá que había en la sala informal. Con la voz entrecortada e interrumpida por el llanto Yelena les contó lo que Theresa le había explicado. Los resultados de la autopsia revelaron que Martin murió el viernes en la noche a consecuencias del *síndrome de muerte repentina asociada con alcoholismo*, lo que también se conoce como *muerte inesperada asociada con el síndrome del hígado adiposo*. Una semana atrás Martin se propuso a dejar de tomar bajo su propio esfuerzo, y aparentemente su cuerpo no resistió el repentino cambio sin ninguna atención médica. Uno de los vecinos que acostumbraba a pasear su perro y pasaba frente al balcón del apartamento de Martin diariamente notó ayer cerca del mediodía que Martin estaba con la misma ropa y en la misma posición en la que lo había visto la noche anterior, y también notó que la luz del balcón aún estaba encendida aunque ya eran cerca de la una de la tarde. Lo más que le llamó la atención, fue su posición cabizbaja en la silla donde se sentaba a fumar y donde a menudo se quedaba dormido. El vecino se acercó al balcón, y le habló, y hasta le gritó, pero Martin no le contestó, y minutos más tarde llegaron la policía y los paramédicos y comprobaron que estaba muerto.

Yelena añadió, "la autopsia reveló deterioro del hígado, y acelerada descomposición del cuerpo al haber estado expuesto al fuerte calor y el sol de verano. Eso ha forzado a que se selle el féretro y lo sepulten rápidamente. A través de Eric, se comunicaron con los padres de Martin, quienes pidieron que lo cremaran y le enviaran las cenizas. Aparentemente mañana, o más tardar el martes, habrá un servicio en la funeraria antes de cremarlo".

Yelena continuó sollozando, donde sus gritos de vez en cuando aún retumbaban en su casa, y en uno de sus sollozos, comenzó a tocarse el pecho y se desmayó. Esther se apresuró a llamar al servicio de emergencia, y en unos minutos llegaron los paramédicos, quienes apresuradamente hicieron un sin número de pruebas e intervenciones médicas. Ann y Esther consolaban a Irina y Daniel, quienes sollozaban incontrolablemente pensando que su madre podía fallecer. Yelena parecía estar inconsciente, y diagnosticaron que había sufrido un ataque cardiaco.

Mientras la transferían a la ambulancia uno de los paramédicos le comentó a Irina, Daniel, Ann, Esther y Marta, "la paciente ha sido estabilizada, y ahora la vamos a transferir al hospital para darle el tratamiento necesario".

Epílogo

Aquí voy volando de camino a Palm Beach un miércoles 30 de julio, sin contener la emoción al estar terminando de escribir esta novela, pero más bien es por la otra gran buena noticia que ocurrió hace cinco días atrás, el 25 de julio. Como el destino nos había reparado, fue precisamente un 25 de julio el día en que se cumplió el primer aniversario del exitoso trasplante de riñón de mi hijo Andrés, y cuando el año pasado llamé a Yelena una vez Andrés salió de la sala quirúrgica para contarle los detalles de la operación. Al despedirme me dijo Yelena, "pues yo también tengo buenas noticias que compartir, aunque no tan impresionantes como las tuyas. Martin y yo estamos de nuevo envueltos románticamente desde anoche. Ya te contaré los detalles más tarde".

Fue fácil acordarme de la notoria fecha en que ocurrieron ambos sucesos. Y aun más impresionante fue cuando hace cinco días, el 25 de julio, me llamó Enrique para decirme que Yelena había despertado de su estado catatónico.

"Milagrosamente está física y mentalmente como si nada hubiese pasado", me dijo Enrique.

"Fíjate Enrique, estaba yo terminando de escribir esta historia de Yelena, llena de tantas raras casualidades o más bien providencias, y no sé que me entró en mi mente. Me fui al *Internet* e hice reservaciones para ir a visitarla. Aunque aún permanecía en su estado catatónico, quería pasar con ella el día de mi cumpleaños el cuatro de agosto. ¡Precisamente estaré allá en Florida el 30 de julio!", le comenté.

Daniel me recibió en el aeropuerto, quien apenas había sacado su licencia de conducir, y me llevó a su casa. Al final de la terraza logré reconocer a Yelena, sentada junto a Irina, mientras jugaba con el que asumí era su muy mimado gato negro, Ambición. Al Yelena alzar su cabeza, volví a ver su tenue sonrisa, la cual siempre transmitía paz, en un rostro que aunque más delgado, no mostraba señal de la crisis emocional y física por la que había pasado, y menos de haber envejecido desde la última vez que la vi, más de cinco años atrás.

Nos envolvimos en un inmenso abrazo, y al despegarnos, ambas teníamos los rostros llenos de lágrimas, donde reíamos y llorábamos a la vez.

Le dije, "ay amiga del alma, que susto nos diste".

"Ay sí, mi querida tocaya, pero el plan divino era otro y las raras casualidades o presagios continuarán", dijo Yelena.

Todos reímos.

Le dije, "oye Yelena, Irina me contó por teléfono semanas atrás que mientras estabas en tu estado catatónico, solo mostrabas evidencia de estar conciente cuando ponían música romántica en tu cuarto. Oí que mostrabas una leve sonrisa, y que llegaste a hacer pequeños movimientos de lado a lado con la cabeza"

"Me imagino que ya habrás oído lo que les conté a Irina, Daniel y otros, pero te lo explicaré a ti también. Es que desde el momento que me dio mi infarto cardiaco, estuve acompañada por Martin. Primero caminé por un sendero luminoso, donde a lo lejos vi a dos personas, una era un hombre alto que estaba más cerca de mí, y un poco más lejos había una mujer. Ambos parecían estar bailando solos, pero como si estuvieran con una pareja imaginaria. Cuando me fui acercando, reconocí al hombre, Martin, quien me tomó la mano y empezamos a bailar tan pronto estuvimos frente uno del otro. A la distancia pude distinguir a la mujer, mi mamá. Deduje que ambos habían estado bailando solos, añorando a su amada pareja".

"¿Qué dices Yelena? ¿Tuviste una de esas experiencias entre la vida y la muerte de las que tanto se oyen?".

"Yo no sé que en realidad pasó, pero los vi a ambos claritos y se les notaba mucha paz en el rostro. Pero después de ese encuentro, regresé por el mismo sendero luminoso por el cual entré, y desde ese momento todos los días en algún momento volvía a encontrarme como improvisadamente con Martin en un jardín, donde bailábamos. Fue durante el último baile que al acabar la música, Martin me dio un beso en la frente y me dijo, '*Yelena, ya llevas mucho tiempo acá conmigo, y tus hijos te esperan. Vas a tener que regresar, pero yo te estaré esperando hasta que puedas volver'*. Y entonces lo miré a los ojos, nos besamos tiernamente en los labios, y después de un largo abrazo, empecé a caminar hacia un campo florido que se veía en la distancia. Me desperté, y desde ese día no he vuelto a soñar con Martin".

"Yelena, yo espero que puedas superar la pérdida de Martin y que logres rehacer tu vida".

"Sí, querida tocaya. No tienes que preocuparte por eso. La última vez que estuve con Martin en su apartamento, me di cuenta que de verdad me amaba mucho, pero que el vicio del alcohol lo controlaba. Al verlo después de su muerte, me convencí que ese amor durará toda una eternidad. Además sé que me di incondicionalmente en cuerpo y alma. Pero puedes confiar que voy a rehacer mi vida, y con lo bien que me conoces, te puedo asegurar que durante los años que me queden de vida, trataré de no quedarme para vestir santos".

Se oyeron más risas.

"Oye Yelena, ¿te acuerdas del sueño que tuviste la noche que saliste con Martin por primera vez? Cuando me enteré que Martin había muerto me acordé del sueño donde lo viste ser atropellado por un borracho, y se me pararon los pelos".

"Sí querida amiga. Aunque su muerte no fue idéntica a la que vi en el sueño, puedo atar el factor del alcohol en su muerte. No hay duda que esa fue una premonición que tuve".

Mientras se reía, la otra Yelena dijo, "pues a menos que sea algo bueno, como ganarme el premio mayor de la lotería, espero que nunca tengas un sueño donde aparezca yo".

Yelena, Irina y Daniel se miraron asombrados, pero se rieron.

"Yelena, te vas a reír más cuando leas la novela que he escrito sobre tu vida, y en la que relato tu inestable relación con Martin, y el inmenso amor que le has tenido. Fíjate, que hasta logré hablar con tu compañera de seminarios de *Relaciones*, Nancy, la que te escribió la poesía poco después de tu rompimiento con Martin y en la que quiso capturar en unas líneas la historia de tu amor y bellos recuerdos. Nancy me dio permiso para ponerla en la novela. Con esa poesía es que empiezo el libro que pienso publicar. Bueno, por supuesto, eso es si me das el permiso".

Las risas continuaron. . .

Printed in the United States
37760LVS00004BA/1-108

9 781420 892574